Aus Freude am Lesen

Er ist Anfang 40, verheiratet und einziger Vertreter einer US-amerikanischen Firma für drahtlose Netzwerke in den Ländern Mittel- und Osteuropas: In einer Zeit globaler Wirtschaftskatastrophen macht sich Darius Kopp daran, sein Lebensidyll zu verteidigen. Seine Firma hat sich zwar in ein Phantom verwandelt (seine Chefs sitzen ohnehin in London und in Kalifornien), und auch die Ehe mit seiner großen Liebe steht vor dem Aus. Dennoch möchte er lange daran glauben, dass alles gut gehen wird und er in der besten aller möglichen Welten lebt. Vor allem aber, dass es ihm geglückt ist, sich vom schönen Leben ein großes Stück zu sichern …

»Hier ist er – der Roman zur Krise!«
Nürnberger Nachrichten

TERÉZIA MORA wurde 1971 in Sopron, Ungarn, geboren, lebt seit 1990 in Berlin. Sie arbeitet als Schriftstellerin und Übersetzerin aus dem Ungarischen und wurde mit zahlreichen Preisen ausgezeichnet. Zuletzt wurde ihr der Adelbert-vom Chamisso und der Erich-Fried-Preis zuerkannt.

Térezia Mora

Der einzige Mann auf dem Kontinent

Roman

btb

Verlagsgruppe Random House FSC® N001967
Das für dieses Buch verwendete
FSC®-zertifizierte Papier *Lux Cream*
liefert Stora Enso, Finnland.

2. Auflage
Genehmigte Taschenbuchausgabe Juli 2011,
btb Verlag in der Verlagsgruppe Random House GmbH, München
Copyright © 2009 by Luchterhand Literaturverlag, München,
einem Unternehmen der Verlagsgruppe Random House GmbH
Umschlaggestaltung: semper smile, unter Verwendung eines
Fotos von © Steffen Göthling
Satz: Greiner & Reichel, Köln
Druck und Einband: CPI – Clausen & Bosse, Leck
KS · Herstellung: BB
Printed in Germany
ISBN 978-3-442-74128-1

Besuchen Sie unseren LiteraturBlog
www.transatlantik.de

www.btb-verlag.de

FREITAG

Der Tag

Sie beugte sich über ihn, ihre Brüste schwangen nach vorn, ein Duft stieg ihren Bauch entlang hoch, er hob den Kopf ein wenig, um ihren Nabel zu sehen: eine kleine Muschel, mit einer oberen Krempe; er freute sich über den Anblick, doch dieser war nur die erste Etappe, was ihn wirklich interessierte, war die Fortsetzung: der mit einer kleinen Stufe ansteigende Unterbauch, die schokobraunen Schamhaare und, je nach deren aktueller Dichtigkeit, eventuell sogar die Schamlippen – doch ausgerechnet hier geriet etwas durcheinander, ein Arm schob sich ins Bild, was macht sie da, streicht sie sich eine Strähne aus dem Gesicht?, unter dem Ellbogen blitzte eine Gruppe Stockrosen auf, dazwischen stach die Sonne herein – Nein!, sagte er. – Oh, sagte sie, du schläfst noch. – Ja, sagte er im Schlaf.

An einem Freitag, dem 5. September, kurz nach 8 Uhr am Morgen, erschien ein Mann, nicht groß, schlank, gebräunt, wohl gekämmt, am Etagenempfang im ersten Stock eines Bürohauses und fragte nach Darius Kopp von der Firma Fidelis. Die Dame am Empfang gab die Information, der Herr sei zu dieser frühen Stunde noch nicht im Hause. Der elegante Mann sagte, er habe es eilig. Die Empfangsdame, ihr Name ist Frau Bach, sah, dass ihm Schweiß auf der Stirn stand, ein Tropfen machte sich auf den Weg zur Schläfe, ein anderer zur Nase.

Frau Bach fand den Mann, so wie er vor ihr stand, sehr attraktiv. Er fragte, ob er ein Paket dalassen könne. Frau Bach wurde vorsichtig. Sie wissen, die Zeiten sind gefährlich, keine unbeobachteten Gepäckstücke, in so einem großen Bürohaus einfach ein Paket anzunehmen – Ein Gerätekarton, Inhalt laut Aufschrift und Bild ein WaveLAN24-Access-Point, aber die Verpackung war geöffnet worden, das sah man –, dass Sie mir Ihre Visitenkarte dalassen, würde mir im Fall der Fälle nicht viel helfen. (Sie heißen Sascha, auch das gefällt mir an Ihnen. Gleichzeitig erscheinen Sie mir aber auch zwielichtig. Darf ich vielleicht sehen, was drin ist? Nein, das darf ich nicht.)

Sie hätte ruhig fragen können. Der gut aussehende Mann hätte ihr bereitwillig das Paket über den Tresen geschoben und gesagt: Geld. Frau Bach hätte es für einen Scherz gehalten oder für etwas Übertragenes, sie hätte gelächelt, hätte den Karton genommen, ihn geschüttelt. Es hätte geraschelt. *Papier*geld, hätte der eilige Mann gesagt und auf die Uhr geschaut.

Er schreckte hoch – Ich schlafe nicht! Ich schlafe nicht – schlief wieder ein und erwachte ein zweites Mal. Er lag in seinem Bett, in seinem Schlafzimmer. Ein Doppelbett, ein Schrank, eine Kommode, ein Frisiertisch, ein Herrendiener, ein Wäschekorb. Keine Stockrosen. Die zwei großen Helligkeiten dort sind die Fenster. Sie waren angekippt, die Tür stand offen, es zog ein wenig, unten auf der Straße rauschte der Verkehr. Mehr als um 7, weniger als um 9. – Also ist es um 8? Wo ist mein Handy, wo ist meine Uhr? Ist Flora noch da? – Aber die Sonne, als stünde sie schon höher. Es wird wieder heiß werden. Ein einfliegendes Flugzeug zog über das Haus hinweg und war, solange es dauerte, lauter als alles andere. (Ja, die Wohnung ist in der Einflugschneise, aber ansonsten ist sie sehr schön: Maisonette, 4 Zimmer, 2 Bäder, eine Terrasse zum Park.)

Als das Flugzeug vorbei war: Flora?

Keine Antwort.

Er seufzte und rollte sich aus dem Bett. Er ist ein korpulenter Mann, 106 Kilo bei 178 cm Körpergröße, zum Glück ist das meiste davon Knochen, der Rest konzentriert sich in der kompakten Halbkugel eines Bauches, fest und glatt wie der Bauch einer Schwangeren, und darüber, leider, einpaar Männertitten, aber *sie* sagt, sie liebt mich, wie ich bin, und es gibt keinen Grund, ihr nicht zu glauben.

Bestimmt ist sie schon auf der Terrasse.

Die Schwingungen der Innentreppe unter seinen nackten Sohlen.

Sie saß in einem Liegestuhl auf der Terrasse, aber, Enttäuschung, sie war nicht nackt. Sie hatte etwas Weißes mit Trägern an (Mein Nachthemd, Schatz), sie las.

Morgen.

Morgen.

Bist du schon lange auf?

Eine Stunde.

Was liest du da?

Die Wand.

Was?

Das ist der Titel: Die Wand.

Gut?

Ja.

Besser als Morgensex?

(In der Tat, aber ...) Sie lächelte, klappte das Buch zu, löste im Aufstehen ihr Haar, zog sich das Hemdchen über den Kopf, ihr Körper ist braun und schlank, ihr Busch hat die Form einer Dattelpalme.

Aber nur kurz, ich muss in einer halben Stunde los.

Zum Abschied küsste sie ihn noch einmal auf die Stirn. Vorher wischte sie mit dem Handballen den Schweiß ab.

Wir treffen uns um vier. Vergiss es nicht.

Er blieb noch ein Weilchen liegen, vielleicht schlief er auch wieder ein. Ja, er schlief ein, aber nur für wenige Minuten, erwachte ein drittes Mal, ging ins Bad, sah in den Spiegel. Der rundwangige, stupsnäsige blonde Junge Anfang vierzig dort, das bin ich. Das Haar wird schon schütter und ist grad wieder etwas zu lang, steht in alle Richtungen davon (eine *Glorie*), aber das sieht man kaum, denn erstens ist der Spiegel klein und zweitens bilden seine großen, lächelnden (die Krähenfüße, schon in jungen Jahren!) blauen Augen ein Zentrum, das dem Rest: Doppelkinn, Stoppeln, erste graue Haare in den Koteletten, jede Aufmerksamkeit entzieht. Am Rande hält er einen Inhalator zwischen den Lippen: atmet ein, hält die Luft an.

Darius Kopp war ein kränkliches Kind, Asthma bronchiale von Geburt an, es gab Zeiten, besonders zu Anfang, da sah es Nacht für Nacht so aus, als würde er ersticken, bevor der Morgen anbrach. Ist es ein Wunder, dass seine Mutter noch Angst um ihn hatte, als er schon auf die 30 zuging? Dabei war er zu diesem Zeitpunkt schon seit einer Weile aus dem Gröbsten heraus. Der Fall der Berliner Mauer lag 6 Jahre zurück und Kopp für seinen Teil war darüber hinweg. Genauer gesagt, war nie etwas anderes in mir als frohe Erwartung und lebendige Hoffnung, wie denn auch nicht, wenn man das persönliche und historische Glück hat, 24 zu sein, mit einem taufrischen Informatikdiplom in der Tasche, und gesegnet mit einer optimistischen Natur? So kann man natürlich leicht den Blick ausschließlich nach vorne richten, dorthin, wo eine wunderbare Zukunft gleißt.

Er stand auf einem geteerten Dach, noch in Sandalen, Jeans-

Shorts und einem offenen Hemd, in dem man sein noch unbehaartes Brustbein sehen konnte – Ja, auch ich war einst ein drahtiger junger Mann aus dem Osten –, der Himmel war wolkenlos blau, im Hof blühte der Flieder und über Darius' Gesicht verteilte sich ein Grinsen, während er die Arme ausbreitete und über die Dächer, in die Höfe, die Straße rief: Leben! Er rief: Leben! und grinste noch einmal extra das Mädchen an, das bei ihm war. – Den Namen weiß ich noch. Ines. Es war quasi noch am selben Tag vorbei. Er kam vom Dach herunter und zog sich einen Anzug an und fühlte sich immer noch wohl.

Man stand gerade am Anfang eines wirtschaftlichen Booms, später die New Economy Blase genannt, und Darius Kopp war nach eigenem Empfinden mittendrin. Natürlich war er in Wirklichkeit nicht mittendrin, aber er war auch nicht gerade der linke Arsch im letzten Glied, das wäre untertrieben, er war immerhin auf Ebene zwei, unter dem Büroleiter, über den Sekretärinnen, gleich zu zwei anderen Produktmanagern, in der Berliner Dependance einer US-amerikanischen Firma, die einst mit Flugzeugteilen groß geworden ist und mittlerweile Kabel, Stecker und Buchsen für Computernetzwerke verkaufte. 1997 waren Roller für Erwachsene in Mode, wer was auf sich hielt, flitzte damit auf Messen von Stand zu Stand, auch Kopp, obwohl die Gefährte auf 90 kg limitiert waren und er diese Marke bereits hinter sich gelassen hatte. – Mit der Wende kam der Appetit. Ich weiß auch nicht. Ich könnte praktisch immer essen. – Je näher die Jahrtausendwende rückte, um so rauschender wurden die Feste, die Band spielte Baila, baila bis hoch unters Messehallendach, und einmal blieb Kopp auf einer Empore stehen und warf jauchzend seine Visitenkarten in die tanzende Menge, und dann öffnete er den Mund ganz weit, damit ihm weitere gebratene Krammetsvögel hineinfliegen konnten, bis sein Bauch endgültig rotund davon wurde, wie ein ey. (Und auf dem Heimweg sah ich das erste und – bislang letzte – Mal in meinem Leben die Autobahn doppelt, aber das sag keinem).

1999 lernte er Flora kennen. – Neben all dem anderen ist das hier nicht zuletzt eine Liebesgeschichte. – Flora hieß mit Nachnamen Meier, kam aber aus Ungarn und versuchte, in der Filmbranche Fuß zu fassen. Sie liebten einander sofort sehr – Seitdem ich dich kenne, habe ich mit keiner anderen Frau mehr geschlafen! – Das ist lieb von dir, Schatz –, aber deswegen bleibt die Welt nicht stehen, und bekanntlich macht erst Arbeit den Menschen zu einem Menschen. – Damit ist nicht *Erwerbs*arbeit gemeint, Schatz, sondern, grob gesagt, dass du Pläne machen und deinen Daumen zur Handfläche hin bewegen kannst. – So gut sich das auch anhört, *ganz* stimmt es nicht, aber natürlich verstand er, was sie meinte und umgekehrt verstand sie ihn auch. Wir sind uns einig, dass das, was man tut, um seinen Lebensunterhalt zu verdienen, einem zugleich persönliche Befriedigung verschaffen muss, denn nur so ist es zu vermeiden, dass man ein Leben führt, das *ausschließlich* aus Alltag besteht. Dementsprechend kündigte Kopp kurze Zeit später bei den Verkablern und heuerte bei einem Software-Startup an. In einem Startup bist du quasi dein eigener Chef, wenngleich du auf dem Papier weniger verdienst als vorher, aber vergiss nicht die Aktienoptionen, denn diese sind die Zukunft. Er war bei 700 000 virtuellen Dollar angekommen, als alles zusammenkrachte. Im April 2001 stand Darius Kopp ohne Reichtümer und ohne Job da. Etwa zur gleichen Zeit erlitt auch Flora nach 7 durchgearbeiteten Wochenenden = 8 Wochen mit Beleidigungen gespickter Ausbeutung am Arbeitsplatz und einer handgreiflichen Belästigung an der Bushaltestelle einen Zusammenbruch. Jetzt, da sie beide nichts mehr hatten, war der Zeitpunkt gekommen, ihr die Heirat anzutragen. Sie sagte ja. Sie heirateten am 9. September 2001, einem Sonntag.

In den nächsten 12 Monaten lebten sie von der Hand in den Mund, gingen auf viele Friedensdemonstrationen, und Kopp interessierte sich das erste und letzte Mal in seinem Leben für Politik. Dann fand er einen neuen Job, und vergaß das andere wieder. Auch Flora kehrte ins Erwerbsleben zurück, allerdings nicht mehr im Kulturbereich. Mir scheint, als Halbtagskraft in einem Bioladen, als Aushilfe auf dem Markt, in einem Coffee-shop oder als Sommerkellnerin an einem Stadtstrand kann ich meine Würde eher bewahren.

Seit 3 Jahren versuchen sie, ein Kind zu zeugen.

Die Duschtasse war noch nass, er stieg vorsichtig hinein, stieg vorsichtig wieder heraus, benutzte die Toilette, wusch sich die Hände, putzte sich die Zähne, rasierte sich (trocken), stieg wieder hinein. Er duschte 20 Minuten lang, zum Schluss wech-selte er von warmem zu kaltem Wasser, um nicht womöglich noch zu schmelzen. Anschließend stand er noch lange da, die Lüftung rauschte wie ein riesiger Fön, hatte aber leider nicht dieselbe Wirkung. Er strich sich das Wasser aus dem Fell, es klatschte gegen die Fliesen. Er rubbelte sich lange ab. Trotzdem bleibt immer etwas zurück. Das kühlt. Im Sommer ist das gut.

In der Küche briet er die letzten zwei Eier und machte sich aus der letzten Portion Kaffee einen Becher Espresso. Oran-gensaft war keiner mehr da.

Er frühstückte auf der Terrasse, mit Blick auf den Park, auf Baumkronen, in denen die Blätter in Schwärme zusammen-gedrückt und wieder auseinandergescheucht wurden, und ihr Grün je nach Sonne und Wind wechselten.

Schön.

Später holte er seinen Laptop. Er öffnete das E-Mail-Programm, den Internetbrowser und ein Webradio, mit Musik und Nachrichten aus unserer kleinen Agglomeration und der Welt.

Die Hitzewelle geht in ihre 8te Woche, das ist keine Welle mehr, mehr ein Block, er steht *auf* uns – Die zweite Omega-Wetterlage innerhalb von 3 Jahren! Nimmt man die 9 Monate Regen zuvor dazu, kann man sich ausrechnen, dass die Ernte und darauf folgend die Lebensmittelpreise katastrophal ausfallen werden. Klimageräte haben Hochkonjunktur, das wird uns alle noch sehr teuer zu stehen kommen, die billige Chinaware sowieso. Irgendein Spaßvogel verkündet, der Beginn des goldenen Zeitalters sei erneut verschoben worden. An der Börse ist der Sommer sowieso längst vorbei, sie ist bereits eingebrochen, wie es im September Tradition ist, die Erholung vom letzten Crash geht nur sehr langsam voran. Immobilien im Luxussegment sind heute um 30% billiger als gestern und als morgen, jetzt zuschlagen! Die Zahl der Wohnungseinbrüche hat im ersten Halbjahr zugenommen. Weniger in Erdgeschossen, mehr in Dachgeschossen, und das ist logisch, denn oben wird man weniger gestört. Im Gegensatz zu anderen Großstädten wie London oder New York, die, wenn auch langsam, weiter wachsen, ist die deutsche Hauptstadt eine schrumpfende Metropole, so und soviel Wohn- und vor allem Bürofläche stehen leer. Ein japanischer Manager ist in Ausübung seiner Pflicht (Sake trinken mit Geschäftspartnern) an Leberkrebs gestorben. Die Witwe klagt. Die Lebenserwartung in der westlichen Welt ist generell rückläufig, der Grund sind Wohlstandskrankheiten wie Diabetes. Jugendliche versammeln sich, um Musik zu hören und gegen die Folgen der Globalisierung zu protestieren. Das ist an sich lobenswert, gäbe es nicht die Probleme mit dem Platz, dem Müll und dem Urin. Niemand erwähnt den Kot. Offenbar ist das kein Problem. Nächstes Jahr wird die Gegend bombastisch blühen. Das optimistische Blau des sich selbst aussäenden Acker-Vergissmeinnichts, wohin man schaut. Keine Spur vom im Krieg vergrabenen Silberschatz. Ein Hurrikan hält auf New Orleans zu.

Von den E-Mails landeten 7 gleich im Spam, der Rest war auch größtenteils Werbung oder Newsletter. Außerdem bedauerte Pepe Trebs, dass es nichts geworden ist mit dem Geschäft, aber nächste Woche bin ich in der Stadt, lass uns mal Futtern gehen – Gern – und ein alter Kollege, seit 10 Jahren nicht mehr gesehen, leitete eine Witzmail weiter. Lass uns ein Joint-Venture aufmachen, sagt das Huhn zum Schwein. Ham and eggs. Ich liefere die Eier und du … Den kannte ich schon, aber er ist immer noch gut.

So verging die Zeit bis Mittag.

Das Radio spielte einen Song, den Kopp so mag, dass er aufhören muss, das zu tun, was er gerade tut. Er sah sich wieder die Bäume an. Sie standen. Der Wind war wieder abgeflaut. Die Sonne war kurz davor, auf diese Seite des Gebäudes herum zu wandern. Dann wird Darius Kopp die Terrasse verlassen müssen. Sonst kocht man auf. Wie die Sonne nahte, so wuchs der Schweiß in den Hautfalten an, aber Kopp wollte den Song noch zu Ende hören.

Er hatte den Song noch nicht zu Ende gehört, als das Telefon klingelte. Ein blaues Lämpchen auf Kopps Headset leuchtete auf – Geliebtes Marsmännchen – aber das konnte jetzt keiner sehen. Er drückte auf den Knopf neben dem Lämpchen. Denn ich sitze zwar nackt auf meiner Terrasse, aber gleichzeitig bin ich auch bei der Arbeit.

Herr Leidl vom Ingenieurbüro Leidl wollte sich rückversichern.

Gut, dass Sie anrufen, Herr Leidl, ich wollte grad dasselbe tun. Dienstag um 9 beim Kunden, ja. Aber gilt es noch, dass Sie mich abholen können? Ich habe, wie Sie wissen, immer noch keinen Führerschein. Zu schnelles Fahren, was sonst. Schnurgerade Autobahn, mitten in der Nacht, 3 Spuren, leer, aber ich hab das 120er Schild auch übersehen. Ich hab denen gesagt, dass ich das Auto für die Arbeit brauche, ob sie nicht stattdessen das Bußgeld erhöhen könnten. Nein. Halb 9? Viertel nach 8 wäre wohl besser, wir müssen ganz in den Süden. Für Sie ist das ein Umweg von einer Viertelstunde, sind Sie sicher, dass es Ihnen nichts ausmacht? Meine Dankbarkeit wird Sie auf ewig verfolgen, Herr Leidl. Auch Ihnen ein schönes Wochenende.

Der Song war zu Ende, Kopp verließ die Terrasse. Glaub's oder nicht, ich habe schon wieder Hunger.

Der Kühlschrank war leerer als je zuvor. Er öffnete den Tiefkühler. Das war sinnlos. Lauter Sachen, die man zubereiten müsste. Er ließ die Tür wieder zufallen. Er griff nach einer Schublade (Jetzt trödelst du aber!), er brach die Bewegung ab. Bevor die Wohnung zur Sauna wird (was im Sommer leider der Fall ist), fahren wir doch lieber ins Büro.

Statt 10 Minuten auf den Bus zu warten, der dann womöglich nicht kam, ging er gleich zu Fuß. Wenn man will, kann man durch ein Stück Grünstreifen gehen. Ein Rentner führt seinen Schäferhund aus, drängt einen fast ins Gebüsch, eine Frechheit, aber Kopp lächelte nur und grüßte: Guten Morgen! Der Rentner machte ein Gesicht, als hätte man ihn tödlich beleidigt, der Hund zerrte ihn an der Leine hinter sich her. Eines Tages wird er dich umreißen. Dafür wird ihm der Tod drohen. (Das ist vielleicht doch etwas übertrieben.) Später überholte ihn eine joggende junge Frau. Ihre dicken Hinterbacken in den Sporthosen. Die Dellen drücken sich durch. Wegen ihnen macht sie das hier. Kopp zollte ihr im Stillen Anerkennung. (Nebenbei: Ich mag dicke Hinterbacken.)

Später musste er selber rennen. Das Übliche: Die Bahn erscheint oben in der Kurve, du zögerst, wäre es überhaupt zu schaffen, du kannst es nicht nicht versuchen, schließlich fängst du jedes Mal zu rennen an (sofern dem nichts Objektives im Wege steht). So auch Kopp, der körperlicher Anstrengung ansonsten nicht zugeneigt ist. Mir bricht selbst beim Gehen im flachen Gelände der Schweiß aus. Aber jetzt sprang er kraftvoll die Treppe hoch, die Türen öffneten sich, er sprang in den Zug, fasste eine Stange – Wie eine Liane. Fast. Sie schwingt nicht – jemand kam noch später als er, schubste ihn, nichts passiert, die Türen schlugen zu. Eine Weile stand er an der Stange und keuchte, später setzte er sich, wischte sich mit dem Unterarm die Stirn, und weil noch Schweiß da war, auch noch mit dem anderen, und stöhnte selbstvergessen. Eine Frau sah ihn an. Er grinste ihr zu.

Darius Kopp hatte erst durch den Verlust seines Führerscheins lernen müssen, den öffentlichen Personennahverkehr zu nutzen. Seit der Wende, seit dem ersten 14 Jahre alten Gebrauchtwagen, mit nichts anderem mehr unterwegs gewesen als dem eigenen Kraftfahrzeug. – Meinem *eigenen* faradayschen Käfig, darin meinen Alcantara-Sitz, meiner Klimaanlage, meinem Radio, meiner – ich verwende dieses Wort im weitesten Sinne – Sauberkeit, anstatt jeden Morgen und jeden Abend zusammengesperrt zu sein mit anderer Leute Ärsche und Aggressionen. Das gibt mir das Gefühl, kein Loser zu sein. So einfach ist das. – Flora versteht das, aber, Liebster, ich halte es doch auch aus, also *ist* es auszuhalten, und vier Wochen sind schließlich nicht lebenslang und das hier ist kein Bus in Kairo, also, halte durch.

Immer doch. (Noch eine Woche.)

Immerhin, die Züge waren sauberer und schneller, als er gedacht hätte, und die erhöhte Position erlaubt einem bis dahin unbekannte Einblicke in die Stadt. Wie viele Brachen es gibt, und wie viele Schrebergärten. Die Rückseiten der Häuser. Sei immer schön fröhlich, nur so wirst du Könich – auf eine Brandmauer gepinselt.

Es waren 7 Stationen zu fahren, die Strecke war kurvig, mal saß er in der Sonne, mal im Schatten.

Bei der zweiten Station rief sein Autohändler an. (Ausgerechnet.) Der Leasingvertrag für den Dienstwagen läuft langsam, langsam aus. Ja, ich weiß. Wie ich bereits erwähnte, überlege ich, etwas zu downsizen, Sie ahnen wieso, die Spritpreise und alles. Einen 2.7er Motor zu nehmen wäre Augenwischerei, man müsste schon bis 2.0 runtergehen, aber dazu bekommt man nicht alles an Sonderausstattung, was ich brauche. Ich fahre 60 000 km im Jahr, da braucht es ein wenig Komfort, ganz zu schweigen von der Sicherheit. Übrigens bin ich nicht zufrieden mit dem Navigationssystem (nicht aktuell genug), dem MP3-Player (unmöglich, ihn während der Fahrt zu bedienen) sowie den Scheibenwischern (schmieren), aber all das wissen Sie, jetzt haben Sie auch noch Nachtblau aus der Farbpalette genommen, aber das ist unsere Firmenfarbe, mit Aufpreis lohnt sich nicht, wozu, ist ja trotzdem kein Nachtblau, ja, wir müssten uns auf jeden Fall zusammensetzen, man kann das schlecht in der S-Bahn besprechen. Ja, ich fahre mit der S-Bahn. Eine Probefahrt mit dem SUV, um mich bei Laune zu halten, könnte ich erst nächste Woche machen, wir fahren jetzt in den Tunnel, ich weiß nicht, ob …

Telefonaffe.

Ein alter, abgerissener Mann. Noch kein Penner, aber beinahe. Stand an derselben Stange bei der Tür, wie Kopp zuvor, sah ihm nicht in die Augen, murmelte seitwärts unter seiner langen Nase hervor.

Führst dich hier auf, geh doch nach Hause, erzähl's deiner Alten. (Oder: fick deine Alte. Das wurde nicht klar.)

Den Kopf zieht er ein. Hat er Angst, ich schlage ihn? Steht da, wie eingeschissen.

Die Bahn hielt, Kopp nahm die andere nächstgelegene Tür. Das nützte nicht viel, er musste an der Tür des Alten vorbei.

Anzugaffe.

Er sagte es ihm in den Rücken. Der greise Feigling.

Darius Kopp ist keiner, der den Streit sucht, das hat er nicht nötig, nicht etwa, weil er so weise wäre oder sich so gut im Griff hätte, nein, er hat einfach das Glück, als sanftmütiger Mensch geboren worden zu sein. Nein, ich hasse meinen Nachbarn, meine Eltern, generell meine Mitmenschen, die Regierung, den Lauf der Geschichte, meine Heimat, die Fremde, das Leben auf der Straße etc. nicht. Noch nie. Aber was zu viel ist, ist zu viel. Er blieb abrupt stehen und drehte sich um. Der Alte stand jetzt direkt vor ihm. Wässrige blaue Augen, aufgerissen, dennoch bleiben sie winzig.

Jetzt mach mal halblang Opa, oder so etwas Ähnliches wollte Kopp sagen, aber dann fiel ihm etwas anderes ein – »Ja, ich habe auch meine hellen Momente« – er fing *liebenswürdig* zu grinsen an und sprach also:

Wir können schließlich nicht *alle* in Lumpen gehen.

Im Weggehen sah er noch, dass der linke Schuh des Alten zerrissen war. Ein Turnschuh. Früher nannten wir diese Sorte: chinesische. Er ging rasch weg, er hielt es nicht für ausgeschlossen, dass der Alte ihm an den Kragen gehen und dass er kräftiger sein könnte, als er auf den ersten Blick aussah. Er hatte lange Fingernägel. Rasch, unters Volk!

Jetzt sah er wirklich so aus wie ein eiliger Businessmann, für den Zeit nichts Geringeres als pures Geld ist. Der silberne Laptopkoffer schwang kraftvoll in seiner Hand.

Überspringen wir den zweiten Teil der Fahrt, nach dem Umsteigen, weitere 2 Stationen. Am Ende bringen einen zwei Rolltreppen auf die Oberfläche, es zieht angenehm, von unten kühl, von oben warm, im Winter umgekehrt. Auf den letzten Metern sieht man schon das Gebäude auftauchen, in dem man (in diesem Fall) arbeitet. Wenn man auf der Oberfläche angekommen ist – man nimmt den Schwung der Treppe mit und läuft noch einpaar Schritte, bevor man stehen bleibt und den Kopf in den Nacken legt – sieht man, wie oben an der Fassade mit goldenen Lettern BUSINESSCENTER geschrieben steht – aus dieser Perspektive natürlich stark verzerrt. Das ist so albern, dass es schon wieder gut ist. Kopp jedenfalls gefällt's, er steht kichernd in der Sonne.

Überspringen wir, dass er zunächst nicht in das Büro ging, sondern einen so genannten Businesslunch in einem nahe gelegenen Lokal einnahm. Tafelspitz mit Wurzelgemüse. Nicht schlecht, aber kaum mehr, als für den hohlen Zahn. Drei tournierte Möhrchen, zwei Kartoffelrhomben. Kopp ist in solchen Dingen nicht kleinlich, aber wenn man hungrig bleibt, sind 12,50, mit Trinkgeld 14, zu viel …

Nein, wir können doch nichts überspringen, denn kurz vor Schluss ergab sich doch etwas, und zwar gerade diese 12,50–14 betreffend. Er hatte seinen Tafelspitz gegessen, war, wie gesagt, hungrig geblieben. Einen Latte hinterher trinken, das stopft ein bisschen. Aber einen Latte gibt es auch im Büro, und zwar umsonst. Er hatte nichts anderes mehr im Kopf als diesen Latte, stand auf, ging los, die Kellnerin, eine vornehm-freundliche, junge, brünette – Sie erinnern mich an meine Frau – musste ihm hinterher:

Verzeihen Sie! Verzeihen Sie, ich glaube, ich habe vergessen zu kassieren.

Wie überaus freundlich von Ihnen, das so zu formulieren!

Kopp bat tausend Mal um Entschuldigung, ich war in Gedanken, Sie wissen ja, wie so was ist. Die Kellnerin lächelte verständnisvoll. Er hätte ihr gerne 15 gegeben, für die Unannehmlichkeiten, aber dann hatte er nur mehr genau 14 und einpaar Cent dabei. Ein Glück, dass ich wegen des Rennens schwarzgefahren bin, sonst würde es nicht einmal reichen. Aber Sie nehmen sicher auch Karten. Nehmen Sie Karten? Das kostet uns weitere 5 Minuten, aber dafür kann ich auch hinschreiben: Tip: 2,50, und wir lächeln beide.

Am Hauptempfang des Businesscenters war niemand. Ich weiß nicht, wieso, aber ich mag es nicht. Das gibt einer Eingangshalle, selbst einer marmornen (nein, sondern polierter Jurabruch) so einen verlassenen Eindruck. Kopp nahm den Fahrstuhl in die erste Etage.

Auch am Etagenempfang war niemand, keine Frau Bach, kein Herr Lasocka. Kann das Zufall sein? (Natürlich.) Dann vergaß er das. Er brauchte seine Aufmerksamkeit, um in der Etagenküche einen Schokoriegel auszuwählen und einen Cappuccino mit Extrazucker aus dem Automaten zu ziehen.

Ganz ehrlich, wenn ich nicht den ganzen Schrenz bei mir lagern müsste, bräuchte ich im Grunde gar kein Büro, ich könnte (fast) alles von der Terrasse aus machen – Der Mann, der auf einer Terrasse lebte – aber es wirkt eben besser, wenn man nicht gleich selbst am Telefon ist, sondern erst Frau Bach oder Herr Lasocka, aber was Kopp wirklich vermissen würde, wäre die Küche, in der die Kühlschränke niemals leer sind. (Das war jetzt kein Vorwurf an niemanden.)

Den Riegel steckte er in die Sakkotasche, die Tasse mit der Untertasse hielt er in der rechten Hand, der silberne Koffer hing am Schultergurt quer über seinem Rücken, so ging er auf sein Büro zu. Vor der Tür nahm er die Tasse in die Linke, um nach dem Schlüssel fummeln und aufschließen zu können.

Trat ein und blieb stehen. Ganz vergessen, wie *voll* es hier ist. Von der Tür führt nur noch ein schmaler Pfad zum Tisch, außerhalb dessen gibt es keinen Raum mehr, nur noch Gegenstände. Als hätte nichts, kein Gegenstand, der in den letzten 2 Jahren in diese 12 Quadratmeter gelangt ist, diese jemals wieder verlassen. De facto hat kein Gegenstand, der in den letzten 2 Jahren in diese 12 Quadratmeter gelangt ist, diese jemals wieder verlassen, außer Gläsern und Tassen. Die Südwand wird mannshoch von teils leeren, teils vollen Kartons mit Demogeräten und Prospekten verdeckt, sich mittlerweile in immer mehr, stufenweise kleiner werdenden Türmen in den Raum hinein ausbreitend. Meine Terrakottaarmee. Zwischen ihnen schwebt der Staub von Jahrhunderten. Man bräuchte a) einen neuen Distributor statt dem alten, der Knall auf Fall verschwunden ist (seine 50jährige Frau gegen zwei 25jährige getauscht, nein, Scherz, aber sich verliebt und alles zurückgelassen), oder b) einen Lagerraum, und c) könnte man auch mal aufräumen. Denn auch die Gegenseite, die Nordwand, an der der Tisch steht, ist voll, aber von einer militärischen Ordnung kann dort nicht mehr die Rede sein: *Haufen* von Zeitschriften, Prospekten, Plänen, Protokollen, Briefen, Memos, Rechnungen, Visitenkarten. Dazwischen überall Zettel. Die wenigsten gepinnt, die meisten gestapelt, gelegt, geworfen, gerutscht, geknüllt, Schrift verblasst oder unleserlich oder man bringt den Zusammenhang zwischen den Stichworten nicht mehr heraus. Eine Sortierunterlage, Plexiglas, 3 Etagen, jede quillt über vor Reisekostenbelegen. (Seit fast 1 Jahr keine mehr gemacht.) Sie haben sich auch schon nach vorne ausgedehnt, so wie neben einem Schutthaufen immer noch ein Müllberg entsteht. Der gelbe Kreditkartenbeleg oben auf dem Haufen ist bereits zu einem Freund geworden. Wenn wegen irgend-etwas ein Luftzug aufkommt, nickt er. Telefon, Bildschirm, Tastatur, unter dem Tisch der dazugehörige Rechner, daneben der Papierkorb, voll. Bildschirm, Tastatur und Rechner benutzt Kopp nicht, er benutzt seinen eigenen Laptop, dafür schiebt er die anderen Sachen weit nach hinten, die Tastatur drückt gegen die Sortierunterlage, Belege trudeln herunter, werden unter die Sortieranlage geknüllt, manchem Thermopapier tut das alles andere als gut.

In Klammern: in seinem Heimbüro, denn er hat auch ein Heimbüro, ist die Situation dieselbe. D.h. sie ist schlimmer, denn dort lagern zusätzlich sämtliche Computer-relativen Dinge, die er je in seinem Leben angeschafft hat. Eine Woh-nung mit zwei Bädern und einem Blaubart-Zimmer, wie Flora sagt. Oder: Liebster, du bist ein netter Mensch, aber auch das personifizierte Chaos. Zu Hause wird über das Zimmer mittlerweile nicht gesprochen, denn das wäre nicht möglich, möglich wäre nur streiten. Flora hält den Rest der Wohnung einigermaßen in Ordnung, und wenn sie dort etwas findet, das so aussieht, als gehörte es in Kopps Zimmer, dann öffnet sie die Tür einen Spalt, legt den Gegenstand auf die nächste freie Fläche und zieht die Tür wieder zu. (Wird er den Gegenstand bemerken, wenn er das nächste Mal das Zimmer betritt? Das ist eine Frage.)

Darius Kopp seufzte, ging vorsichtig den Pfad zwischen den Kartonkriegern entlang, stellte die Kaffeetasse auf eine freie Ecke des Tisches, passte den silbernen Laptopkoffer in die Lücke in der Mitte ein und schob ihn auf seinen Platz. Der gelbe Kreditkartenbeleg nickte.

Die nächsten 10 Minuten saß Kopp einfach nur in seinem hervorragend gefederten Drehstuhl (nicht mitgemietet, wir haben ihn uns selbst gekauft, schließlich geht es hier um unser

Kreuz), trank Cappuccino und sah auf den Platz hinaus. – Die Ostwand, dies der Vollständigkeit halber, wird zur Gänze von einem Fenster eingenommen. Die Möglichkeit von Sonnenaufgängen. – An der Ecke gegenüber hoben drei Männer mit Schaufeln hinter einer Abgrenzung aus rot-weißen Bändern ein Loch aus. Nah an der Hauswand, offenbar irgendwas mit dem Fundament. Der eine Mann war ein großer Schwarzer, der andere ein schmächtiger Weißer, der dritte so unauffällig, dass man ihn nicht beschreiben kann. Sie trugen alle T-Shirts, der Gesamteindruck war dennoch so, als arbeiteten sie bereits mit nacktem Oberkörper. Kopp war, als hörte er das Schippgeräusch, das ist aber unwahrscheinlich. Das Gebäude ist klimatisiert, das Fenster dementsprechend verschlossen, zudem höchste Schallschutzklasse – es ist ein belebter Platz.

Als das vorbei war, der Cappuccino ausgetrunken – unten bleibt süßer Schaum liegen, man könnte ihn auch übrig lassen, aber Kopp lässt ihn nicht übrig, er löffelt ihn aus, wenn er denn einen Löffel hat, diesmal nicht, hatte vergessen, einen mitzunehmen, er behalf sich mit dem Zeigefinger, hielt sich die Tasse über, bis nichts mehr zu holen war – als im Anschluss der Laptop hochgefahren und das E-Mail-Programm geöffnet, als schließlich auch klar war, dass in den letzten zwei Stunden keine neuen Nachrichten von Interesse entstanden waren, er also hätte anfangen können zu arbeiten, war es auch mit Kopps guter Laune vorbei.

Ich bin also immer noch sauer. Das hätte ich nicht von mir gedacht.

Der Reihe nach:

Vor zwei Jahren verkaufte ein gewisser Seppo Salonen seine Firma Eloxim, die er erst 7 Jahre zuvor gegründet hatte, an die Konkurrenz, kaufte sich vom Erlös u. a. ein größeres Boot und segelt seitdem wahrscheinlich pausenlos um die Welt. Der neue Besitzer entließ die gesamte Eloxim-Belegschaft. Das hatte nichts mit unserer Person oder unserer fachlichen Kompetenz zu tun, im Gegenteil, unsere Person und unsere fachliche Kompetenz spielten nicht die geringste Rolle. Das mag im Falle von Darius Kopp auch nicht anders gewesen sein, nur, dass man ihn als Einzigen nicht feuerte, sondern ihm die Leitung des »gemeinsamen« Büros für das deutschsprachige Mitteleuropa sowie Osteuropa anvertraute. Ab heute bin ich der einzige Mann auf dem ganzen Kontinent, Flora. Sales and regional sales manager Darius Kopp in the D/A/CH region and Eastern Europe, in Diensten von Fidelis Wireless, the global pioneer in developing and supplying scalable broadband wireless networking systems for enterprises, governments and service providers. TURN TO US.

Es war schon mitten in der Nacht, als er nach Hause fand, sie waren noch einen saufen, keiner war ihm böse, aber er musste einen ausgeben, anschließend war er schlau genug, ein Taxi zu nehmen, er stieß die Schlafzimmertür auf, sie hatte schon geschlafen, nun wachte sie auf und hörte ihn die Sätze sagen, die ihm während der Taxifahrt eingefallen waren, und die er für so brillant hielt, wie lange nichts mehr: *Ich bin Gott. Oder zumindest gottähnlich.* Und dann drehte er sich ins Profil, damit das Licht vom Flur seinen vollen Bauch beleuchten konnte und sagte: Schau, wie eine Kathedrale. Später relativierte er den Gott-Satz so: Ich bilde mir nicht allzu viel ein, Flora. Ich weiß, es gibt (immer wieder) fachlich Kompetentere und es gibt Effektivere, aber ich bin: sympathisch (dass ich außerdem vertrauenswürdig, engagiert und loyal bin, wissen sie vermutlich gar nicht), und manchmal zählt eben: das – er zeigte auf seine Nase.

Darius Kopp würde nicht darauf herumreiten, aber auf

Nachfrage würde er bestätigen, dass er bis jetzt eher Glück als Unglück in seinem Leben und seiner so genannten Karriere hatte. Zur Wende saß er in einem Rechenzentrum in seiner Heimatstadt. Obwohl es klar war, dass es in absehbarer Zeit geschlossen werden würde, hat ihn der Chef (Doc Richter) eingestellt: Du sollst dieses neue Leben nicht gleich als Arbeitssuchender anfangen. Später gründete Doc Richter eine eigene Firma, und nahm zwei seiner Mitarbeiter mit, unter ihnen Kopp. Wenig später gab er die Firma wieder auf, besorgte aber Kopp eine Anstellung bei H&I (nicht Hase und Igel, sondern Holler und Imre), einer lokalen Größe in Softwarefragen. Später traf Kopp jemanden an der Straßenbahnhaltestelle, der ihn fragte, ob er nicht seinen Job in der Hauptstadt haben wolle. Und so weiter und so fort. Ich wurde immer weitergereicht, wie ein Staffelstab, das kann mit meinen Kompetenzen zusammenhängen, aber noch mehr hängt es offenbar mit meiner Person zusammen. *Man mag mich.*

So lange, bis vor einem halben Jahr ein neuer Europachef eingestellt wurde, ein gewisser Anthony Mills. Nun, dieser Anthony Mills ist der Erste seit Jahrzehnten, der Darius Kopp *nicht* mag. Ich kann es kaum fassen, Flora, aber so ist es. Man hat mir zugetragen, dass er ein Deutschenhasser ist. Ich hätte nicht gedacht, dass es so etwas noch gibt. – Wer hat dir das zugetragen, und woher weiß er es? – Vor einigen Wochen kam es dann zu einer mittleren Eskalation.

Es war ein ganz ähnlicher Tag wie der heutige, er fing also gemütlich an. Kopp war *etwas* früher im Büro als heute, er hatte Flora zur Arbeit gebracht, mit dem Auto, denn er hatte noch seinen Führerschein.

Bis Mittag lief alles wie immer. Der Cappuccinoautomat, das Internet, E-Mails, Telefonate. Zu Mittag, das weiß er noch wie heute, holte er sich eine mit Porchetta und gegrilltem Gemüse belegte Ciabatta und aß sie auf einer Steinbank, im Schatten eines Baumes sitzend. Er stand gerade auf, die zerknüllte Papiertüte und die Serviette in der Hand, als sein Handy klingelte.

Am Apparat war ein Mensch, den wir der Einfachheit halber nur den Armenier nennen. Er selbst war gar kein Armenier, sondern Grieche, Vertreter (Sprecher? Berater?) zweier ehemaliger (armenischer) Spitzensportler, die ihr Geld anlegen wollten, indem sie ihre Heimatstadt Saitakan mit drahtlosem Breitbandinternet versorgten. Der Armenier (Grieche) war immer etwas (nein: ziemlich) aufgedreht, er lachte pausenlos ins Telefon (Könnte auch eine Marotte sein, aber Kopp dachte: Hasch, möglicherweise Koks), während er von endlosen Windmühlenkämpfen berichtete, wie das eben so ist, wenn man Geschäfte mit dem Osten macht, so schön und vielversprechend das auch alles ist, aber die Bürokratie!, und unter uns gesagt, die Korruption!, man muss geduldig und geschickt sein, aber wem sage ich das, Sie wissen es so gut wie ich, Sie sind ein Profi. Aber wenn es dann geht, dann geht es von heute auf morgen, man muss eben immer bereit sein, Sie wissen ja, Sie kennen das, kennen sich aus, und so weiter und so fort. So jammerte er abwechselnd über »die lieben Kaukasier«, »bei aller Liebe!«, »sie sind wirklich manchmal wie Kinder!«, und schmierte dann wieder Kopp unnötig Honig ums Maul, er sei im Bilde, ein Profi, ein Experte und Spezialist. Er steigerte sich richtig hinein und am Ende fragte er ganz außer Atem: Und sonst? Wie geht es Ihnen?

Er hat mich eingeladen, mit ihm nach Armenien zu reisen. Darf ich nach Armenien reisen, Flo?

Du darfst reisen, wohin du willst. Achte nur darauf, genug Wodka zu trinken, um das verdächtige Fleisch zu desinfizieren, aber hör auf, bevor du blind wirst, und ich meine das nicht im übertragenen Sinne, und schlafe bitte mit keiner Prostituierten, auch nicht, wenn sie dir als jemandes Schwester vorgestellt wird.

Woher hast du nur diese Vorurteile?

So viel hat jeder. ... Ein Witz, mein Gott, es sollte ein Witz sein!

Den Armeniern sei Dank hatte Kopp in den Forecast vom März schreiben können: 4000 Komponenten, List Price 250, Sales: 100 000.

An jenem gemütlichen Tag Ende Juli meldeten sich die Armenier erneut. Sie vermissten die zweite Lieferung über weitere 50 000.

Ja, sagte Kopp, warf den Müll in einen Eimer und schlenderte unter den Bäumen auf das Büro zu, die Lieferzeiten betragen im Moment 8 bis 10 Wochen, leider, die Nachfrage ist enorm, unsere Werke sind ausgelastet.

Ja, aber die Situation der Armenier war so, dass sie die erste Teillieferung recht schnell, nach 6 Wochen erhalten hatten, aber nun, auf die zweite, warte man bereits seit 3 Monaten.

3 Monate sind wie viel? 12 Wochen?

In diesem Fall sogar 13. Sie wissen, wie sehr ich Sie schätze, es war hauptsächlich Ihretwegen, dass wir uns für Ihre Produkte entschieden haben, aber jetzt lassen Sie uns ganz schön hängen, wenn ich das mal so sagen darf.

Kopp verstand die Lage und den Standpunkt des Armeniers und versprach, sich sofort zu kümmern.

Er ging ins Büro zurück und rief unverzüglich in London an. Seitdem Anthony da war, kostete ihn das jedes Mal eine kleine Überwindung. Aber er überwand sich selbstverständlich. Ohnehin war damit zu rechnen, dass die charming Stephanie, die Sekretärin, dran sein würde, oder die etwas weniger charmante, aber sehr korrekte Vertriebsassistentin Sandra. (Ich stelle mir vor, sie trägt eine Pagenfrisur.) Aber, wie es so ist, plötzlich ist der Chef selbst am Apparat.

Wie immer übelster Laune. Schon wieder nervt ihn jemand mit irgendeinem Shit! Andererseits will er alles kontrollieren. – You are NOT in Charge of OEM-Business! *I* am! etc. – Ungeduldig informierte er Kopp, Sandra sei krank. Anschließend teilte er rüde mit, die Bestellung des Armeniers sei nicht verspätet, sondern storniert worden.

Sie wurde was? Wieso?

Dein Kunde ist defaulting. Und zwar mit der kompletten Summe von rund 100 000.

Hoppala.

Anthony wunderte sich, dass Kopp sich wunderte. Der Kontostand sei ihm mitgeteilt worden. Er sei ihm vor einigen Wochen zusammen mit einem Memo des Finanzvorstands übermittelt worden, in dem, zusammengefasst, stand: Kunden all over the world stehen mittlerweile mit nahezu 14 Mio bei uns in der Kreide, oder, anders gesagt, sie missbrauchen uns als ihre Bank. Ab sofort gilt: Kein Geld, keine Ware. Kümmert euch darum, dass eure Kunden zahlen. Ein Geschäft ist erst ein Geschäft, wenn der Kunde zahlt.

Ja, Kopp erinnerte sich. Seitdem habe er allerdings keinen neuen Kontoauszug bekommen, so dass er nicht wissen konnte ...

Hiermit wisse er es also. Red mit deinem Kunden und red auch mit deinen anderen Kunden, da sind noch zwei, die im Verzug sind.

Das Stadtteilnetz wartet auf eine zugesagte Förderung.

Schön für sie. Ruf sie an.

Das könne er gerne machen, sagte Kopp, aber generell sei er der Meinung, bzw. habe er gedacht, das ganze Cash-Case-Memo wäre *für ihn* nur zur Information gewesen. Mir war nicht klar, dass ich persönlich das Geld eintreiben soll. Geld einzutreiben ist Aufgabe der Finances.

Das ist NICHT Aufgabe der Finances! Die Finances können den Sales unterstützen, es ist DEINE Aufgabe!

Ich bitte dich, Anthony (brüll mich nicht so an), ich bin doch der good guy. Ich bin dem Kunden gegenüber der Nette. Ich bin sein Freund, leben und leben lassen, das ist mein Prinzip.

Das sei im Prinzip sehr schön, in der Praxis hält ihn Anthony wegen solcher Ansichten für einen Simpel. Natürlich sagt er es nicht so, er weist lediglich auf etwas hin, das Kopp zweifellos selbst wisse, dass im Geschäfts- wie im richtigen Leben die Freundschaft bei Geld aufhöre, gerade weil man leben müsse, damit man leben lassen könne, und wiederholte, nun wieder schnaubend vor Ungeduld (Aber wirklich: Wie ein Pferd!), was im Brief des Chief Financial Officers Mr. Warren Natta stand, dass nämlich ein Geschäft erst ein Geschäft sei, wenn die Ware bezahlt ist.

Kopp stimmte dem zu, ja, das ist so, zweifellos, wiederholte aber, dass der Verkäufer etc. good guy etc.

Woraufhin bei Anthony der Geduldsfaden riss, er fuhr Kopp über den Mund, er solle hier nicht herumdiskutieren, Anthony habe keine Zeit für so etwas, die Vorgaben seien klar, er solle gefälligst dienen und das Maul halten (Letzteres natürlich nicht ganz mit diesen Worten), bis dann!

Paff, aufgelegt.

Kopp konnte es kaum fassen. Was ist aus der britischen Höflichkeit geworden? (Wo bzw. *wieso* hat man diesen Rüpel aufgetan? – Wäre dir *kühle* Herablassung lieber? – Nein. Lieber wäre mir ein Minimum an Respekt.)

So weit, so gut. Dass es mit diesen Halbleitern häufiger Probleme gibt, ist bekannt. Die sitzt man am besten aus. Du sitzt doch sonst immer alles aus. Was du auf keinen Fall tun solltest, ist, den Chef deines Chefs in der Zentrale in Sunnyvale in sunny California anzurufen. Doch Kopp tat, nachdem er sich gefangen hatte, nein, noch *in* dem Ärger, das ist es ja, genau das. Du kannst mich mal. Ich habe den Armeniern, meinem größten Kunden, Ware versprochen, also bekommen die Armenier Ware. Der Chef des Chefs, Mr. Bill Bower, Vice President Global Sales, ist das ganze Gegenteil von Anthony, ein netter Mann mit einer warmen Stimme. Er kann auch singen. Beim letzten Sales Meeting haben wir in der Karaoke-Lounge Sweet home Alabama gesungen, und alle jubelten uns zu.

Bill sagte schlussendlich dasselbe, dass wir auf den Zahlungen bestehen müssen, aber er sagte es höflich, und er war sich nicht zu schade, eine Erklärung zu liefern:

Du weißt, die beiden Werke sind ausgelastet, für ein drittes muss man investieren, man muss einen Kredit aufnehmen, und dafür muss man Cash haben, und eigentlich *haben* wir es auch, bzw. hätten es, wären wir in den letzten Jahren nicht solche unglaublichen Schlampen gewesen, das ist keine Buchhaltung, das ist der Stall des Augias, so etwas ist einer Company wie der unseren unwürdig, abgesehen davon, dass wir es uns nicht leisten können, niemand kann das.

Danke, Bill, sagte Kopp, etwas beschämt zwischen Nord-, Süd- und Westwand (wie gut, dass die Videotelefonie noch nicht so verbreitet ist), jetzt habe ich es verstanden, und ich gebe dir recht, ich werde es dem Kunden sehr freundlich beibringen, und noch einmal: Thanks, Bill.

…

Du redest mit Bill direkt?

Er ist der Sales Chef …

Und ich bin: YOUR Boss! Du: berichtest an mich, ich: berichte an Bill! Das ist der Weg!

Kopp versuchte bescheiden anzubringen, dass er nicht denke, dass Bill »so« wäre, aber Anthony schnitt ihm bereits das zweite Mal innerhalb kürzester Zeit das Wort ab:

Was Därjäss denn über Bill wisse, und außerdem sei das irrelevant. Was Europa anginge, und zwar GANZ Europa, habe alles über ihn, Anthony, zu laufen und basta! Er bitte darum, dass so etwas nie wieder vorkommt, er meine es ernst! Wenn Därjäss seine Zweifel habe, möge er sich doch bitte das Memo des CFO noch einmal zu Gemüte führen.

(Drohst du mir, du Wichser?) (Anthony, please, don't talk to me like this.) (Dir werd ich's zeigen!) Oh, I *am* sorry, sagte Kopp mit Zerknirschung in der Stimme. I did not want to hurt you.

You did not *hurt* me.

Kopp war abermals sorry, falls das das falsche Wort gewesen sein sollte. Du weißt, Englisch is not my mother tongue. Ich meinte möglicherweise harm you. Nein, das war auch falsch. Ich kann dir gar nicht schaden. Du weißt, was ich meine: Ich drücke ein drittes Mal mein Bedauern aus. Ich verspreche, von nun an, brav zu sein. But please, Anthony, never ever talk to me like this.

Woraufhin Anthony abermals das Gespräch derart beendete, dass er auflegte.

Obwohl die kleine Schlussnummer – bin armes, ganz konfuses bad english speaker, ich kann dir also gar nicht willentlich gesagt haben, dass du ein eitler Sack bist, der sich künstlich aufregt – nicht schlecht war, tröstete sie Kopp doch nicht so, wie er es sich erhofft hatte. Er war immer noch wütend und gekränkt, und zusätzlich angegriffen durch die Drohung. Ich kann ihm nicht von viel *harm* sein, anders er mir. Selbstquälerisch las er die Rundmail durch. Tatsächlich steht da, die Chefs mögen notfalls Leute feuern, wenn diese den Eintreiberjob nicht ernst genug nähmen. If you or one of your people is not willing to comply with this, I want to know about it immediately. Just so you know, I'll find out anyway. Und ich habe ihn alles andere als ernst genommen, Flora. Ich habe de facto keine einzige Mahnung rausgeschickt, und ich habe auch nicht angerufen.

Dieses letzte Telefonat war an einem Freitag. Es war erst Mitte des Nachmittags, Kopp stand an der Ostwand (Bei *I am YOUR boss!* aus dem Stuhl gesprungen), sah beim Fenster hinaus, sah, dass alle Welt noch toste, es war um 16 Uhr, bis Mitternacht könnte man noch einen vollen Arbeitstag hinlegen, das wird sogar erwartet, nur Proleten verlassen ihren Arbeitsplatz um 17 Uhr im Laufschritt (Kopps Vater, Darius der Ältere, im Arbeiter- und Bauernstaat Ingenieur im Fernsehwerk: *Die* sollen die Macht haben? Über *mich?*), von höheren Funktionen wird erwartet, dass sie da sind, wenn schlaflose Kunden um 8 Uhr morgens anrufen, und dass sie da sind, wenn die Amis dort drüben gegen 20 Uhr my time das erste Mal an einen denken könnten – ach, was rede (denke ich) da! (I understand, würde der freundliche Bill sagen. Ich verstehe dich gut, aber: relax. (Just like kindergarden, really …)) Kurz und gut, Darius Kopp war so aufgeladen mit Demotiviertheit – Und da gehört einiges dazu! –, dass er trotzig seinen kleinen silbernen Laptopkoffer am Ohr packte und sich auf den Weg zu Flora in die Strandbar machte. Ich brauche Tröstung = den Anblick meiner Frau und Cocktails. Er ging mit gesenktem Kopf durch das Tosen, wedelte unnötig mit dem Köfferchen und schnaubte mit zusammengekniffenen Lippen durch die Nase (Aber wirklich: Wie ein Pferd!). Um die Miesheit komplett zu machen, kollidierte er beim Linksabbiegen auch noch mit einer Gruppe Halbwüchsiger. Sie prallten mit den Schultern aneinander. – Guttän Moargänn! – Jaja!

Am Strand gab es keinen freien Liegestuhl, er setzte sich trotzig in den Sand, den Rücken lehnte er gegen eine kleine Mauer. Die an der Kollision beteiligte Schulter schmerzte, auch der Ellbogen, der durch das Gewicht des Köfferchens verdreht worden war. When love goes wrong, nothing goes right. Meine Füße sind auch zu heiß. Die Schuhe sind zu eng. Wieso sind mir plötzlich die Schuhe zu eng? (Socken zu dick? Nägel zu lang? Hitze? Miesheit?)

Später wurden zwei Plätze an der Bar frei, und er konnte mit seinem Freund Juri dort sitzen, mit dem sich etwa folgendes Gespräch entspann:

Der Punkt ist: Wieso ist dieser Wichser mein Chef? Das wurde mir nicht von Anfang an so gesagt. Ich dachte, ich wär' selber Chef. DACH und Osten. Er macht Nord, West, Süd. Wieso ist er da mein Chef?

Fragst du das ernsthaft? Juri muss sich schon sehr wundern. Erstens hast du die miesen Märkte und er die guten. Und zweitens wird der Deutsche und der Ossi niemals Chef. Und du bist, soweit ich weiß, beides.

Schönen Dank auch.

Gern geschehen. Weißt du, was ich an deiner Stelle tun würde?

Was?

Drauf scheißen. Das ist nicht das Leben.

Aha. Und was ist das Leben?

In guten Schuhen gehen und jeden Tag Cocktails.

Schlaumeier. Überall auf der Welt geht der Chef in besseren Schuhen und trinkt bessere Cocktails als der Nicht-Chef. Das müsstest selbst du ausrechnen können.

Was hast du gegen meine Schuhe? Sind sie etwa nicht schön?

Doch, sehr schön. Fall nicht vom Hocker. (Meine eigenen würde ich am liebsten ausziehen. An der Bar vielleicht lieber nicht.) … Ich will doch nur meine Arbeit gut machen! Das ist mir ein persönliches Bedürfnis! Und sie lassen mich nicht. Und wenn sie mich lassen, honorieren sie es nicht.

Jetzt sei nicht so ein Amateur! Du willst doch nicht etwa geliebt werden von denen? Also wirklich! Ich für meinen Teil, wenn ich schon den besseren Teil meines Lebens, nämlich meine Jugend, damit verbringen muss, Geld zu verdienen, bin lieber schön als nützlich. Schau dich um! Was siehst du? Es ist Sommer in der Stadt, die Schulen machen Ferien, die Familien sind weg, der Sand der Stadtstrände ist ordnungsamtlich auf Hygiene geprüft, die Kellnerinnen gehen leicht geschürzt, und mit einer von ihnen bist du sogar verheiratet. Die andere werde ich mir vornehmen.

Zusammengefasst war Juris Vorschlag, es für den Rest des Sommers *umgekehrt* zu machen: der siebente Tag soll der Tag der Arbeit sein, die anderen sechs sollen dir gehören. Denn, siehe meine technischen Erweiterungen, auch wenn ich nicht da bin, bin ich da! Und im Herbst nehme ich dann meinen Urlaub. Kopp denkt nicht, dass die Dinge so einfach liegen, aber sich an einem Freitagabend die Hucke vollzusaufen, dagegen ist nichts zu sagen. Und während sie sich voll soffen, verstand er immer besser, was Juri meinte. Im Grunde ist das auch mein Credo: Liebe dein Leben, so arm es ist! Tu das Machbare, sag dem Kunden, soundso, bei aller Liebe: Geld her, setze auch für die anderen ein freundliches bis witziges Erinnerungsschreiben auf, und dann, für die nächsten vier Wochen, die du ihnen als Frist gesetzt hast: cheerio! In diesem Sinne soffen sie bis zur Sperrstunde: mehrere Biere, einen Sex on the Beach, zwei Mai Tais, einen Manhattan Cooler, und selbstverständlich einen Zombie. Flora sah, was los war, sie sagte nichts, sie sagt in solchen Fällen nie etwas, sie fährt einen hinterher nach Hause und macht einem am nächsten Morgen ein Omelett. Eine gute Frau. Außerdem war sie auf Arbeit, hatte weiß Gott genug zu tun, und du bist schließlich erwachsen. Juri – dem es nicht gelang, bei der anderen Kellnerin (Melania) zu landen. Sie ist zu jung und zu schön für dich, sieh es ein – ging mit den anderen letzten Gästen, Kopp wartete auf seine gute Frau. Während sie das Auto aufschloss, hob er das Gesicht zum Himmel, der schon wieder hell zu werden begann, und er warf auch die Arme hinauf und rief: Das Leben ist schön! Und etwas leiser schickte er hinterher: Wer was anderes behauptet, kann mich mal an der Kuppe lutschen.

Sie fuhr ihn nach Hause, er schaute beim Seitenfenster hinaus auf die Stadt, die er liebt. – Ich liiiebe diese Stadt! – Machst du mal das Fenster zu? – Sie reagiert empfindlich auf Zug. Er schloss das Fenster und sprach von nun an leiser, weitgehend Obszönitäten, die wir nicht zitieren (»Ich will dich an der Muschi lecken« u. ä.). Er brauchte den Samstag (Omelett etc.), um seinen Rausch auszuschlafen, aber am Sonntag stand er schon wieder bereit. Bereit, mein Freund, mit dir zusammen einen unglaublich verlotterten August hinzulegen. Was mich anbelangt, bin ich in solchen Dingen etwas träge, aber Juri, zum Glück, ist ein Freizeitweltmeister.

Sie machten die Nacht zum Tage und umgekehrt.

Sie fuhren in die Hasenheide hinaus und schwoften unter Linden bis in de Puppen. Nein, denn Kopp tanzt nicht. Wieso nicht? Ich bin ein dicker Mann und außerdem verliebt in meine Frau. Ich *kann* mit keiner anderen tanzen. – Dein Problem. Dann siehst du deinem Freund halt zu.

Sie besuchten:

eine Meisterschaft im Beachvolleyball der Frauen, obwohl sich Kopp für Sport sonst nicht die Bohne interessiert,

die Neueröffnung eines Kulturhauses (Warum? Warum nicht?),

einen Poetry-Slam (Ich kann mich an kein einziges Wort erinnern, nur an die rötliche Achselbehaarung einer der Frauen) (Juri wieherte),

mehrere Vorführungen in Freiluftkinos, leichte Sachen,
eine Führung durch das alte Rohrpostsystem (Das war das
Beste, und wir, als wären wir wieder Jungen),
eine Gratis-Freiluftaufführung von Beethovens 9. Sympho-
nie, zu der so viele Menschen erschienen waren, dass es an
den Rändern zu Pöbeleien und Handgreiflichkeiten kam
(Juri und Kopp wieherten),
ein Konzert eines Singer-Songwriters, den Juri schätzt,
einen Chansonabend, bei dem eine Pianistin begleitete, bei
der Juri zu landen versuchte (erfolglos).
Sie gerieten in eine Demonstration von Eritreern, gegen
den Schuldenerlass für Äthiopien, das sich ohne Schulden leichter wieder bewaffnen könnte. (So habe ich das
noch nicht gesehen. Wollen wir uns solidarisieren? Juri
wieherte.)
Sie sahen einen Papagei, der in einem Park umherflog, ganz
und gar nicht glücklich. Sie bedauerten ihn, dennoch wieherten sie. (Was ist aus ihm geworden? Was schon?)
Sie sahen einen alten Mann, der im goldenen Sonnen-
untergang in weißen Unterhosen auf einem Hotelzimmer-
merbalkon stand und mit einer Videokamera die Straße
aufnahm. (Juri und Kopp wieherten.)
Während nebenan junge italienische Touristen im Poseidon-
brunnen badeten, so lange, bis die Polizei kam.
Sie aßen (Auswahl):
Sushi in einem Imbiss, der zur Hälfte eine Schuhmacherei
war, und dessen Wände über und über mit Schwarzwälder
Kuckucksuhren bestückt waren (Sie erstickten fast),
Tagliatelle mit Kalbsleber und Salbei,
Wiener Schnitzel mit lauwarmem Kartoffel-Gurken-Salat,
Huhn piri-piri mit Backkartoffeln,
Rib-Eye-Steak mit Chilibutter,

Schisch-Kebab, während um sie herum ein Flohmarkt tobte, Krokodilfilet im Knuspermantel und Medaillons vom Känguruhfilet mit gebratenen Pilzen und Chili-Ananas.

Dazu tranken sie: einfach *alles*. Das Beste und Schlechteste in einem war ein Gespritzter in einem ungarischen Café, der statt je zur Hälfte aus Wein und Sodawasser zu 9/10-teln aus Wein und zu 1/10-tel aus Leitungswasser bestand.

Irgendwann im Laufe der Tage und Nächte saß Kopp jedes Mal wieder auf dem Stadtstrand bei Flora, damit auch sie mitspielen konnte. Sie spielten, dass sie die Kellnerin sei, und er der Gast. Er bestellte Essen und Trinken bei ihr, sie brachte es ihm, und sagte nicht: Du verkonsumierst glatt, was ich hier verdiene. Sie empfahl ihm auch aus gesundheitlichen und/oder ästhetischen Gründen nicht, weniger zu essen oder zu trinken, und er aß und trank – siehe Bewirtungsquittung – das eine oder andere Mal durchaus für zwei. Dabei surfte er mit seinem Laptop im Internet. Einmal, als sie sich zu ihm niederbeugte, um die abgegessenen Teller und leer getrunkenen Gläser wegzuräumen, machte er einen Versuch, ihr etwas davon zu erzählen, was er gerade las – Neue Studie: Kriege töten dreimal mehr Menschen als bisher angenommen – aber sie sagte: Scht, man beobachtet uns! Sie deutete mit dem Kopf, beiläufig, als wäre da nur eine Haarsträhne, die nach hinten geschleudert werden müsste, Richtung Bar. An der Bar stand der Chef der Lokalität, der Einarmige Ben. Er war nicht wirklich einarmig, er hatte noch beide, aber der linke war nach einem Schlaganfall gelähmt. Dem Gesicht sah man es auch an, ebenso hörte man es an der Rede, einem mit deutschen und englischen Brocken durchsetzten Französisch, das ohnehin schwer zu verstehen war. Wenn der Einarmige Ben da war, stützte er sich auf die Theke (auf einem Barhocker konnte er nicht balancieren) und verfolgte die Kellnerinnen, unter ihnen Darius Kopps Frau, mit seinen Blicken. Das war offenbar *sein* Spiel. Melania, Karo, Flora, Melania, Karo, Flora. Und wir, ab da, als wären wir heimliche Geliebte, und das gefiel Kopp noch mehr. Um keinerlei Aufsehen zu erregen, gab er ihr am Ende Trinkgeld, sie nahm es an und brachte eine Bewirtungsquittung. (Ich bin scharf auf dich.)

Anschließend wartete er im Auto oder in Sichtweite davon oder zu Hause auf sie, meine nach Bar riechende Barfrau, und sie hatten häufig Sex. Leider nie auf dem Strand selbst, obwohl er sich das hätte vorstellen können. (Er hatte es sich vorgestellt.) – Wieso eigentlich nicht? In dem Himmelbett hinten in der Ecke? – Willst du, dass ich rausgeschmissen werde? – Wenn alle gegangen sind? – Irgendeiner ist immer da. – Dann wenigstens, bitte, *bevor* du geduscht hast! Bier, Speisen, Fackeln, Zigarettenasche, Schweiß, hmmmm … Noch besser wäre nur noch eine Köchin, ein Küchenfräulein, einen Tag lang gedämpftes, gewürztes Fleisch …! – Danach schliefen sie bis zum frühen Nachmittag, aber es kam auch vor, dass Kopp so aufgedreht war, dass er noch fernsah, obwohl morgens um 4 selten was Gutes kommt.

So, den ganzen August lang, bis der September begann, bis, im Grunde, gestern Nacht.

Kopp war ein wenig müde, er verbrachte den Tag im Wesentlichen in einem Sonnenstuhl dösend. Anders Juri, der plötzlich doch mehr zu tun hatte, als er gehofft hatte – Und so etwas Sinnloses! Präsentationen auf eine neue Oberfläche umstellen! 5 Tage sinnlosesten, stupidesten Copy-and-Pastes! – prompt wurde er unleidlich. Umso mehr musste am Abend kompensiert werden, sonst nehme ich diesen Frust mit in den nächsten Tag. Der Schlüssel ist: Abwechslung, Tapetenwechsel, Bühne umstellen, raus aus dem täglichen Trott. In diesem Sinne:

Können wir auch mal woandershin als immer nur zu dieser

öden Strandbar aus der vorigen Saison? Wie ihr euch da anhimmelt, ist wirklich ekelerregend. Und langweilig! … Saufen und ficken! Das will ich. Saufen, ficken und tanzen. Den Körper bewegen. Komm!

Krieg ich vorher was zu essen?

Auf jeden Fall!

Fleisch?

Ausschließlich Fleisch.

Nach dem Fleisch rauchten sie Zigarillos.

Als die Zeit fortgeschritten genug dafür war, drängten sie sich in eine Salsabar, Juri tanzte, Kopp blieb an der Theke sitzen. Ab und zu kam Juri zu ihm, trank etwas und ging wieder zurück auf die Tanzfläche. Juri tanzt gut, head delay und alles, es gelang ihm mehrmals, Paarfiguren mit Frauen auszuführen. Die Atmosphäre war aufgeheizt, Kopp rann der Schweiß in Bächen von der Stirn, obwohl er sich gar nicht bewegte. Gegen drei Uhr früh war er des Zuschauens leid, Hunger hatte er auch wieder, und in der Bar gab es nichts Anständiges zu essen.

Solidarisch, wie er nun einmal ist, begleitete ihn Juri, und sie aßen noch einen Döner und tranken noch ein Bier. Dieses letzte Bier war scheinbar zu viel, denn plötzlich sprang Juri auf und rannte einfach los, an den Straßenbahnschienen entlang auf den S-Bahnbogen zu – He! Was soll das? Kopp rannte ihm schwerfällig hinterher – unter diesem hindurch, auf den Fluss zu, auf die Brücke, ans Geländer, wo er schließlich stehen blieb. Er zerrte am Geländer, als wollte er es herausreißen, und brüllte dem Dom, dem Museum und schließlich dem Markt zu: Mehr! Mehr! Mehr! Ich will mehr!

Er ließ das Geländer los.

Nix los. Diese Stadt ist so scheiß öde, Mann.

Sturzbesoffen wie er war, setzte sich Juri auf den Gehsteig. Da erst merkte Kopp, wie sturzbesoffen der war.

He, sagte Kopp, mach das nicht. Nicht hinsetzen.

Juri ließ sich wieder hochzerren. Ging schwankend.

Los, wir gehen ins Bordell.

Sorry, Alter, ich hab's dir schon gesagt: Ich bin verliebt.

Arschloch. Verzweifelt: Ich will auf den Arm genommen werden!

Das passiert schon noch, Alter, man darf die Hoffnung nicht aufgeben. Nein, die darfst du nicht aufgeben. Hörst du? Niemals! (Ich bin auch ganz schön besoffen, verdammte Scheiße.)

Plötzlich musste Kopp gähnen. Er war nicht etwa so müde – er war natürlich auch müde – es war etwas anderes: plötzlich war er heftig gelangweilt, nein, auch das ist etwas anderes, plötzlich empfand er klar: Es ist genug. Ich bin den irdischen Vergnügen durchaus zugetan, wenn einer einen Spaß verdirbt, dann bestimmt nicht Darius Kopp, aber für den Moment war es vorbei. Der Sommer ist vorbei, Alter, egal, dass die Hitze noch tobt.

Was für ein Glück, dass Flora gerade zwei Tage frei sowie das Wochenendhaus einer Freundin in einem Waldstück vor der Stadt zur Nutzung überlassen bekommen hatte, so konnten sich endlich alle entspannen.

Doch bevor es dazu kommen kann, bevor wir uns um 4 Uhr am Nachmittag, also in kaum 1,5 Stunden, mit unserer Frau treffen und auf die Datscha fahren, muss eine einzige Sache noch erledigt werden.

Der Forecast für den September ist fällig. Genauer gesagt, ist er seit einer Woche überfällig. Der Forecast ist nicht gerade Darius Kopps Lieblingsdisziplin – Schließlich bin ich nicht das Orakel von Delphi! – dabei herrschte bei Fidelis bislang in diesen Dingen eine recht moderate Praxis. Einmal im Monat ist nun wirklich nicht die Welt. Es soll Firmen geben, bekannte, große Firmen, bei denen man jede Woche einen Vorausbericht machen muss. – Was gedenken Sie, aber ganz genau, in der KW 37 an Umsatz zu generieren? Und, später, wenn es nicht gelungen ist: Wieso nicht? Etwas hat sich aus zahlreichen, nachvollziehbaren, logischen, durch Sie nicht beeinflussbaren, äußeren, schicksalhaften, zufälligen Gründen um eine Woche verschoben? Wieso? Jaja, wir hören, dass die Gründe zahlreich, nachvollziehbar, logisch, durch Sie nicht beeinflussbar, äußerlich, schicksalhaft, zufällig waren und dass es sich nur um eine Woche handelt. Dennoch: Wieso? – Nein, bei uns lief das bisher eher freundschaftlich, etwas Wahrheit, etwas Dichtung, dennoch ist Kopp immer in Verspätung, und Anthony, wer hätte daran gezweifelt, kann das auf den Tod nicht ausstehen. (Korinthenkacker. Und überhaupt. Was soll ich da reinschreiben? Genehmigung vorausgesetzt?)

Aber schließlich hörte er auf zu jammern, zu lamentieren und zu meckern, er gab sich einen Ruck und hämmerte mit seinen dicken Fingern auf die Tastatur:

1. Stadtverwaltung Süddeutschland – Memo an die Buchhaltung: Haben sie schon gezahlt? 16 000

2. Budapest, Herr Szilagyi

    Das kann ich gleich weitergeben. Das ist ein OEM-Geschäft, und wir erinnern uns, was der Boss gesagt hat: Der OEM bin ich. (Und mir gehen wie viel durch die Lappen? Immerhin 25 000. Wird das irgendwo registriert?)

3. Die Armenier. Memo an die Buchhaltung: Haben sie gezahlt? Wenn ja, Memo an den Vertrieb: Bitte nunmehr unverzüglich liefern. Kunde wartet seit 17 (Ausrufungszeichen!) Wochen. 50 000.

    Und das war leider schon alles. 91 000. Also schreiben wir noch hin:

4. Die Uni, Termin ist erst am Dienstag, egal, schließlich handelt es sich um ein *forec*ast: 450 000 qm, ca. 1500 Komponenten à 550 = 825 000. In Kooperation mit dem Ingenieurbüro Leidl. Auf diese Weise ergibt sich: 916 000. Na bitte.

Er war gerade fertig geworden, als das Telefon klingelte. Es war Flora.

Bist du schon losgegangen?

Ist es denn schon so spät?

Wenn du hättest pünktlich sein wollen, schon. Aber er könne entspannen. Sie wird 2 Stunden länger arbeiten müssen. Karo verspätet sich.

Die blöde Kuh.

Kann man nichts machen.

Sei tapfer, Kleines.

Ohne Pause, Liebster, ohne Pause.

Und jetzt? Was machen wir mit der uns geschenkten Zeit? Der Kalender, in dem, anders als außerhalb, alles in schönster Ordnung ist, zeigte für Dienstagmorgen den nächsten geschäftlichen Termin (blau) sowie für Dienstagabend einen privaten (grün) an. Ist ein bisschen blöd verteilt, ließ sich aber nicht anders machen. Also wieder ins Internet.

Die Waldbrände im Süden sind endlich unter Kontrolle, die Zahl der toten Helfer beläuft sich auf 11, wir fordern eine Anklage wegen Mordes gegen die Mafia und andere finstere Investoren sowie ein Verbot für den Bau von Ferienanlagen in den verbrannten Gebieten. Die Zukunft gehört der Nanotechnologie, die USA bauen den Super-Soldaten, unzerbrechlicher Glasschwamm entdeckt. Auf die Frage, was die wichtigste Erfindung des 20. Jahrhunderts gewesen sei, antworten alte Isländer, die in ihrer Kindheit noch in Schuhen aus Fischhäuten gegangen sind: der Gummistiefel. Man bietet mir Geld für mein Blut und mein Sperma, und wenn ich einen Freund werbe, bekomme ich einen BMW extra. Ich wurde unter Tausenden ausgewählt.

Hier kehrte die morgendliche Lust auf einen Orangensaft wieder. Aber so heftig, dass es Kopp keine Sekunde länger in seinem Stuhl hielt. Er sprang auf, flitzte den Pfad entlang, riss die Tür auf, sah weder nach links noch nach rechts, stürzte in die Etagenküche und merkte erst dort, wo nicht Teppichboden, sondern Fliesen lagen, dass er auf Socken unterwegs war. Wann habe ich mir die Schuhe ausgezogen? (Gleich, als du dich mit dem Cappuccino hingesetzt hattest.) Schwarze Socken, keine Schuhe. Es ist kühler so, aber auf den Fliesen ist es sehr rutschig, was haben die da draufgeschmiert? Er sah sich um: Sieht mich jemand? Ab da beeilte er sich. Natürlich kleckert in solchen Fällen immer etwas daneben. Er sah auf die Schnelle nichts, womit er den Glasabdruck vom Tresen hätte wischen können, also übersah er ihn, stellte hurtig die Flasche in den Kühlschrank zurück, packte das Glas, wollte los – und stieß mit ziemlichem Schwung gegen jemandes fleischigen Bauch.

Hoppala!

Die Hand mit dem Glas voller Orangensaft kam auf, prallte ab, zwei sprangen auseinander, so dass der Großteil davon, was herausschwappte, auf dem Boden landete, aber etwas landete auch auf dem lachsfarbenen Hemd des Gegenübers.

Der Büronachbar. Vom Empfangspersonal tatsächlich »Lachs« genannt. Er trägt häufig solche Hemden. Kopp weiß das natürlich nicht, er weiß auch nicht, wie der Mann richtig heißt (Peter Michael Klein), noch wie seine Firma sich nennt und was sie macht (es steht ein Firmenname unten am Eingang und auch eine kleine Tafel neben der Bürotür, und Kopp hat beides nicht nur einmal gelesen, er hat auch im Internet nachgeschaut, was das für welche sind, aber er weiß es nicht mehr), nicht aus der Branche, nicht wichtig. Wir haben ihn nass gemacht, das allein zählt in diesem Moment.

Wir entschuldigen uns selbstverständlich.

Ist es sehr schlimm?

Kommt darauf an, wie empfindlich man ist. Ein kleiner, aber gut sichtbarer, pissegelber Fleck. Bestimmt bis aufs Unterhemd durchgesuppt.

Wir entschuldigen uns noch einmal. Selbstverständlich kommen wir für den Schaden auf.

Der Nachbar winkte ab und ging zur Tagesordnung über (um die Pfütze auf dem Boden herum, zum Cappuccino-Automaten). Hätte ich mich doch auch für einen Cappuccino entschieden! Und dann? Würde es nicht nur klebrig, sondern auch heiß meine Hand hinunterlaufen und tropfen. Vielleicht sogar den anderen verbrüht.

Kopp widerstand dem Impuls, sich kaninchengleich in seine Buchte zurück zu flüchten – Die verräterische Tropfspur würde bleiben! – er riss sich zusammen, stellte das tropfende Glas wieder hin, suchte dann eben *jetzt* nach etwas, mit dem man wischen könnte. Der andere starrte verkniffen den Cappuccinoautomaten an – das Mahlwerk, das Wasser, der Dampf, der Satz, der in den Tresterbehälter fällt – sah nicht auf seinen Fleck, rieb nicht an ihm herum, kümmerte sich in keiner Weise um ihn, dennoch, wie er so verkniffen schaut … Beleidigt, verärgert, betrübt? War er es schon vorher, war dieser Zusammenstoß nur die Krönung eines sowieso unglücklich angelaufenen Tages? Oder fing all das jetzt erst an, *mit mir*? Kopp konnte es nicht wissen und war auch sonst hilflos. Tropfen, Kleben und keine Hilfe. Der Etagenempfang war immer noch leer.

Scheiße, sagte Darius Kopp halblaut, und schielte zum anderen. Der reagierte nicht, sein Getränk war fertig, er nahm es und ging, den Blick auf den Boden geheftet, ohne Tempo-änderung wieder um die Pfütze herum.

Scheiße, sagte Darius Kopp noch einmal halblaut. (So eine Fresse ziehen wegen ein bisschen Orangensaft!)

Schließlich gab es doch Rettung. Frau Bach tauchte aus dem Raum hinter dem Empfang auf. Sie wusste, wie man wischen kann, dafür war ihr Kopp äußerst dankbar, aber andererseits sehen Sie so meine Socken. Lassen Sie nur, lassen Sie nur. Aber sie war schon fertig.

Haben Sie vielen Dank.

De nada, sagte die fröhliche Frau Bach – klein, rundlich, mittleren Alters, also: um die 40 – ich hab Sie gar nicht kommen sehen, haben Sie Ihr Paket schon bekommen?

Paket?

Nein, es lag noch unter dem Tresen. Heute früh vorbei-gebracht. Das ist seine Karte.

Ah ja, sagte Kopp, dem wieder die Socken einfielen. Danke. Und sputete sich in sein Büro zurück. Frau Bachs Frage landete nur mehr in seinem Rücken.

Sie kennen also den Mann?

Jaja, sagte Kopp und drehte sich, wie es höflich ist, dazu wenigstens andeutungsweise zu ihr um, dabei rutschte ihm ein besockter Fuß weg, nicht viel, nur eine Winzigkeit, aber genug, um zu erschrecken; das ist nicht mein elegantester Tag heute.

Fast hätte er den Karton erst einmal ungeöffnet hinge-legt – das ist leider eine Marotte von ihm. – Wieso öffnest du die Post nie, Liebster? – Ich wollte sie öffnen, später, wenn ich mehr Lust dazu gehabt hätte, aber dann hab ich's vergessen. – Briefe von den Banken, der Krankenkasse, der Steuer, *wichtige* Briefe. – Ja, ich weiß. Wieso schicken sie mir keine Mail?

Die lese ich immer. – Das nervt mich wirklich, weißt du? – aber dann fing er wieder zu denken an: Der Armenier (der Grieche) kommt also in aller Herrgottsfrühe im Büro vorbei und hinterlässt mir einen unserer Access Points? Wieso? Ist er kaputt?

Er ist nicht kaputt, es ist nicht einmal ein Access Point, sondern 40 000 in bar. Obenauf liegt ein Brief.

Sehr geehrte Herr Kopp,
ich bedauere sehr nicht mehr mit Ihnen unser Geschaeft mit Fidelis weiter fuehren zu koennen. Wir haben unser Project in veschiedenen Banken vorgestellt leider wurden uns keine weiteren Kredite genaemigt. Ich will nicht ueber die Details sprechen aber die Brueder Bedrossian sind leider auch mir einTeil meiner operativen Kosten schuldig geblieben. Bitte finden Sie anbei Ihren Anteil den mir gelungen ist für Sie zu bekommen. Leider geht es mir gesundheitlich nicht gut im Moment ich werde mich eine Weile zurueck ziehen. Ich hoffe in der Zukunft auf weitere gute Zusammenarbeit und verbleibe
mfg
Sasha Michaelides

Das Geld selbst war in weißes Papier – 2 A4-Blätter 80g Universalkopierpapier – eingehüllt. An den Seiten umgeschlagen, damit es in den Karton hineinpasst. 40 000 in bar nimmt weniger Raum ein, als man denkt. Angenommen, es wären lauter Hunderter, käme man gerade einmal auf ein Brikett von 4 cm Höhe. Nun waren es nicht lauter Hunderter, es waren sogar Fünfer dabei, aber auch so war es noch ein handliches kleines Paket. Am Freitag, den 5. September, nachmittags gegen 18 Uhr, während draußen der Feierabend- oder bereits der Abendverkehr rauschte, und nun war er auch zu hören, trotz

Schallschutzfenster, saß Darius Kopp leicht federnd in seinem Drehstuhl und wog ein Bündel Papiergeld in der Hand.

Merkwürdig. Ich mag Geld – als Zahlen. Ich mag 126 000, mehr als 3500, zum Beispiel, und 700 000 000 000 kann ich mir kaum mehr vorstellen, aber als *Gegenstand* sagt es mir quasi nichts. Vielleicht, weil es so geordnet zusammenliegt.

Als Juris senile Großeltern in ein Heim umziehen mussten, fand die Familie überall in der Wohnung Geld versteckt. Unglaubliche 50 000 – noch in D-Mark! Du greifst hierhin und dorthin und es geraten dir blaue Scheine in die Hand. Sie wurden fast wahnsinnig, sie kippten die Mülltüten, in die sie zuvor achtlos als unbrauchbar Befundenes geworfen hatten, wieder aus, und tatsächlich fand sich auch dort noch etwas, in Innentaschen, zwischen Buchseiten, in flach gedrückten, leeren Medikamentenschachteln, in die Beipackzettel gehüllt. *Wann sollten Sie dieses Medikament nicht nehmen* etc.

Kopp ließ den Daumen über die Kanten laufen. Nichts. Er hielt einen Schein gegen das Licht. Es funktionierte nicht, es war nicht mehr hell genug. Er musste aufstehen, an das Fenster treten. Er legte den Schein, einen Fünfziger, an die Scheibe. Echt. Scheinbar. Und jetzt?

Er setzte sich wieder an den Schreibtisch, klappte den Laptop zu, um Platz zu haben, und zählte über dem geschlossenen Laptop. Genau 40 000.

Er las noch einmal den Brief. Damit ich es verstehe, damit ich mich ja nicht irre. Er bringt mir 40T von 100T und taucht unter. Dass es ihm gesundheitlich nicht gut geht, kann ein Codewort dafür sein, dass er am Arsch ist, oder er ist am Arsch *und* ist tatsächlich auch gesundheitlich angeknackst. Wie sah er denn aus, Frau Bach? Kopp hat den Menschen nie persönlich getroffen, immer nur mit ihm telefoniert. Zuletzt vor 4 Wochen, als er ihm schöne Grüße von seinen Chefs ausrichtete.

Der Armenier war verschnupft, eine Sommergrippe, ist das nicht ärgerlich? Aber so geht es, wenn man immer nur arbeitet (Schweigen wir vom Alkohol und anderen Drogen), das Immunsystem ist nicht das kräftigste, aber wer wird das besser wissen als Sie. Höchstens nur noch ich, hähä. Aber Spaß beiseite, er habe verstanden, er habe das natürlich nicht in der Hand, ausschließlich die Herrn Spitzensportler persönlich, ich kann nicht mehr tun, als es ihnen noch einmal sagen. Das jetzt nur hinter vorgehaltener Hand: Ich denke schon, dass sie zahlen werden, Geld ist vorhanden, das ist nicht das Problem, die Frage ist, wann und wie sie es tun werden. Kann sein, sie halten einen noch ein halbes Jahr hin und dann kommen sie mit einem Koffer voller Barem vorbei. Sie wissen ja, wie das ist.

Nein, ehrlich gesagt, der Kerl fing nun auch Darius Kopp, der, was solche Quatschköpfe angeht, ansonsten hart im Nehmen ist, zu nerven an (Alter, jetzt hör mal auf, mir hier was vom Pferd zu erzählen. Wilder Osten. So ein Schmarren), nein, ehrlich gesagt, ist bei mir noch nie jemand mit einem Koffer voller Barem aufgetaucht, so etwas ist bei uns nicht üblich, aber schicken Sie sie doch direkt bei mir vorbei, wenn Sie sie sehen!

Ja, ja, sagte Sasha Michaelides fröhlich und nieste, Pardon, das mache er auf jeden Fall, ich will nicht, dass Sie schlecht von mir denken, Sie wissen, die Zusammenarbeit mit Ihnen ist mir viel wert.

(Ja, ist ja schon gut.)

Und jetzt, schau, hat er mir tatsächlich einen Haufen vor die Tür gesetzt. Sozusagen.

Als er nach der beiliegenden Karte und anschließend zum Telefon griff, sah er, dass es bereits 18 Uhr 10 war, ich müsste seit 10 Minuten bei Flora am Strand sein. Aber dieses Telefonat musste er noch machen.

Es klingelte lange, weiter passierte nichts.

Er räumte das Geld beiseite. Fast hätte er es einfach nur beiseite gewischt, wie es leider ebenfalls seine Angewohnheit ist. Er riss sich (abermals) zusammen, ordnete die Geldscheine wieder zu einem Brikett, steckte dieses zurück in den Karton, blieb mit seinen dicken Fingern hängen, zog, als er die Hand zurückzog, einige Scheine wieder hoch, aber es fiel nichts heraus. Klappte den Laptop wieder auf, suchte die dort gespeicherte Nummer heraus. Es war die gleiche wie die auf der Visitenkarte. Er rief sie noch einmal an. Wieder nur das Klingeln. Kein Anrufbeantworter, keine Nachricht an mich, und auch ich kann keine Nachricht mehr an ihn übermitteln.

Wenn es hier 18:20 ist, dann ist es in London 17:20, in Sunnyvale 9:20. Man könnte an verschiedenen Stellen anrufen und vom Vorgang berichten. Das würde schätzungsweise 1 bis 2 Stunden in Anspruch nehmen. Flora würde toben. Auch so wird es nicht einfach werden. Sie ist eine nette Frau, aber Verspätungen hasst sie auf den Tod. – Das ist einfach respektlos, verstehst du? Respektlos! – Spielt das in so einer Situation eine Rolle? Ja, das tut es. Bei den Entscheidungen, die ein Mitarbeiter trifft, spielt Privates eine weit größere Rolle, als man es sich wünschen würde. Hätte Darius Kopp keine Frau, die auf ihn wartet, hätte er jetzt auch keinen Zeitdruck. Aber er hat. OK. Ich gebe dir 10 Minuten, um zu entscheiden: Sag ich es ihnen jetzt gleich, oder denke ich noch ein Wochenende lang darüber nach?

Die Entscheidung war bereits mit dieser Frage gefällt, aber Kopp dachte anstandshalber noch ein wenig länger nach. Dachte an Anthony (ich bin ihm immer noch gram), Sandra (zu unwichtig), den Chief Accountant in den Staaten, einen gewissen Mister Bauer (a) bedeutet er mir nichts, b) ist er sehr schlecht zu verstehen, schlechter noch als der CEO; Letzterer nuschelt, Ersterer hat einen anstrengenden Dialekt) und schließlich Bill. Bill würde ich es gerne sagen, ich betrachte ihn beinahe als so etwas wie einen Freund, aber das geht nicht, aus den bekannten Gründen. Und Anthony, um den Kreis wieder zu schließen: Du kannst mich mal. Ich werde jetzt ein Wochenende lang etwas wissen, was du nicht weißt.

Kichernd stopfte Darius Kopp die hervorstehenden Scheine in den Karton zurück, sie verknitterten, er zog alles wieder heraus, ordnete sie wieder zu einem Brikett, legte das Kopierpapier wieder drum herum, schob es so wieder in den Karton, schloss den Deckel. Er stellte sich auf die Zehenspitzen, um den Karton auf einen Stapel nah an der Wand in der Nähe des Fensters (dem von der Tür aus gesehen weitesten Punkt) abzulegen.

Als er sich wieder auf die Fersen gestellt hatte, sah er, dass er den einen Fünfziger, den er vorhin ans Fenster gehalten hatte, vergessen hatte, mit einzupacken.

Er machte das Paket nicht wieder auf, er steckte den Fünfziger ein. Nur bis morgen. Das heißt Montag.

Er nahm die Treppe anstatt des Fahrstuhls (eine Treppe, die scheinbar nicht dafür gedacht ist, dass sie jemals jemand freiwillig benutzt, dunkel, kalt, hallig, eine Dienstbotenhintertreppe), damit er ohne weitere Verzögerung Flora anrufen konnte.

Es klingelte, dann ging ihre Mailbox ran.

Ich komme, Liebste, ich komme, es ist etwas Verrücktes passiert, ich erzähl's dir gleich.

Ich will's gar nicht wissen! Behalt's für dich, lass mich in Ruhe, du stiehlst mir nur die Zeit, meine *Lebens*zeit, das ist so demütigend, weißt du ...?

Nein, so nicht. Er kam aus anderen Gründen nicht dazu, es ihr zu erzählen. Sie war einfach zu sehr im Stress. Sie musste immer noch arbeiten, wusste gar nicht, wie spät es inzwischen war, fragte auch nicht mehr danach.

Du kannst dich ruhig hinsetzen und noch was essen. Ich bring dir was.

Sie brachte ihm, ohne dass er es bestellt hätte, einen Salat mit Garnelenspieß, einen Brotkorb und ein mexikanisches Bier.

Du bist so gut zu mir.

Karo ist erst 2 Stunden zu spät gekommen, und jetzt diskutiert sie schon wieder mit Ben, und zwar heftig. Wenn sie sich endgültig zerstreiten, können wir das Wochenende vergessen. Ich komme hier *nie* weg.

Der Salat war leider wieder nur für den hohlen Zahn, aber er wollte ihr nicht noch mehr Arbeit machen. Er aß den Brotkorb leer. Aber wenn ich noch ein Bierchen haben könnte …

Die nächste Stunde saß Kopp in seinem Liegestuhl, trank Bier und schaute sich um im lauen Sommerabend. Eine Baulücke mit Sand bestreut, Sonnenschirme und Liegestühle, zwei Himmelbetten mit wehenden Himmeln, Fackeln, Palmen im Topf, ein Sonnendach aus Schilf, darunter eine Bar, dahinter ein aknenarbiger Mulatte, sein Name ist Ulysses (noch dazu Kuhfuß: Ulysses Kuhfuß), davor der Einarmige Ben, schaut melancholisch über Karo, die alles in allem vielleicht einsfünfzig groß ist, hinweg, manchmal wiegt er den Kopf und zuckt die Achsel (die linke; aber tut er das überhaupt willkürlich?), das Stupsnäschen mit dem quietschblonden Pony da ist Melania, hinter der Bar jetzt noch ein anderer junger Kerl, wie der heißt, weiß ich gar nicht. Auf dem Nachbargrundstück springen sie Trampolin. Zusätzlich sind sie in ein Geschirr eingespannt, das sie hochzieht. Kopp hat eine gewisse Sehnsucht nach diesem Trampolin mit dem Geschirr, er würde gerne ebenfalls hochgezogen werden, am frühen Morgen, am glühenden Mittag oder jetzt, am Abend, in den Abendhimmel, über die Lichter von Häusern, Verkehrsmitteln, Straßenlaternen, jedes davon hätte seinen Reiz. Aber zum einen war ich immer zu träge, hinüberzugehen, zum anderen wäre es albern. Wie würde das aussehen, ein Mann im Anzug, das Geschirr zieht die Hosenbeine über die Socken, die Krawatte fliegt ihm ins Gesicht, in der Hand hält er ein silbernes Köfferchen, und darin ist diesmal kein Laptop, sondern …

OK, jetzt geht's endlich los. Kann ich dich noch schnell abkassieren?

Oh, ich hab nicht mehr genug Bares … (64 Euro und einpaar Cent, aber der Fünfziger ist nicht meiner.) Er zahlte mit Karte.

Wegen der Karte musste sie noch zwei Wege mehr machen.

Tut mir leid.

Darauf kommt's jetzt auch nicht mehr an.

Er gab, wie immer, Trinkgeld, sie sagte, wie immer: Vielen Dank.

Und jetzt los, weg hier, weg hier!

Die Nacht

Flora, dieses sanfte Reh, beim Autofahren eine Berserkerin. Schon beim Ausparken trat sie mit einem Karacho aufs Gas, dass sie quietschend aus der Lücke herausschossen, gleich auf die linke Spur, aber sie fuhr auch rechts, je nachdem, wo es für den Moment leerer aussah, wechselte hin und her, ungeduldig, plötzlich, am Ende bauen wir noch einen Unfall. Kopp war auf das Mitbremsen konzentriert, was sie sagte, bekam er kaum mit. Sie redete, wie sie fuhr: in rasenden Stichpunkten.

… Karo hat sich Ulysses geschnappt … Ben wegen der freien Tage … Überstunden, Trinkgelder … korrekt, transparent und zeitnah, wenn es möglich wäre … er ist der (nasal) Patron, also dann, bitte … seine Aufgabe … seit Jahr und Tag nicht während ihrer Schicht, und er weiß, wieso … aber wenn ich das Maul aufreiße, profitierst du … du schuldest mir 8 Überstunden … immer zu spät … will keine Stunden von dir, will Geld … bleib gefälligst da, ich rede hier auch über deine Angelegenheiten … er hat schon angedeutet, dass wir einer zu viel sind … ist doch ein Witz … Melania hat gut lachen, sie fickt mit ihm … erlaube mal, das kannst du doch nicht sagen … du Mauerblümchen, du lässt dir alles gefallen, du wirst davon nicht noch ein besserer Mensch, wenn du jede Pflaume verteidigst, du hörst mir überhaupt nicht zu, oder?

Doch, es sei denn, ich bin abgelenkt davon, dass ich Angst um mein Leben habe. Die Mitarbeiter einer gastronomischen Einrichtung zerfleischen sich. Was für eine Neuigkeit! Vorsicht, der will …! Egal, was er will, du warst schneller, aber jetzt bleib mal für einen Moment in einer Spur, ja? Du fährst wirklich wie eine besengte Sau, Hase, mir ist schon ganz schlecht, und das vorne!

Jetzt haben wir einen Bus vor der Nase. Habe ich die Erlaubnis, den Bus zu überholen? Siehst du, davor waren noch zwei. Und jetzt ist es Rot.

Sie stieg auf die Bremse, Kopp wurde in den Gurt gedrückt und wieder in den Sitz zurückgeworfen. Da vorne ist ein Blitzkasten, Kopp wurde auch schon einmal erwischt, ich werde immer erwischt. In Erinnerung daran verharrten sie eine Weile in Schweigen. Als sie wieder losfuhren:

Du, mir ist etwas Verrücktes passiert, heute. Kannst du dich an die Sache mit den Armeniern erinnern?

Die Sache mit den Armeniern?

Er fing an, zu erklären, wer die Armenier sind …

Ja, das weiß ich, aber was war »die Sache«?

Sie waren mit knapp 100 000 in Zahlungsverzug. Und heute ist der Typ wohl vorbeigekommen, am frühen Morgen, ich war noch nicht da, und hat das Geld gebracht. In bar. In einem von unseren Gerätekartons. Nicht alles, aber 40 000. Hast du schon mal 40 000 in bar gesehen? Ist gar nicht so spektakulär. Es war auch ein Brief dabei, schade, dass Kopp ihn mit in den Karton gestopft hat. Es würde mich interessieren, was du als Philologin davon hältst.

Ich bin keine Philologin. Aber, apropos, auch Flora hat eine Neuigkeit zu berichten. Es gab heute eine Anfrage für eine Übersetzung. Ein Stück. Kammerspiele.

Aha?!

Jemand hat es am Nachmittag mit dem Fahrrad bei der Arbeit vorbeigebracht. Kein Kurier, offenbar ein Praktikant. Durch so etwas sieht es so aus, als würde man sich um einen *bemühen* – Kosten, aber keine Mühen gescheut – aber Flora weiß sehr gut, dass sie nicht die erste Wahl für den Job war, die fünfte kommt der Wahrheit näher, was weniger über einen selbst etwas aussagt als über die Umstände, die da wären, dass die Bezahlung mies, die Zeit knapp und das Stück sprachlich und inhaltlich schwierig ist. Offenbar sehr brutal. Ich hab gesagt, ich müsst's erst einmal lesen. Ich soll bis Montag Bescheid geben. … Eigentlich habe ich gar keine Zeit dafür. Die einzige Möglichkeit wäre, nach der Arbeit eher ins Bett zu gehen, entsprechend früher wieder aufzustehen, dann hätte man am Nachmittag, also vor der nächsten Arbeit, 1–2 Stunden dafür. … Nein, das reicht nicht. Es müssten schon 3–4 sein … Plus das Lokal. Also 14 bis 16 am Tag. Für zwei Wochen könnte man das schon aushalten, oder? *Viele* Leute machen das. Aber erst mal sehen, was es überhaupt ist.

Und so unspektakulär ist also meine Geld-Story untergegangen. Sie parkte das Auto dort, wo man es nicht soll, auf dem Stück blanker Erde zwischen Fahrbahn und Gehsteig, vorne ein Lindenbaum, hinten ein Halteverbotsschild, morgens erscheint dort häufig eine Pfütze. Die Wirtin des *Fuchs und Storch*, der Stampe unten im Haus – »Oft kopiert, nie erreicht!« –, kippt, nachdem sie am Morgen den Laden gewischt hat, wusch!, das Wasser aus der Tür, als wären wir auf dem Dorf. Kopp mag das *Fuchs und Storch* und die Wirtin, ihr Name ist Bine. Die anderen Bewohner beklagen sich, so eine Bier-und-Buletten-Stampe ist doch nicht (mehr) unser Niveau!

Während Kopp noch dabei war, sich aus dem Gurt zu schälen und das Obige zu denken, hatte Flora schon den Schalthebel auf Parken gestellt, die Lichter gelöscht, war ausgestiegen, war fast schon am Haus. Kopp musste noch das Köfferchen vom Rücksitz holen, den Wagen abschließen, ihn sich noch einmal anschauen. Er wäre gerne wenigstens einmal noch um ihn herumgegangen, aber sie hielt schon die Haustür auf, wartete in apathischer Ungeduld, den Kopf am Türblatt abgelegt. Es ist eine schwere, gebremste Tür, sie musste sich mit ihrem gesamten Gewicht dagegenstemmen, ihre Knie wurden zu einem X zusammengedrückt. Als wären die Beine unterhalb der Kniescheiben etwas schmutzig.

Kommst du?

Im Fahrstuhl lehnte sie sich statt an die Tür an ihn, sie sahen in den Spiegel.

Die Kopps.

»Zwei Personen warten in der Fabrikstraße.«

Das ist ein Spiel. Jedes Mal, wenn sie zusammen Fahrstuhl fahren.

Mach mal ein kommerzielles Gesicht.

Kann nicht, bin zu müde.

Oben angekommen, stieß sie sich von ihm ab, kam auf die eigenen Beine, und ab da war es dann wieder eine einzige Raserei.

Die Sachen hatte sie schon gepackt (Wann war das geschehen? Kopp weiß es nicht), jetzt kontrollierte sie alles noch einmal, lief hin und her, treppauf, treppab, Kopp vermutete, überflüssigerweise, sie war einfach so aufgedreht, andererseits fehlte ihm auch der Überblick, vielleicht *muss* man vor einer Abreise ins Wochenende so viel herumlaufen. Am Ende holte sie eine Kühlbox unter der Treppe hervor.

Was ist da drin?

Essen.

??? Dann begriff er: Du hast Essen vor mir versteckt?

Sonst wäre es weg gewesen und wir hätten draußen nichts gehabt.

(Also, das ist wirklich etwas übertrieben …)

Wollen wir wirklich schon heute Nacht fahren? Es ist zappenduster und du bist müde … (= ein Nervenbündel …)

Aber sie hielt es keine Sekunde länger in dieser Stadt aus! Sie lud sich beide Taschen und die Kühlbox auf und war schon wieder an der Tür, er musste ihr hinterherlaufen.

Jetzt gib wenigstens *eine* her, wie sieht denn das aus?

Darius Kopp und Flora Meier lernten sich im Herbst 1999 kennen. Für den Nachmittag war ein Sturm angekündigt gewesen. Ein normaler Herbststurm, kein Orkan, der Bevölkerung wurde dennoch geraten, die Blumentöpfe vor 15 Uhr von den Balkonen zu räumen. Aber es war schon längst 18 Uhr, als schließlich die ersten Windböen in der Stadt ankamen. Sie schubsten Kopp und Juri vor sich her, die kicherten, obwohl sie noch nicht betrunken waren. Gab es wieder etwas zu feiern oder hatten sie nur Hunger oder Appetit oder waren sie einfach neugierig: sie waren an diesem frühen Abend unterwegs, um in einem spanischen Restaurant das erste Mal in ihrem Leben Kampfstiersteak zu essen. Sind das die, die den Kampf verloren haben, oder die, die man für den Kampf gezüchtet hat, die es aber nie in die Arena geschafft haben? Sie aßen, bis sie beinahe aus ihren Hemden platzten. Das heißt, das passierte tatsächlich. Vor dem Kampfstiersteak hatten sie eine große Vorspeisenplatte, danach nahmen sie noch eine Crema Catalana, und wie Kopp danach etwas tat, was man in (besseren) Restaurants (ist denn das hier ein besseres?) für gewöhnlich nicht tut, wie er sich mit glänzend geleckten Lippen wohlig streckte, platzte, nein, kein Knopf ab, womöglich noch mitten ins Gesicht einer pikierten Gnädigen, die in Blond, Rosa und Gold am Nachbartisch saß, es riss der Stoff, am höchsten Punkt des Bauches, an der Naht der Knopfleiste entlang, ratsch, 4 cm lang. Johlend taumelten sie auf die Straße hinaus, und merkten erst gar nicht, dass es sie nicht vor lauter Lachen und Beschwipstheit (kräftiger Rotwein) schwindelte, sondern dass der Wind an ihnen zerrte, und dass sie nicht etwa über so viel Völlerei in Schweiß geraten waren, sondern es Regen war, der, wie man sagt: auf sie *einpeitschte*. Als sie es dann merkten, gefiel ihnen auch das, jauchzend liefen sie zwischen/unter den Windböen und Regenhieben auf ihre Autos zu. Dazu trennten sie sich nach einer Weile, denn Kopp hatte seins woanders abgestellt als Juri. Er musste Straßenbahnschienen folgen, nun, da er allein war, sich dichter an den Hauswänden haltend. Und wie er so ging, merkte er, dass er es wohl nicht mehr bis zum Auto schaffen würde, ohne vorher einen Hieb Asthmaspray zu nehmen. Er stellte sich dafür in einen Hauseingang, und wie er so dastand, ausatmete, den Inhalator in den Mund nahm, bereit, kräftig wieder einzuatmen und anschließend die Luft anzuhalten, sah er zugleich zweierlei: erstens eine junge Frau in einem kurzen, bereits durchnässten Kleid (millefleurs), die auf ihn zukam, und zweitens die Oberleitung der Straßenbahn, die bedrohlich schwankte. Als eines der Kabel mit einem markerschütternden Krachen riss, ließ Kopp den Inhalator los, packte Flora am Arm und zog sie zu sich in den Hauseingang. Durchnässt, keuchend, ihr fehlten die Worte, ihm auch, aber er konnte zeigen: Schauen Sie, wie sich die Leitung Funken schlagend auf den Schienen windet. Eine wahnsinnige Schlange. Sie sahen ihr beide zu, und beide sahen sie nach einer Weile, dass die Leitung Flora nicht getroffen hätte, trotzdem, danke, dass Sie bereit waren, mir das Leben zu retten. Ich habe nur getan, was ein jeder getan hätte usw. Ihr Hemd ist gerissen. Ja. (Hat er ihr je die Wahrheit gesagt? Ja. Sie lachten sehr herzlich darüber.) Um es kurz zu machen: es stellte sich heraus, dass sie in eben jenem Haus wohnte, in dessen Eingang er sie gezerrt hatte. Oh. Dann habe ich Sie praktisch nach Hause gebracht. Auch darüber lachten sie sehr herzlich. Den Rest kennt man. Sie lud ihn zu sich ein. Sie kochte einen Tee, später ein Abendessen. Er sagte nicht, dass er schon hatte. – Ich bin doch nicht verrückt! – Sie konnte gut kochen (Es war nur ein Letscho mit Ei, Liebster. – Das beste, das ich je gegessen habe!), das machte ihn froh. Ja, ich war schon dabei, mich auf den Rest meines Lebens mit dir einzurichten. Er merkte: er war schon dabei, sich auf den Rest seines Lebens mit dieser Frau einzurichten, und auch darüber war er glücklich. Später stellte sich heraus, dass sie sich, erstens, mehr oder weniger in allen Punkten unterschieden, äußerlich wie innerlich wie von den Interessen her – sie musisch, er technisch, auch politisch waren sie nicht einer Meinung (er steht dazu, den Kapitalismus für das einzig funktionierende Wirtschaftssystem zu halten, sie nicht) – aber dass das, zweitens, keinerlei Rolle für ihre gemeinsame Zukunft spielte. Wir haben nichts gemeinsam, außer, dass wir uns lieben, sagt er, was er von ihr gehört hat, hebt die Schultern und dreht, zum Zeichen seiner fröhlichen Ratlosigkeit, drollig die Handflächen nach oben. (Und sie ist sogar schön! Ihre Brüste sind wie Zigeuneräpfel, ihr Nabel eine winzige Muschel, ihr Busch hat die Form einer Dattelpalme, und sie hat diesen schönen, runden, ungarischen Arsch, neben dem die Honigmelone vor Neid erblasst! – Die Honigmelone erblasst vor Neid? Du bist völlig hinüber, Alter, oder? – Ja, mein Freund, das bin ich.)

Im Herbst des Jahres 1999 verliebte sich Darius Kopp in eine ungarische Studentin der Literatur- und der Theaterwissenschaft, aber auf eine Weise, na, nicht gerade, dass er Atemnot bekam, wenn sie sein Sichtfeld verließ, aber nach 2 oder 3 Stunden ohne sie musste er schon wieder an sie denken.

So, so, mein Sohn, sagte Greta Kopp, geborene Krumbholz, du hast also jemanden kennengelernt. Eine Osteuropäerin. Was, meinst du, wird sie von dir wohl wollen? Sie ist doch bestimmt schon schwanger.

Nein, Mutter, das war *eure* Geschichte.

Darauf folgte eine furchtbare Szene, Zeter, Mordio, Rotz und Tränen, entschuldige dich gefälligst bei der Frau, die dich geboren und vorher rasch deinen Vater geheiratet hat, um nicht mit der Schande allein zu bleiben!

Weißt du, für mich ist das auch nicht gerade ein Triumphmarsch, schließlich bin *ich* diese potenzielle Schande.

Schwamm drüber oder auch nicht; diese unnötigen Grausamkeiten in Friedenszeiten.

Aber wo kommt sie überhaupt her, was weiß man überhaupt über ihre Familie?

Wieso, ist unsere etwa so besonders? Aber bitte schön, hier das wenige, das Kopp erfuhr (sie erzählte, im Gegensatz, nicht wahr, zu den meisten, nicht besonders gerne von sich, so dass man es diesmal kaum zusammenfassen muss):

Der Vater galt als unbekannt, die Mutter war ein nervliches Wrack. Das Mädchen wuchs bei der Oma auf dem Land auf,

Korn, Kombajn und Kühe auf der einen, Katholizismus und Kommunismus auf der anderen Seite, bis sie im Alter von 12 Jahren herzlich darum bat, lieber mit 11 anderen Mädchen und 6 Hochbetten in einem Wohnheimzimmer leben zu dürfen, wo einem morgens, mittags und abends ein Trommelfell quälender Klingelton angab, was man wann zu tun und zu lassen hatte. Silentium!, meistens. Die Mädchen waren wie 12(später 13 bis 18)jährige Mädchen eben sind, und Flora, die still war, gerne las und der es nicht gut gelang, wie es ihr bis heute nicht gut gelingt, Interesse für Schminken, Popmusik und Liebesverwirrungen zu heucheln, stand immer etwas am Rande. Trotzdem war es schön mit ihnen, manchmal vermisse ich sie heute noch. Sie waren das Gegenprogramm zu den Erwachsenen, von denen jeder einzelne: Lehrer, Wohnheimerzieher, Verkäuferinnen, Portiers, Pfarrer und Briefträger, natürlich die Nachbarn und leider auch Verwandte im Kasernenhofton mit ihnen und miteinander redeten, und überhaupt so taten, als wären die Zeiten nicht so, dass etwas Freundlichkeit möglich wäre. Aber mir kann keiner weißmachen, das sei deswegen so gewesen, weil man so müde davon war, in Schichten am fortgeschrittenen Sozialismus zu bauen. Die Leute sind einfach ein roher Haufen, so sieht es aus.

Ich verstehe, was du meinst, sagte Kopp. Obwohl ich nicht gelitten habe. Ich hatte weder Angst und habe gejammert wie meine Mutter, noch war ich unzufrieden und habe versucht, das System auszutricksen wie mein Vater, ich hab's einfach genommen, wie's kam, und das tue ich auch heute.

Glücklicher Kopp. Sie küsste ihn. Er verstand nicht genau, wofür er die Belohnung bekam, was einen, nicht wahr, keineswegs daran hindern muss, sie anzunehmen.

Mit 18 versuchte sie, herauszufinden, wer ihr Vater war. Sie bekam einen todsicheren Tipp, doch als sie dort klingelte, jagte man sie mit Schimpf und Schande davon. Sie setzte sich auf eine Bank, die auf der Straße stand und weinte, und die Frau, die sie zuvor beschimpft und hinausgeworfen hatte, kam heraus und verjagte sie auch von der Bank und drohte ihr mit einer Anzeige. Sie lief weinend durch die Straßen, es war warm, sie trug ein blassgrünes Kleid und ausgetretene weiße Sandalen, und wer sie dort gehen und weinen sah, blickte sie missbilligend an. – So darf man sich *bei uns* nicht benehmen! – Eine Horde Teenager lachte grob. Als sie am Theaterplatz ankam, begriff sie, dass sie jetzt frei war. Sie hörte auf zu weinen und verließ die Kleinstadt auf Nimmerwiedersehen.

In der Hauptstadt verbrachte sie nur ein halbes Jahr, wieder war es ein Wohnheim und wieder war sie glücklich dort. Als sie ein Stipendium nach Deutschland bekam, nahm sie dieses dennoch an, und danach ging sie nicht wieder zurück. Sie hat keinen Abschluss, aber im Kulturbereich macht das nicht so viel aus. Als Kopp sie kennenlernte, war sie gerade die Assistentin eines so genannten unabhängigen Filmproduzenten geworden. Sie arbeitete Vollzeit, also ca. 60 Stunden die Woche, für 1500 Mark brutto *Honorar.* Ihre erste Aufgabe war es, die anderen 180 Bewerbungen für ihre Stelle wegzuwerfen. Der Chef hatte Bemerkungen wie »*sexy voix*« oder »*mais elle est vilaine*« auf die Lebensläufe geschrieben. Sie gibt zu, in seiner Abwesenheit seinen Schreibtisch nach ihrer Bewerbung durchsucht zu haben. »+/- *jolie mais mal habillée.*«

Frechheit! sagte Kopp.

Sie lächelte nur. Sie lächelte häufig, lachte, jammerte und schimpfte selten, selbst wenn sie sich stritt, tat sie es sanft. Sie war fürsorglich. – (Diese osteuropäischen Frauen ... etc. etc. Raffiniert, wie sie ist, tut sie ihm sogar das Essen auf den Teller! etc. etc.) – Wenn sie sich begegneten, strich sie ihm übers Haar oder die Schulter. Selbst Juri, der der Meinung war, die Frau sei »wie ein Schluck Wasser«, musste, als er einmal sah, wie sie ihm »unbemerkt« über die Schulter strich, ebenso unbemerkt vor sich zugeben, dass man ein Tölpel/ein Klotz wäre, hätte man daran etwas auszusetzen.

Du hast nur einen einzigen Fehler, Liebste. Man kann nicht mit dir saufen.

Wieso willst du mit mir saufen?

Um *alles* mit dir machen zu können.

Wieder lächelte sie.

Kurz und gut, es ließ sich gut an. In Zeiten wirtschaftlichen Aufschwungs tun wir alle so, als wären wir leichter – oder sind es vielleicht wirklich. Oder wenn sich politisch etwas zum Besseren wendet. Kannst du dir vorstellen, Juri, wie es ist, plötzlich nicht mehr in einer Diktatur zu leben? – *Irgendwas* kann ich mir natürlich vorstellen.

So bis zum April 2001. Sie erschien vereinbarungsgemäß um 9 zur Arbeit im Büro in einem Charlottengrader Hochparterre. Sie zog die hölzernen Rollläden hoch. Leider den gebrochenen *zu* hoch. Wenn das passiert, muss man auf einen Stuhl steigen, mit einem Besenstiel gegenhalten und den Rollladen wieder befreien, sonst kann man ihn am Abend nicht wieder schließen. Einbrechern ist Tür und Tor geöffnet. Sie quälte sich lange damit, klemmte sich die Hand ein, war schweißüberströmt.

Sie schaltete die drei steinzeitlichen Computer ein. Sie frühstückte einen Tee, einen Apfel und eine Banane. Anschließend begann sie, eine Kassette mit Diktaten in Englisch, Deutsch und Französisch abzutippen.

Der Chef mit dem Hund kam gegen elf.

Während sie vor ihm stand, um ihre Aufgaben für den Tag entgegenzunehmen, kam der Hund und steckte seine Nase unter ihren Rock. Er steckte seine Schnauze in jene herzförmige Aussparung, wo sich die Pobacken Richtung Scham öffnen. Der Hund wedelte mit dem Schwanz, der Chef lachte. Sie schrieb sich eine Liste mit den Aufgaben und pinnte sie an die Wand, um sie nicht zu vergessen oder durcheinanderzubringen. Sie tippte wieder, sie nahm Telefonate entgegen. Übrigens können wir selber nicht mehr raustelefonieren, wir sind im Verzug mit der Rechnung.

Sie durchforstete die Rezensionen für einen Film, den sie vermarkteten, und stellte Pressezitate zusammen.

Totale Scheiße, sagte der Chef und erklärte es ihr noch einmal. Es geht nicht darum, die vernünftigsten Sätze herauszusuchen, sondern die plakativsten, und zwar, bitte, aus den bekanntesten Zeitungen, und nicht aus irgendwelchen Provinzblättern, wo junge Frauen wie du sitzen, die vielleicht schlau sind, nur dass das vollkommen irrelevant ist.

Er führte den Hund aus. Als er wiederkam, sagte er, sie solle hinausgehen, Hundefutter und Zigaretten kaufen. Sie tat es.

Sie gab Hundefutter in den Napf und stellte einen Eimer unter die kaputte Spüle.

Bitte entferne deinen Zu-Erledigen-Zettel, es kommen Gäste, die geht es nichts an, was du arbeitest.

Der Regisseur ging auf die Fünfzig zu, es sollte sein dritter abendfüllender Film werden. Er hasste dafür die gesamte Menschheit: Ah, die Chefsekretärin!

Während der Regisseur beim Chef war, kam der Hund zu ihr, legte seinen Kopf in ihren Schoß und sah sie an. Sie streichelte seinen Kopf.

Chef und Regisseur kamen wieder aus dem Chefbüro und der Hund erbrach sich vor ihre Füße. Die Kotze des Hundes war rötlich, sie traf den linken Schuh des Regisseurs und Floras rechten. Der Regisseur schimpfte wie ein Rohrspatz. Taschentuch! schrie er. Sie rührte sich nicht. Wenn sie losgegangen wäre, hätte sie das Erbrochene über das ganze Parkett verteilt.

Aber wer sollte sonst gehen? Der Chef starrte eine ganze Weile in die Situation, bis er begriff, dass nur er gehen konnte. Er schnitt eine Grimasse, bevor er es tat. Er brachte Papierhandtücher, reichte sie dem Regisseur. Dieser putzte sich unter ununterbrochenem Geschimpfe den Schuh ab, verbrauchte dafür alle mitgebrachten Tücher, warf die verschmierten Knäuel in den Papierkorb (eins fiel daneben).

Chef, Regisseur und Hund zogen ab, Flora stand immer noch da, mit dem rechten Schuh in der Kotze. Sie musste doch noch eine rötliche Spur hinter sich herziehen, auf ihrem Weg zur Kammer, in der Eimer und Feudel aufbewahrt wurden.

Später rief ein Gläubiger an, sie gab die Unwissende.

Später kam ein Bote, er musste über den im Türrahmen liegenden Hund steigen, der nach seiner Hose schnappte. Sie entschuldigte sich.

Gegen 19 Uhr war das Werbefax fertig. Merke: E-Mails liest heutzutage kein Mensch mehr, für Briefe haben wir kein Geld, mit einem Fax hast du noch die Chance, aufzufallen. Nachdem der Chef seine Lektion erteilt hatte, kündigte er an, mit einer Freundin essen zu gehen, Flora sollte so lange die Faxe verschicken, dafür solle sie die Telefondose im Lager benutzen, die bereits zur angrenzenden Wohnung gehöre und deswegen noch funktioniere.

Das Faxgerät war alt, nahm nicht mehr als 10 Nummern auf einmal an. Sie rechnete aus, wie lange es auf diese Weise dauern würde, bis sie alle versendet hatte: die halbe Nacht.

Sie machte sich aus ihrem Mantel ein Lager und legte sich neben das Gerät, da ihr vom Bücken der Rücken wehtat.

Später fand sie der Chef auf dem Mantel schlafend vor. Er roch nach Essen, Rotwein, Zigarre. Er stauchte sie zusammen, es waren noch lange nicht alle Faxe verschickt.

Sie bat in aller Höflichkeit darum, diesen rüden Ton zu unterlassen. Außerdem wies sie darauf hin, dass sie nun schon seit 7 Wochen hier sei, sie habe in dieser Zeit jedes Wochenende durchgearbeitet, aber noch kein Geld erhalten.

Du bekommst das Geld am Ende der Probezeit.

Wie bitte?

Dafür dauert sie auch nur 3 Monate.

Und wovon soll ich so lange leben? Meine Miete bezahlen? Essen?

Der Chef ging wortlos hinaus. Wenig später kam er mit einem Teller Reisgericht mit Curry und Erbsen und einem Hundert-Mark-Schein wieder. Beides, wie er vorwurfsvoll sagte, von seiner Mitbewohnerin.

Bitte, schicke die restlichen Faxe noch weg.

Sie schickte die restlichen Faxe weg, aß nebenher das kalte Reisgericht.

Später stand sie in ihrem billigen roten Mantel im Buswarte-häuschen und wartete auf den Nachtbus. Außer ihr stand noch ein Pärchen da, sie hielten sich eng umschlungen.

Ein Besoffener kam des Wegs. Als er sie sah, blieb er stehen, musterte sie und fragte: Wie viel?

Sie sah ihn nicht an. Er trat näher heran und sprach lauter. Sie spürte seinen Atem im Gesicht. Wein.

Wie viel, frage ich!

Sie wandte den Blick ab. (Ich hatte schon ein wenig Angst.)

Der Besoffene teilte ihr mit, dass sie in diesem billigen roten Mantel wie eine Nutte aussähe. Und deswegen frage er sie noch einmal: Wie viel?!

Und du, hätte ich sagen sollen, siehst wie ein Penner aus. Und wenn du mich fragst, wie viel, müsste ich 3 Zentimeter schätzen, nicht mehr, aber natürlich ist man *dort* nie so schlagfertig, selbst wenn sie nicht so ausgelaugt gewesen wäre vom Tag und der ganzen Zeit davor. Ich wollte nur in Ruhe gelassen werden.

Bitte, lassen Sie mich in Frieden.

Stattdessen kam der Typ noch näher und packte sie am Arm. Es kam zu einer Rangelei, in deren Verlauf nicht etwa Flora den Besoffenen, sondern dieser sie gegen das Schienbein trat, dass es wie trockenes Holz krachte. Hier griff das Pärchen ein, aber der Mann, der den Angreifer wegzuzerren versuchte, war nicht geschickt genug, der Besoffene entschlüpfte ihm und rannte davon.

Flora sank zu Boden, an ihrem rechten Schienbein wuchs eine Beule, aber in einem Tempo und von einem Ausmaß, dass die Frau neben ihr vor Schreck ihren Mund verdeckte. Ihr Partner hatte den Davonlaufenden eine Weile verfolgt, aber wirklich einholen wollte er ihn nicht, er gab schnell auf und kehrte zum Buswartehäuschen zurück.

Der Bus kam, man alarmierte die Polizei und einen Krankenwagen.

Wie geht es dir? fragte der erschrockene Kopp.

(Flora ist überfallen worden!

Ist sie tot?

Nein.

Oh, sagte Greta.)

Ganz gut, sagte Flora. Es ist nur ein Haarriss.

Tut irgendwas weh?

Im Moment nicht.

Kannst du schlafen?

Wenn du mich ließest.

Entschuldige.

Im Hinterhof, auf das ihr Fenster blickte, bewegten sich die Ranken des wilden Weins, in was für einem Licht, dem des Mondes oder dem aus einem Nachbarfenster, ihre Schatten doppelten sich in den verspiegelten Türen des Kleiderschrankes, den Flora gegenüber dem Fenster aufgestellt hatte, damit das Zimmer heller wurde. Kopp war schockiert, traurig, wütend, Flora schien nichts davon zu sein, also beruhigte auch er sich rasch.

Sie ging nicht mehr zurück zum Franzosen, und sah natürlich nie Geld von ihm, Schwamm drüber. Das Bein war nur wenige Tage lang gegipst, danach bekam sie eine Schiene, aber sie würde mehrere Wochen lang nicht gut laufen können, also bot Kopp an, dass sie bei ihm und seinem Fahrstuhl wohnen sollte. Sie war einverstanden. Es hätte alles sehr schön sein können – Für eine beschränkte Zeit ist es schön, seine Freundin zu pflegen – aber gerade zu jener Zeit ging es auch bei Kopp beruflich drunter und drüber – *Unser Wert verfiel stündlich* – und er war quasi nie zu Hause. Und ich sitze hier, wie so ein Burgfräulein. Kein Vorwurf, nur eine Feststellung. Das letzte Mal zum Warten verurteilt war ich als Kind. Es sei denn, sie hievte sich doch auf die Beine, um in den Supermarkt zu krücken, damit es etwas zu essen im Hause gab.

Floras Zusammenbruch erfolgte der Legende zufolge an demselben Tag, an dem Kopp seinen Job verlor, die beiden Ereignisse hatten ansonsten nichts miteinander zu tun. Der Büroleiter kam aus seinem Büro und sagte zu uns: Hört mal alle her etc. Juri schlug vor, eine After-Work-Party (!) zu machen. Sie gingen in eine große Kegelhalle, kegelten wie die Wilden und stopften sich mit Hähnchenschenkeln und Bier voll. Später kauften wir die Designerschreibtische und -lampen für symbolische Beträge aus der Konkursmasse heraus, ein Tisch und zwei Lampen stehen, zusammen mit einigen (unzähligen) Switches, Ports, Antennen und Speichereinheiten bis heute in Kopps Heimbüro.

Sie kegelten, fraßen und soffen also und lachten wie die Irren, anschließend fiel Kopp neben Flora ins Bett und schnarchte bis in den späten Morgen. Die Helligkeit quälte seine Augen, er hielt nur eins einen Spalt offen, so ging er ins Bad. Er schlief ein weiteres Viertelstündchen auf der Toilette, und noch eins unter der Dusche. Zum Abschluss wechselte er von warmem Wasser zu kaltem, danach stand er noch lange da und ließ das Wasser aus seinem Fell tropfen. Als er alles in allem eine Stunde später zurück ins Schlafzimmer kam, schlief Flora immer noch.

Er ging auf den Balkon hinaus und grinste in die Sonne. Nicht sehr lange, denn die Helligkeit stach ihm wieder ins Auge, er bekam Kopfschmerzen und ihm fiel ein, dass er jetzt also arbeitslos war. Ihm wurden die Arme taub, er ging zurück ins Zimmer.

Flora?

Sie war blass und kalt, und Kopp plötzlich zu sehr in Panik, um zu hören, ob sie noch atmete. Stell dir vor, du wachst auf, und der Mensch neben dir ist tot.

Aber sie war nicht tot, sie hatte nicht genug Schmerzmittel genommen, Kopp seinerseits nahm gar nichts, zum einen war keine einzige Pille mehr im Haus und zum anderen hätte er sich jetzt auch nicht mehr getraut. Vor Kopfschmerz und Schrecken betäubt, saß er erneut an ihrem Krankenhausbett.

Sie war eine Woche lang unansprechbar, schlief entweder oder weinte mit abgewandtem Gesicht, aber er hätte sowieso nicht gewusst, was er sagen sollte.

Was ist das? Wieso? Was war passiert?

Später erzählte sie es ihm. Wie häufig war es auch diesmal nur etwas Kleines. – Oder, ich weiß nicht. Nein. – Sie hatte keinen guten Tag. Schon nach dem Aufwachen war da *etwas*, und du weißt, wenn es schon so anfängt, hast du keine Chance. Was auch passiert, und wenn nichts passiert, *es* wird dich begleiten und es wird wachsen, eine Eiterblase, du kannst höchstens hoffen, dass es langsam genug vonstatten geht, dass der Tag zu Ende ist, bevor es unerträglich wird, bevor sie platzt.

Zum Lesen, Fernsehen oder jeder anderen stillen Tätigkeit war sie zu unruhig, also ging sie in den Supermarkt. Dort standen zwei Frauen zwischen den Regalen, und während Flora sich nach einer Packung Nudeln streckte, sagte die eine zur anderen: *... und die eine Schwester, wenn ihre Tochter sich in die Hosen gemacht hat, hat sie ihr den nassen Schlüpfer über den Kopf gezogen, so musste sie in der Ecke stehen, die war schon mit einem Jahr sauber ...* Hier bemerkte sie, dass Flora sie anstarrte. Die beiden Frauen starrten zurück und wechselten dann diesen bekannten Blick: Was ist das für eine? Woher kommt sie, dass sie nicht weiß, dass es sich nicht gehört, so zu starren?

Flora drehte sich um, ging nach Hause, legte die Nudeln in der Küche ab, ging ins Bad, sah in den Spiegel, und dann war's vorbei. Ich konnte mir selbst nicht in die Augen sehen, so sehr habe ich mich geschämt.

Du? Geschämt? Aber wieso?

Das kann man nicht erklären.

War es eine Spätfolge des Überfalls?

Nein. Hat mich jemand, ein armer Wahnsinniger, belästigt und verletzt? Ja. Die Frage ist: Wieso passiert das nicht jeden Tag etc. Man wundert sich höchstens über die eigene Unempfindlichkeit. Aber das jetzt konnte sie nicht mehr ertragen. Dieser Schmerz ist unerträglich. Ich möchte nicht mehr leben.

Ich verstehe das nicht.

Ich weiß.

Ihre Frau, aber das werden Sie wissen, ist eine außerordentlich sensible Person, eine so genannte highly sensitive person. Das bedeutet nicht nur, dass sie bereits von der Menge Stimulation, bei denen sich ein Nicht-Hochsensibler noch langweilt, stimuliert ist, wohingegen sie in Situationen, in denen sich Nicht-Hochsensible wohlfühlen, überstimuliert ist. Es kommt noch hinzu, dass ihr auch Leiden in jeglicher Form unerträglich ist. Mehr noch, sie kann nicht unterscheiden zwischen eigenem und fremdem Leiden. Oft wirken ausgerechnet solche Menschen ganz besonders widerstandsfähig, aus keinem anderen Grund als dem, dass sie quasi keinen direkten Kontakt zur Welt halten. Wird ihre Schutzzone allerdings durch irgendetwas durchbrochen, ist die Hölle los.

Wie lange dauert so was?

So etwas *dauert* nicht. So etwas *ist*. Das ist wie Ihre Augenfarbe oder Ihre Händigkeit, Sie können den Stift in der Rechten halten, trotzdem bleiben Sie, was Sie sind.

Verstehe, sagte Kopp.

Dass Sie ratlos sind, ist normal. Zu Ihrer Entlastung sei Ihnen gesagt: Es liegt nicht in Ihrer Hand. Es liegt in der Hand Ihrer Frau. Es geht darum, es geht immer darum, einen Weg zu finden, nicht zu verzweifeln. … Jetzt schauen Sie doch, um Himmels willen, nicht so erschrocken drein!

Hallo Schatz, wie geht es dir? fragte Kopp und strahlte über das ganze Gesicht.

Ich habe mich geschämt für diese Frauen, für die Frau, von der sie erzählten, für das kleine Mädchen in der Ecke und schließlich für mich selbst. Weil es mir so wehtat. Mein ganzes Leben lang schon. Es kostet mich meine gesamte Energie, diesen Schmerz niederzuhalten. Warum? Weil ich leben will.

Das will ich auch. Lebe mit mir.

Sie sah ihn an.

Ich meine es ernst: Heirate mich.

Sie schaute nur.

Natürlich, sagte er. Entschuldige. Er zog die Hose an seinem rechten Bein hoch, bevor er in den Kniestand ging. Beziehungsweise, bevor ich das tue, solltest du fairerweise wissen, dass ich gerade meinen Job verloren habe. Wir sind aufgelöst worden. Tutto kompletto, die ganze Bande. Und jetzt, noch einmal: Ich kann und will ohne dich nicht leben. Heirate mich, bitte.

(Seid ihr verrückt?! In so einer Situation heiratet man nicht! Und überhaupt: *So was* vererbt sich doch! – Ja. Ebenso wie Asthma.)

Sie heirateten nur im Beisein von Juri und einem Freund von ihrer Seite, zu dem der Kontakt mittlerweile abgerissen ist. Sie gingen in ein spanisches Restaurant. Zwei der Männer aßen Kampfstiersteak, einer Pollo ajillo, Flora aß Austern und einen Vorspeisenteller als Hauptgericht. Die Bedienung war eigentlich Studentin und machte ihre Sache mehr schlecht als recht. Der Höhepunkt war, als sie einen der Teller nicht von rechts, oder meinetwegen von links servierte, sondern über den Kopf des Bräutigams auf den Tisch zu heben versuchte, wobei etwas Soße auf sein schon damals schütteres Haupt tropfte. Sie entschuldigte sich tausend Mal, rannte weg, rannte wieder her, und noch ehe irgendjemand am Tisch etwas tun oder sagen konnte, war sie dabei, Kopps Glatze mit einem rosafarbenen Schwammtuch abzuwischen, mit dem man sonst, mutmaßlich, die Tische wischte. Die ganze Bande lag selbstredend unter dem Tisch. Zum krönenden Abschluss gab es keinen Café con leche y leche, denn eine der Leches, die normale Milch nämlich, war sauer geworden. Wenn diese Ehe nicht im Himmel geschlossen worden ist, dann weiß ich auch nicht.

Tatsächlich ging es ab da wieder – Langsam, langsam, so dass auch unsere Seelen Schritt halten konnten – aufwärts. Das folgende Jahr, das sie beschäftigungslos miteinander verbrachten, war für Kopp das bis dahin glücklichste in ihrer gesamten Beziehung, ja, möglicherweise in seinem Leben. Sie lebten von der Hand in den Mund und besuchten viele Friedensdemonstrationen. Sie kochte jeden Tag sehr gesundes und schmackhaftes Essen, und Kopp nahm das erste Mal seit 10 Jahren ab.

Später fand er wieder Arbeit, sie blieb weiterhin zu Hause. Eine Weile führten sie eine traditionelle Hausfrauenehe (Dacht' ich's mir doch. Tut so, als könnte sie keinen Eimer Wasser umschubsen, dabei blablabla …) und Kopp wurde noch glücklicher, da er sich um nichts kümmern musste, was in den privaten Bereich fiel. Sie las wieder viel. Wie war dein Tag? Ich habe das und das gelesen. Hasenbau. Wenn ein Reisender in dunkler Nacht. Kleiner Mann was nun. Manches – »die leichteren Sachen« – legte sie ihm neben seine Seite des Betts. Er las nie etwas davon. Bevor der Turm umfiel, räumte sie ihn weg. Sie stand morgens um 6 auf und ging abends um 10 ins Bett, so dass er die »Wie war dein Tag«-Frage meist am Telefon stellte, in der leeren Stunde, die jeden Nachmittag im Büro entsteht. Seit dem Tag ihres Kennenlernens telefonieren sie jeden Tag, egal, ob sie sich am Morgen oder am Abend gesehen haben oder sehen werden. Circa am Jahrestag ihres Zusammenbruchs sagte Flora dann, so wolle sie nicht weitermachen. Ich habe jetzt endgültig beschlossen, nicht mehr zu leiden.

Großartig, sagte Kopp, der natürlich keinerlei Vorstellung davon hat, dass so etwas nicht möglich ist. Sie nahm, im Zeichen ihres neuen Lebens, einen Aushilfsjob in einem Coffee-Shop an, das irritierte ihn etwas, aber sie erklärte es ihm. Ich denke, meine Würde so eher bewahren zu können.

So leben sie seitdem. Man könnte sagen: in Balance. Manches bleibt heikel. Eine Weile läuft es gut, dann passiert wieder etwas –

Sie ruft in Tränen aufgelöst an, weil die Nachbarin mit ihrem Kind geschrien hat – Ich habe beim Jugendamt angerufen, sie reden mit mir wie mit einer Irren, Aber was ist denn *passiert*, junge Frau?, und versprechen mir, sich zu kümmern, und natürlich tun sie *nichts*, und ich weiß, sie sind im Recht und ich bin im Unrecht, denn wenn einer so *redet*, ist das vor dem Gesetz tatsächlich *nichts*, aber wenn ich es höre, möchte ich am liebsten sterben ...! – oder weil sie gesehen hat, dass ein Mann einen anderen in einer Kassenschlange getreten hat. Offenbar einen vollkommen Unbekannten, offenbar vollkommen ohne Grund. Der Ausdruck im Gesicht des Getretenen, seine Verwunderung, sein Schmerz, die Demütigung, aber auch schon der Beschluss, sich nicht zu rächen ... – Aber dann ist ja gut, sagt Kopp. – Ja, sagt Flora, das heißt: nein, und weint.

– oder es passiert auch nichts. Kleinigkeiten sammeln sich an. Auch, wir wollen es nicht verschweigen, bei der Arbeit. Wir wollen gar nicht so weit gehen, von Mobbing zu reden, es ist häufig *nur die Atmosphäre* oder, noch banaler, einfach die akkumulierte Müdigkeit, und Flora bricht wieder zusammen. Immer so: neuer Anlauf, Zusammenbruch, neuer Anlauf, Zusammenbruch. Deswegen ist es so, dass Darius Kopp seine Frau nicht nur liebt, sondern sich auch um sie sorgt. Es stimmt nicht, dass du mir, sobald du mir aus den Augen bist, weil ich z. B. bei der Arbeit bin oder mit meinem Kumpel saufen, auch aus dem Sinn wärst. Ich gebe zu, dir zu wenig zu helfen, vielleicht nicht ganz so schlimm, als lebten wir in den Fünfzigern, aber ich vergesse, zugegeben, das Meiste, das du mir zu erledigen aufträgst, deswegen trägst du mir seit einer Weile auch nichts mehr auf und investierst lieber Kraft und Zeit, als Nerven, aber das sind ja nur Sachen, Flo, verstehst du, nur *Sachen*. Und du bist du.

(Das hast du schön gesagt, du faules Luder.)

Sie packte alles ein, sie packte quasi auch ihn mit ein, und dann fuhren sie hinaus, aufs Land.

Freitagabend, 22 Uhr. Für eine Großstadt war bemerkenswert wenig los, und auch davon war immer weniger zu sehen, je weiter sie voran- (hinaus-) kamen. Irgendwann nur noch der von den Scheinwerfern beleuchtete Bereich aus Straße, Straßenrand, Graben, von den Bäumen nur der Stamm. Der Rand der Welt. Dahinter das All. Wir fahren am Rand der Scheibe entlang. – Vorsicht! Wildwechsel! – Hier ist es immer dunkel, damit die Leute sich nicht erschrecken. Wie ging es den Arbeitern, die diese Straße hierher gebaut haben?

Ich spiele, um mich davon abzulenken, dass ich nicht hier sein will. Ehrlich gesagt, mag Darius Kopp es nicht, aufs Land zu fahren. Er mag zwar dem Äußeren nach ein Naturbursch sein, mit einem Körperbau quasi direkt aus der Eiszeit: stabiles Skelett, enorme Hände und Füße, der große Zeh so breit und kräftig, dass er als der Huf eines winzigen Huftiers durchgehen könnte, aber wer daraus voreilig Schlüsse ziehen wollte – Welchen Beruf übt die abgebildete Person vermutlich aus? a) Bauer … – wäre rasch eines Besseren belehrt. Er ist ein Stadtkind durch und durch, für den das Quietschen der Straßenbahnen und das Fegen vorbeifahrender Autos signalisiert: es ist alles in Ordnung. Das »befreundete Haus« steht als ganzer Gegensatz dazu in einem Stück Wald, einer ehemaligen Bungalowsiedlung aus dem Osten, wo einem bei der kleinsten Luftbewegung irgendeine Spreu in den Nacken weht, nicht zu sprechen von den Insekten. Der trockene Sommer begünstigt Armeen von Schmetterlingen, Bienen und Fliegen, dafür weniger Mücken, und auch die Nacktschnecke nagt nicht am Kohlgarten, aber all das weiß Kopp gar nicht, und es wäre ihm auch egal. Etwas anderes *kann* ihm hingegen nicht egal sein, denn es handelt sich um Angst, und zwar nicht um so eine schöne, unterhaltsame, wie beim Spiel mit dem Weltenrand, sondern eine von der Sorte, die man sich weder ausdenken noch gegen sie andenken kann, denn sie sitzt in einem zu alten

Teil des Gehirns: die Angst vor der Dunkelheit, vor Geräuschen in der Dunkelheit, die es in der Stadt nicht mehr gibt. Rascheln, Knacken, Pfeifen, Grunzen. Kopp kann kein einziges Mal nicht daran denken, dass einer dieser knarzenden Bäume ebenso gut auch plötzlich aufgeben und auf sie stürzen könnte, und er kann auch kein einziges Mal nicht an die Tiere denken, die, vor Durst verzweifelt, bis an die Häuser kommen. Man hört, der Luchs sei wieder eingewandert. Wenn mich ein Luchs anfallen würde, ich auf der Gartenliege, er über mir, seine Krallen, meine unbekleidete, zerfetzte Haut, vielleicht die Halsschlagader. Wir wollen den Luchs nicht an die Wand malen (Ein Hase, Schatz. Ein Reh, im Höchstfall), aber wenn ein Feuer ausbricht, sind wir definitiv geliefert, das ganze Holz ist doch trocken wie Zunder. Aber vor allen Dingen stört Darius Kopp, dass er sich auf dem Land: langweilt. Ich langweile mich sonst nie. Wenn ich mich langweile, gehe ich a) ins Internet, b) etwas essen oder trinken, c) zu einer kulturellen oder anderen Veranstaltung, d) gucke ich fern, und schon merke ich es nicht mehr. Das permanente Angebundensein an den Datenstrom ist mir nicht lästig und überfordert mich keinesfalls. Wenn nichts davon da ist – *das* überfordert mich. Schwamm drüber, dass es im Wald keine Ausschänke und keine Multiplexe gibt, aber es gibt auch keinen Fernseher, kein Internet, und noch nicht einmal ein Telefon. KEIN TELEFON! Dabei gäbe es die Möglichkeit. Aber die Besitzerin von Haus und Garten, eine gewisse Gaby – mit Ypsilon!, zur Zeit abwesend, da ihre alte Mutter besuchend – gefällt sich darin, nach ihrem fordernden Alltag in einer PR-Agentur (!) für jedermann unerreichbar am Busen der Natur zu ruhen. Nicht einmal das Handy funktioniert zuverlässig. Man muss mit einem klapprigen alten Damenfahrrad zu einem Hügel auf freiem Feld fahren, um seine Nachrichten zu synchronisieren. Möge Gaby eines nicht allzu fernen Tages an einem unbemerkten Herzkasper krepieren. – Woraus klar geworden sein dürfte, wessen Freundin diese Gaby genau genommen ist, und wer *nicht* ihr Freund ist.

Dabei kann Kopp normalerweise gut mit Frauen. Er kann ebenso gut mit ihnen wie mit Männern, ich bin des Menschen Freund, aber diese Gaby, nein, das funktioniert nicht.

Wo hatte Flora sie aufgetan?

Auf der Straße. Sie war ihr vor einiger Zeit innerhalb eines Tages (eines Samstags) zweimal begegnet. Zum ersten Mal auf dem Markt, am Stand eines Biobauernhofs. Kopp bemerkte sie erst, da fütterte sie Flora schon. Eine kleine Scheibe Brot, darauf irgendein (wie sich später herausstellte: veganer) Aufstrich. Gaby hielt Flora das Essen direkt an den Mund, mit den Fingern, also nicht so, wie es sich gehört, mit dem Tablett. Sie fütterte sie, wie jemanden, den man sehr gut kennt.

Kennt ihr euch?

Nein.

Du hast ihr aus der Hand gefressen.

Tatsächlich?

Es war sofort eine Intimität zwischen den beiden, die Kopp sogar noch größer vorkam als die, die sich zwischen Flora und ihm eingestellt hatte. Wir hatten immerhin noch einen Anlauf von, sagen wir, 2 Stunden. Das hier waren noch nicht einmal 2 Minuten. Kopp konnte sich und kann sich bis heute nicht helfen: er wurde auf der Stelle eifersüchtig und ist es immer noch. (Bevor ich dich kannte, wusste ich nicht, dass ich ein eifersüchtiger Mann bin. Ich bin ein eifersüchtiger Mann.)

Dementsprechend stand er mit betonter Zurückhaltung daneben, während sie sich unterhielten. – Wo lag der Bauernhof, wie war es da, kam Gaby gar von dort, kannte sie die Betreiber nur gut, waren sie Nachbarn, machte sie das hier nur aus Spaß an der Freude, was hatten sie für Produkte, wie wurden sie hergestellt? – Kopp beobachtete die anderen Standverkäufer, die selbstgefilzte Hüte auf dem Kopf trugen. Wurzelzwerge. Tut mir leid, ich kann das nicht ernst nehmen. Gaby, wenigstens etwas, trug keine Kopfbedeckung.

Später, da war Kopp nicht mehr dabei, trafen die Frauen noch einmal aufeinander. Gaby stand vor einer Bierkneipe und fragte den Besitzer, ob sie Blumen in den brachliegenden Kasten neben seiner Tür pflanzen dürfe. Seitdem sind sie Freundinnen.

Ich bin *nicht* eifersüchtig, ich frage dich ganz neutral: Dir ist schon klar, dass sie verliebt in dich ist?

Sie ist *nicht* lesbisch, klar?! Nicht *jede* alleinstehende Frau jenseits der 40 ist eine Lesbe!

Wer hat das behauptet? Und warum weinst du?

Ich weine nicht! … Sie ist nicht nur meine *einzige* Freundin, sondern auch noch eine *mütterliche*, wieso kapierst du das nicht?

(Wie könnte ich ein Totschlagargument nicht kapieren?) Ab da versuchte er, nett zu sein.

Eines Tages wurde er aber doch aus der Reserve gelockt. Wie so häufig, entzündete sich alles an einer Kleinigkeit. Als er am Abend nach Hause kam, war Gaby schon da, saß am Tisch, hatte schon gegessen, jetzt fläzte sie sich, ein Weinglas in der Hand, breitbeinig auf ihrem Stuhl (ob man will oder nicht, *einen* Blick muss man dorthin werfen, wo sich die vier Nähte der Jeans treffen), während Kopp ihre Reste haben durfte, warum war er auch drei Stunden zu spät.

Schamlose Übertreibungen, wohin man schaut. Auf der einen Seite konnte er gar nicht 3 Stunden zu spät sein, denn er hatte überhaupt keinen Zeitpunkt genannt, zu dem er da sein wollte. Wer keinen Zeitpunkt nennt, kann sich auch nicht verspäten. Wer wartet, kann sich auf die Gewohnheit berufen oder es auch lassen. Die Frauen hatten Hunger gehabt, also hatten sie schon gegessen. Auf der anderen Seite waren es alles andere als Reste, die der später hinzustoßende Herr des Hauses vorgesetzt bekam. Saftiges Fleisch, knackiges Gemüse, Gaby hatte es vom Land mitgebracht.

Hm.

Den Wein auch, aber der ist nicht von hier, hier wächst ja keiner, sondern aus dem Süden, wo Gaby herstammt.

Hm.

Kurz: Er benahm sich wie ein Rüpel. Es tat ihm leid, denn er sah, dass Flora sich schämte, dass sie immer trauriger wurde, aber er kam da nicht mehr heraus. Sich auf ein kniffliges Problem bei der Arbeit zu berufen, konnte eine Notlösung sein.

Tut mir leid, wenn ich heute nicht so eine Stimmungskanone bin, wir haben uns da in irgendwas verheddert.

Oh, sagte Flora. In was?

Ihre Augen glänzten, sie war bereit, das Angebot anzunehmen. Während Kopp gehofft hatte, davonzukommen, ohne sich aus dem Stegreif eine komplizierte Lüge ausdenken zu müssen. Ich bin darin nicht so gut. Und sie durchschaut mich sowieso, wie hochpoliertes Glas. Also sagte er, er wolle das jetzt, da sie einen Gast hätten – Er schaffte es sogar, Gaby kurz anzulächeln – nicht in all seinen öden Einzelheiten ausbreiten, es seinen technische Details, die man als Außenstehender sowieso nicht verstehen könne.

Gaby wollte auch nett sein, d. h., sie ist immer nett, immer und immer, egal, wie uncharmant er sich verhält (Und ich nehme es dir nicht ab. So sieht es aus. Ich nehme es dir einfach nicht ab!) und so fragte sie, er möge entschuldigen, sie habe immer noch nicht ganz begriffen: Womit beschäftige er sich eigentlich?

Mit dem Vertrieb von Komponenten für drahtlose Datenkommunikation?

Was sind das für Komponenten?

Was ist ein Access Point?

Was ist ein RADIUSServer?

Was ist der IEEE802.1x- Standard?

Was ist das OFDM-Verfahren? Orthogonal Frequency Division Multiplexing? Was ist das?

Was ist eine AES- oder Advanced-Encryption-Standard-Verschlüsselung?

Warum ist die Betonung der Datensicherheit, die Verteidigung des Netzes gegen Angriffe von außen und innen so wichtig?

Kopp atmete etwas genervt ein, doch als er ausatmete, war er bereits das ganze Gegenteil: mit Leib und Seele dabei, denn: Die Sicherheit ist DAS zentrale Thema bei drahtlosen Netzwerken und nebenbei mein Spezialgebiet, hier eine auch für Laien verständliche Zusammenfassung der wichtigsten Gefahren:

1. Abhören der Datenkommunikation = Abschöpfung vertraulicher Daten, bis hin zum Diebstahl von Identitäten

2. Abfangen und ändern übertragener Daten

3. Zugriff auf das interne Netzwerk, Verfälschung von Daten auf eine Art und Weise, dass sie den Eindruck legitimer Daten erwecken. Das ist ganz besonders gefährlich, da Benutzer, auch Systemadministratoren, dazu neigen, internen Objekten mehr zu vertrauen als Objekten, die von außerhalb des Unternehmensnetzwerks stammen.

4. Denial-of-Service, also eine Unterbrechung der Signale, z. B. durch Datenüberflutung der WLAN durch wahllosen Datenverkehr

5. Schwarzsurfen

6. Roque Access Points (inoffizielle WLANs) der Mitarbeiter

7. Zufällige Bedrohungen.

Das Wesentliche an Bedrohungen gegen drahtlose Netzwerke ist, dass sie, im Gegensatz zu denen auf konventionelle Netzwerke, unsichtbar sind. Mit unserer neuen zentralen Kontrollbox von Fidelis Wireless haben wir eine Bildschirmoberfläche, auf der alle Access Points hierarchisch angeordnet sind, man ihre Standorte und die Ausdehnung der von ihnen ausgehenden Funkzellen graphisch aufbereitet sehen kann, was zum einen nützlich beim Konfigurieren und Verwalten der APs ist und auf der anderen Seite das Netz mit all seinen Aktivitäten sichtbar macht. Im Falle, dass eine unautorisierte Aktivität stattfindet, schlägt das System Alarm. Deswegen ist unser Firmenslogan auch: WIR MACHEN IHR WLAN SICHTBAR! TURN TO US!

Es hätte alles so schön werden können. Es hätte der Abend sein können, an dem er sich ein für alle Mal mit Gaby ausgesöhnt hätte, denn fast war er ihr dankbar, ja, fast empfand er ihr gegenüber so etwas wie Zuneigung, weil sie ihn über etwas reden ließ, womit er sich auskannte, was ihm Freude bereitete. Doch leider verdarb die blöde Kuh alles, indem sie anfing, darüber zu reden, dass sie zwar wisse, dass man keine Produkte, sondern Storys verkaufe, ihr seien diese ganzen Bedrohungsszenarien dennoch zuwider, es würde so viel mit der Angst gehandelt, das betrübe sie.

Die Gefahren, von denen er rede, sagte Kopp, nun wieder etwas pikiert, seien *real*. Zum einen folgen sie aus der Natur der drahtlosen Kommunikation, lass uns jetzt darauf nicht eingehen, von wegen mit Computern löst man Probleme, die man ohne sie nicht hätte, es *gibt* die drahtlose Kommunikation, es besteht ein *Bedarf* an drahtloser Kommunikation, den man mit friedlichen Mitteln nicht mehr abschaffen kann und warum sollte man es auch, sie hat große, große Vorteile, sie macht dich an Orten und in Situation kommunikationsfähig, an bzw. in denen dich konventionelle Technik im Stich lässt, das können *lebenswichtige* Situationen sein, und ja, es entstehen dadurch neue Probleme, die wir ansonsten nicht hätten, aber das System liefert nicht nur die Probleme, sondern auch die Lösungen für die Probleme, zum einen. Und zum anderen gibt es die Gefahren, die von *außen* an das System herangetragen werden, wie sie an jedes System herangetragen werden, weil die Welt nun einmal so ist, *wir* sind so, sowohl aufbauend und erhaltend als auch zerstörend und vernichtend, und was wir, also die Firma, machen, ist, im Grunde, eine Art Schildkrötenpanzer anzubieten, weil der Kunde einen Schildkrötenpanzer will und nicht nur einpaar warme Worte, von wegen: wird schon nicht so schlimm werden. Denn in Wahrheit ist es schlimm. Und selbst, wenn es nicht schlimm wäre – es ist schlimm, aber nehmen wir mal an, es wäre es nicht – selbst dann hätte ein jeder ein Recht auf die Unantastbarkeit seiner Privatsphäre. Wenn Kopp nicht alles täusche, lege sie, Gaby, doch auch einen nicht geringen Wert eben hierauf, weswegen sie, sobald sie ihr Büro verlassen habe, für keinen mehr zu erreichen sei, weder mit Draht noch ohne, nicht in ihrer Stadtwohnung, und schon gar nicht auf ihrem Landsitz.

Nein, sagte Gaby daraufhin, es ginge ihr ganz und gar nicht um ihre Privatsphäre, es sei ihr jeder herzlichst willkommen …

Auch der Geheimdienst und der perverse Nachbar? fragte Kopp grinsend.

… sie halte ganz einfach nur diesen ganzen technischen Schnickschnack für vollkommen überflüssig.

Woraufhin Kopp dachte, ihm platzt der Schädel ob so viel Heuchelei und Dummheit.

Wie kann sie sich hinstellen, *in meinem Haus*, und mir erklären, das, womit ich mich beschäftige, sei überflüssig!

Flora behauptete, dass Gaby das nicht gesagt habe. Ihr habt diskutiert, wie man halt diskutiert. Ihr wart nicht einer Meinung. Sie war der Meinung, der Einzelne könne sich sehr wohl aus der Technologiegesellschaft zurückziehen, und du warst der Meinung, das sei erstens unmöglich und zweitens nicht wünschenswert. Na und? Davon geht die Welt nicht unter.

Aber Kopp für seinen Teil war fertig mit der F… Frau. Ab jetzt werde ich so höflich zu ihr sein, dass es nur so trieft.

Manchmal bist du wirklich unmöglich, weißt du das?

Sie fuhren durch eine Alleestraße. Das Navigationssystem war aktiv, aber der Ton war abgeschaltet, er nervt nur, und man (Flora) kennt sich auch so aus. Sie wich vom Vorschlag des Systems ab.

Was hast du vor?

Wart's ab.

Sie fuhren von der glatten Hauptstraße auf das unebene Pflaster eines Seitenarms. Vorbei an einem winzigen Polizeirevier links und einer alten, jetzt aufgemotzten Scheune rechts, danach wird's abschüssig, danach kommt man wieder auf glatten Asphalt, die Häuser bleiben weg, jetzt ist man im Wald, jetzt hört der Asphalt ganz auf, Feldweg, ah, jetzt weiß ich, wo wir sind.

Sie hielt an, stieg aus, ging nah ans Ufer heran, zog sich das Kleid über den Kopf, zog sich die Sandalen und den Schlüpfer aus, watete einige Schritte ins Wasser, bevor sie sprang. Kopp war in der gleichen Zeit nicht mehr gelungen, als mit einem Bein aus dem Auto zu steigen.

Wo bist du?!

Der Mond war sehr hell, Kopp sah hin, und sah danach umso weniger. Vom Mond geblendet.

Ju-hu!

Sie platschte mit den Händen ins Wasser, damit er sie hörte, er spürte Sand unter den Schuhen. Was ist das hier rechts?

Eine Wasserpumpe, ein Spielzeug für die Kinder. Aus gebürstetem Stahl, mein Lieber. Hier oben kann man das Wasser reinpumpen, da unten läuft es raus. Es quietscht.

Was machst du da?!

Ich komme!

Eine unsichtbare Absenkung, Au!, dann ein Damenschuh.

Ju-hu!

Sie tauchte unter, ihr nackter Hintern blitzte weiß auf.

Ich komme!

Er warf seine Klamotten neben ihre, der Sand war kühl, oh, ein Kronkorken, die Füße bekommt man nie richtig sauber, die Schuhe werden voller Sand, zwei Schritte weiter ist es schon feucht und noch kühler – die Geräusche eines Seelöwen zu imitieren, hilft beim Eintauchen.

Wo bist du?

Hier.

Ihr Haar roch nach See.

Mein Gott, ist das schön!

Wenn sie untertauchte, bekam er jedes Mal ein wenig Angst, wenn sie wieder auftauchte, Lust, wenn sie spritzte, fühlte er sich gestört, wenn sie vor Freude stöhnte, war er glücklich.

Mein Gott, ist das schön! Ist das schön! Ist das schön!

Ein Handtuch hatten sie nicht dabei, hier, nimm mein Unterhemd. Ist dir auch nicht kalt? Du klapperst *vor Freude* mit den Zähnen? Komm her zu mir! Geht's dir jetzt besser?

Sehr viel besser.

Später lief sie mit ausgebreiteten Armen durch den dunklen Garten, berührte mit den Händen die Pflanzen.

Riechst du das?

Was?

Dill.

Sie wanderte im Dunkeln umher, betastete und beschnupperte alles. Erbsen, Tomaten, Dahlien, Brombeeren. Er tastete auf der Terrasse nach einem Stuhl, setzte sich.

Wo bist du?

Hier.

Sie ging weiter im Garten auf und ab oder stand hier und da auf der Stelle. Er rief sie immer wieder, und sie sagte immer wieder: gleich. Bis er schließlich im Gartensessel einschlief.

Später weckte sie ihn, er trottete ihr hinterher ins Haus und fiel ins Bett.

SAMSTAG

Der Tag

Am Samstag kehrte dann tatsächlich so etwas wie paradiesische Ruhe ein. Ein Mann, eine Frau, in einem Garten. Vorerst noch nicht nackt. Als Kopp erwachte, war Flora natürlich schon längst nicht mehr neben ihm. Hinaus auf die Terrasse. Ein Rest morgendlicher Kühle war noch da, aber nur noch wie ein schwaches Spinnennetz, eine halbe Stunde vielleicht noch, dann reißt es, und dahinter ist wieder die Hitze. Hinter den Kiefern stand schon weiß die Sonne.

Der Garten bei Tageslicht. So üppig, wie man es auf diesem Sandboden nicht erwarten würde. Eine Hecke aus Brom- und Stachelbeeren, davor büscheweise Tomaten, Erbsen, Rosenkohl, dichte Reihen Zwiebeln, Möhren, Salat (hochgeschossen), mannshoher Dill, ein riesiger Meerrettich (aber Kopp weiß nicht, dass es das ist), außerdem Blumen, deren Namen er ebenfalls nicht kennt, er vermutet Fingerhut, Stockrosen, Dahlien. Ein Apfelbaum, ein Walnussbaum, ferner Eichen und Kiefern, aber die gehören nicht mehr zum Grundstück – aber wo war *sie*?

Flo? Wo bist du?

Hier, sagten die Dillpflanzen.

Was machst du da?

Ich arbeite im Garten.

Sie kam näher, besah sich jede Pflanze einzeln, zupfte an ihnen herum.

Weißt du, dass ich das schon die ganze Nacht mache?

Du machst das schon die ganze Nacht?

Im Traum. Ich habe die ganze Nacht geträumt, dass ich im Garten arbeite. Ich bin richtig müde davon. Aber gut müde. Ich glaube, ich bin lachend aufgewacht. Ich habe an meinen Händen gerochen, ob sie nach Zwiebeln riechen. Ich hatte nämlich Zwiebeln angefasst.

Und? Haben sie nach Zwiebeln gerochen?

Nein. Ich war so enttäuscht, ich hab's nicht ausgehalten, ich bin in den Garten gerannt und habe schnell Zwiebeln angefasst. Hier, riech mal.

Sie lachte, hielt ihm die Hand, in der keine trockenen Pflanzenteile waren, unter die Nase. Er roch an ihr, aber sie roch nach Dill.

Apropos Zwiebeln: Gibt es eigentlich was zu essen?

Gleich.

Sie warf die trockenen Pflanzenteile auf den Komposthaufen und ging in den Schuppen. Kam wieder heraus, mit irgendetwas in der Hand.

Was ist das?

Ein Vierkant.

Wozu?

Um den Wasserhahn mit dem Schlauch aufzuschließen. Normal gießt Gaby aus den beiden Regenwassertonnen, aber die sind jetzt leer.

Du hättest doch nicht etwa mit dem Eimer gegossen?

Doch, das hätte sie. Aber, wie gesagt, es ist kein Wasser da. Au!

Gib mal her, lass mich! Hier, bitte schön.

Danke schön.

Sie hielt den Daumen vor das Ende des Schlauchs, um den Strahl zu teilen.

Vorsicht mit den Liegen, ich will heute noch den ganzen Tag drauf liegen.

Zu Befehl.

Sie goss außer den Liegen alles, was sie erreichen konnte, auch die Bäume, die bereits zum Wald gehörten, schleppte den grünen Schlauch hinter sich her – Eine Schlange! Immer muss man das denken: Schlauch = Schlange. Grün, mit einem schwarzen Streifen – sie sah in die fliegenden Wassertropfen und lächelte.

Kopp, der sie beobachtete, lächelte ebenfalls.

Als sie ihm schon zu lange mit dem Wasser und den Pflanzen, ohne ihn, war, zog er sich nackt aus und rief:

Hierher!

Sie lachte und richtete den Wasserstrahl auf ihn. Sie teilte ihn mit dem Daumen, um ihn nirgends zu hart zu treffen. Er sprang jauchzend hin und her, machte sich zum Tier – je nachdem: Affe, Waschbär, Robbe – um ihr eine Freude zu machen, aber gleichzeitig achtete er auch darauf, sich tatsächlich Gesicht, Ohren, Hals, Achselhöhlen, Geschlecht und Afterspalte zu waschen. Morgentoilette eines Herrn am Anfang des dritten christlichen Jahrtausends.

Hoffentlich hat mich kein Nachbar gesehen. Beziehungsweise: und wenn schon.

Er half, den Hahn wieder zu schließen, sie brachte ihm ein Handtuch.

Trocknest du mich ab?

Sie tat es.

Aber *so* kannst du hier wirklich nicht herumstehen.

Sie gingen ins Haus und hatten Sex.

Anschließend gab es endlich etwas zu essen. Sie briet ein Omelett mit Gemüse. Kopp zeichnete sich aus, in dem er es schaffte, in einer fremden Küche ohne Espressoautomaten, aber mit Kaffeebereiter, Pulver und Wasserkocher, einen Kaffee zustande zu bringen.

Du bist der Held.

Frühstück auf der Terrasse. Der Garten dampfte, das Holz knarrte bei jeder Bewegung.

Diese Bohlen machen's nicht mehr lange. Sie sind schon ganz zersplittert. Barfuß kann man nicht mehr auf ihnen gehen. Drinnen knarzt auch schon alles. Wenn du mal laut hustest – um nichts anderes zu sagen – rieselt Holzmehl aus der Decke. Wenn sie wirklich hier wohnen will, muss sie sich was einfallen lassen.

Sie will sich ein neues bauen. Sie ist sich nur noch nicht ganz grün, ob aus Lehm oder aus Strohballen.

Nicht ganz *grün*, ob aus *Lehm* oder aus *Strohballen*? Kopp hätte das gigantische Johlen, das an dieser Stelle in ihm aufstieg, gerne herausgelassen – am Morgen im Wald, ein schallendes Lachen – aber er traute sich nicht. Um den Ausbruch zu verhindern, tat er, was man in so einem Fall als Letztes tun sollte: er nahm einen großen Schluck von seinem Getränk. Wenn dir heißer Kaffee in die Nase steigt. Er hustete lange, gekrümmt. Dass sie nicht besorgt zu ihm sprang, zeigte ihm an, dass sie – wie meistens – genau wusste, was warum geschah.

Geht's wieder?

Ja. Sie frühstückten in aller Stille weiter. Vögel zwitscherten. Kopp erkennt keinen an der Stimme. Außer:

Da, schau, ein Specht!

Tatsächlich.

Später lagen sie auf Sonnenliegen. Flora las.

Ist das das Stück?

Nein, das ist, wie du gut sehen kannst, ein Buch.

Wieso liest du nicht das Stück?

Weil ich zuerst etwas lesen möchte, von dem ich *weiß*, dass es gut ist.

Und zwar?

Sie zeigte ihm den Buchdeckel. Dort stand: *Bessere Verhältnisse*. Kopp konnte sich erinnern, dass sie das schon mehr als einmal gelesen hatte, aber ihm war alles, einfach alles entfallen, was sie ihm darüber erzählt hatte.

Ach so, das.

(Natürlich weiß sie auch, dass ich es vergessen habe.)

So blieben sie eine Weile. Sie las, er tat gar nichts. Paradiesische Ruhe.

Wie lange? 20 Minuten, eine halbe Stunde? Da sprang sie schon wieder auf, fing wieder an, im Garten hin und her zu laufen.

Er, wieder: Was machst du da, mein einziger Schatz?

Sie, wieder: Ich arbeite im Garten.

Zupfte an den Pflanzen, schleppte eine Hacke und eine Harke heran, und die Schubkarre nur deswegen nicht, weil irgendetwas drin war, scheinbar Humus, und sie hatte keine Informationen, was damit zu tun sei.

Du kriegst noch einen Schlag! In der Sonne! Warum kannst du dich nicht mal entspannen, ich verstehe das nicht. Komm her, leg dich wieder zu mir.

Wenn ich mich hinlege, schlafe ich ein.

Was wäre so schlimm daran?

Sie schlafe schon die ganze Zeit tagsüber, d. h. je nachdem, wie sie in den letzten 8 Wochen fast ohne Pause Tag-/Nacht-/Tag-/Nachtschicht hatte. Ihr Schlafrhythmus ist durcheinander. Wenn sie vorhin gesagt habe, sie habe in der Nacht das und das *geträumt*, dann war das nicht ganz richtig, weil sie nämlich gar nicht geschlafen habe, oder wenn, dann nur sehr oberflächlich, sie horchte auf den Wald, nicht weil sie Angst hatte, sondern voller Freude, aber jetzt fühlte sie deutlich, dass sie einschlafen würde, sobald sie sich hinlegte, aber das wollte sie nicht, sie wollte etwas Sonne sehen und sie wollte die Natur genießen, gleichzeitig hatte sie die Befürchtung, wenn sie jetzt wach war, dann während der kommenden Nachtschicht nicht wach bleiben zu können – es gibt einfach keine gute Lösung! Ich wünschte, ich könnte mich einfach an- und ausknipsen, aber das geht nicht. Verdammte innere Uhr.

Willst du einen Rat vom Schlafkünstler hören? Schau, du liegst so da und döst, und wenn du manchmal die Augen einen Spalt öffnest, siehst du Garten, Bäume, Himmel und sagst dir: Sonne, Natur, Genuss. Danach döst du wieder ein bisschen und bist am Ende rundherum zufrieden.

Ein bisschen lachte sie. Deine positive Art, deine Glücksfähigkeit, Liebster, tröstet mich immer so schön. (Wenngleich es an der Grundkonstellation – meiner – nichts ändern kann. Egal jetzt. Jetzt, egal.) Sie wollte es wenigstens versuchen. Wart, ich wasch mir erst die Hände. Ein bisschen Erde bleibt unter den Fingernägeln zurück, das macht nichts, das ist sogar schön. Sie ließ sich auf die Liege plumpsen, wie er es sich nicht erlauben kann, und nahm wieder das Buch.

Was danach geschah, weiß Darius Kopp nicht, denn innerhalb der nächsten Minute war er eingeschlafen.

Er erwachte, weil sie ihn mit der Ecke des Buchs in den Oberarm piekte.

Komm, wir fahren baden!

Und da fuhr sie auch schon, wie der Wirbelwind, ihr Rock flatterte. Das entschädigte Kopp ein wenig, der auf dem vermeintlich robusteren der beiden zum Grundstück gehörenden klapprigen Damenfahrräder hinter ihr her strampelte. Schön, eine Ehefrau zu haben, die gerne Röcke trägt. Das ist so *weiblich*. Männlich dafür ist, sich bei körperlichen Aktivitäten keine Blöße zu geben – was mir an Freude fehlt, mache ich durch Kraft wieder wett – aber das war gar nicht so einfach. Die Hitze, das miese, rostige Rad, und, nicht zu vergessen, der Bauch, dieser Dom – denn so wäre es richtig, eine Kathedrale hat eine ganz andere Form. Solange man im Wald unterwegs ist, geht es noch, es ist nur auf allfällige Zweige zu achten, die einem die Brille von der Nase und das Auge aus dem Kopf schlagen können. An den Wurzeln ist trotz größter Aufmerksamkeit kein Vorbeikommen, schüttel mich, rüttel mich. Er biss die Zähne zusammen.

Nach dem Wald kamen offene Felder, der Weg bestand aus nicht gerade mit größter Sorgfalt aneinander geteerten Betonplatten, oder es war schon zu lange her, dass das geschehen war. Rauer, heller Beton in sengender Sonne, die Felder abgeerntet, das hohe Gras am Rand vertrocknet, aber – angenommen, Kopp interessierte sich für weitere Details – ihm blieb kaum die Zeit, vielmehr, kaum die Kraft dazu, sie näher zu beobachten, denn nun fuhr Flora in einem Tempo, als wäre morgen, ach was, innerhalb der nächsten Stunde der See aus, als wäre es die allerletzte Möglichkeit, jemals in ihm zu baden. Die Strecke war hügelig und zwar weit mehr, als es angenehm war. Eine Endmoränenlandschaft, wie Kopp noch sehr gut aus der Schule weiß. – Ja, Schatz, das sagst du jedes Mal, nun werde ich es auch nicht mehr vergessen, bis ich sterbe. – Er krümmte sich, trat mit gesenktem Kopf in die Pedale, trotzdem drohte er stehenzubleiben, bevor er oben ankam, es sei denn, er ging aus dem Sattel. Auch das hätte er als sich eine Blöße geben empfunden – Wieso ist dir das so wichtig, es sieht dich doch keiner. Doch – er blieb trotzig sitzen. Das Rad quietschte bei jedem Tritt zum Herzerbarmen, Kopp sah zur Kette, sah, dass sie nichts als trockener Rost war, daneben, im unteren Dreieck des Rahmens, baumelte eine kleine Spinnwebe. Es war sogar eine kleine Spinne drin! Lebt sie noch? Nicht wahrscheinlich. Ich bringe eine tote Spinne einen Hügel hinauf. Da ging er aus dem Sattel.

Sie fuhren zwei Hügel hinauf und wieder hinunter, über eine nagelneue Holzbrücke über einem fast ausgetrockneten kleinen Wasserlauf, noch einen Hügel hinauf, an einem alten Friedhof vorbei, durch ein kleines Dorf, in einen anderen Wald hinein, wieder heraus, wieder durch ein Dorf, über Pflastersteine, vor der Kirche bogen sie ab, an Scheunen vorbei, einen Abhang hinunter, wieder in einen Wald hinein, und dann waren sie endlich da.

Diesmal waren sie nicht allein. Familien mit Kindern, Jugendliche, alle Welt. Aus Rücksicht auf die anderen entledigten sie sich diesmal nicht *aller* ihrer Kleidung. Sie schwammen. Am anderen Ufer, hinter Bäumen, war jetzt, da es Tag war, der Kirchturm zu sehen, davor ein anderer Strand, dort wurde eine Bühne für eine spätere (großes weißes Banner, schwarze Buchstaben:) BEACHPARTY aufgebaut.

Als sie aus dem Wasser kamen, wurden sie von einem Mann, einer Frau und einem Kleinkind (alle nackt) begrüßt, die Kopp vollkommen unbekannt waren. Ach so, die Wurzelzwerge. Ohne ihre Mützen erkennt man sie nicht wieder. Man unterhielt sich einige Minuten über nichts, Kopp hörte nur mit halbem Ohr hin. Nicht, dass er stattdessen anderswohin gehört hätte. Er hörte nirgends hin, oder höchstens zum Quietschen der Wasserpumpe im Sandkasten.

Danke, liebe Flora, dass du die aus Gabys Haus mitgenommene muffig riechende Decke nicht unmittelbar neben der ihren ausgebreitet hast.

Endlich las sie das Stück. Kopp tat wieder nichts. Das heißt:

er beobachtete die anderen, die Leute. Er tat das durch einen schmalen Spalt, zu dem er seine Lider niedergelassen hatte. Wasser, Bäume, Himmel und dann wieder die anderen, aber all das unaufmerksam. Sobald er etwas, das da war, das geschah, gesehen hatte, vergaß er es sofort wieder. Auch die Ökos war er außerstande wiederzufinden. War es dieses blonde Kind oder jenes? Flora las. Auch er hätte jetzt gerne etwas gemacht. Ein wenig Surfen. Aber hier wäre es sinnlos. Bevor sie losfuhren, versteckte er noch den Laptop. Ins Auto einschließen oder ins Bett legen? Er entschied sich fürs Bett und legte Floras (!) Handy als Köder auf den Küchentisch.

Ja, ich bin wirklich ein wenig irre. Mein Portemonnaie zum Beispiel liegt keine zwei Schritte daneben. Das hab ich nicht versteckt. Den Autoschlüssel auch nicht. Er ärgerte sich über so viel chaotisches und irrationales Verhalten. Da fiel ihm das Geld der Armenier ein.

War es chaotisch und irrational, es zwischen die anderen Kartons zu stecken?

Nein, das war gut.

Der Gedanke daran, dass irgendwo, an einem Ort, zu dem er Zugang hatte, Bargeld lag, selbst wenn es nicht seins war, bescherte ihm ein Gefühl der Zufriedenheit. Er grinste.

Um das Gefühl zu vervollständigen, hätte er jetzt gerne noch jemandem darüber erzählt. Aber wer kam in Frage? Flora wusste es schon, und alle anderen waren unerreichbar.

Wie spät ist es? Laut Handy: um 2. An der Westküste um 5 Uhr morgens. Bill schläft noch. Schätzungsweise bis um 7. Dann geht er joggen, frühstückt, holt seine Kinder ab. Oder er hat sie schon Freitagabend abgeholt. Zum Frühstück kommt die Freundin dazu. Später *picken* sie Kopp an seinem Hotel *auf* und man fährt gemeinsam zum Baker Beach. Der Wind ist kräftig, das Wasser ist kalt, aber man hat einen Blick auf die Golden Gate Bridge, was für das meiste entschädigt. Zum Essen hat man selbst gemachte Sandwichs mit Hühnerfleisch und Salat dabei. Die Tochter ist schon 15 und hat große Brüste. War sich zunächst unschlüssig, ob sie mitkommen sollte. Dann kam sie mit, weil ihr berichtet wurde, Kopp sei aus Europa. Sie fragt ihn nach Paris, London und Berlin. Man unterhält sich angenehm mit ihr. Ihr Name ist Deirdra. Der Junge ist erst 10, noch ein kleines Kind und eifersüchtig. Keiner spielt mit ihm. Dann spielt Bill, später Deirdra mit ihm. Seinen Namen hat Kopp vergessen. Das war vor gut einem Jahr. Die Tochter ist also schon 16. Zum Abendessen gab's Hühnerschenkel, Kartoffelecken, Salat, Wein. Bill kopierte für Kopp eine CD mit altem Soul, die ihm so gut gefallen hatte.

Es war sogar ein wenig Netz da, aber Kopp rief Bill nicht an und auch niemanden sonst, aber er vertrieb sich die Zeit damit, durch seine Datenbank zu blättern. Wen haben wir noch in derselben Untergruppe? Natürlich alle von der Firma, inklusive inzwischen Ehemaliger, aber nirgendwo sonst steht eine private Mobilnummer dabei. Hätte ich einen Internetzugang, könnte ich jetzt nachgucken, was Ken heute macht oder Vicky. (Und dann? Und dann wüsste ich es. Oder ich wüsste es nicht, weil ich sie nicht wiederfände, dann wäre eben das die Lehre aus der Geschichte.)

Was machst du da? Das Gepiepe nervt.

Entschuldige.

Er schaltete die Tastentöne aus, sah sich dann aber die Kontakte nicht weiter an. Er sah in den Baum über sich. Eine Eiche. Ich weiß noch nicht einmal, wie das Kaff hier heißt. Eine Beachparty. Oje. Während es in meinem Inneren licht und weit ist, wie am Strand von San Francisco. Armenien, das ist eine ganz andere alte Kulturlandschaft zwischen Kaspischem und Schwarzem Meer. Die Berge sind gewiss atemberaubend.

Leider können wir das nicht aus erster Hand bestätigen, denn schließlich sind wir nicht hingefahren. Hat sich nicht ergeben. Unsere Kenntnisse stammen aus dem Internet und anderen Medien. Die Stadt Saitakan hat ca. 100 000 Einwohner, das Klima ist kontinental, der Boden fruchtbar, die Umgebung malerisch. Saitakan liegt in einem lieblichen Talkessel, die Topologie ist für das Errichten eines drahtlosen Netzes ideal, mit freien Luftlinien von mehreren Kilometern Länge. Die Brüder Bedrossian, Badrig und Barsam, sind hier geboren und fühlen sich bis heute, da sie in der Schweiz leben, mit der Stadt verbunden. Sie engagieren sich insbesondere in den Bereichen Sport und Kommunikation. Die auffindbaren Informationen zu Letzterer sind spärlich und noch dazu nicht aktuell, aber ich hatte ja keine Zeit mehr zu recherchieren. Ja, das ist ein Vorwurf, Flora. Aber Kopp wird sich nicht beschweren. Weil es sinnlos wäre.

Was, jetzt mal ganz ehrlich, würde Flora fragen, würde in diesem Fall am Montag anders sein als am Freitag?

Unter Umständen: *alles*, meine Liebe.

Und was könntest du tun?

Nicht viel, das ist wahr.

Du willst mir bloß das Wochenende kaputt machen.

Warum sollte ich das wollen? Ich liebe meine Frau und will, dass sie glücklich ist. Wenn meine Frau glücklich ist, bin ich es auch. Und schweige auch darüber, dass mich jedes Mal, wenn ich hier draußen bin, das Gefühl einholt, in der Verbannung zu sein. Quasi abgetrennt vom »richtigen« Leben. Also: überflüssig.

Wir sind alle überflüssig, würde Flora sagen.

Er würde es nicht verstehen, bzw. wäre damit nicht einverstanden, doch wieder würde er schweigen. Das ist meistens das Beste.

Er öffnete die Augen weit in den Himmel, damit er ein wenig geblendet war, wenn er sie wieder schloss. Ich werde jetzt abwechselnd an den Strand vor Frisco und an die nie gesehenen armenischen Berge denken, bis ich einschlafe. Berge und Strand, Berge und Strand.

Später weckte ihn Flora, indem sie ihn mit einer Weintraube am Mund kitzelte. Als er merkte, was es ist, grinste Kopp. Salve, sagte er, und biss ab.

Woher sind die?

Ein alter Mann kam mit einem Fahrrad und einem Korb vorbei und verkaufte sie.

Hattest du Geld dabei?

Offensichtlich.

War's teuer?

Es ging.

Und, wie ist das Stück?

Ach so, das. Das ist Scheiße.

Inwiefern?

Insofern, als es um absolut nichts geht, das heißt, um nichts von Notwendigkeit, Gewicht, Relevanz. Um das zu überdecken, folgt eine Brutalität auf die nächste, während die Sprache gestelzt und gewollt poetisch daherkommt. Als Publikum würde ich sagen: Zeitverschwendung. Als Übersetzerin wird sie es vielleicht dennoch machen. Mit irgendwas muss man schließlich anfangen. Und es ist ja auch nicht *ärgerlich* schlecht. Es ist nur, wie gesagt, uninteressant. Aber vielleicht liegt es auch an mir. Das Problem ist, ich weiß nicht genau, wann ich das machen soll … Ich weiß! Ich weiß, dass ich das schon gesagt habe, und ich weiß auch, was du sagen willst, sag's nicht. Ich kann den Job nicht hinschmeißen. Von *einem* mittelmäßigen Stück kann man nicht leben.

Auf dem Rückweg fuhr Flora langsam, trotzdem keuchte Kopp, oben auf dem Großen Hügel angekommen, so laut, dass er das Tschilpen der kleinen Vögel übertönte, die in einer Gruppe von vielleicht zwei Dutzend Tieren an ihnen vorbei taumelten, (wahrscheinlich) auf der Suche nach einem Schlafplatz.

Wo ist mein Spray? Im Haus geblieben. Lenke dich ab. Betrachte die Landschaft.

Vor ihnen lag ein bereits umgepflügtes Sonnenblumenfeld, stieß an eine von einer Allee gesäumte Landstraße (Dorfjugend, Mofas, Motorräder, Autos, Blumen und Kränze), dahinter ging es mit Mais weiter, aber auch der war schon geerntet. Was ist das glänzende Zeug in den Furchen? Wie Glassplitter. Wohl kaum. In der Mitte des Ackers ein Schatten gebender Baum. Was ist das für eine Sorte? Woher sollte einer wie Kopp das wissen? Am Grat des nächsten Hügels drei Windmühlen. Dahinter ging die Sonne unter. Am diesseitigen Ende des Felds, vor ihren Füßen, ein Graben mit hohem, trockenem Gras, rechts ein alter Kilometerstein, links Flora, die sich an das Fahrrad lehnt, den Hintern seitlich gegen den Sattel gedrückt, die Füße in den Boden gestemmt, geschickt. Ich kann das nicht. Die Gefahr umzufallen und die Pedale ins Kreuz zu bekommen ist einfach zu groß. Also ließ Kopp das Rad zu Boden gleiten, und verschränkte stattdessen die Arme. Das gibt mir, hier auf dem Hügel stehend, etwas Feldherrenhaftes. Aber ansonsten ist nichts martialisch an ihm. Ein dicklicher, blonder Mann in einer spätsommerlichen Abendlandschaft. Einpaar Fäden seines zu lang gewordenen Haars wurden von einem lauen Lüftchen bewegt, seine Ohren und seine Nase glühten.

Er blieb so lange so stehen, bis das Telefon durch Vibrieren und Piepen anzeigte, dass die Synchronisation abgeschlossen war, E-Mails und Sprachnachrichten.

In den Mails: außer Newslettern und den Verlockungen der

Pharma- und der Sexindustrie sowie der Nigeria-Connection (So, so, man will mir also eine erste Rate von 500 000 Dollar auf mein Konto überweisen?): nichts.

Sprachnachrichten: Sie haben 3 neue Sprachnachrichten.

Als er das Telefon zum Ohr hob, blitzte ein letzter Strahl der scheidenden Sonne auf dem silbernen Gehäuse auf. Von Gottes Licht befruchtet. Kopp, ein geborener Heide, assoziierte natürlich in eine ganz andere Richtung: als wäre das der sichtbare Strahl, der vom Satelliten direkt zu ihm fiel und ihm die relevanten Informationen brachte.

Der erste Anrufer hatte aufgelegt.

Die zweite Nachricht war von seiner Mutter, die hoffte, dass es ihm gut ging.

Die dritte Nachricht war von seiner Schwester, die ebenfalls hoffte, dass es ihm gut ging, während es ihr selber grade miserabel ging, Danke der Nachfrage!

Darius Kopp auf dem Hügel seufzte.

Die Nacht

Darius Kopp der Jüngere wurde am 28. September 1965 geboren. Seine Mutter war eine Harpyie, sein Vater ein Egoist, wie so häufig. Sie hatten sich bei der Arbeit kennengelernt. Mein Name ist Darius. Er war ein Bastard. Ein Pole als Vater war anzunehmen. Oma Olga schwieg sich aus. Der Vater ist doch egal. Nach einem Jahr flüchtiger Bekanntschaft gab es ein Betriebsfest, bei dem sie unter einem Dach aus grauem Wellenschiefer tanzten. Später in derselben Nacht zeugten sie ihren Erstgeborenen. Sie heirateten, obwohl ihnen, wie sie später übereinstimmend aussagten, sonnenklar (resp. *wie Kloßbrühe*) war, dass sie nicht zusammenpassten, aber er wollte nicht, dass sich diese Bastard-Geschichte ewig fortsetzte, und sie wollte gar nicht erst damit anfangen, sechziger Jahre hin oder her. Dass es überhaupt wenig gäbe, das sich ewig fortsetzen sollte, betonte Darius mehr als einmal, er betonte, die Abwechslung und die Veränderung zu lieben, dennoch beharrte er darauf, seinem Sohn exakt denselben Namen zu geben, den er selbst erhalten hatte. Darius, der Jüngere. Der kleine Darius. Aus ihm selbst wurde auf diese Weise, natürlich: der große. Die Mutter des Kindes fand den Namen überkandidelt, sie hasste alles Außergewöhnliche, aufzufallen ist asozial. Ist mir egal, sagte der Kindsvater, das Kind heißt Darius. Ist mir egal, sagte die Mutter, das Kind heißt Johannes. So kam es, dass sein Vater ihn Darius und seine Mutter Hansi nannte. Wenn man das bedenkt, bin ich mehr als normal geworden, findest du nicht, Flo?

Darius der Ältere war ein eitler Mann, ein schönerer Mann als Greta es als Frau ist. Das brachte einiges mit sich. Einen kleinen, engzinkigen Kamm in der Gesäßtasche (wie er neben dem Knopf herausschaut!), mit dem er sich das volle (!) Haar zu einer Tolle kämmte, auch später, als Tollen schon wieder aus der Mode waren. Fotos, auf denen er gigantische Koteletten trägt. Sitzt auf einem Motorrad, das ist, mit heutigen Augen gesehen, (etwas) lächerlich. Mit Koteletten auf dem Motorrad.

Dass sie, wenigstens anfangs oder wenigstens zeitweise auch das eine oder andere aneinander mochten, ist nicht auszuschließen, aber sie reden nicht darüber. Man könnte nur spekulieren, aber so wichtig ist es nun auch wieder nicht. (Für Marlene, früher, vielleicht. Jetzt können wir sie alle mal kreuzweise. Ich habe genug geheult.) Sie lebten in einer Proletarierdiktatur, die – für sie – weniger ihr gefährliches als ihr ödes Gesicht zeigte. Dementsprechend war auch ihr Leben etwas öde, aber die meiste Zeit störten sie sich nicht daran. Sie waren arm, aber sauber, das Wasser fürs Waschen, Kochen und die Windeln holten sie erst auf halber Treppe und erwärmten es auf einem Rechaud, später floss es aus Wasserhähnen in ihren eigenen vier Wänden, und es mangelte ihnen auch sonst an nichts.

Außer, natürlich, dass ich machen kann, was ich will, sagte Darius der Ältere, und weil er so tat, als scherzte er, zwinkerte er.

Aber Greta konnte man damit nicht kaufen, sie fragte beleidigt: Und das wäre?

Darius der Ältere zählte ab: Reise-, Konsum- und Unternehmungsfreiheit. Du siehst, ich bin nicht unersättlich, drei Finger reichen, auf Presse- und Versammlungs- bestehe ich nicht, das interessiert mich nicht so sehr. Ein gutes Auto mit Ersatzteilen und Garage und ein eigenes kleines Unternehmen, das würde mir schon reichen.

Du bist doch viel zu chaotisch, um etwas zu unternehmen. Und faul bist du außerdem.

Darüber war der sonst immer zu Scherzen Aufgelegte – Zwei Sachen haben mich immer an deinem Vater genervt: sein ständiges Gerede über freies Unternehmertum und seine blöden Witzeleien; muss denn wirklich immer alles lächerlich gemacht werden? – aber wirklich stinkig (Sein Wort. Da war ich aber wirklich stinkig, mein Junge). Er ging hinaus und soff trotzig so viel Bier, wie er es sich sonst versagte. – Ich sage dir die Wahrheit, mein Sohn, sagte er in einem der seltenen ohne-Scherz, also *intimen* Momente: Wenn ich könnte, wie ich wollte, würde ich die ganze Zeit saufen. Das ist meine heimliche Leidenschaft, die ich mir versage, seitdem ich mit 14 das erste Mal etwas getrunken habe. Nein, ich habe nicht mit 14 das erste Mal getrunken, sondern viel früher, bei uns haben die Männer die kleinen Jungs immer damit aufgezogen, hier, willst du mal ein' Schluck Bier?, und dann musste man auf einen Zug so viel wie möglich *stehlen*, damit sie johlten und klatschten und einem auf die Schulter klopften, aber *geschmeckt* hat es mir erst mit 14, und da erschrak ich, denn ich sah deutlich, dass ich trinken könnte, bis ich sterbe. – Also trank er auch diesmal nicht so viel, wie er eigentlich gewollt hätte, nur eben deutlich mehr, als es seiner Frau lieb gewesen wäre. Kopp sagte seinem Vater, dass er ihn sehr gut verstehen könne. Ihm ginge es so mit dem Essen. Eine 500-Gramm-Tafel Schokolade auf einmal. Aber nicht etepetete Stücke abbrechen, sondern reinbeißen, so. Auch ich wäre längst tot, bevor ich meinen Appetit gestillt hätte. Dieses Letzte sagte er nicht mehr, er ging nur bis zur 500-Gramm-Tafel, und der etwas angegangene Darius der Ältere nickte, aber er schaute ein wenig schräg. – Ein Mann mit Schokolade ist etwas anderes als ein Mann mit Alkohol. Ich weiß, dass er das denkt, und es wurmt mich. – Darius Kopp hat etwas Sehnsucht nach seinem Vater, aber ansonsten geht es ihm gut. Ich hasse die Regierung, meine Nachbarn, allgemein meine Mitmenschen und also auch meine Eltern nicht.

Dafür endete die Kompromissbereitschaft der Eltern schlussendlich in so etwas wie Hass. Nein, das ist ja die Krux. Nur meine Mutter hasst meinen Vater, weil er sie weder hasst noch liebt. Sie haben das ein Vierteljahrhundert lang unter dem Deckel gehalten, so lange, bis sie sich kurz nach der Wende scheiden ließen, um, Zitat, endlich auch mal an sich selbst zu denken im Rahmen der neuen Möglichkeiten.

Als Auslöser diente, dass Darius der Ältere seinen Job verlor, darüber aber nicht unglücklich war, sondern sich endlich seinen Traum erfüllen und selbstständig werden wollte. Ich wollte immer schon mein eigener Chef sein, der Mensch ist für das Gemeineigentum an Produktionsmitteln nicht geschaffen, mit 53 Jahren ist es noch nicht zu spät, in 10, 15 Jahren kann der Mensch noch einiges auf die Beine stellen, besonders jetzt, da es endlich nur noch auf dich ankommt. Es kommt jetzt nur noch auf dich an, sagte Darius der Ältere mit Blick zu seinem Sohn. (Wieso sagt er das jetzt zu mir?) Greta ihrerseits ging in Frührente. Ihr tat ohnehin schon seit Jahren alles weh. Frauen bringen Kinder zur Welt, machen das Haus und dann sollen sie noch bis sechzig etc. Das sagte sie nicht jetzt, sondern früher häufiger, deswegen schenkten ihr ihre Kinder auch ein Fuß-massagegerät, in dem das Wasser sprudelt, damit sie abends ihre müden Füße pflegen konnte, aber darum geht es jetzt nicht.

Marlene war erst 12 und noch ein Kind, sie konnte noch nicht so kreischen, wie sie es heute kann, nah am Wasser ge-baut war sie immer schon, aber damals liefen ihre Augen nur still mit Tränen voll – ihr Bruder bemerkte es gar nicht. Er sagte seinen Eltern, das sei ja schön, prima sei das, dass sie sich nicht der Angststarre und der rückwärts gewandten Lethargie man-cher Leute ihres Alters hingeben, sondern etwas unternehmen wollen. Was wollen sie denn konkret unternehmen?

Sie, als solches, wollen gar nichts unternehmen, das war ja das eigentliche Thema.

Frank gesagt wollte Darius der Ältere den Rest seines Lebens lieber alleine sein. Mein Leben lang war ich gefesselt und ge-knebelt, mein Sohn. Jetzt ist Schluss damit.

Dieses »gefesselt und geknebelt« war zu viel für Greta. – Hast du's ihr etwa erzählt?! Du Dummkopf?! Jetzt hast du den Schmutz, jetzt kannst du noch so viel erklären, dass er damit vielleicht nicht *nur* Ehe und Familie gemeint haben könnte. (In der Tat wollte Kopp aus aktuellem Anlass *eigentlich* über die DDR mit seiner Mutter reden – dazu kam es nicht mehr.) – *Wir* sind es, die die Kinder zur Welt bringen *und* uns um sie küm-mern! (Das sagtest du bereits …) Wenn hier jemand gefesselt und geknebelt war, dann ich! Als Frau hast du die Arschkarte, so sieht es nämlich aus!

Hat sie wirklich Arschkarte gesagt? Kopp könnte es nicht beschwören. (Beschwöre es ruhig.)

Nun behauptete sie, das Ganze sei vor allem *seine* Idee gewesen. Aber auch ich wollte nicht mehr mit ihm zusammenleben! Dann wieder sagte sie, diese Ehe sei zwar auch nicht ihr größter Traum gewesen, aber sie habe durchaus vorgehabt, die Sache durchzustehen und mit ihm zusammenzubleiben, bis zum Ende ihrer Tage. Es *anständig* zu Ende bringen.

Wenn ich hundert Leben hätte, würde ich eins davon vielleicht sogar den verquasten Prinzipien deiner Mutter opfern, aber ich habe nun einmal nur ein einziges. Darius der Ältere hatte das schon viele, viele Jahre früher begriffen. Es wurde höchste Zeit, ich war dabei, mir ein Magengeschwür einzuhandeln.

Sie hoffte, er würde ohne sie verwahrlosen, mit seiner »Wegelagerer-Firma« scheitern – Mit EU-Geldern Feldwege asphaltieren –, aber nichts dergleichen: er blühte auf. Er tat seine Arbeit, strich die fetten Förderungen dafür ein –

Dieser ABM-Betrüger! Kungelt mit Lokalpolitikern.

Na und? Dafür sind die da.

Sie haben ihre Mitarbeiter unter Tarif bezahlt.

Sie haben sie überhaupt bezahlt.

Trotzdem ist einer mal betrunken am Gartenzaun stehen geblieben – es war nicht sein Gartenzaun, sondern der seines Geschäftspartners – und hat die Grillparty zerbrüllt!

– trank so oft und so viel Bier, wie er wollte, traf sich, mit wem er wollte, redete, was er wollte – Sie hatte ja ständig Schiss, ich könnt' was Falsches sagen. Noch nicht mal mit meinen Kumpels durft' ich reden. Halt, um Himmels willen, den Mund. Wenn nicht deinetwegen, dann der Kinder wegen.

Und dann sagt sie noch, das wäre ein gutes Leben gewesen. Die spinnt doch – und fuhr fünfmal im Jahr in irgendeinen Urlaub. Respektive flog. – Das erste Mal bin ich mit 54 geflogen, mein Junge. Da hab ich was verpasst gehabt!

Greta redete anfangs ebenfalls davon, zu reisen, aber natürlich reiste sie nicht. Eine alleinstehende Frau in meinem Alter! Erst war Marlene zu jung, um ihr dabei eine Stütze zu sein, später hatte sie selber eine Familie.

Als Greta davon erfuhr, dass sich Darius der Ältere eine Freundin *zugelegt* hatte, musste sie sich hinsetzen, weil sie dachte, etwas verstanden zu haben. Er hat mich übers Ohr gehauen, von Anfang an. Wenig später verließ ihn die Freundin, Greta lachte auf. Als das Lachen vorbei war, fühlte sie einen Schmerz in den Armen und Beinen. Als würde das Lachen dort entweichen, wie Gift durch die Nieren, mit einem Schmerz. Aber der Schmerz entwich nicht, er blieb. Nach einigen Fehlvermutungen (die Nerven, die Gelenke) stellte man schließlich die Diagnose periphere arterielle Verschlusskrankheit oder auch die Schaufensterkrankheit oder auch das Raucherbein.

Ist das gerecht, mein Sohn, ist das gerecht? Niemals geraucht und dann ein Raucherbein. Während anderen Leuten alles in den Schoß fällt!

(*Wem* konkret? Und *was*? – Frag lieber nicht.)

Nun, da es schon einmal so weit ist, rückgängig machen können wir es nicht, aber wenn Sie auf regelmäßige Bewegung ...

Wo soll ich denn hingehen?

... und eine gesunde Ernährung achten ...

Ich habe keine Wahl, ich muss essen, was ich zu kochen gelernt habe: Fleisch und Kartoffeln.

Wichtig sind auch Ihre Blutfettwerte ...

Ja, die sind miserabel.

... und der Blutdruck.

Hja.

Vergessen Sie nicht, Ihre Medikamente zu nehmen. Diese Thrombozytenaggregationshemmer verhindern das Anlagern von Blutplättchen und beugen Blutgerinnseln vor. Ab Stadium 2 (Belastungsschmerzen ab einer Entfernung von 200m, später von unter 200m) können zusätzlich zu einem Gehtraining Phosphodiesterase-Hemmer (PDE) verabreicht werden. Diese verhindern das Verklumpen von Blutplättchen. Ab Stadium 3 (Ruheschmerz, besonders nachts) werden Prostanoide über die Vene verabreicht. Vor einer Ballondehnung des verengten Oberschenkelgefäßes schreckte die 69jährige Patientin zurück.

Meine Schwester starb mit 69 bei einer Operation.

Sie hatte Krebs. Man hat sie wieder zugemacht.

Details.

Machst du wenigstens dein Gehtraining? Gehst du jeden Tag mehrmals 75% der Strecke, die du schmerzfrei bewältigen kannst, damit dein Körper angeregt wird, Umgehungskreisläufe zu bilden?

Umgehungskreisläufe? (Winkt ab.)

Du gehst mir auf die Nerven, weißt du das?

So lange, bis eines Tages ein schwarzer Punkt auf ihrem schmerzenden, rot angelaufenen kleinen Zeh erschien, als Zeichen dafür, dass sie sich bereits in Stadium 4 befand, also Gewebe abstarb. Die schwarze Verfärbung entsteht als Folge von Hämoglobinabbau. *Totes Blut.* Die Bakterien verbreiten sich schnell und infizieren die Umgebung. Es standen folgende Alternativen zur Verfügung.

1. Invasiv: Großzügiges Entfernen des nekrotischen Gewebes, anschließend ein Verband mit Hydrogel, die Gabe von Antibiotika und die Beobachtung der Wunde. Wenn sich keine Verbesserung einstellt, muss erneut Gewebe entfernt werden, so lange, bis der Prozess der Verwesung gestoppt ist.

2. Nicht-invasiv: eine Madentherapie. Dabei kommen die Maden der Goldfliegenart Lucilia sericata zum Einsatz. Gemeinhin besser als Schmeißfliege bekannt, doch, wie überall, macht auch hier der Ton die Musik, also sagen wir: *Gold*fliege. Um es kurz zu machen, haben diese Maden die Besonderheit, dass sie sich selektiv von abgestorbenem Gewebe ernähren, sie vertilgen das nekrotische Gewebe und den Bakterienbefall, intaktes Gewebe wird geschont, und die Enzyme, die in den von den Maden permanent ausgeschiedenen Verdauungssäften enthalten sind, regen sogar die Heilung an. Hier, auf dieser Abbildung sehen Sie, was es für Ergebnisse geben kann. Sie sehen das Perineum – das ist der Bereich zwischen Scrotum und Anus – eines 70jährigen Patienten: zunächst von einem ausgedehnten roten Geschwür bedeckt und drei Wochen später von zarter, neuer, rosa Haut.

Die Ärztin und Kopp waren für die Maden, Marlene wusste nicht, Greta war gegen alles.

Lieber sterbe ich!

Kommt nicht in Frage.

Das geht euch einen feuchten Dreck an, es ist mein Leben!

Gut, dann stirbst du halt. Frau Doktor, meine Mutter wünscht keine weiteren Behandlungen, sie wünscht zu sterben … Siehst du, jetzt weinst du.

Freundlich und geduldig erklärte die Ärztin, die eine aufgestellte Nasenspitze (Steckdose) und zu einer Banane hochgesteckte blonde Haare hatte (Ich wusste gar nicht, dass mir dieser Frauentyp auch gefällt …), erneut die Vorzüge der Behandlung mit Maden.

Ich bin Ihnen unendlich dankbar. Wie Sie es geschafft haben, das Vertrauen unserer Mutter zu gewinnen, die ansonsten keine Frauen mag! Das sollten Sie nicht persönlich nehmen, denn sie mag auch keine Männer, oder zumindest nicht sehr. Später wird sie Sie leider bis in alle Ewigkeit verfluchen, umsonst versuche ich, meine Schwester und sogar deren Lebensgefährte, Sie zu verteidigen, sie würdigt Sie keines Blickes mehr, sie wünscht, dass Sie aus ihrem Zimmer verschwinden und anschließend zur Hölle fahren, denn umsonst haben die Goldfliegenmaden fleißig an ihr geweidet und haben um das Hundertfache zugenommen, umsonst stellten sie nach getaner Arbeit die Nahrungsaufnahme ein und wurden gegen neue, frisch geschlüpfte Goldfliegenmaden mit entsprechendem Appetit ersetzt – es half nichts. Es musste schließlich doch geschnitten werden, und zwar nicht nur der kleine Zeh, sondern auch der daneben, der keinen Namen hat. Doch, man nennt ihn den vierten Zeh.

Das war vor einem Jahr. Seitdem geht es rein ins Krankenhaus, raus aus dem Krankenhaus, die Infusion fließt und fließt.

Kopps Ehrgeiz, ein guter Sohn und Bruder zu sein, ist vielleicht nicht so ausgeprägt wie auf anderen Gebieten, aber durchaus vorhanden. Aber es ist nicht einfach, Flo. Ich weiß nicht wie und wann, irgendwann *unterwegs* ist dieser Familie die normale Sprechweise abhandengekommen. Meine Mutter hatte immer schon dieses Dauerjammern, wie ein defekter Leierkasten, aber Marlene war einmal ein nettes Kind gewesen. Bis sie 4 war, holte ich sie mit dem Fahrrad aus dem Kindergarten ab, sie saß vorne im Kindersitz und sang die ganze Zeit, grüßte alle mit Glockenstimme, und die ganze Nachbarschaft mochte sie. Später verlor man sich etwas aus den Augen, bei dem Altersunterschied, sie schrieb rührende Briefchen auf rosa Papier, in der rechten oberen Ecke schwebten violette Herzen, ich schrieb nur einmal zurück, ich brauchte sechs Wochen und einen Tag für eine Seite, ich schwitzte Blut und Wasser – Über ein Geschäftsessen. Es gab Rindercarpaccio, Scampi in Weinsoße,

Chianti, Eis mit Feigen und grünem Pfeffer – dann war es auch damit vorbei, und als sie mir das nächste Mal bewusst wurde, war bei beiden nur noch Heulen und Zähneklappern da. Jedes Mal, als würden sie eimerweise heiße Suppe über einen auskippen. Wusch! Als wäre ich das belagernde Heer und sie die tapferen Verteidigerinnen. Manchmal bekomme ich richtig Angst, wenn ich ihre Stimmen höre.

Er hätte einen Rückruf vielleicht noch bis morgen hinauszögern können, wir waren in einem Funkloch usw., aber wie ich mich kenne, werde ich auch das wieder verschwitzen, und dann rufen sie am Montag im Büro an, als wäre ich ein Amt, dann lieber gleich jetzt.

Also seufzte Darius Kopp dort oben auf dem Hügel, in den letzten Strahlen der untergehenden Sonne stehend, und wählte die Nummer der Frau, die ihn geboren hatte.

Wen rufst du an? fragte Flora.

Er antwortete nicht.

(Das ist ganz schön uncharmant, weißt du das?

Aber du weißt doch, dass ich dich liebe, auch wenn ich manchmal eine Antwort vergesse, oder nicht?)

Mutter, sagte er, ich bin's. Womit Floras Frage doch noch beantwortet worden ist.

(Das ist nicht dasselbe? Wieso nicht?)

Hansi? Bist du das?

Ja, natürlich. Wie viele Söhne außer mir hast du noch?

Das ist eine gute Frage, mein Sohn, das ist eine gute Frage.

Ignoriere das. Sei die Gelassenheit selbst, das ist, wie du sehr gut weißt, deine Rolle in dieser Geschichte, einer muss es ja machen, ja, lasst mich das Gebirge sein, an dem ihr abregnet, bitte sehr, in diesem Sinne frage ich euch ruhig und mit zärtlicher Fürsorge in meiner Stimme, wie geht es dir, Mütterchen, Schwesterherz, erzähl.

Wie soll's mir schon gehen, mein Sohn? Ich habe Schmerzen, kann kaum laufen und nichts heben und deine Schwester redet mit mir wie ich nicht mit Nachbars Hund.

Was sagt sie denn?

Was ich sage? Dass ich auch noch ein eigenes Leben habe, mit zwei Kindern und einer Ausbildung und einem Haushalt und einem *beschäftigungs*losen – das ist *sein* Wort! – ehemaligen Ringer von einem *Lebensabschnittsgefährten* – auch das ist sein Wort und eines Tages erwürge ich ihn dafür! – der sehr gerne den Einkauf für seine Schwiegermutter machen würde, hätte er nur nicht vor 100 Jahren diesen Bandscheibenvorfall gehabt und wäre er nicht immer schon so unendlich faul, also macht es die mit Abstand Kräftigste in der ganzen Familie, Marlene, mit ihren 48 Kilo, sie bittet nur darum, es tun zu dürfen, wenn sie grad mal Zeit hat, und dann vielleicht auch mal ein Danke zu hören und nicht nur Kritik und Klagen oder Sätze wie: Niemand hat dich gezwungen, mit 17 ein Kind zu bekommen, und wenn du dich so doll kümmerst, wieso ist dann Merlin fett und maulfaul wie ein Kloß – *Maulfaul wie ein Kloß?* Kopp kicherte. Wo sie recht hat, hat sie recht – dafür ist Lore magersüchtig, raucht wie ein Schlot und hurt abends vor dem Moritzkino herum. Wer darauf nicht zu brüllen anfängt, ob die Mutter sie noch alle habe, der ist nicht normal. Wie kann sie so was sagen?

Ich habe das überhaupt nicht gesagt. Ich hab das nicht *so* gesagt.

Ich werde sie mal aufnehmen. Mit dem Handy geht das. Ich werde sie aufnehmen und es ihr dann abspielen, damit sie hört, wie sie redet. Es wird einfach immer schlimmer. Sie spricht alles aus, was sie denkt, und das sind *niemals* Nettigkeiten. Ich dachte schon, sie bekommt Alzheimer, weil sie auch alles so salzt, als gäb's kein Morgen.

Was hat Salz mit Alzheimer zu tun?

Marlene habe gelesen, dass ein nachlassender Geschmackssinn und zunehmende Garstigkeit frühe Zeichen für Alzheimer sein können.

Kopp bat darum, ihn nicht so zu erschrecken.

Er könne sich abregen, Marlene habe die Ärztin dazu gefragt, und weiß du, was sie gesagt hat? Guppys werden mit dem Alter auch immer ruppiger.

Was? Guppys?

Ja, diese Fische.

Sie werden mit dem Alter immer ruppiger?

Angeblich.

Kopp konnte nicht anders, er musste lachen.

Eigentlich ist das nicht lustig …

Die Guppys werden immer ruppiger?

Nun lachten sie beide. Kopp länger als seine Schwester, die irgendwann weitersprach: Im Grunde hat sie gesagt: Erstens wird Ihre Mutter alt und zweitens ist sie einfach kein sehr herzlicher Mensch.

Hier hatte auch Kopp aufgehört zu lachen.

Natürlich hat sie's nicht *so* gesagt. Aber man konnte es verstehen.

Sie behalten immer das Wechselgeld, mein Junge. Ich wollte ja nichts sagen, aber das ist nicht korrekt. Korrekt wäre: sie geben es mir wieder und ich gebe es dann ihnen wieder, fürs Bringen. Aber sie geben es mir gar nicht. Und trotzdem habe ich nichts gesagt, erst, als sie mir die Sachen – aber wortwörtlich – vor die Füße gepfeffert haben, da hast du's, das muss jetzt für eine Woche reichen, ich hab nicht ständig Zeit, die paar Schritte zur Kaufhalle kannst du echt mal selber laufen.

a) hatten wir es eilig, Merlin musste zum Fußball, er ist total schlecht im Fußball, aber er liebt es und er soll ja auch abnehmen, und b) *kann* sie wirklich die 100 Meter gehen, sie will bloß nicht, und c) muss ich lernen, ich habe nächste Woche Prüfungen, ich bin jetzt fast 31, das ist meine letzte Chance, aber das interessiert ja keinen, sie vergisst sogar, was ich da lerne, oder sie sagt es absichtlich falsch, sie sagt Masseuse, dabei ist es Physiotherapie, Phy-si-o-the-ra-pie, herrgottnochmal.

Ist ja gut, schrei nicht so. Sie ist eine alte Frau, sie hat Schmerzen, sie will, dass man sich um sie kümmert.

Gut, dass du das erwähnst, Bruderherz.

Ja, ja, schon gut, ich werde mich kümmern. Ich hatte viel um die Ohren in letzter Zeit, und jetzt ist, wie's aussieht, wieder was Neues im Anmarsch, wie es halt so ist.

Hm, sagte Marlene, die, sobald es nicht um sie geht, kein Interesse mehr hat.

Hm, sagte Greta, die nicht so viel von diesen Dingen versteht, sie will auch nichts davon verstehen, sie will am besten gar nichts davon hören, vor allem will sie nichts von Schwierigkeiten hören, und jede Veränderung ist für sie zugleich eine Schwierigkeit, sie nimmt immer das Schlimmste an, malt Armeen von Teufeln an die Wand, ich weiß das selbst, mein Sohn, so ist meine Veranlagung, deswegen will ich ausschließlich *Gutes* hören, dass es dir gut geht, dass ich mir wenigstens um dich keine Sorgen machen muss, du bist dasjenige von meinen Kindern, um das man sich keine Sorgen machen muss, und Sorgen wären das Einzige, was ich mir machen könnte, helfen könnte ich nicht, wie sollte ich denn helfen, ich weiß selber weder ein noch aus.

Natürlich fand dieses Telefonat nicht so statt, sondern so, dass er erst die eine anrief, dann die andere, dann wieder die eine und schließlich wieder die andere. Währenddessen wartete Flora, spazierte auf der Stelle, sah Pflanzen und Tieren und schließlich den Sternen zu, wie einer nach dem anderen sich schlafen legte bzw. herauskam. Immer zwischen zwei Telefonaten fluchte sich Kopp kurz aus – … …! – sie sah zu ihm herüber, fragte aber nichts, es wäre auch gar keine Zeit dafür gewesen, er rief schon wieder an. Irgendwann hatte Flora genug. Sie spazierte so lange, bis sie in sein Gesichtsfeld kam. – Das war gar nicht so einfach, Liebster. Du hast dich immer dorthin gedreht, wo ich nicht war. – Sie musste beim Herumgehen mehrfach die Richtung ändern, wie in einem Stück Modern Dance. Sie zeigte ihm an, dass sie Durst hatte: hohle Hand, die ein Glas hält, Mund, der sich öffnet, Kopf, der nach hinten kippt, zeigte in die Richtung, in der sie wohnten, zeigte erneut »trinken« an, und dann wieder nach vorne. Kopp nickte und zeigte 5 Finger: in 5 Minuten.

Nach Kopps Empfinden 10 Minuten, laut Flora eine halbe Stunde später wiederholte sich dasselbe noch einmal, diesmal von ihrer Seite um einiges ungeduldiger: Durst! Ich fahre jetzt!, von seiner um Nachsicht bittend und resigniert: Gut, ich komme hinterher, in 5 Minuten. Sie rollte den Hügel hinunter, ihr Rock flatterte, sie verschwand im Wald.

Im Übrigen hatte es dann wirklich nur noch 5 Minuten gedauert. Wenn ich mich beeile, kann ich sie noch einholen. Auch Kopp hatte jetzt großen Durst – abgekämpft, wie nach einer Woche Messe, in den Ohren dröhnt es, die Augen brennen, der Mund ist eine Wüste, bis hinunter in Speise- und Luftröhre, nicht abwaschbarer Schweiß sitzt in allen Falten, aber besonders am Hals, er klebt, die Hände kleben – also verlor er keine weitere Zeit mehr, ließ den Blick nicht noch einmal über die Landschaft schweifen – da, schau, ein kleines Flugzeug, das über die Baumwipfel zieht, eine Zlin – sondern schwang sich unverzüglich in den Sattel. Tatsächlich: *schwang*, als wäre es ein Herrenfahrrad, aber es war keins, und so fing es gefährlich zu schwanken an, gleich falle ich hin, aber er fiel nicht, er rettete sich, beide Füße auf den Pedalen, und jetzt treten, sonst fällst du noch wirklich. Er trat, das Fahrrad rollte los, den Hügel hinunter. Beim Aufsetzen merkte er, dass ihm der Hintern wehtat. Das berührte ihn unangenehm, er wurde gereizt davon, aber dann kam das Rollen in Gange und er genoss es, wie es nicht anders möglich ist.

Flora hatte Durst angezeigt, Durst, also Ausflugslokal, also am Waldrand links. Das Rollen hatte sich verbraucht, er trat wieder in die Pedale, auf flacher Strecke ging es besser, eine Weile genoss er nun das: Kraftausübung, Geschwindigkeit aufnehmen. Vorfreude auf das Ausflugslokal, auf Schnitzel und Bier. Nachfreude darüber, dass er das Familientelefonat also hinter sich gebracht hatte. Eine Woche habe ich mindestens gewonnen. (Ist das nett von mir? Nein. Tut mir leid.) Die Sonne war längst untergegangen, aber hier im Norden ist die Dämmerung lang, selbst mit einem Fahrrad ohne Beleuchtung auf dem Lande kann man noch weit kommen. Darius Kopp rollte zwischen Feldern, querte nicht mehr benutzte Eisenbahnschienen, fuhr an einem alten Genossenschaftsgelände und einem Friedhof vorbei, in ein Dorf mit holprigem Pflaster, hielt unter Eichen, dort war das Lokal.

Es saßen Menschen im Außenbereich, mehr Männer als Frauen, Landbewohner, mittlere bis höhere Semester, Flora war nicht dabei. War sie im Innenbereich? Nein. Auf der Damentoilette? Das können wir legal nicht feststellen. Also ging Kopp wieder hinaus. Ich warte lieber draußen. Lauer Abend unter Eichen, große Bierkrüge. Das Fahrrad ohne Schloss im

Auge behalten. Die Leute sind unfassbar, sie klauen selbst rostige alte Damenfahrräder.

Da fiel bei ihm endlich der Groschen. Floras Fahrrad war *nicht* da. Also war sie ebenfalls nicht da. Deswegen konnte ich sie nicht einholen. Sie war nicht meilenweit und Stunden voraus, so lange habe ich nicht telefoniert!, es hat schlicht und einfach ein Missverständnis gegeben, und sie ist gar nicht hierher gefahren. Hast du sie am Waldrand etwa links abbiegen gesehen? Nein. Sie ist *im* Wald verschwunden. Idiot. Durst, also Ausflugslokal. Wie kommst du darauf? Nur, weil *du* Lust auf Schnitzel und Biere hast? Es für dich so ausgemacht hast, dass du nach so viel körperlicher Anstrengung in der oh, so holden Natur, Schnitzel und Biere verdient hättest? Jetzt stehst du da, mit dem blanken Arsch. Natürlich nicht wörtlich, sondern nur ohne Geld. Das Portemonnaie liegt bei Gaby auf dem Küchentisch, und umsonst ist bekanntlich nicht der Tod.

Kopp fluchte gotteslästerlich (aber leise, wir wollen nicht unnötig Aufsehen erregen) und fuhr wieder los.

Auch im Norden hat die Dämmerung einmal ein Ende, mittlerweile konnte er die Dunkelheit mit freiem Auge anwachsen sehen. Das Hellste jetzt: der weiße Müllersand am Rand des groben Asphaltwegs, und teilweise darauf. Strand, dachte Kopp, Strand und Sand. Als es später wieder ein wenig hügelan ging, dachte Kopp: Berge. Fuhr durch die ländliche Nacht zu seinem für diese Nacht geliehenen Zuhause und dachte, um sich vom frustrierenden Hier-und-Jetzt abzulenken, über fremde Landschaften nach. Land und Leute, Bill und die Brüder Bedrossian, Hühnerfleischsandwichs (der Hunger!) und frisch gepressten Orangensaft und über Geld in einem Karton – Ich muss Juri noch davon erzählen! – Juri, die letzten vier Wochen, die Bar, Flora, der Einarmige, Ulysses, Melania, das Trampolin, die Beachvolleyball-Meisterschaft, wieder Juri,

Juri ist bis Sonntagabend in Amsterdam, ich war schon mal in Amsterdam, aber ich habe kein Bild mehr davon, wollen wir mal nach Amsterdam, Flora? Flora, Marlene, Mutter, Vater, ihn müsste man auch mal anrufen, wann habe ich das letzte Mal mit ihm gesprochen, wann habe ich das letzte Mal mit Bill und wann mit Anthony gesprochen, Anthony, Stephanie, Sandra, die anderen Kollegen, die Landschaft um Sunnyvale in sunny California, Pinien und Lupinen auf den Hängen, Platanen in der Straße, in der die Firma sitzt, und wieder essen, einmal Surf 'n turf und ein großes Bier bitte.

So lange, bis er auf einen mit alten Betonbahnschwellen ausgelegten Weg kam. Er dachte noch: Arbeit für meinen Alten, wenn er noch Feldwege asphaltieren würde, wieso asphaltiert er eigentlich keine Feldwege mehr, dann erst wurde ihm klar, dass er über so einen Weg, über solche Bahnschwellen hier noch nie gefahren war, weder heute noch zu früheren Gelegenheiten, niemals, dass er sich also verfahren hatte. Wo, wann, wie war das passiert? Ich weiß es nicht. Er meinte, alles ganz genau so – das heißt: genau andersherum – gemacht zu haben, wie auf dem Herweg. Und trotzdem war er jetzt hier, und nicht dort, wo er sein sollte: am Fuße des Hügels, am Rande des Walds. Das ist schon längst *im* Wald. Wie dunkel es doch eigentlich auf der Erde ist. Hast du Angst? Ja, aber nur konkret. Ich möchte meine Vorderzähne nicht verlieren.

Er hielt an, nahm das Handy. Mein kleines, viereckiges, bläuliches Licht in der Dunkelheit. Das, und nicht mehr. Kein Netz. Eine Mücke landete auf Darius Kopps Handgelenk unterhalb der Tastatur. Er schlug zu. Er verpasste sie. Mistvieh!

Preisfrage: fährt man in so einem Fall weiter, in der Hoffnung, dass man wieder irgendwo hinkommt, wo man sich auskennt, oder fährt man zurück, bis man wieder irgendwo hinkommt, wo man sich auskennt? Normalerweise hätte sich

Darius Kopp für die erste Variante entschieden (Wenn ich etwas nicht leiden kann, dann *zurück*zugehen ...), aber das Fahren auf den Bahnschwellen war unmöglich, also drehte er um und fuhr zur letzten Kreuzung zurück. Das machte ihn nicht schlauer, er war sich nicht einmal mehr sicher, auf welchem dieser Wege er gekommen war, er schämte sich vor sich selbst, ich kann doch nicht so ein Trottel sein, Männer sind Jäger, sie *können* sich orientieren. Fluch. Schließlich nahm er einfach irgendeinen der Wege, das heißt den, der am Waldrand entlangführte.

Zumindest eine Weile, dann führte auch dieser Weg wieder in den Wald hinein. Kopp fluchte, wendete diesmal aber nicht, sondern fuhr einige Minuten in wachsender Verzweiflung und Wut einfach in sein Verderben, und dachte dabei auch nichts anderes mehr als: ich fahre mit wachsender Verzweiflung und Wut in mein Verderben. Was, wenn ich die ganze Nacht hier herumirre? Was, wenn Flora, auf der Suche nach mir, die ganze Nacht hier herumirrt? Beim Gedanken daran hielt er wieder an. Stand auf dem Waldweg, zwei weiße Streifen waren davon zu sehen, mehr als gar nichts. Stand eine Weile nur da und horchte. Etwas raschelte. Flora? Aber er traute sich nicht, nach ihr zu rufen, denn im Augenblick darauf dachte er schon: Wildschweine. Mannsgroße, wütende Wildschweine in Verteidigung ihrer Brut und ihres Territoriums.

Aber es war ein Reh, das nach einer ewigen (in Wahrheit: kurzen) Weile Ratlosigkeit und zunehmenden Herzklopfens auf den Weg spaziert kam. Kam auf den Weg spaziert, blieb stehen und starrte Darius Kopp aus zu Tode erschrockenen leuchtenden Augen an.

Standen beide mit klopfendem Herzen da: Kopp und das Reh.

Ein Reh, nur ein Reh. Rühr dich nicht.

Er rührte sich nicht.

(Geh weg!)

Aber es ging nicht weg.

Bis Kopp schließlich dahinterkam, was die Lösung war. (Rühr dich.) Er rührte sich, drehte den Kopf zur Seite. Als er ihn wieder zurückdrehte, war das Reh verschwunden.

Kopp fuhr weiter – versuchte, dabei *leiser* zu sein – und kam kurze Zeit später an eine Kreuzung. An der Kreuzung gab es, gesegnete Zivilisation!, einen Wegweiser, der ihm anzeigte, dass er nach rechts musste. Er fuhr nach rechts. Es kam ihm noch der Gedanke, was, wenn einer, eine Gruppe Dorfjugendlicher, zwei besoffene Waldhüter, ein zu Scherzen aufgelegter einsamer Wanderer den *ganzen* Wegweiser verdreht hatte, aber da sah er schon die erste von insgesamt drei Straßenlaternen der Siedlung aufleuchten.

So eine blöde Scheiße!

Was ist passiert?

Wie konntest du mich nur dalassen?

Was ist passiert?

Ich habe telefoniert, dann bin ich zum Biergarten gefahren, weil ich dachte, du hättest gesagt, dass du dorthin fährst.

Wann fahre ich je zum Biergarten?

Ich dachte, du warst durstig.

Ja, und deswegen fuhr sie nach Hause, was wesentlich näher war, und trank Wasser aus dem Hahn.

Elende Scheiße! Und dann hab ich mich verirrt.

Du hast dich verirrt?

Ja, klassisch, im Wald! Ich hab alles so gemacht, wie auf der Hinfahrt, trotzdem. Ich wäre fast mit einem Reh kollidiert.

Du wärst fast mit einem Reh kollidiert?

Sie sagt, das täte ihr leid, aber sie lacht dabei.

Lach nicht!

Ich lache nicht.

Der ganze Wald klebt an mir, ich weiß gar nicht mehr, wo ich mich zuerst kratzen soll, wenn ich mich in der Ellenbeuge kratze, fängt die Kniekehle an und der Hals, mein Hintern tut weh, mein Sack ist eingeschlafen, weißt du, wie unangenehm das ist?

Woher sollte ich das wissen, mein einziger Schatz?

Sie lachte, streichelte sein Gesicht.

Er sagte, er habe großen Durst und auch Hunger. Mein Dom ist schon ganz schlaff, schau. Haben wir noch was zu essen da?

Schlug sich auf die Stirn, dass es nur so klatschte: Ich wollte doch grillen!

Ihrer Meinung nach war es dafür schon zu spät.

Papperlapapp! Er fing zu hantieren an, Holzkohle etc., und gegen Mitternacht biss er dann tatsächlich in ein Stück Rippe. Er zeigte sie dem in voller Blüte stehenden Mond: Siehst du das? Siehst du das? Er fuchtelte triumphierend mit dem halb abgenagten Knochen, sein Kinn war voller Fett. Siehst du das?

Und sie lachten noch ein letztes Mal.

SONNTAG

Der Tag

Nach einem Wochenende in der Natur war Darius Kopp ein neuer Mensch.

Natürlich nicht.

Den Sonntag hätte er, so wie er da war, am liebsten übersprungen, aber das ist nun einmal nicht möglich. Du kannst nicht fiebriger sein als die Zeit. Der Rückweg aus dem Privat- ins öffentliche und Geschäftsleben kann, gewünscht oder nicht gewünscht, lang sein. Insbesondere, wenn man sich so früh auf den Weg macht, wie es Darius Kopp an diesem Sonntag getan hatte. Der Tag war kaum eine Stunde alt – er löschte gerade die Glut, sorgfältig, wir sind im Wald, feuchte Asche schlug ihm entgegen und legte sich auf ihn, zu den anderen Resten des Tages – als er merkte: es ist vorbei. Was ihn anbelangte, war er mit dem Wochenende fertig.

Flora war schon ins Bett gegangen, schlief mit gerunzelter Stirn. Sie kommt langsam in das Alter, wenn die Falten zwischen den Augenbrauen anfangen, nicht mehr wegzugehen. (Was empfindest du dabei? – Zärtlichkeit.) Kopp seinerseits wachte die erste Hälfte der Nacht. Ebenso die zweite. Legte sich neben Flora in Gabys (durchgelegenes!) Bett und fing an zu *arbeiten*. Einen Job laufen zu lassen, wie wir Informatiker sagen. Sich vorbereiten: Wie geht es jetzt weiter, konkret was, wann.

Das war komplizierter, als Kopp es sich gewünscht hätte. Die weißen Textzeilen, als die er die Aufgaben vor dem schwarzen Hintergrund seiner Innenlider zu visualisieren versuchte, flogen im Raum hin und her, drehten und wendeten sich, wie in einer (verdammten) Flash-Animation, es gelang ihm über Stunden nicht, sie zueinander zu zwingen, *unter*einander, wie es sich gehört. Er wurde wütend, sank zur Erholung in einen leichten Schlaf, kam später wieder hoch und plante weiter. Es dauerte Stunden, bis es ihm gelang, folgende – vorläufige – Reihenfolge herzustellen:

1. Noch einmal nach den Armeniern und Michaelides recherchieren, vielleicht finden wir noch etwas heraus. (Hier gibt es kein Telefon und kein Internet, wann planen wir also, von hier wegzufahren? Hängt nicht von mir ab, sondern von *ihr*, und sie wird noch die letzte Minute aus diesem Traum-von-einem-Häuschen-im-Grünen-mit-Rosen-und-Gemüse herausquetschen wollen. Warten, als-ob-geduldig warten.) Auf alle Fälle wäre das noch im Laufe des (späteren) Sonntags zu machen. Gewappnet mit den frischesten Informationen am Montag:

2. London anrufen.

3. Das Geld wegbringen.

Zurück zu 2. Nicht nur London anrufen, sondern auch Sunnyvale. Die Information und die Verantwortung streuen. Ich muss mit Anthony und möchte mit Bill reden. Achtung Zeitverschiebung. London minus 1, Sunnyvale minus 9. Es ist nicht möglich, sie gleichzeitig zu informieren. Es muss eine Reihenfolge geben. Halten wir also eine Reihenfolge ein, und zwar die, die unserem Herzen am entferntesten ist: 1. Anthony, 2. Bill. Angenommen, er wäre um 9 im Büro. Bei uns 18 Uhr. Während das Geld herumliegt. Geld im Büro. Das war richtig. Nimm es nicht mit nach Hause. 40 000. Juri weiß es auch noch nicht. Juri ist das Wochenende über in Amsterdam. Wann kommst du zurück? Ich möchte, wir müssen reden. Ich brauche deinen Rat bzw. möchte mein Herz ausschütten.

Ich möchte mein Herz ausschütten, würde Darius Kopp sagen.

Schatz, du weißt, mit mir kannst du über alles reden, würde Juri entgegnen. Oder, je nach Tagesform: Wenn es unbedingt sein muss …

Ich habe das Gefühl, ja. Die Dinge sind wieder dabei, sich zu verknäulen. Es gibt noch vieles, zumindest einiges, das du gar nicht weißt, weil ich am liebsten auch vor mir selbst darüber schweige. (Vor Flora sowieso.)

Aber ein imaginäres Gespräch mit mir würde helfen?

Ja, ein imaginäres Gespräch. Das könnte sogar mehr helfen als ein tatsächliches.

Na dann, würde Juri sagen, schieß los.

Kurz und gut, Darius Kopp öffnete die Augen, sah eine offene Dachkonstruktion, staubige Balken, Spinnweben, ab nun wird er abwechselnd dorthin sehen oder in die Dunkelheit seiner geschlossenen Lider, kurz und gut, sie schulden mir Geld.

Wer schuldet dir Geld?

Die Firma.

Die Firma schuldet dir Geld? Seit wann? (Juri würde grinsen.)

Von Anfang an.

Von Anfang an? Wie ist das möglich? würde Juri mit gespieltem Entsetzen fragen.

Ganz einfach, das heißt, kompliziert, bürokratische Verwicklungen. Willst du die Details hören?

Kommt darauf an. Sind sie interessant oder öde?

Kann man so nicht sagen.

Also gut, ich gehe das Risiko ein, schieß los.

Gut, würde Kopp sagen. Pass auf. Es ist so. Vor 2 Jahren

hatte Fidelis, wie du weißt, Eloxim gekauft. Die anderen entlassen, mich behalten. Das heißt, mich mit neuem Vertrag neu eingestellt. Das heißt, nein, präzise: ich habe einen Vertrag mit denen, bin aber deswegen noch nicht bei ihnen *angestellt*. Es ist unterwegs etwas durcheinandergekommen. Man war dämlich genug, die Hülle des Eloxim-Büros mit Sack und Pack aufzulösen, um das Fidelis-Büro neu zu gründen. Man gedachte das über die international renommierte Beratungsgesellschaft Weiss-Lighthouse zu tun, man gedachte das unter den Voraussetzungen X und Y zu tun, jedenfalls zog es sich länger hin, als alle vermutet hätten. Kein Problem, sagte ich, Hauptsache, ihr überweist mir jeden Monat 1/12 der Summe, die im Vertrag steht, plus, natürlich, nicht zu vergessen, eure Arbeitgeberanteile an die entsprechenden staatlichen Stellen. Sie kommentierten das nicht weiter, sie überwiesen brav jeden Monat 1/12 der Summe. Ich: Danke so weit, und danke auch schon mal im Voraus für die Überweisung der Arbeitgeberanteile, damit ich kranken-, renten-, arbeitslosenversichert und steuervorausgezahlt bin. Ich will das nicht unnötig in die Länge ziehen: nachdem ein halbes Jahr vergangen war und das Büro immer noch nicht offiziell gegründet und auch keine Arbeitgeberanteile gezahlt worden waren und ich wieder nachgefragt hatte, fragten sie zurück: Was für Arbeitgeberanteile? Ich erklärte es: Der Arbeitgeber behält Steuern und Sozialabgaben ein, tut seinen Anteil dazu etc. Ach so, sagten sie. Lange Wochen und Monate vergingen, bis sie herausgefunden hatten, dass sie ohne ein offizielles Büro das nicht überweisen können, ob nicht ich es für sie machen könnte? Ich, dass ich das nicht dürfe. Daraufhin folgte eine Periode von mehreren Monaten Funkstille. Ich wurde wütend, ich rief Bill an, und erklärte es auch ihm. Wenn die Summe kein *Gehalt* sein soll, sondern ein *Honorar*, dann wären das so und so viel weniger, dann würde ich quasi für das

Gehalt einer Sekretärin arbeiten. Mit ein wenig Untertreibung. Es mache mir nichts aus, sagte ich, ein freier Mitarbeiter zu sein, aber dann bitte für eine Summe, die um die Hälfte höher ist als die jetzige. Bill verstand meinen Unmut, er war auf meiner Seite, er bat um Geduld, das Büro sei so gut wie gegründet etc. Es vergingen wieder Monate. Am Ende sagte ich, OK, was soll's, überweist mir einfach das Geld, ich überweise es dann für euch weiter. Denn das ist doch möglich, bei allem anderen als der Vorsteuer, und diese ist, bitte um Vergebung, nicht so wichtig, als versichert zu sein. Ich rechnete ihnen unter Berücksichtigung der sich ändernden Prozentsätze und des schwankenden Wechselkurses sogar aus, wie viel sie mir jeden Monat mehr zu überweisen hatten. Sie bedankten sich artig und überwiesen weiterhin 1/12 der Summe, die im Vertrag steht – und zwar bis heute. Es kommt immer irgendwas dazwischen: eine Softwareumstellung, der COO, der CFO und die äußerst nette, aber äußerst inkompetente Hälfte der Buchhaltung wird geschasst, kurz und gut, es geht drunter und drüber. Summa summarum schulden sie mir am heutigen Tag, wenn ich es richtig kopfgerechnet habe, denn, ich gestehe, seit einem dreiviertel Jahr, seit Dezember letzten Jahres, habe ich keine Aktualisierung mehr eingereicht, annähernd 40 000.

Ich bin entsetzt. Weiß deine Frau davon?

Ist nicht das Thema. (Ja. Das letzte Mal im Dezember darüber geredet. Was das für ein Saftladen sei. Seitdem soll ich sie damit verschonen.) Das Thema ist: Jetzt ist also das Geld der Armenier da. Auch 40 000 …

Verstehe, hätte Juri gesagt und aufgehört zu grienen. Mit sehr erster Miene: Das kannst du nicht bringen. Wenn du das machst, kannst du dir das Gesicht gleich schwarz malen. Der korrekte Weg, und der korrekte Weg muss eingehalten werden, ist: Du gibst ihnen mit einer höflichen Verbeugung das Geld der Armenier, und die geben dir mit einer höflichen Verbeugung deins.

Idiot! Davon rede ich nicht! Ich bin doch kein Volltrottel! Wovon ich rede ist: es ist von deren Seite mal das und mal jenes dazwischengekommen. Aber, wenn ich ehrlich bin, wenn mal von deren Seite nichts dazwischengekommen ist, dann ist von meiner Seite etwas dazwischengekommen. Was weiß ich, ich habe 75% meines forecasts nicht gebracht ...

Juri hätte abgewunken.

... oder irgendetwas nicht gemacht, was Anthony gemacht haben wollte, oder es zu spät gemacht, und so weiter, du weißt, es kann immer was passieren, winzige Dinge – die winzigen Dinge, die dazu führen, dass ein Tag zerfasert, mitunter sogar, wenn du *in Teilen* alles richtig machst, dennoch, am Ende des Tages ist *das Ganze* dann doch nicht das, was es sein hätte können/sollen/müssen – aber auch, ich gebe es ja zu, wenn Luft genug da gewesen wäre, danach zu fragen, habe ich es nicht gemacht, weil, ich hab's halt nicht gemacht. Und jetzt ist schon wieder so eine Situation: die Armenier geben mir 40 000, und ich sage: hallo, hier sind 40 000, aber kann ich sie bitte gleich wieder zurückhaben, ihr schuldet mir nämlich etwa genau so viel. Was das Problem damit ist? Das Problem damit ist, würde es Kopp endlich aussprechen, dass die Armenier seit einer geraumen Zeit meine einzige Einnahme darstellen, also, nicht die einzige, aber die einzig nennenswerte, verstehst du's jetzt?

Ja, jetzt versteh' ich's. Du bist ein Nullsummenspiel. Das sieht in der Tat nicht so schick aus.

Also, so stimmt das auch wieder nicht. Nullsummenspiel, nein, das wäre zu hart gesagt. Nein, ich bringe ihnen schon mehr ein, als dass ich sie koste *(Das stimmt nicht ...)*, das wäre ja noch schöner, ich werde dir das jetzt nicht im Einzelnen vorrechnen. Ich hab's, glaube ich, blöd erzählt, bzw. auf einmal kam es mir blöd vor: 40 000 hier, 40 000 dort, aber das ist ja nur ein Detail, das ist nicht das Gesamtbild. Natürlich. Ich werde es genau so machen: denen ihrs, mir meins, eine klare Angelegenheit, ich weiß gar nicht, was man darüber so viel lamentieren musste. Manchmal ist man halt so, ein wenig verwirrt. Danke, mein Freund, dass du die Nebel vertrieben, die Schleier gelüftet, mir die Augen geöffnet hast.

Ich freue mich, dass ich helfen konnte, hätte Juri mit einer höflichen Verbeugung gesagt.

Kopp freute sich ebenfalls. Er war erleichtert. Das hat schon die ganze Zeit an mir genagt.

Vor Erleichterung bewegte er sich, die durchgelegene Matratze schlug Wellen, Flora runzelte die Stirn noch etwas mehr und drehte sich auf die andere Seite. Nun lag sie mit dem Rücken zu ihm. Sie hatte irgendetwas Kleingeblümtes an. Ein altmodisches Nachtkleid. Kopp hätte ihr gerne über den Rücken gestreichelt, aber er wollte sie nicht wecken.

Doch, eigentlich hätte er sie wecken wollen, er hätte erleichterten Sex haben wollen, aber er riss sich zusammen. Sich gegen die (ständig, immer, überall lauernden) Unterbrechungen wehren. Dinge zu Ende bringen.

1tens, 2tens. 3tens: Das Geld wegbringen (Bei Barbeträgen über X – Recherchieren! – Personalausweis nicht vergessen!) …

Man könnte es natürlich auch so machen: mit London nur über die Armenier reden und mit Bill nur über die Ausstände.

Die Idee war brillant, verwegen, Kopps Herz schlug ein schnelleres Tempo an, er riss die Augen auf: staubige, dunkle Balken. Es kommt doch heraus. Es kommt immer alles heraus. Nein, das stimmt nicht. Manches nie. … Wozu reicht mein Mut? Das ist nicht die Frage, sondern: Wie findet meine Moral das? Er schloss sanft die Augen.

Ich will doch anständig sein. Ja, das ist mir ein Bedürfnis, es verschafft mir Befriedigung, so wie *anderen* die kleinen Betrügereien, mit denen sie sich einer fernen und abstrakten Macht oder ihren Mitmenschen (Unbekannten und Verwandten) gegenüber Vorteile verschaffen. Ich wäre gerne gewitzt. Bin es aber nicht. Das Wertvollste, das ich der Firma und allen anderen geben kann, ist Anständigkeit. Kopp war gerührt von sich, das baute ihn auf und bestärkte ihn. Es muss ein Vertrauensverhältnis da sein können. Ich vertraue Bill. Also: London nur die Armenier mitteilen, denn das andere betrifft sie nicht, Bill hingegen betrifft alles. So ist es korrekt.

Eine Weile schwebte Darius Kopp im warmen Salzwasser der Zufriedenheit mit sich selbst. Ich bin ein guter Mitarbeiter.

Dachte es und stürzte gleich wieder kalt ins schlechte Gewissen ab, da ihm die letzten 4 Wochen des Nichtstuns eingefallen waren. Das war nicht richtig. Egal, dass A. ein Arschloch ist, dass sie es mir quasi unmöglich gemacht haben, zu tun, wofür sie mich eingestellt haben, man kann trotzdem nicht damit aufhören, es zu versuchen. Oder zumindest nicht für lange. So sind die Gesetze. Ich bin heiter, nicht naiv. Kopp war klar, der Punkt war erreicht, ab dem die Sache eskalieren konnte, bzw. dass spätestens jetzt der Zeitpunkt erreicht war, da man einer Eskalation noch mit einem überschaubaren Aufwand zuvorkommen konnte. In diesem Sinne: Danke, liebe Armenier, dass ihr mich durch euer Geld dazu zwingt, tätig zu werden. Dass er sich freute, endlich zurück in den Arbeitsalltag zu kommen, fasste Darius Kopp mit hinter geschlossenen Lidern hellwachem Blick für sich zusammen. Denn eigentlich liebe ich es zu arbeiten. Ich liebe diese drei Dinge: meine Arbeit, Essen und Trinken, Flora. (In dieser Reihenfolge? Ketzerische Frage ...)

An dieser Stelle wünschte man sich, die Geschichte würde einen Sprung nach vorne machen, und der Held sich unverzüglich daran, etwas zu *tun*. So auch Darius Kopp. In Wahrheit hat man dann noch einen ganzen Sonntag vor sich. Er wird lang werden – genauso lang, nicht wahr, wie *jeder* Tag – und wir werden dabei sein müssen. Dabei sein, geduldig sein, warten, bis das, was man nicht ändern kann, von alleine vorbeigeht. Bis die Frau, die man liebt, bereit ist, den Ort, den man hasst, gemeinsam mit einem zu verlassen. (Das hätte ich auch gemacht, wenn ich einen Führerschein gehabt hätte! Aber *so* natürlich noch mehr, denn ohne sie kam er nicht weg. Respektive, es hätte noch länger gedauert.)

Ein Mann, eine Frau, ein Garten, im gehetzten Verharren.

Sie versuchte, wie vorausgesagt, noch die letzte Minute aus diesem In-der-Natur-Sein herauszuquetschen, konnte aber die Augen nicht von der Uhr nehmen: noch 4 Stunden, noch 3 ... Während er *alles* hergegeben hätte ... Nur dass ihm hiervon *nichts* gehörte, er konnte also auch nichts hergeben, er konnte nichts tun als warten, als-ob-geduldig warten, in der Hoffnung, dass auch sie ruhiger davon würde. Als ob das jemals geklappt hätte! Noch nie. Am Ende liebte er sie wesentlich weniger als am Anfang. Sie ging ihm deutlich auf die Nerven.

Und wenn ich einfach nicht mehr zurückfahren würde? ... Und wenn ich einfach hier sitzen bleiben würde?

Aber Schatz, was wird dann aus mir?

(Darauf kann sie nichts sagen.)

Um Mittag war sie endlich bereit, aufzugeben. Von da an dauerte es noch 2 Stunden, bis sie endlich loskamen. Dass Gabys Haus kein Hotel war, hatten sie vorher gewusst, nicht damit gerechnet hatten sie, dass es so lange dauern würde, bis alles geordnet, gesäubert, weggeräumt, aufgefüllt, gewechselt, kontrolliert, abgeschlossen und hinterlegt war. Flora bewegte sich mit einer fast schon lächerlichen Schnelligkeit, Kopp hatte den Überblick längst verloren, manchmal wurden ihm Kommandos zugerufen, er kam ihnen, so gut er konnte, nach. Als sie endlich im Auto saßen, kam sein erleichtertes Ausatmen *scheppernd* auf dem Armaturenbrett auf. (Sie hörte es natürlich. Sie kommentierte es nicht.)

Die Erleichterung war, wie sich zeigen sollte, verfrüht gewesen. Kaum, dass sie 1 Kilometer gefahren waren, gerieten sie in einen Stau. Auf der (pfeilgeraden!) Landstraße! Kopp kämpfte um seine Fassung.

Was ist da los? Es ist doch noch nicht Sonntagabend, wenn alle, aber wirklich *alle* Welt sich zurück in die Stadt steht, je nach Veranlagung in glücklicher Mattigkeit oder bereits wieder auf 180! Was treiben die Leute nur? Hat schon wieder einer am helllichten Tage die Spur nicht halten können und ist in der Seite dieser Schatten spendenden alten Allee gelandet? Oder gibt es irgendein Großereignis? Eine Musterhausbesichtigung? Indianerfestspiele? Die Eröffnung einer Go-Kart-Bahn? Eine Papstmesse? Oder gibt es etwas umsonst, wird dir beim Klauen etwas nachgeschmissen? Da können sie ja nie widerstehen. Nehmen Sie 3 für den sowieso schon überzogenen Preis von 2 von diesem nutzlosen Mist von schlechter Qualität, den Sie sowieso nicht brauchen!? (Ich verachte euch! Ich verachte euch!)

Warum bist eigentlich *du* nervös? *Ich* muss zur Arbeit.

Ich muss auch noch was machen! Ich muss ins Internet! Ich muss seit 3 Tagen ins Internet, so, jetzt weißt du's!

Deswegen brauchst du mich nicht anzuschreien. (Hysterisch zu kreischen.) Außerdem waren wir gar nicht 3 Tage weg.

Dann eben 2!

Es tut mir ja *so* leid!

Es braucht dir nicht leidzutun, ich … sag's bloß.

Danach sagten sie eine Weile nichts mehr. Sie standen. Im

Rauschen der sich mühenden Klimaanlage, in *scharfkantig* gekühlter Luft. Die Sonne stand genau hinter den Baumkronen, der Schatten kam also vollständig zum Tragen, dennoch hatte Kopp das Gefühl, dass es zu heiß und zu hell war. Wo ist meine Sonnenbrille in meiner Sehstärke? Er hatte nicht die geringste Ahnung. Darüber wurde er wieder wütend. Als er merkte, dass er nicht etwa mit sich selbst oder meinetwegen mit der Situation ärgerlich war, sondern Flora insgeheim die Verantwortung für alles zuschob, schämte er sich. Hör auf damit. Und hör auch auf damit, dich gegen die Gegenwart zu stemmen. Das ist so ein Nonsens. Stell dieses Gebläse aus, öffne das Fenster, lass *echte* Luft herein, öffne auch die Tür, steige vielleicht sogar aus und schau nach, was der Grund für dieses Festsitzen sein könnte, und vor allen Dingen, sag *ihr* etwas Versöhnliches, denn sie kann wirklich nichts dafür und eigentlich ist ja auch noch Zeit genug. Noch nicht 4. Bis Mitternacht kann noch einen ganzen Arbeitstag … Nein, das lieber nicht. Und das andere? Statt mit vorgestellten Freunden mit seiner Frau reden? Andererseits kennt sie die Geschichte bereits. Ausrede. Ja. Ich will keine neue Aufregung deswegen. Dann stell dich doch mal geschickt an …

Entschuldige, fing er an … es ist wegen des Geldes der Armenier. Ich will vorbereitet sein … Wissen, was es zu wissen gibt und was man machen muss … Verstehst du?

Natürlich, sagte Flora. Natürlich verstehe ich das. Und ich würde auch gerne alles tun, bzw. ich tue ja bereits alles, was in meiner Macht steht, aber zaubern kann ich eben auch nicht.

Ich weiß, natürlich nicht, das erwarte ich auch nicht, tut mir leid.

Es braucht dir nicht leidzutun. Ich sag's bloß.

Sie lachten ein wenig.

Verstehe das einer, sagte sie, mit den Händen auf dem Lenkrad, mit dem Blick in den Stau. Einerseits würde ich am liebsten nie wieder zurück, andererseits will ich auch nicht, dass man mich wegen Unpünktlichkeit feuert.

Kopp legte ihr schuldbewusst eine Hand aufs Knie. Mit der anderen schaltete er das Gebläse auf kleinere Stufe und wäre dann dazu übergegangen, das zu tun, was er sich zuvor vorgestellt hatte: Fenster, Tür, an einem sommerlichen Straßenrand stehen, aber dann rollte die Kolonne plötzlich doch los.

Sie erfuhren nie, was den Stau verursacht hatte. Sie fuhren Stopp-and-go bis ins nächste Dorf, raupten zu ¾ um einen Kreisverkehr herum, und ab da lief es wieder. Flora überschritt die Geschwindigkeitsbegrenzungen jeweils so, dass es nicht zu verantwortungslos war und man – im Fall der Fälle – auch nicht mit einer zu hohen Strafe rechnen musste (10 km/h innerorts, 20 außerhalb). Kopp stiftete sie nicht offen dazu an, aber er war ihr dankbar dafür. Er schaltete das Radio ein und genoss für den Rest der Fahrt die Ruhe und den Frieden.

Die Nacht

Später, und zwar gerade in dem Moment, als seine Finger das kühle, sehr kühle, um ein Haar eisige Bierglas berührten – um ihn herum die Idylle einer lauen Sommernacht, alle Welt unter freiem Himmel, Liebespaare spielten Pingpong, auf einem Rasenstück zwischen einem gelben Bauwagen und einer Litfaßsäule saßen junge Leute und kifften, Frauen auf Fahrrädern fuhren vorbei, ihre Röckchen wehten … – flog Darius Kopp das schlechte Gewissen an, aber da war es schon zu spät. Ich habe so ein Theater um die Nutzbarkeit/Nicht-Nutzbarkeit dieses Tages gemacht, und dann …

Was war geschehen?

Kurz gesagt: er hatte den Laptop eingeschaltet, er hatte auch schon den Browser geöffnet, er war also nur noch einen einzigen Schritt weit davon entfernt, Punkt 1 abzuarbeiten – und dann?

Ich weiß auch nicht. Es ist nicht dazu gekommen, so viel kann man sagen. So, wie die erste Hälfte des Tages zu viel Zeit beinhaltete, schien es in der zweiten Hälfte zu wenig davon zu geben. In dem Moment, da sie die Stadt erreicht hatten, nahm eine Beschleunigung ihren Lauf, gegen die Kopp ebenso wenig ankam wie zuvor gegen die aufgezwungene Langsamkeit.

Flora hatte keine Zeit mehr, ihn zu Hause oder am Büro abzusetzen, sie musste ihn mitnehmen an den Strand. Das machte Kopp gar nichts, das Büro ist in Laufweite: 20 Minuten, eine halbe Stunde, höchstens. Unterwegs rufe ich Juri an und verabrede mich mit ihm für später. Zum Abschied küssten sie sich auf den Mund und wünschten einander einen schönen Abend.

Die erste Hälfte des Fußmarsches genoss Darius Kopp ohne Einschränkung. Das ist meine Stadt. Ich betrachte sie, wie ein Heimkehrender sein Zuhause und gleichzeitig wie ein erstmals hier gelandeter Außerirdischer. Die Straßen sind breit, die Gebäude sind gemäßigt hoch und sandfarben, die Wege sind gut gepflastert und sauber gehalten, die Abgase sind gefiltert, es liegen Schienen, es fliegen Flugzeuge: eine wohlhabende Gesellschaft auf hohem technischem Entwicklungsstand. Wohlgenährte, gesunde, fröhliche Population. Gut gekleidet, leicht geschürzt im anhaltenden Sommer, und je mehr man in die Mitte vordringt, umso zahlreicher. Gehen ins Kino. Ins Restaurant. Ins Konzert. Tanzen. Ins Casino. Sie gehen einfach nur so. *Flanieren.* Gebrauchen ihre Zeit. Grinsend vor stolzer Freude, weil sie es können. Darius Kopp, etwas hervorstechend mit seinen Sandalen, seinen Bermudas und dem T-Shirt zum silbernen Köfferchen in der Hand, schwamm mal mit, mal gegen den Strom, so wie es sein Ziel gerade erforderte. Durch den Duft der Frauen, der Männer, des Essens, der aus den Restaurationen herauszog – speicheltreibende Aromen wohin man sich wandte. Kopp schwelgte, wusste (beobachtete), dass er das tat, und das bereitete ihm noch mehr Genuss. Ja, ich freue mich darüber, mich zu freuen, hier zu sein. Er spürte wieder die Leichtigkeit der letzten 4 Wochen, als fingen sie gerade wieder an.

Aber sie fingen nicht wieder an. Kopp sah sich gezwungen, stehen zu bleiben, um diese Gewissheit besser verdauen zu können. Prompt wurde er zum Hindernis, die Flaneure stießen sich an ihm, manche entschuldigten sich fröhlich, andere bemerkten es gar nicht. Kopp stand vor einem Straßencafé, in der Mitte seines Blickfelds wurde jemandem, den er nur schemenhaft wahrnahm (ein Mann) gerade ein frisch gepresster Orangensaft und ein Sandwich serviert, aus dem knusprig gebratene, krause Speckränder hervorlugten. Kopp schoss Speichel in den Mund. Er begriff: es hatte deswegen alles so verführerisch gerochen, weil er Hunger hatte, und auch Durst. Das Mittagessen hatte vor lauter Hektik ausfallen müssen. (Erneut: Heimlicher Vorwurf an Flora. Und erneut das Wissen darum, dass das ungerecht und lächerlich war. Tut mir leid.) Stand da, starrte den Tisch an mit Speis und Trank darauf. Der Mann, dem sie serviert wurden, musste in einem ähnlichen Zustand sein wie Kopp selbst, denn wenige Sekunden, nachdem das Glas abgestellt worden war, war der Orangensaft bereits wieder verschwunden, das Glas bis auf einpaar gelbe Schlieren und ein wenig Schaum: leer. Der Anblick des leeren (benutzten!) Glases brachte Kopp endgültig wieder zu sich. Er griff zum Handy und rief im Weitergehen Juri an. Juri kündigte an, in 2 Stunden da zu sein. Wollen wir was beißen gehen?

2 Stunden, das wird man ja wohl aushalten können! Man muss sich nur etwas zusammenreißen. Kopp hörte auf zu spazieren, ging nun so schnell wie er konnte, zielbewusst. Das Bürohaus war schon zu sehen, er heftete seinen Blick darauf, das half.

Überspringen wir, dass er sich in der Etagenküche ein Glas Orangensaft eingoss, den er sofort hinunterstürzte. Ein zweites Glas nahm er mit ins Büro, stellte es aber gleich auf einer freien Ecke des Tisches ab und fischte den Geldkarton vom Stapel.

Er zählte zweimal. Beim ersten Mal waren es 40 000 (und der 50er, der überschüssig ist? Wer bringt schon 40 050?), beim zweiten Mal 39 850. Das brachte Kopp etwas aus dem Gleichgewicht: Warum muss es *immer* so sein?

Er beschloss, nicht noch einmal zu zählen. Er schob das Geld wieder (ungefähr) zu einem Brikett zusammen und stopfte es in den Karton zurück. Den Karton ließ er unter den Tisch gleiten. Nicht direkt neben den (vollen) Papierkorb, auf die andere Seite, trotzdem: Vorsicht! So geht es immer: Irritation – Zunahme der Unordnung. Ich bin nicht von alleine darauf gekommen. Flora hat es beobachtet. Danke. Auf diese Weise bin ich in der Lage, mich wenigstens ab und zu zeitnah korrigieren. So auch diesmal:

Er holte das Paket wieder unter dem Tisch hervor, zog das Geld heraus, ordnete die Scheine diesmal sorgfältiger, legte das Kopierpapier enger drum herum, schob das Brikett vorsichtig in den Karton und legte diesen wieder auf der Säule nahe dem Fenster ab. Dabei warf er einen Blick hinaus auf den Platz. Draußen tobte es unverändert, während er hier drin von Stille, Kühle, Dunkelheit umgeben war, mit dem Laptop als einziger Lichtquelle. Beides, wie die Welt draußen und wie die drinnen war, einzeln und in der Kombination, gefiel Darius Kopp, und dieses Bejahen lud ihn mit neuer Energie auf. Während der Laptop hochfuhr, trank er das zweite Glas Orangensaft leer.

Zu diesem Zeitpunkt hatte er noch 1 Stunde bis Juris angekündigtem Eintreffen. Er verbrachte diese im Internet. Er begann, wie immer, »zu Hause«.

Welcome, Benvenuto, Välkomen, Sulamat datang ... auf Ihrer Startseite, welche die Homepage Ihrer Firma ist, the Leader in End-to-End Broadband Wireless Networks, with more then 20 years of experience. WE MAKE YOUR WIFI VISIBLE. TURN TO US. (*I will.*)

Irgendwelche News & Events im Hause? Wie im Vorschaufenster gut zu sehen, war die letzte Nachricht 2 Wochen alt, Kopp hatte sie also schon einige Male gelesen, er konnte trotzdem nicht anders, als auch diesmal draufzuklicken. (Als wäre es ein wahrhaftiges Fenster, das man öffnen, den Kopf durchstecken, und so wirklich *mehr* sehen könnte.) Im vorletzten Quartal lagen unsere revenues bei $ 15.1 million, an increase of approximately 47 % in total GAAP revenue from $ 10.2 million for the quarter ended March 31, and a decrease of approximately 11 % from $ 16.9 million for the quarter ended June 30, last year. (Und was genau bedeutet das? Ich gebe zu: ich habe keine Ahnung.) Zuvor, im Juni, waren wir so nett und sponserten drahtlose Netze in folgenden vier amerikanischen Kleinstädten, und davor, am 31. Mai, bekamen wir einen Innovation Award zugesprochen. Darauf sind wir zu Recht stolz. Sonst gab es nichts Neues.

Kopp wechselte zur Nachrichtenseite. Das ist die uns in Fleisch und Blut übergegangene Reihenfolge: Startseite, Nachrichtenseite, Businessnews, Börse. Ist in den letzten 48 Stunden, da ich im informationstechnischen Nirwana festsaß, irgendetwas Maßgebliches passiert? Innenpolitik, Außenpolitik, Finanznachrichten? Auffällig: am Wochenende wird weit weniger über Tagesaktuelles berichtet als in der Woche. Als hätten mit den Redaktionen auch die Ereignisse Weekend. Im Austausch dagegen widmet man sich etwas ausführlicher dem *allgemeinen* Zustand der Welt. Visionen: So werden die Menschen in Zukunft arbeiten. In dem Artikel stand nichts, das Kopp nicht schon gewusst hätte – »wann und wo sie wollen« – er las trotzdem eine Weile darin, bevor er auf einen weiterführenden Link klickte: 305 Berufe. Der große Gehaltsvergleich. Wie viel verdienen IT-Ingenieure im Vergleich zu Ärzten, Architekten, Juristen, Bänkern? Kommt drauf an. Finanzkrise erreicht Top-Verdiener in New York. Leere Plätze in Edelrestaurants. Unsere Portfolios dümpeln. Schwamm über die Neuer-Markt-Werte, die werden in meinem Leben nicht mehr hochkommen, aber auch unser neuer Versuch, in Wasser zu investieren, hat nicht zum erhofften schnellen Ertrag geführt. Wir können nur hoffen, dass der Börsenexperte recht behält, der behauptet: It's a pause, not a recession. Die außerbörslichen Kurse – Das Parkett hält Wochenende, der Ticker niemals, 24/7 liegt etwas in der Luft! – deuten darauf hin, dass die Übernahme zweier Kreditbanken durch die Regierung für eine Verbesserung der Stimmungslage sorgen wird. Folgende Firmen könnten (trotzdem oder unabhängig davon) bald übernommen werden. Ist aus unserer Branche jemand dabei? Diesmal nicht. 2x Autobauer, 1x Bank, 1x Energie, 1 Baumarkt, 2x Chemie, 1x Pharma. Umsonst wurde die Angst vor einer Pandemie geschürt, damit man mehr Grippeimpfmittel verkaufen konnte. (Glaubst du das? Teils, teils.) Als ob nicht ohnehin jedes Jahr eine neue Infektionskrankheit entstünde. In drei Schritten zu einer sicheren Diagnose. Wovor hat der Mensch des Westens sonst noch Angst? An zweiter Stelle vor Armut, an dritter vor dem Mohammedaner. Ein Pfarrer hat sich aus Angst vor dem Islam selbst verbrannt. Idiot. Aber wirklich. Seemanöver: Russland und Venezuela üben Krieg in der Karibik.

Hier hatte er genug, war bereit aufzuhören bzw. anzufangen, aber wie sagte ich weiter oben, lieber Freund: *es passieren winzige Dinge*, zum Beispiel erscheint in der rechten unteren Ecke des Bildschirms ein kleines Fenster mit der Auskunft: Sie haben neue Mail-Nachrichten erhalten. Minimiere Browser, öffne Mailbox.

Das Meiste waren wieder einmal Newsletter – Sonntag ist Newslettertag – darunter 2 allgemeine zu Fragen der Netzwerksicherheit und 3 Pressemitteilungen der Konkurrenz, damit sie uns nicht in Vergessenheit gerät. Inspect before you connect. How secure is your wireless network? Kopp hätte schon hiermit seine Zeit vertun können, up to date zu sein gehört zu den Pflichten eines Profis, normalerweise ist es das, was ich am Sonntagabend tue: vor dem Fernseher sitzen und Newsletter lesen, aber es war schließlich eine andere Nachricht, die ihn in den Wald lockte.

Betr: Ihr persönliches Update von BizNet.

Abruf Ihres Profils letzte Woche: 3

Einträge ins Gästebuch: 0

Ihre bestätigten Kontakte: 58

Kontakte Ihrer Kontakte: 8626

Sie haben keinen neuen Kontaktwunsch.

Sie haben 1 neue Nachricht: Thomas Schatz hat sein Profil aktualisiert.

Sieh an! Schätzchen! Wie geht es dir?

Thomas Schatz ist eine sog. befreundete Konkurrenz, die man exakt einmal im Jahr auf der Messe trifft. Niemand also, der besonders wichtig wäre oder den man wirklich kannte, aber da sich erwähntes Treffen mittlerweile seit fast 15 Jahren wiederholt, man meistens nahe beieinander liegende Messestände *bespielt*, schon das eine oder andere Give-away (Entfernungsmesser, Knautschball, Kabelschneider(!), Plüschtier) miteinander getauscht und das eine oder andere Bier getrunken hat, ist er dann doch so etwas wie ein Alter Bekannter. Sieh an! Wieso aktualisierst du deine Seite? Kopp öffnete sie, um einen Blick auf sie zu werfen.

Eine Sekunde später war klar, dass es mit einem Blick nicht getan sein konnte. Thomas Schatz hatte eine Repräsentanz angelegt, wie es Kopp noch bei niemandem, den er kannte, gesehen hatte. Er zeigte sich so vollständig, wie es unter Wahrung des guten Geschmacks nur möglich war. Keine, aber auch keine Einzelheit seines Werdegangs blieb verborgen. Von primary school with honors bis zur heutigen Mitgliedschaft in 32 groups, deren Logos die ganze 5te Seite des tabellarischen Lebenslaufs einnahmen. Der Anblick der vielen kleinen Wappen brachte Kopp zunächst zum Kichern, dann, als er gewahr wurde, dass ihm kein einziges davon geläufig war, zum Grübeln. Wie kann einer Mitglied in 32 Groups sein? Wie kann es einer nicht sein? Das ist leicht. Es fehlt einem auch nichts, man fühlt sich vollständig, bis zu dem Moment, wenn einem *so etwas* vor Augen geführt wird. 32 das ist übertrieben, das ist ein Job für sich, dafür muss man eine Passion entwickeln können, diese geht uns ab, aber wieso sind wir, der Profi, der wir sind, nicht wenigstens Mitglied in einer Handvoll Gruppen? Was mache ich möglicherweise noch alles falsch? Wenn ich im Vergleich an meine eigene Selbstrepräsentanz denke … Das Minimum: der beiläufig hineinkopierte tabellarische Lebenslauf von der letzten Bewerbung. Biete: Startup-Experiences, IT-Sicherheit, Appliances für Security, Security-Lösungen. Thomas Schatz bietet dasselbe und außerdem hat er sein verdammtes Englisch im verdammten Oxford *improved*! Er hat 129 bestätigte Kontakte, darunter 4, die eine

Recommendation für ihn geschrieben haben. Er selbst beschreibt sich als:

An engaging written and oral communicator with a passion for perfection and persuasion.

A self-starter who is most comfortable in a fast-paced environment with limited, high level direction-working both independently and in close communication with a team.

A self-motivator with passion for winning that is derived from a crisp, thorough understanding of the company vision and related technologies.

A crisp, thorough understanding? Was du nicht sagst! (Ich finde dich lächerlich und beneide dich glühend und merke mir die Worte oder merke mir, bei wem ich sie das nächste Mal kopieren kann.) Eine Sportskanone bist du selbstverständlich ebenfalls: especially badminton, tennis, squash, sailing, golf. Aber dir liegt auch viel an family, friends, wine and dine. (So sagt man das also.)

Schatz' Selbstwerbung brachte Darius Kopp für mehrere Minuten aus seinem eigenen Leben heraus. Außerstande, etwas zu denken. Sein Verstand war vollständig damit ausgelastet, sich mit Vokabeln abzumühen: perfection and persuasion, self-starter, who is most comfortable, with a passion for winning, crisp and thorough, crisp and ... Während er mit der Maus ziellos die Seite hoch und runter scrollte.

Schlieren.

Schlieren.

Schlieren.

Helles Nichts auf hellem Grund.

Meine einzige Lichtquelle.

Das Rattern des Scrollrads, wie ein Karren, ein Kinderspielzeug.

Kopp schüttelte den Kopf, als wäre ihm Wasser ins Ohr geraten. Nimm dich zusammen, Mann. Er zog die Maus nach oben, noch einmal das Rattern, er schloss die Seite. Jetzt hatte er wieder die Nachrichtenseite vor sich, links den Artikel, rechts in einem Kasten die Börsencharts, er klickte drauf: ein Automatismus. Er sah weiterhin nichts, scrollte die Seite hinunter, dann wieder hinauf. Kaufen, Halten, Verkaufen hat ausgedient. Herrje, was für ein Idiot! Noch einmal die Maus nach oben, auch diese Seite geschlossen, jetzt war der Browser ganz zu, gut so, einmal verschnaufen bevor … das Handy klingelt und Juri verfrüht(!) vor der Tür steht. Was hätte Kopp da noch tun können?

Sie klappten den Laptop wieder zu, damit sie Platz hatten für das Geld. Juri besah es sich und sagte: Die 50 000 meiner Großeltern haben nach mehr ausgesehen wollen wir essen gehen ich bin am Verhungern.

Sie wählten, wie in den letzten 4 Wochen häufiger, ein australisches Grillrestaurant. Über ihnen war ein künstlicher Sternenhimmel aufgespannt (zartes, dunkel-himmelfarbenes Drahtgeflecht, an den Knotenpunkten LED-Leuchten), um sie herum die Idylle einer lauen Sommernacht, Liebespaare, Jugendliche, Frauen auf Fahrrädern, ihre Röckchen …

Mann, sagte Juri, wenn der Sommer nicht bald vorbeigeht, werde ich noch verrückt.

Die Biere wurden gebracht, und als seine Finger das sehr kühle, fast schon eisige Glas berührten, flog Darius Kopp das schlechte Gewissen an: Du hast nicht das getan, was du dir vorgenommen hast. Dabei warst du doch schon so nah dran gewesen. Falsch abgebogen. *Lost in links.* Das war deine eigene Schuld. Ja, das sehe ich ein. Jetzt ist es zu spät. Laut sagte er, tröstend zu seinem Freund:

Es soll noch diese Woche kühler werden.

Juri nickte. Samstag geht's ab nach Kuba. 2 Wochen all inclusive, standesgemäß.

Kopps Unbehagen währte genau so lange, bis das Essen gebracht wurde. Juri wetzte Messer und Gabel aneinander, sie lachten. Sonntagabend und dieses Fleisch ist mein, ich bin auch nur ein Mensch, dachte Kopp und stürzte sich auf sein Porterhouse.

Juri redete über Amsterdam, über eine Frau in Amsterdam, Kopp widmete dem nur einen kleinen Teil seiner Aufmerksamkeit. Mit dem Rest tat er was? Nichts. Das Essen half, er hatte den Schatz-Zwischenfall ebenso wegsortiert wie die verpasste Armenier-Recherche. Nichts mehr zu ändern. Er überließ sich ganz und gar der Gegenwart und Juri, der wie üblich die Initiative übernahm. Man könnte doch ins Kino gehen, die Spätvorstellung beginnt erst in einer halben Stunde, wann waren wir zuletzt im Kino und wann werden wir wohl das nächste Mal wieder dahin kommen? Aber dann gingen sie doch an den Kinos vorbei und setzten sich vor eine Bar, um einen Absacker zu nehmen. Aus einem wurden drei, und am Ende war es wieder so spät, dass Kopp nicht mehr danach war, S-Bahn zu fahren. Er nahm ein Taxi und ließ sich zu Flora in die Bar fahren. (Hier wieder: ein leiser Anflug, aber nun war es endgültig zu spät. Er war auch schon zu betrunken.) Er wartete, bis Flora Feierabend hatte. Sie kamen gegen 3 Uhr zu Hause an. Sie ging baden, er sah fern, dann ging er ins Bett, dann kam sie ins Bett, er erwachte noch einmal, sie hatten Sex. Als sie endlich einschliefen, ging die Sonne schon auf.

MONTAG

Der Tag

Am Wochenende sind zwei Nachrichten für Sie auf dem Anrufbeantworter der Etage gelandet, sagte Herr Lasocka. (Frau Bach war dem Vernehmen nach die nächsten 4 Wochen im Urlaub. Sie hat einen Lover in Venezuela. – Frau Bach hat einen Lover in Venezuela? Was man nicht alles erfährt.)

Es sind zwei Nachrichten für mich auf dem Anrufbeantworter der Etage gelandet? Wie ist das möglich? Kopp kniff mürrisch die von Helligkeit geplagten Augen zusammen.

Wie nach dem uferlosen Sonntag nicht anders zu erwarten(?), hatte ihn der Montagmorgen überrumpelt. Als er erwachte, war es schon kurz vor 9 Uhr. Wie ist das möglich, wieso hat der Handywecker nicht geklingelt? Fluchend taumelte Darius Kopp aus dem Bett, taumelte ins Bad, fand dort alles erst nach mehreren Anläufen: Wo ist dies, wo ist jenes, neue Scherfolie, Zahnseide, Nasenhaarschneider, Nagelknipser, Joint (=Asthmaspray)? Fluch, das war der letzte Schuss (=die letzte Dosis), muss zum Arzt, wann soll ich das noch machen? Taumelte zurück ins Schlafzimmer, planschte blind in Schubladen herum: Schlüpfer, Socken, Unterhemd, braucht man bei der Hitze ein Unterhemd? Damen tragen Strümpfe, Männer von Welt Unterhemd? Und was ist mit dem Oberhemd?

Er fand Oberhemden, viele sogar, weiß, blau-weiß gestreift, blau, jeweils ein Dutzend Mal, aber lauter langärmelige, wo sind die kurzärmeligen? Ein Gentleman trägt keine kurzärmeligen Hemden, nicht einmal bei 40 Grad Hitze? Mir egal, bin ich eben keine Dame. Ist das gebügelt oder nicht? Im Gedränge im Schrank wieder verknittert. Sollte welche wegschmeißen. Ja, das sollte ich. Und einpaar neue kaufen. Dieses: bügeln, oder nicht bügeln?

Das Bügelbrett machte beim Aufstellen ein knatterndes Geräusch.

Schlaf weiter, Schatz, ich muss nur schnell ein Hemd bügeln.

Er war schon fast fertig, bügelte zum Abschluss noch einmal kräftig über den Kragen – Die richtige Reihenfolge beim Bügeln von Herrenhemden ist: Kragen, Manschetten, Vorderteil mit Brusttasche, Vorderteil ohne Brusttasche, Rückenteil, Ärmel, Kragen – als ihm ein Verdacht kam: Ist dieses Hemd nicht schon vergilbt?

Die untere Etage liegt vormittags im Schatten. Hinauf also auf die Terrasse, aber dort blendete die Sonne bereits zu stark. Wieder herunter. Warf das Hemd von sich, zerrte ein anderes aus dem Schrank. Ist es denn die Möglichkeit? Mit einem Mal waren *gar keine* Hemden mehr da! Bzw. es waren welche da, viele, aber plötzlich hatte jedes davon irgendeine Macke. Es gibt solche Momente. Da kommt das Schäbige der Dinge zum Vorschein. Vergilbt, vergraut, Manschette ausgefranst, Knopf fehlt, zu klein, Fleck auf der Brusttasche. Ich habe kein gutes Hemd mehr, Flora!

Zerrte an den Hemden, die dünnen Drahtbügel aus der Reinigung verhakten sich ineinander, er zerrte und fluchte, die Bügel schepperten, manche fielen hinunter, in den Schrank hinein, in die Untiefen, andere schleifte er selber heraus und warf sie gleich auf den Boden, ein Schwarm Papierflieger, der gelandet ist, er ging raschelnd durch ihn hindurch – endlich mit einer Beute in der Hand. Natürlich war mittlerweile aus sämtlichen Poren der Schweiß getreten, wo ist mein Schweißtuch, Flora, wo mein grünes und wo mein rotes Schweißtuch, oder wenigstens ein Handtuch. All das, selbstverständlich, nackt. Dass nackte Frauen sexy aussehen und nackte Männer komisch, ist allgemein bekannt. (Das Gebaumel!) Doch nicht mehr lange! Er wischte sich, schlüpfte ins Hemd, schlüpfte wieder heraus, Unterhemd (damit der Schweiß wenigstens nicht *sofort* an die Oberfläche tritt!), dann erneut raschelnd durch die am Boden liegenden Hemden – gleich, gleich hebe ich sie auf, bevor ich gehe, spätestens.

Gottverdammtnochmal! Sie setzte sich mit einem Ruck auf, riss sich die Ohropax aus den Ohren. Warum musst du das immer machen? Jeden verdammten Morgen? Warum, sag mir das! Man hört dich sogar durch die Ohropax durch! Durch die Ohropax! – In jeder Hand ein kleiner rosafarbener Klumpen, den sie ihm zeigt. – Was soll ich noch machen? Mir Blei in die Ohren gießen?

Es tut mir leid …

Ach!

Sie warf die Ohropax irgendwohin, warf die Decke irgendwohin, stürmte hinaus – Barfuß, zerzaust, wehenden Nachtkleids. Wirf mich den Löwen vor: ich finde es *zauberhaft*. Hoffentlich sieht sie nicht, dass ich lächeln muss … – er suchte leise (lächelnd) nach einer Krawatte, dem Schmuck des Mannes. Mit der Linken blätterte er durch die Krawatten, mit der Rechten sparte er Zeit, indem er zugleich den Kragenknopf zuknöpfte. Geht nicht. Er musste doch beide Hände einsetzen, der Knopf quälte sich knirschend durch das Knopfloch. Darius Kopp atmete erleichtert ein und merkte: da ist kein Platz. Der Knopf drückte auf den Kehlkopf, was ist passiert, bin ich schon wieder dicker geworden, nein, er hatte sich nach dem Aufstehen gewogen, unverändert 106 Kilo, also was ist das jetzt? Bin ich etwa gewachsen? Wäre das möglich, in meinem Alter? In disziplinierter Panik den Knopf wieder öffnen, dann fluchend, weil er nicht zurück will. Kopp entschloss sich zu Gewaltanwendung, was nicht seine Art ist, nie hatte er als Kind auch nur eines seiner Spielzeuge kaputt gemacht, ein Rätsel, was in anderen Kindern vorgeht, seinem Teddy sogar einen Knopf auf die Hose genäht, mit schmutzig weißem Faden, und jetzt war da wieder ein Knopf, den hatte auch jemand angenäht, und zwar so fest, dass er ihn nicht abgerissen bekam. In seiner Verwirrung fing er an, das Hemd von unten aufzuknöpfen, so rannte er die Treppe hinauf.

Flora?

Sie war nicht auf der Terrasse, nicht im Wohnzimmer, nicht in der Küche, nicht in ihrem Bad. Wo bist du? Herrje, bin ich ein Idiot, sie wird in ihrem Zimmer sein! Er rannte die Treppe wieder hinunter, das Hemd flatterte ihm an den Seiten, bis auf den Knopf ganz oben am Kragen. Flora?!

Hier, als er Flora?! rief, glitt er aus und fiel die Treppe hinunter. Er hatte Glück. Er landete auf dem Hintern, noch bevor er auf dem Ellbogen gelandet wäre und rutschte so drei oder vier Treppenstufen abwärts, bevor er anhielt.

Scheiße!!! schrie Darius Kopp. Die gefallenen Hemden brandeten aus dem Schlafzimmer in den Flur heraus, beinahe bis an seine Füße.

Floras Tür ging auf: Was treibst du da?

Als sie sah, was er trieb: Hast du dir wehgetan?

Das hatte er tatsächlich. Das Steißbein wird mehrere Tage schmerzen, aber das wird er erst auf dem Weg zur S-Bahn merken, jetzt war das Hauptproblem immer noch der Knopf.

Mit ersterbender Stimme: Ich ersticke!

Keine Panik. Sie hockte sich neben ihn und öffnete den Knopf. Ihre Finger waren kühl.

Ich bin nicht dicker geworden, um das klarzustellen. Ich habe mich gewogen. Wie kann mir das Hemd nicht passen?

Weil der Körper in der Hitze anschwillt? Oder man einen dicken Hals bekommt, wenn man sich aufregt?

Ich weiß, sagte Darius Kopp, obwohl er überhaupt nicht daran gedacht hatte.

Er saß schuldbewusst vor ihr – Was wäre ich nur ohne dich? Derselbe. Mit anderen Konsequenzen – sie nahm seinen Kopf in beide Hände, wischte den Schweiß von seiner Stirn und küsste ihn. Zuletzt auf den Mund. Ließ ihn los und lachte.

Warum lachst du?

Du bist komisch.

Schließlich hatte sie ihn doch irgendwie zusammengekratzt, auch er riss sich zusammen und war endlich unterwegs. Montag, ein Arbeitstag, 3x8=24, und wie viel davon schon verloren? Beim Gehen tat das Steißbein weh. Nicht immer, manchmal, ohne Regelmäßigkeit, so, dass man es zwischendurch vergessen konnte, damit man beim nächsten Mal umso unangenehmer überrascht war. Ein *höhnischer* Schmerz. Zudem schien auch das Hemd, das er schlussendlich angezogen hatte, am Hals zu eng zu sein. Obwohl im Grünstreifen keiner war, fühlte sich Kopp zu sehr beobachtet, als dass er sich getraut hätte, hinzufassen, *lockern*, in der S-Bahn dann sowieso. Ignoriere es. Denk an etwas anderes. Nutze die erhöhte Position, den Blick in fremde Höfe und Stuben, um dich von Neuem zu sortieren.

1.,

2.,

3.,

Außerdem 4., endlich einen neuen VAD (Value Added Distributor) mit ein bisschen Sachverstand finden, oder wenigstens einen für Drop & Ship, damit endlich die Kartons wegkommen und man mehr Übersicht hat.

Nicht zu vergessen 5., generell Ordnung schaffen, die Abrechnungen machen, Reisen und Ausstände.

Als er auf der Rolltreppe hinauf ins Licht fuhr, war er fertig damit, aber seine Laune wollte sich immer noch nicht bessern. Das Steißbein, der Hals, der Kopf, die Fersen (die Schuhe!), überall latente Schmerzen. Er kniff mürrisch die Augen zusammen.

Wie ist das möglich, Herr Lasocka? Wie kann einer, der mich anruft, auf *Ihrem* Anrufbeantworter landen? Wieso nicht auf meinem Handy, wo ich es doch extra so programmiert habe?

Das konnte Herr Lasocka natürlich nicht wissen. Er konnte nur Vermutungen anstellen: Vielleicht hatte er Ihre Durchwahl nicht?

Wer hatte meine Durchwahl nicht?

Das hatte Herr Lasocka nicht genau verstanden. Der Herr sprach mit Akzent.

Die erste Nachricht war:

Bin in der Stadt, willst du mit in ein Konzert? Mathieu will nicht. Gute Plätze. Göteborgs Symfoniker. Dann drei Worte, die Herrr Lasocka nicht verstand. (Messiaen, Eötvös, Skrjabin.)

Die zweite war:

Das Konzert gestern war gut, heute Abend habe ich keine Zeit, aber wie wär's mit Montagmittag? Das war der Alex.

Welcher Alex? (Mürrisch, immer noch mürrisch. Ich sollte aufhören damit. Lasocka ist nett und kann außerdem für nichts.)

Sie hörten die Nachrichten noch einmal gemeinsam ab, und endlich hatte Kopp einen Anlass zu strahlen. Ach, *Aris*! Aris Stavridis! Aris Stavridis hat angerufen! Er ist in der Stadt! Er will sich Montagmittag mit mir treffen! Wie spät ist es jetzt? 10:30?! Danke, Herr Lasocka, meinen überschwänglichen Dank!

Rein ins Büro, runter mit der Krawatte, wohin damit, da ist ein Garderobenständer, Kopp warf und traf(!), das hob seine Laune noch ein wenig mehr. Lächelnd stand er am Ende des Pfads am Fenster und sah hinaus.

Aris Stavridis.

Liebster Exkollege aus dem ehemaligen Büro Paris, dort zuständig für Vorderasien und Nordafrika. Der mich bei meinem allerersten Sales Meeting in Sunnyvale ausgesucht hat, mein Führer durch Ober- und Unterwelt zu sein. Alltäglicher ausgedrückt: mein väterlicher Freund. Der schon im Hot Tub saß, als ich im Innenhof des Hotels ankam. Der Hof war trostlos, zwei Palmen in Töpfen, rundherum Wände aus Pappe, wie amerikanische Wände eben sind, dahinter die Straße, und Kopp nahm das auch alles wahr, aber ich bin nicht jemand, der sich durch so etwas die Laune verderben lässt (ein Hot Tub ist *gut*, egal, wo er steht). Kopp wüsste nicht mehr zu sagen, ob er Stavridis überhaupt gegrüßt hatte, wenigstens mit einem Kopfnicken, bevor er sich neben ihn plumpsen ließ. Grinsend saß Darius Kopp im heißen Sprudelbad und sah in den Himmel, diesen Jetlag-Himmel, und war froh und dankbar. Darüber schlief er ein, und als er aufwachte, sah er, dass Stavridis bei ihm sitzen geblieben war, weil er ihn nicht wecken wollte, aber allein lassen konnte er ihn auch nicht, nicht, dass du mir noch ertrunken wärst. Übrigens, ich bin Aris aus dem Büro Paris.

Danke, dass du mir das Leben gerettet hast.

Danke, sagte Aris, dass ich dich jetzt jedem so vorstellen kann: Das ist Darius aus dem Büro Berlin, dem ich das Leben gerettet habe, damit a) alle lachen können und b) dich deswegen nicht mehr vergessen und c) sich auch daran erinnern, wer ich bin.

Der, um *mich* (!) dafür zu belohnen, am nächsten Tag einen Rundflug über die San Francisco Bay spendierte. Weil ich der Dickste war, durfte ich vorne beim Piloten sitzen, und als aus den berühmten Nebelschwaden die berühmte Golden Gate Bridge auftauchte, sagte der Pilot, ich solle den Steuerknüppel auf meiner Seite nehmen und die Maschine einfach gerade halten. Später am Abend gab es Surf 'n turf und die *wahre* Geschichte der Firma zur Einführung. Denn, wir wollen uns nichts vormachen: die Firma ist ebenso der hohe Mythos der Corporate History wie der niedrige des Gossips. Aris Stavridis nahm gerne die Rolle der achtarmig Informationen verteilenden Hausgottheit auf sich. Profan werden sie mich dir als die größte Klatschbase unseres kleinen Unternehmens beschreiben, dabei ist es in Wahrheit Ken, sagte er und zeigte auf den dritten Mann, den sie dabei hatten, einen Chinesen namens Ken Lin (später immer nur in einem Wort KenLin genannt). KenLin lachte schluchzend.

Es waren einmal zwei Freunde, begann Aris Stavridis, Sam Morber, genannt The Morb, und Daniel King, ehemals Kim, genannt The King. Sie kannten sich aus Highschool-Tagen, trafen sich später am College wieder. Der Legende nach in einem Computerclub, in Wahrheit war es ein Saufclub. Wir sprechen von Mitte der 80er Jahre, von einem stinknormalen Studentenkeller, in dem alle nur mit Bieren herumstanden. Weil es mit Bier zu lange dauert, bis man betrunken wird, gingen sie zu Sam nach Hause und machten mit Tequila weiter. Sam, der der Nerd in dieser Story ist, und den Access Point entwickelt hat, auf dessen Grundlage Fidelis Inc. gegründet worden ist, soff gegen seine Melancholie an, Dan, der den charismatischen Geschäftspartner gibt, gegen seine Schüchternheit und seine

Sprachschwierigkeiten. Wenn Dan King zu nüchtern ist, nuschelt er so stark, dass man einen beträchtlichen Teil davon, was er sagt, nicht versteht. Mach dir also nichts daraus, falls morgen nur jedes 10. Wort bei dir ankommt. Meistens reicht das auch aus. Im Wesentlichen geht es bei solchen Sales Meetings doch darum, dass man sich mal *sieht*: Das sind also die Nasen, mit denen ich an einem Strang ziehe. Die unerfüllbaren Vorgaben, für die man dir im Austausch astronomische Boni verspricht, damit du den Rest des Quartals zwischen Panik und gieriger Hoffnung schwanken kannst, bekommst du später sowieso in Memo-Form. Wenn Dan etwas getrunken hat, spricht er übrigens brillant. Very charming und überzeugend. In solchen Momenten ist er beinahe *liebbar*. Nach Stavridis' Beobachtung und Schätzung lag der zu bevorzugende Korridor zwischen mindestens 2 und maximal 5 Tequilas.

KenLin lachte schluchzend.

Natürlich, sagte Stavridis und schloss, weil er nicht zwinkern kann, kurz beide Augen, mache ich nur Scherze.

Willst du die ganze Wahrheit wissen, fragte Stavridis später, als sie allein waren. Nichts Schockierendes, aber es ist besser, du siehst klar. Die letzte eigene Idee hatten wir vor 10 Jahren. Genauer gesagt, hatte sie jemand aus Sams Entwicklungsteam, dessen Namen inzwischen in Vergessenheit geraten ist, der selbst irgendwo verschwunden ist, unwichtig. Das Entscheidende ist, wir haben aufs falsche Pferd gesetzt, dachten, HomeRF würde das nächste große Ding sein, aber es wurde nicht das nächste große Ding. So etwas kommt vor, immer wieder, selbst bei den Besten. Ob das der letzte Tropfen war für Sam oder ob er ohnehin irgendwann den Kampf gegen Melancholie und Trunkenheit (Melancholie, die in Trunkenheit endet, die in Melancholie endet, die in Trunkenheit endet …) verloren hätte, kann ich dir nicht sagen. Fakt ist, er erschien bei einem

Essen des Vorstands in so einem desolaten Zustand, dass er King als »yellow trash« beschimpfte und ihm den chinesischen Feuertopf in den Schoß kippte (zum Glück nicht getroffen, nur einpaar Spritzer), bevor er sich ins Privatleben zurückzog. Seitdem weiß man nichts mehr von ihm, nicht einmal eine Internetrecherche bringt neue Ergebnisse. Was bedeuten kann, dass es ihm gut geht, oder, nicht wahr, das Gegenteil. Für die Firma war sein Weggang eher gut, weil es King klarmachte, dass er die Strategie ändern musste. Die geänderte Strategie ist so alt und bekannt, wie sie einfach und genial ist, vorausgesetzt, man hat das nötige Kleingeld: Fällt dir nichts mehr ein, kauf dir welche, denen etwas eingefallen ist, oder, nicht so schön, aber manchmal eben auch unvermeidlich: kauf sie einfach vom Markt weg. Noonday Technologies, Miclicor, Mackenzy, Finlay and Peace, und, als neueste Errungenschaft: die Eloxim-Kontrollbox, herzlich willkommen! Im Übrigen ist das ein schönes Produkt, 7 Millionen sind ein Spottpreis dafür, wenn du mich fragst, der Finne hätte selbst richtig reich werden können damit, aber das wäre *Arbeit* gewesen und Risiko, nicht alle sind wir dafür prädestiniert, kein Grund, so ein trauriges Gesicht zu machen. Sei nicht traurig, so ist das Leben, wusstest du nicht, dass so das Leben ist?

Ich bin nicht traurig, ich weiß, dass so das Leben ist. Ich denke nur nach.

Und? lallte Stavridis, der mittlerweile außerhalb *seines* Korridors angekommen war, es bemerkte, und prustend lachen musste. Uuuund? wiederholte er deutlicher, auf Deutsch. Was denkst du?

Dass so das Leben ist, sagte Darius Kopp.

Aris Stavridis lachte, als wäre das der beste Spruch gewesen, den er seit Langem gehört hatte. Er ließ seine fleischige und sehr warme Hand auf Kopps Schulter fallen.

Ich kann dich gut leiden, sagte Stavridis. Genauer gesagt sagte er: Je t'ai à la bonne, was Kopp natürlich nicht verstand.

Er verlor Stavridis ein Jahr später, als man das Büro in Paris zumachte. Den Stein hatte Stav selber ins Rollen gebracht, indem er fragte, ob es nicht möglich wäre, dass er seine Region von Athen aus betreute. Als Grund nannte er, dass seine Mutter dort im Sterben liege.

Und, stimmte das?

Ja.

Was er den Chefs nicht auf die Nase band, aber Kopp erzählte, war, dass zugleich auch seine zweite Ehe im Sterben lag. Die Französin, für die er in Paris wohnte, hatte genug von ihm bekommen, auch so etwas kommt vor. Die Kinder sind schon groß, ich muss jetzt nicht mehr da bleiben. Obwohl er Paris mochte. Egal. Athen mochte er auch. Und noch mehr Istanbul, aber das war nicht das Thema.

Dann passierte etwas nicht so Erfreuliches. Man überlegte, rechnete nach und stellte fest: da die Firma in den letzten Jahren ihr Engagement in Nordafrika und Vorderasien, genauer gesagt, in allen muslimisch geprägten Staaten, zurückgefahren hatte, war Stavridis' Wirkungsbereich auf Istanbul, Griechenland, Georgien und Armenien zusammengeschrumpft, und für so einen kleinen Markt einen Extramann zu beschäftigen, ist Nonsens. In Paris mit zwei anderen – ihre Namen sind: Bernard und Amélie – mitsitzend fällt es nicht so auf. Allein in Griechenland fällt es auf. Also bekam Kopp Istanbuler, Griechen, Georgier und Armenier unter dem Label »Osteuropa« zugeschlagen. (Heißt das jetzt, ich bin *befördert*? Die Antwort kannst du dir selber geben.) Wenig später bekam er die französische Schweiz dazu, Frankreich und der Mittelmeerraum kamen zu London und das Büro in Paris wurde geschlossen.

έτσι είναι η ζωή, sagte Aris Stavridis.

Der deswegen keine Minute aufgehört hat, sich um *seine Leute* zu kümmern. Der Kopp auch seitdem immer wieder Möglichkeiten zuschanzte. Zuletzt einen Deal mit Istanbul.

Warst du schon mal in Istanbul, Flo?

Du weißt, dass ich das nicht war.

Die Schönheit des Bosporus sollte jeder einmal gesehen haben. Laut Stavridis war es bei so einem großen Geschäft, 1500 APs, unabdingbar, dass Kopp persönlich nach Istanbul kam, um eine Präsentation zu machen. Der türkische Ansprechpartner, ein Herr Bülent, ein schöner junger Mann, war Kopp von Anfang an sympathisch, und noch mehr, nachdem dieser ihn und Aris seiner warmherzigsten Gastfreundschaft teilhaftig werden ließ. Sie führten ihn durch Zelte, deren Himmel Goldstoff und deren Seiten mit Bäumen bestickt und dessen Boden mit feinsten persischen Tapeten belegt war, zeigte ihm Waffen und Barthaar des Propheten und luden ihn schließlich zu einem prächtigen Festmahl ein. Dabei lenkten sie das Gespräch auf verschiedene Gegenstände, und auf welchen Gegenstand auch immer die Rede kam, sprach Herr Bülent mit so viel Kenntnis, Verstand und gutem Geschmack, dass die gute Meinung, welche sich Kopp gleich anfangs von ihm gefasst hatte, vollends bestärkt wurde.

Are you kidding with me? fragte Anthony. Die Firma des Freundes deines Freundes hat engste Beziehungen zu Syrien. Weißt du, was passiert, wenn mit Hilfe unserer Produkte abhörsichere Funknetze in Syrien oder, hoppala, wie ist das passiert, im Iran auftauchen? Ob sie umlabeln oder nicht, ist irrelevant. Wir reden hier nicht von Chips und Cola. So etwas kommt raus. Und übrigens wäre es an dir gewesen, das zu wissen. Oder, wenn man es schon nicht weiß, schaut man nach. Wofür gibt es das Internet?

Es soll für eine Universität in der Osttürkei ...

Warst du da? Hast du es gesehen?

(Nein, ich habe mir nur in Istanbul den Bauch vollgeschlagen.)

Aber selbst wenn du *irgend etwas* gesehen hättest: die Sache ist zu unsicher. By the way ist das nicht die erste derartige Nummer deines Freundes. (Immer dieses *your friend*. Wie eine Brandmarke. Übertreibung. Ein Vorwurf.) Was meinst du, warum er geflogen ist?

Es wäre *wirklich* eine Universität gewesen, sagte Stavridis später am Telefon.

Kopp tat es furchtbar leid.

Das braucht es nicht, sagte Stav. Es ist doch nur Business. Es wird andere Gelegenheiten geben.

Der Gedanke an Anthony ließ das Lächeln aus Darius Kopps Gesicht schmelzen. Andererseits bot er ihm auch die Gelegenheit, ins Hier-und-Jetzt zurückzukehren. Er wandte sich vom Fenster ab. Wie spät ist es? Fast schon um 11. Stavridis' Ankündigung hatte natürlich einen Einfluss auf den geplanten Tagesablauf, aber nur geringfügig. Ich wäre ohnehin mittagessen gegangen. Dass es bis dahin nur mehr (geschätzt) 2 Stunden waren, motivierte Kopp zusätzlich. Er setzte sich hin.

Öffne Startseite, siehe, sie hat sich in den letzten 12 Stunden nicht verändert, verlasse Startseite, öffne Suchmaschine. Suche: Bedrossian + Saitakan + WIFI.

Damit verging die nächste Stunde. Anfangs war es gut. Es ist gut, wenn man zunächst Sachen herausfindet, die man bereits herausgefunden hat. Das vermittelt einem das Gefühl, auf dem richtigen Weg zu sein. So las Kopp noch einmal das Wichtigste über die Brüder: Geburtsdaten, sportliche Laufbahn, Werbeverträge, Charity-Aktivitäten. Obgleich sie in der

Schweiz leben, stehen sie ihrer Heimatstadt Saitakan mit Rat, Tat und Mitteln zur Verfügung, u. a. durch den Plan, die Stadt »kommunikativ zu vernetzen«. Das wären dann also wir. Eine längere Zeit hielt sich Kopp damit auf, sich durch mehrere Websites mit Informationen zum gegenwärtigen Stand der Versorgung der armenischen Bevölkerung mit drahtlosen Netzen zu hangeln. Das war anstrengend, denn das meiste war auf Englisch, wahlweise auf Russisch, und Kopps Englisch ist leider, leider nicht so gut, dass es ihn nicht nach einer Weile anstrengen würde, es zu benutzen. Und ich sollte aufhören, in meinem Lebenslauf zu behaupten, ich könnte – da ich es in der Schule gelernt habe – Russisch. Nein. Aber er blieb dran, kaute sich durch den Breiberg von (teilweise widersprüch-lichen) Zahlen, fand Namen von Firmen und Personen, konn-te sie aber, ermangelst eingehender Kenntnisse der örtlichen Gegebenheiten mit kaum etwas in Verbindung bringen. Wie es schien (behauptet wurde), gab es durchaus noch Lücken, die man füllen konnte, diese wurden jedoch – Wer hätte etwas anderes erwartet? – zunehmend kleiner und weniger. Die Kon-kurrenz hatte Besseres zu tun, als zu schlafen. Auch das wuss-ten wir bereits vor einem Jahr. Auch zahlreiche Informationen über Armenien, die Region im Allgemeinen haben wir schon eingeholt. Der Konflikt in Georgien führt dazu, dass ab und zu Glasfaserkabel durchgetrennt werden, und die Internetver-sorgung unterbrochen wird. Dies bezog sich auf einen Fall in Jerewan (Yerevan, Eriwan). Luftaufnahmen zeigen die wun-derschöne, kreisförmige Anlage der Innenstadt mit dem atem-beraubenden Berg Ararat im Hintergrund. Die Berglandschaft um Saitakan ist nicht minder schön, ein Fluss durchschneidet die Stadt – Wie heißt er, wie lang ist er, wo ist seine Quelle, wo seine Mündung? – Trauerweiden am Ufer. Oh, auf dieser Seite gibt es sogar einen Service, mit dem man live Erdbeben erleben

kann! Farben zeigen das Alter und die Stärke des Bebens an.
Was WIFI anbelangte, war die einzige nähere Information,
dass 1 Min im Web des Hotels Awan Dsoraget 8 AMD kosten.
Die visuelle Suche nach WLAN-Antennen an Gebäuden oder
anderen prominenten Punkten war selbstverständlich sinnlos.
Selbst wenn da etwas war, verschmolz es bei dieser Auflösung
mit dem Hintergrund. Darius Kopp konnte trotzdem nicht
anders, als die Augen anzustrengen, bis sie schmerzten.

Als ob es nicht egal wäre, ob sie unsere Komponenten ver-
baut oder vergraben haben.

Eben nicht.

Während er nicht anders konnte, als in seinem Herzen erfreut zu sein über die Schönheit der Landschaft – Schöner, viel
schöner als Sunnyvale. Eines Tages sollten wir doch dahin,
Flora – konnte Kopp ebenfalls nicht anders, als zunehmend
betrübt und besorgt zu sein über die Unauffindbarkeit der
Spuren seines eigenen (mittelbaren) Wirkens vor Ort. So verließ er ihn und suchte stattdessen nach Sasha Michaelides.
Er suchte in allen möglichen Variationen, Schreibweisen –
Meinten Sie: Sascha Michaelides? –, fand einen Neurologen und
einen Architekten, die wenigstens ähnlich hießen, suchte in
Foren, in Blogs und schließlich sogar in Bildern, obwohl
das sinnlos war. Ich weiß ja nicht, wie er aussieht. Und Frau
Bach ist in Venezuela. Übrigens erschienen bei der Bildsuche
hauptsächlich Röntgenaufnahmen von mit Schrauben fixier-
ten menschlichen Gliedmaßen. Kopp fiel seine Mutter ein,
ihre Arme und Beine, er stand auf einem heißen, abendlichen
Hügel mit einem Fahrrad an der Hand, im Tal staubige, kreisförmige Ruinen, er hatte quälenden Durst, er ließ das Fahrrad
(=die Maus) los, als wäre sie zu stark von der Sonne aufgeheizt
worden, stieß sich mit dem Rollstuhl ab – Kontrolliert! Die
Kartons sind nah! – damit die Tastatur außer Reichweite rückte

und sich auch die Augen vom Bildschirm lösen mussten… Ich hatte heute noch gar kein Frühstück! Schnell hinaus in die Küche, um es nachzuholen!

Ein Glas Orangensaft, ein Cappuccino mit Extrazucker. Und, heute zum ersten Mal: Fruchtjoghurt. Ein Tablett mit Fruchtjoghurts, obenauf ein gelber Zettel: Bitte, jeder nur 1. In Herrn Lasockas Handschrift. Ich erkenne Lasockas Handschrift. Kopp fand die Bitte auf unnötige Weise Enge erzeugend (kleinlich, ja fast unverschämt) und nahm aus Trotz: 0. Aber einen zweiten Cappuccino, diesen trug er zurück ins Büro.

Er blieb hinter der Tür stehen, um einen Schluck Schaum zu nehmen. Eintauchen, auf der Oberlippe bleiben Reste zurück, sie mit Zunge und Unterlippe herunterholen. Dabei fiel sein Blick zum Karton der Armenier auf der Säule neben dem Fenster. Er stellte die Tasse vorsichtig auf eine freie Ecke des Tisches. Er holte den Karton von der Säule, öffnete die Lasche, sah hinein. Er sah das weiße Kopierpapier, erkannte Knicke darin, die er selbst am Vorabend verursacht hatte. Er zog das Geld nicht heraus, er schloss die Lasche, legte den Karton wieder ab und setzte sich hin. Auf dem Laptop hatte sich in der Zwischenzeit der Bildschirmschoner aktiviert. Er zeigte ein Urlaubsfoto: wolkiger Himmel, davor grüne Hügel, dazwischen ein Tal voller Tulpenbäume (afrikanisch, rot), im Vordergrund ein blaues Holzhäuschen. Kopp imaginierte Sas(c)ha Michaelides, der gerade in dieser Landschaft aus einem Bus stieg. Er hat einen für das Klima unpassenden dunklen Anzug an und ein Aluminiumköfferchen in der Hand.

Nein, das ist meiner.

Michaelides schätzen wir eher schweinsledern ein. Oder, im Gegenteil: neuestes Hightechmaterial, frisch aus der Weltraumforschung. Über solche Eitelkeiten kann ein Aris Stavridis nur lachen. Er läuft mit billigen Plastikumhängetaschen (angeblichen Laptoptaschen) mit Werbeaufdruck einer beliebigen Firma aus dem IT-Bereich herum. Aus diesen verteilt er seine Geschenke. Er kommt nie ohne Geschenke.

Aris Stavridis. Der es – welche Mächte lenken ihn? – immer schafft, im richtigen Moment aufzutauchen. Oder redest du dir das nur ein? Weil du dich freust. Ja, ich freue mich, ich bin gerne mit ihm zusammen, er ist ein netter Mensch und weiß immer alles. Nicht alles, aber vieles, was ein Darius Kopp sonst erst Wochen später, wenn überhaupt, mitbekommen würde. Seitdem Stav nicht mehr bei der Firma ist, ist unsere Versorgung mit Informationen beträchtlich spärlicher geworden. Obwohl man immer noch gelegentlich telefoniert. Seit der Istanbul-Geschichte allerdings nicht mehr. Kopp war es zu peinlich. Als hätte ich mir ihm gegenüber etwas zuschulden kommen lassen.

Klatsch! Kopp schlug sich auf die Stirn, aber so plötzlich und laut, dass jemand, der mit im Raum gewesen wäre, unweigerlich erschrocken wäre. Aber natürlich! Mit einem Mal war es Kopp klarer als die Sonne: Wenn einer etwas weiß, dann Stav! Nicht, weil ein Grieche den anderen kennt, sondern weil auch das Armenien-Geschäft von keinem anderen als ihm vermittelt worden war. Er hatte es nur bis jetzt geheim gehalten, um mir keine Schwierigkeiten zu machen!

Erfreut darüber, wie schön doch alles zusammenhing, und darüber, das herausgefunden zu haben, lachte Darius Kopp auf, kippte den letzten Schluck Cappuccino – der Schaum kroch zu langsam, er gab ihn auf – warf sich gegen die Rückenlehne, so dass sein Stuhl kräftig federte, und wählte.

1.

2. London.

In London klingelte es, Kopp memorisierte: Hellou, nicht Godday, Stephanie, how is it going, hallo, Anthony, how is it going, I got some interesting news, the Armenians have/had brought(?) the money ... the Armeniens *did* actually pay ... (Gottverdammtes Lampenfieber. Wieso?)

Es klingelte etwa 15x, bevor Kopp begriff, dass niemand ranging, auch nicht der Anrufbeantworter.

Verwählt? Falsch verbunden? Noch einmal.

Dasselbe. Klingeln, keine Antwort.

Wie spät ist es? 11:40. Montagsmeeting? Haltet ihr so etwas überhaupt ab, bei zweieinhalb Leuten? Oder bist du grad auf dem Klo, Stephanie?

Kopp imaginierte das Büro in London, den Korridor, die Toilettentür ... (Was ist los, heute bin ich so bildreich ...) Er wandte sich schnell dem Laptop zu, bevor er sich noch mehr vorgestellt hätte – Stephanies weiße Knie, Stephanies schwarzen Schlüpfer um die Knie – ...: schnell, den Browser auf! Während du etwas Zeit vergehen lässt – 15 Minuten zwischen zwei Anrufen sind angemessen und sinnvoll – prüfe die Nachrichten und die Mails.

Wie öffnen die Börsen?

Die Übernahme von Fannie und Freddie hat ein wenig Erleichterung gebracht, aber im Wochenausblick erwartet man insgesamt eine Woche ohne große Euphorie?

Exilepark freut sich über einen neuen Chef? Hier, seine Telefon- und Faxnummer sowie seine E-Mail-Adresse, falls Sie ihm schreiben wollen. »Lieber Klaus, gratuliere zur Beförderung«?

Daimler im Visier der Hedgefonds?

Ölpreis steigt um 2 Dollar. Die Scheichs weisen jede Verantwortung von sich? Die Spekulanten sind schuld?

Nicht die Spekulanten sind schuld am Anstieg der Lebensmittelpreise, sondern verfehlter Klimaschutz und zu viel Fleisch?

Erneut vergammeltes Fleisch gefunden? Es ist auf die Autobahn gefallen? Die Feuerwehr brauchte Atemschutzmasken bei der Beseitigung?

Bei einer Tombola hat eine Milliardärin eine Reise nach Mallorca gewonnen – und will den Preis behalten?

Verlasse News-Seite, minimiere Browser, öffne Mailbox.

Die Newsletter vom Sonntag, und einige Nachzügler von heute früh. Einladungen zu Messen und Tagungen. Ausland spioniert deutsche Wirtschaft aus – Fachtagung Security und Ähnliches.

Natürlich Werbung. Begrüßen Sie den Herbst romantisch und fliegen Sie in die Stadt der Liebe! Nur 29 Euro. Sternchen.

Ein Alert. Darius Kopp on Netigator. Diesen Fachartikel mit dem Titel »Smog in der Messehalle« habe ich geschrieben. Das ist schon ein halbes Jahr her, wieso ich jetzt eine Benachrichtigung darüber bekomme, ist nicht transparent, freuen darf ich mich trotzdem. Die größten Gefahren für die Störung der Datenkommunikation sind …

Er las eine Weile in seinem eigenen Artikel, obwohl er ihn auswendig kannte. Unterbreche mich doch jemand!

Er unterbrach sich selbst und rief in London an.

Während es klingelte, schaute er in die leere Cappuccino-Tasse: angetrocknete braune Pfütze, angetrocknete braune Äderungen, brauner Spitzenrand. So lange, bis das Klingeln in London abbrach und zu einem Besetztzeichen wurde.

Allmählich muss ich mich wundern.

Er versuchte es noch einmal. Dasselbe Ergebnis. Langes Klingeln, am Ende besetzt. Wie spät ist es?

Sie haben eine neue Mail-Nachricht erhalten!

Ich gestehe es, Darius Kopp legte etwas erleichtert auf, um so zu tun, als wäre es eine wichtige Nachricht. Dabei sah er schon, dass es wieder eine Mail von Thomas Schatz war. Sie stattete Bericht darüber ab, dass Thomas Schatz offenbar nicht nur sein Profil auf BizNet aktualisiert, sondern auch ein neues auf Plexus, Ihrem neuen Businessportal, angelegt hatte.

Darauf hatte Kopp nun wirklich keine Lust. Das heißt, wenn man ein wenig nachdenkt: Was kann schon der Grund dafür sein? Entweder er ist dabei, seinen Job zu verlieren, hat ihn schon verloren, oder er ist einfach nur unzufrieden und schaut sich um. Das wiederum weckte Kopps Interesse (und tröstete ihn ein wenig). Das Profil ertrage ich kein zweites Mal, aber vielleicht könnte man ihn direkt anrufen. Denn *eigentlich,* im persönlichen Umgang, ist Thomas Schatz ein angenehmer Mensch. Sich über die Irritation hinwegsetzen, das ist immer oder meistens gut – Denn: Was willst du? Ausschließlich mit Genies und Heiligen verhandeln? – freundlich nachfragen: Wie geht es dir, Schätzchen, etc. Was es auch ist, auf seiner Seite sein, so gehört es sich. Und nebenbei vielleicht auch etwas von den eigenen Angelegenheiten voranbringen. Indem man ihn z. B. (halboffen) nach der Tauglichkeit seines Distributors (4.!) fragt.

Kopp öffnete nicht Schatz' Profil, sondern die Seite seines Arbeitgebers Exacom. Dort wurde Schatz noch als Systems Engineer geführt. Kopp stellte erleichtert fest, dass seine Erleichterung darüber überwog. Wenige Sekunden lang.

Hallo? Eine mürrische Stimme, tief, aber keine Männerstimme. Eine Frau. Eine beinahe bis zur Unfreundlichkeit mürrische Frauenstimme, die Kopp nicht bekannt war. Er war irritiert, unterdrückte das, und sprach mit ihr, als wäre es mit Schatz persönlich (sorglos, kumpelhaft): Ob denn der Thomas da sei?

Wer?

Thomas Schatz, sagte Kopp freundlich. Ich bin ... sogar bereit, mich zu legitimieren.

Aber die mürrische Person hatte kein Interesse. Sie schnitt ihm das Wort ab:

Herr Schatz arbeitet hier nicht mehr.

Oh, sagte Kopp und sah noch einmal auf die Firmen-Seite. Dort stand sein Name, sein Titel und *diese* Telefonnummer.

Oh, sagte Darius Kopp, und in seiner Verwirrung: Entschuldigung.

Bitte, sagte seine Gesprächspartnerin und legte auf.

Darius Kopp schüttelte den Kopf, als wäre ihm Wasser ins Ohr geraten.

Ja, hat denn die den Verstand verloren? So telefoniert man doch nicht! Das ist schließlich kein Amt, sondern eine Firma!

Es juckte ihn in den Fingern, irgendwo anzurufen, es jemandem zu sagen, vornehmlich Thomas Schatz, von dem er annahm, dass er höhergestellt war als die Frau, aber Schatz arbeitete ja nicht mehr dort.

Kopp beschloss, diesen verwirrenden Exkurs abzubrechen. Wir klären das irgendwann, wenn wir Zeit haben, oder nie. (Er war wieder etwas verärgert über Schatz. Als ob der etwas dafür könnte! Dann bedauerte er ihn wieder.) Er sah auch nicht mehr nach, wer Distributor für Exacom war, er schloss die Seite schnell, als könnte man die Irritation so wegschließen.

Er versuchte es abermals in London. Abermals ohne Ergebnis. Beziehungsweise mit demselben Ergebnis wie zuvor. Er ließ es so lange klingeln, bis die Telefongesellschaft ihm die freie Leitung wegnahm, um sie jemandem zu geben, der sie womöglich dringender brauchte.

Kopp legte den Hörer sorgfältig auf, schob nach, damit auch

wirklich aufgelegt war. Sonst kann es nämlich passieren, dass man gar nicht bemerkt, wie man abgeschnitten ist vom Rest der Welt, nicht wahr, Stephanie? Oder die Störung liegt woanders. Fakt ist: irgendwas ist mit dem Telefon. Ich werde ihnen eine Mail schreiben müssen.

Dachte es, und dann nichts mehr. Herr Doktor, was soll ich machen, mindestens einmal am Tag habe ich so einen toten Moment. Manche sagen: Punkt. Egal, ob ich gerade etwas tue, das ich gerne tue oder das Gegenteil. Es scheint davon ganz unabhängig zu sein. *Immer* kommt dieser Moment, wenn Kopp deutlich spürt: ein Weg ist zu Ende, ein Schwung hat sich verbraucht. Selbst wenn man noch entfernt ahnt, was man theoretisch als Nächstes tun könnte, ist gerade *das* nicht möglich. Um was auch immer zu tun, braucht man seinen Körper, und dieser fühlt sich im Moment an, als wöge er 6 Tonnen. 6 Tonnen schwer, Arme gelähmt, hänge ich in meinem perfekt gefederten Sessel. Was jetzt hilft, ist nur noch eine Ablenkung. Der moderne Büromensch wird, wie man allseits lesen kann, von permanenten Unterbrechungen gepiesackt. Alle 11 Minuten, spätestens, will einer etwas von einem, oder man ist selber nur allzu bereit … Aber auf der anderen Seite kann eine Unterbrechung auch fruchtbar sein. Sich regenerieren. Sich neu orientieren. Eine oder mehrere neue Perspektiven gewinnen. Zum Beispiel kann man, ganz einfach, beim Fenster hinausschauen.

Kopp sah beim Fenster hinaus. Er sah nichts. Da war der Platz. Ja, ich weiß. Nichts.

Zurück zum Tisch. Der Laptop mit dem karibischen Bildschirmschoner (nichts), und drum herum der Wust der Zettel. Das allerdings war etwas: 5. Die eigenen Abrechnungen.

Nicht jetzt. Ich bin müde. Und hungrig. Wie spät ist es? Immerhin schon um 12. Wann Stavridis genau kommen würde, war nicht bekannt. Wir nehmen an: um 1. Da fiel Kopp das Tablett mit den Joghurts ein, Fruchtjoghurts, mit mindestens einer Zuckerart, außerdem Eiweiß und Fett, kurz gesagt: Energie. Entschlossen sprang er auf, aber bevor er auch nur einen Schritt getan hätte, klingelte das Telefon, und der Vormittag erhielt wieder eine neue, ungeahnte Richtung. Ich hätte gedacht, Stavridis' Auftauchen wäre bereits die Sensation des Tages gewesen, das allem anderen seinen Stempel aufdrücken würde. Aber es war Herr Pecka, der Anlageberater.

Herr Pecka!

Kopp begrüßte ihn dankbar (für die Ablenkung, für die Zeit, die ich mit Ihnen verbringen darf, bevor ich zum Mittagessen gehe, so lange muss ich mir den Kopf wenigstens nicht über Komplizierteres zerbrechen) und daher wieder fröhlich: Herr Pecka! Wie geht es Ihnen?

Herrn Pecka ging es gut. Er war im Urlaub gewesen, nun rief er seine treuen Kunden an, meldete sich zurück.

(6. Die Kontakte durchtelefonieren, sich aus dem Urlaub zurückmelden ... Vorsicht! Du warst gar nicht im Urlaub! ... sich nicht aus dem Urlaub, sondern nur generell zurückmelden, sich erkundigen, das Eisen schmieden ...)

Das ist ja schön! Wo waren Sie im Urlaub? Fahrrad fahren auf Island? Kopp war nicht bewusst, dass sein Anlageberater so eine Sportskanone ist. Letztes Jahr war er Goldwaschen in Finnland? Ist das Ihr Ernst? Als Bänker waren Sie Gold waschen? Sie erkennen den Witz darin nicht? Ach, doch, aber Sie haben es nicht deswegen getan, sondern weil Sie ein sehr naturverbundener Mensch sind, und das war blanke Natur, mit *Myriaden* von Mücken und dem Klappspaten als Klo? Was man nicht alles voneinander erfährt.

Herr Pecka rief im Wesentlichen an, um zu beruhigen. Bekam er viele Anrufe von nervösen Kunden? Ja. Die Immobilienkrise zieht uns alle mit hinunter. Auch von Kopps Fonds haben nur zwei ein minimales Plus gemacht, alle anderen sind im Minus, selbst der Wasserfonds, in den wir so viel Hoffnung gesteckt hatten.

Ja, Kopp wusste das, ich habe gerade gestern wieder einen Blick aufs Depot geworfen. Was will man machen, Herr Pecka, so ist es eben. Ich bin, was das anbelangt, kein besonders nervöser Typ. (In Wahrheit habe ich, wie jedes Mal, wenn es um Geld geht, die Hosen voll, das ist die dämliche Erziehung meiner Mutter, aber dann reiße ich mich jedes Mal umso mehr zusammen, erinnere mich an meinen Vater, der wusste: wer nicht wagt, der nicht gewinnt, und wenn es 55 Jahre gedauert hat, bis er das in die Tat umsetzen konnte, schließlich hat er es getan, und ich bin stolz auf ihn und wünschte mir, auch er … etc.) Ich bin dafür, es auszusitzen. Das Wasser wird schon noch kommen, wenn etwas todsicher ist, dann, dass das Wasser kommt.

Herr Pecka stimmte dem zu. Das Wasser würde ich wirklich unangetastet lassen. Aber er empfahl etwas anderes. Nämlich die beiden Fonds, die ein bisschen Gewinn gebracht haben, aufzulösen und stattdessen ein Papier zu kaufen, das auf ein weiteres Nachlassen der Börsen spekulierte.

Sie meinen, es geht noch weiter runter?

Auf jeden Fall geht es noch weiter runter, sagte Herr Pecka mit Überzeugung. Den Finanzmarktwerten werden alle anderen folgen.

Kopp war schon auf der Seite der Bank, hatte die genannte Option auf dem Bildschirm, verstand aber natürlich nicht besonders viel (gar nichts). Aber wissen Sie was, Herr Pecka, der Zynismus dieses Vorgehens gefällt mir einfach zu gut. Machen Sie es. Wo muss ich unterschreiben? Kommt mit der

Post oder Sie bringen es auf dem Nachhauseweg vorbei, Sie sitzen ja wortwörtlich in der Nachbarschaft. Wären unsere Büros anders platziert, könnten wir einander vielleicht sogar sehen. Das besprechen wir jedes Mal. Und in Wahrheit sehe ich niemanden, nur den Platz, die Kreuzung. Hat auch was. Ja. Auch Ihnen noch frohes Schaffen, Herr Pecka.

Als er aufgelegt hatte, fiel ihm ein, dass er Pecka auch wegen des Armenier-Geldes hätte fragen können. Er rief ihn zurück. Und jetzt geschah es:

Ja, sagte Herr Pecka. Das ist kein Problem. Sie brauchen nur Ihren Identitätsnachweis und den Nachweis über die Herkunft des Geldes.

Was meinen Sie mit: Über die Herkunft des Geldes?

Wie Kopp wisse, sagte Herr Pecka, habe man ein Geldwäschegesetz.

Ja, und?

In diesem steht, zusammengefasst, dass man bei Barbeträgen, die höher als 10 000 sind, nachweisen muss, aus welchen, ich sage mal »Transaktionen« dieses Geld stammt.

Sie brauchen nicht in Anführungszeichen zu sprechen, Herr Pecka, ein Kunde hat bar bezahlt, und zwar … ein wenig mehr als 10 000. So, jetzt wissen Sie's.

Wie viel wenig mehr? fragte Pecka.

Das Vierfache, gab Kopp zu.

Das ist ja nicht so sehr viel, sagte Herr Pecka.

Nein, sagte Kopp. (Aber ist das gleich ein Grund, erleichtert und hoffnungsvoll zu sein? Nein.)

Na ja, sagte Herr Pecka, eigentlich ist es egal, ob 10 001 oder 100 000. Sie müssen der Bank gegenüber einen Nachweis erbringen.

»Sie« heißt in diesem Fall: ich?

Der Einzahler. Der muss den Ausweis haben und auch alles

andere. In Ihrem Fall: der Kunde legitimiert sich Ihnen gegenüber, Sie legitimieren sich der Bank gegenüber.

Und wenn nicht?

Wenn nicht was?

Wenn kein Nachweis da.

Dann wird im Falle einer behördlichen Prüfung das Geld konfisziert. Ob auch ein Strafverfahren eingeleitet wird, entscheidet der Staatsanwalt.

Konfisziert?! Der Staatsanwalt? Kopp mochte es nicht fassen. Das ist ... Wir haben eine rechtmäßige Forderung!

Dass Ihre Forderung rechtmäßig ist, hat damit nichts zu tun, sagte Herr Pecka. Heißt: eine Rechnung, die Sie dem Kunden ausgestellt haben, ist kein Nachweis. Der Einzahler muss nachweisen, dass das Geld von einem sauberen Konto stammt. Darum geht's, um nichts anderes.

Verstehe, sagte Kopp. Danke, Herr Pecka.

Nichts zu danken, sagte Herr Pecka.

Wie spät war es zu diesem Zeitpunkt? 12:30. Eine halbe Stunde, um unsere Gedanken wenigstens in groben Zügen zu ordnen. Das Problem als solches hatte Kopp sogleich begriffen, es gab daran nichts, das nicht zu begreifen gewesen wäre. Viel Bargeld, Nachweis, sonst Annahme von Illegalität, Verlust, Anzeige. Im schlimmsten Fall. Aber auf jeden Fall eine Menge Querelen. Kopp war über diese neu gewonnene Perspektive auf die Dinge nicht glücklich. Nein, er fluchte. Ausgerechnet mir muss das passieren, wo ich bürokratisch doch so unbegabt bin. Der dämliche Grieche. Der dem Geld beigelegte Brief war nicht einmal unterschrieben. Aber selbst wenn. Zu unserem tiefsten Bedauern können wir diesen geduldigen Fetzen Papier nicht als Nachweis einer weißen Weste akzeptieren.

Kopp stand zwischen seinen Kartonwänden. Sie waren ihm:

nahe. Auf, zwischen den Kartons Staub. Woher kommt dieser ganze Staub, wenn doch die Fenster niemals geöffnet werden? (Durch die Tür. Die *Ritzen.* – Aber *so viel*?) Um sich nicht weiter zu gruseln, stellte sich Kopp auf die Zehenspitzen und holte den Karton der Armenier erneut vom Stapel neben dem Fenster. Er achtete darauf, keinen anderen Karton zu berühren.

Nahm wieder den Karton, öffnete wieder die Lasche, sah drinnen das weiße Kopierpapier, schloss die Lasche, legte den Karton wieder ab. Allerdings nicht mehr ganz oben, sondern drei Reihen weiter unten. Es gibt keinen besseren Platz dafür im Moment.

Setzte sich in seinen Stuhl und schaukelte. Vor ihm schaukelte der Platz. Im Gehsteig gegenüber, nah an der Hauswand, klaffte hinter einer Absperrung aus rotweißen Bändern ein Loch. Männer waren heute nicht zu sehen. Es war windiger als in den Tagen zuvor. Die Bänder tanzten. Rotweiß, rotweiß.

Schließlich gab sich Kopp einen Ruck, suchte die Nummer von Michaelides heraus und rief an. Erwartungsgemäß war keiner zu erreichen. Der ist weg. In meinem Bildschirmschoner oder eher sonst wo. Bleiben die Bedrossians, die eigentliche Quelle des Geldes. Kopp rekapitulierte, was er jemals von Michaelides über die Bedrossians gehört hatte. Die Herren Spitzensportler … kommen vorbei, mit einem Koffer … Sie wissen ja … die lieben Kaukasier … auch mir einen Teil meiner operativen Kosten schuldig geblieben … auch mir einen Teil …

Womit sich also der Kreis schloss. Wir sind wieder dort, wo wir angefangen haben. Kopp ging ins Internet, suchte wieder nach den Bedrossians. Nur war diesmal die Fragestellung eine andere: Sind die Bedrossians vertrauenswürdige Geschäftspartner, ja oder nein?

Suchte und fand, wie schon zuvor: nichts Verwertbares. Viel

über Sport, viel über Charity, nichts über andere geschäftliche Aktivitäten.

Als ihm nichts anderes mehr einfiel, gab er in die Suchmaschine ein: Bedrossian + illegal.

Er bekam immerhin 836 Treffer, er schränkte sie ein, indem er die Vornamen der Brüder eingab und landete damit bei 0 Treffern. Er ließ die Vornamen weg, bekam sein vorheriges Ergebnis zurück und fing an, sich durch die 836 zu lesen – oberflächlich, ungeduldig, an etwas anderes denkend. Nämlich: Das ist nicht der Weg, das ist nicht der Weg. Und: Wieso ist mir das Problem nicht selbst und nicht gleich aufgefallen? (Sei froh. So hattest du wenigstens ein einigermaßen erträgliches Wochenende.) Sowie: Wieso habe ich jetzt ein schlechtes Gewissen, als wäre ich schuld daran, dass es so kompliziert ist?

Auch wenn er nichts fand, nicht einmal ein zum Thema passendes Gerücht, war er sich sicher: den Bedrossians war nicht zu trauen. Glaubst du eher einem zwielichtigen, verkoksten Griechen, oder hast du schlicht und ergreifend Vorurteile? Schlicht und ergreifend Vorurteile. Nicht immer, manchmal. Jetzt, konkret: einen Instinkt. Was, wenn sie zum Beispiel sagen: Tausendmal Entschuldigung, der Grieche ist schuld an allem, geben Sie uns das Geld zurück, wir überweisen es, wie es sich gehört. Und denken natürlich nicht daran! Darius Kopp biss die Zähne aufeinander. Ich werde dieses Geld für *uns* verteidigen, koste es, was es wolle. Na, ganz so viel vielleicht doch nicht. Mein Leben zum Beispiel nicht. Heldenhafter Sparkassenkassierer. Aber das mir Mögliche will ich tun. Was ist das mir Mögliche?

In diesem Zustand war er, als Stavridis anrief und sich das Tempo erneut änderte.

Ich habe einen Mordshunger! rief Aris Stavridis ins Telefon. Schon 2 Meetings hinter mir! Bin in 10 Minuten da! Mit dem Taxi! Warte unten!

Wäre das vor einer halben Stunde gewesen, wäre Kopp hinunter *geflogen*, Treppe statt Fahrstuhl, leichtfüßig und enthusiastisch, wie ein Backfisch, seine Sakkoschöße hätten geweht. Der Portier im Foyer hätte nicht gewusst, ob er vor Freude oder vor Sorge rannte, Kopp hätte sich im Rennen umdrehen müssen und beruhigend winken. Jetzt ging er langsam, rief den Fahrstuhl, fuhr eine Etage nach unten (Wände aus grauem, gebürstetem Metall, kühl, still, stell dich mit dem Rücken zum Spiegel, eine Erholung), ging mit klopfenden Absätzen durch das Foyer.

Draußen war eine große Helligkeit, wie eine Wand, er stieß sich an ihr, musste stehen bleiben, blinzeln. Ein Taxi hupte, er wandte den Kopf in die Richtung. Jemand winkte, Kopp stellte scharf auf ihn, da war er: Stavridis. Kleiner, dicker, grauhaariger, bebrillter, als er ihn in Erinnerung hatte. Stand neben dem Wagen, hielt die Tür auf für ihn, wie ein Galaportier, ließ ihn aber nicht einsteigen, bevor er ihn nicht fest umarmt hatte:

Du siehst gut aus!

Du auch.

Wie der eine *unmittelbar* ist, nirgendwo anders als hier, Körper und Gedanken in der Gegenwart, und wie der andere sich zwar aufrichtig freut und sich dazu alle Mühe gibt, aber noch zu sehr *unter Einfluss* steht, ein Paket (Hja!) zu tragen hat und deswegen vorerst nicht mehr kann, als daneben zu sitzen.

Während Stavridis den Fahrer hieß, sie zu einem der besten (aber nicht unbedingt teuersten) Italiener der Stadt zu bringen. Den Stav kennt, obwohl er nicht hier wohnt, und den Kopp nicht kennt; man kann schließlich nicht alles kennen. Stavridis hatte, wie schon erwähnt, einen Bärenhunger, wie schon erwähnt, zwei Meetings hinter sich, ein *Power*frühstück, gegessen haben wir natürlich nichts, ich glaube, der Typ war auf Diät, nur Wasser getrunken, Stavridis einen Orangensaft, der ein wenig mehr sättigt und zudem Vitamine enthält, aber essen traust du dich dann natürlich nicht, wie sieht das aus: der Mund voller Omelett. Stavridis lachte, Kopp lächelte.

Während Stavridis über das Wetter redete, die Temperaturen in Athen, die Temperaturen in Berlin.

Während Stavridis die gesamte Menüfolge für beide bestellte:

als Vorspeise: Salami, Käse, Schinken, Focaccia, mit Fleisch gefüllte, panierte Oliven, Artischockencarpaccio, in Zitrone und Öl eingelegte Pfifferlinge, gegrillte Zucchini, Auberginen und Paprika, Vitello tonnato und Salat mit Sardellenpaste,

als Pasta: Linguini alla Puttanesca,

als Hauptgericht: mit Peperonata überbackenes Kalbsschnitzel.

Dazu nehmen wir einen leichten Chianti. Obwohl Stavridis' Lieblingswein im Moment ein Metochi Cromitsa war, hier hast du eine Flasche in einer dekorativen Holzkiste.

Nicht doch …

Magst du keinen griechischen Wein?

Doch, doch …

Und hier, ein MP3-Player. Nicht das neueste Modell, wie du sehen kannst, aber vielleicht wird sich deine Nichte trotzdem freuen. Oder dein Neffe. Oder deine Schwester …

Dass du dich an all das noch erinnerst …

… oder du.

Danke, Aris. Du bist zu großzügig.

Der Hersteller ist pleitegegangen. Ich habe versucht, sie zu verkaufen, es lief nicht gut. Ich habe noch eine Menge davon.

Sie werden sich bestimmt freuen.

Die Speisen kamen, sie aßen sie. Sie waren allein im Inneren des Lokals, wer sonst da war, saß draußen, nah an der Straße, aber ich sage dir, da ist es wärmer als hier, außerdem stinkt es und es ist so laut, dass man sein eigenes Wort nicht versteht, in Athen sitzt kein vernünftiger Mensch freiwillig auf der Straße.

Hier entstand eine Pause, schließlich musste Stavridis auch mal Luft holen. Er holte Luft, und mit der Ausatmung sagte er:

Meine Mutter ist vor Kurzem gestorben.

Das brachte Kopp endlich zu sich. Zudem war die Vorspeise gegessen, auch das half.

Oh, sagte er. Mein aufrichtiges Beileid. Obwohl ich sie nicht kannte. Aber ich weiß, wie viel sie dir bedeutet hat.

Danke, sagte Stavridis. Ich hatte sie bis zum Schluss gepflegt. Das war schön. Ja, schön, wirklich. Am Ende war sie so verwirrt, dass sie nicht sah, dass wir in Athen waren. Sie dachte, sie wäre auf dem Dorf, in dem sie aufgewachsen ist. Saß bei mir im Innenhof, wo unter einem gelben Wellplastikdach in Kübeln einpaar Oleander stehen, und sagte immer zu mir: Schau, wie schön dieser Garten ist! Und erzählte, was die Zicklein und die Entlein heute gemacht haben, und wenn die Frau über uns das Wasser auf das Plastikdach warf, weißt du, das soll sie nicht machen, sie macht das Wasser einfach so, wusch, aus dem Fenster, weil sie auch vom Dorf kommt, das Wasser fällt auf das gelbe Dach, und läuft dann da runter und tropft, und wenn sie also das machte, dann quietschte meine Mutter vor Vergnügen. Sie lachte wie ein kleines Mädchen. Apropos kleines Mädchen, Irini hat eine Tochter bekommen. Christina. Jetzt bin ich also Opa.

Wie schön. Gratuliere.

Ja. Den Vater der Kleinen will sie nicht heiraten, so kriegen sie mehr vom Staat. Und auch Stavridis unterstützt sie weiterhin finanziell, obwohl sie schon 30 ist, aber so ist es eben. Die

Söhne auch. Valéry studiert Diplomatie, ein perfekter Gentleman, du wärst erstaunt, Mathieu hat gerade Abitur gemacht und ist zu mir nach Athen gekommen, er weiß noch nicht so richtig, jetzt reisen wir ein bisschen herum.

Selbstverständlich reiste Aris Stavridis nicht zu seinem bloßen Vergnügen, wenngleich es ihm auch Vergnügen bereitete, sondern weil er gerade dabei war, etwas Neues aufzuziehen. Mit Bernard zusammen.

Oh? Wie geht es dem guten Bernard? fragte Kopp.

So la la. Er ist bei einer Firma für Sicherheitstechnik und nicht sehr glücklich. Die Branche als solche wäre gut. Wie das Bestattungsgewerbe. Stirbt nie aus, hähä. Die Leute haben immer Angst, Staaten, Firmen, Einzelpersonen, und häufig nicht einmal zu Unrecht.

Ja, sagte Kopp und steuerte bei, was er neulich über die Wohnungseinbrüche gehört hatte.

Stavridis nickte und fuhr wortreich fort, über Bernards Arbeitsplatz zu erzählen. Sie führen ein breites Sortiment, angefangen von Messern (!), Schlagstöcken (!), Handschellen (!), bis hin zu Audio-, Video- und Telefonüberwachung, hinken aber etwas hinterher bei Peilsendern, GPS-Ortung, GPS-Blocker, Handy-Blocker …

Hier begann Kopps Aufmerksamkeit bereits wieder nachzulassen, bzw. sie trat weiter zurück, dorthin, wo er seinen eigenen Task zu laufen hatte. Es ging damit nicht wesentlich voran. Er dachte immer wieder dasselbe: neue Situation + einzahlen geht nicht + und was geht? + ich muss anrufen. Während er die Gabel in den Nudeln drehte. Zwischen den Nudeln waren noch andere Lebensmittel, rot, olivschwarz, grün und sardellenfarben, Kopp sah aus, als würde er sich darauf konzentrieren, alles zu erwischen. Er nickte manchmal auch wie jemand, der zuhört.

… Bernard, er ist ein ehrgeiziger Junge … in so einer »traditionsreichen« Firma sind die Strukturen so fest … für die klitzekleinste Änderung ein Aufwand … als ginge es darum, den Mount Everest woanders hinzuschaufeln … Einfach jeder, sagt Bernard, jeder dort ist dümmer als ich.

Der arme Bernard. Immer ist jeder dümmer als er.

… Bernards Leben war auch sonst gerade nicht sehr sonnig … Am Wochenende einen Konflikt gegeben mit der Frau … Als man Fidelis Paris aufgelöst hat … ein paar Sachen übrig geblieben … Harmony-Router, Antennen, Kleinkram … in keiner Liste … also Bernard sie mit nach Hause … ein bisschen Zeit vergehen lassen … übers Netz verkaufen … Er hat ein Zimmer … vollgestopft mit sämtlichen Computern und Zubehör … das erste Mobiltelefon, groß wie ein kleineres Auto … und so weiter. Du kennst das.

Stavridis lachte, Kopp lachte mit, war aber doch ein wenig verwundert. (War er jemals bei mir zu Hause? Ich sollte endlich aufmerksamer sein.)

Bernard also, nicht wenig mitgenommen vom Wochenende, erschien am Montag bei der Arbeit, und es wartete neuer Ärger auf ihn. Ihm schien, zwei Produkte, zwei Messersets (Bernard kann nichts dafür, immer, wenn diese Messersets gekauft werden, wird ihm so absurd; seine Worte: Mir wird so absurd) mit dementsprechend zwei Produktnummern waren eigentlich nur eins. Nur ein Messerset. Aber zwei Produktnummern. Wenn du was anderes zu tun hast, und wann hast du nichts anderes zu tun, sagst du dir, scheiß der Hund drauf, suchst du dir halt eine von beiden aus und fertig. Aber Bernard, dem gerade eine Standpauke bzgl. Ordnung gehalten worden war, wollte der Sache auf den Grund gehen, und ging also ins Musterlager, um ein für alle Mal klarzusehen: zwei Messersets oder ein Messerset. Und wie er da in der großen Unlogik, denn die Anordnung im Lager war im großen Stil unlogisch, umherirrte, bekam er einen Anruf von einem Kunden von vor 100 Jahren, der ihm erklärte, er sei seine letzte Hoffnung, er brauche händeringend 2 Dutzend Harmonys. Und das war der Moment, in dem Bernard über alle, die ihm in dieser Phase seines Lebens zusetzten, mit einem Schlag triumphierte. Denn ihm ist *die Idee* gekommen. Vielen Dank!

Dies zum Kellner, der die Teller abräumte.

Die Idee ist, sagte Stavridis und hob die Stimme ein wenig, um mehr Aufmerksamkeit zu bekommen, der Kellner drehte sich um, sah, dass er nicht gemeint war, und ging weiter, Stavridis beugte sich über den Tisch, dorthin, wo eben noch der Teller war, die Idee ist, sagte er Kopp ins Gesicht, eine IT-Rarelist zu erstellen und zu verwalten.

Was ist eine IT-Rarelist? stellte Stavridis die rhetorische Frage.

Die IT-Rarelist wird die erste EDV-Handelsplattform in Europa sein, die außerhalb des üblichen Marktes Verfügbarkeiten von »end of life« Produkten, Restposten, Remarketing-Ware und Vorführgeräten zeigt. Sie wird EDV-Händlern europaweit die optimale Möglichkeit bieten, ihre Lagerbestände einzustellen und nach mehr als 150 000 abgekündigten Produkten zu suchen sowie die direkte Anfrage an den Anbieter zu stellen. Es ist an der Zeit, IT-Händlern eine Transparenz außerhalb der üblichen Channels zu bieten und einen direkten Draht zu neuen Anbietern aufzubauen … und so weiter, im offiziellen Ton, den will ich dir nicht antun, ich hab's nur heute früh schon den Wießies erzählt.

Was sind Wießies?

V. C. Venture Capital.

Ach so.

Bernard hatte schon etwas Geld in Frankreich besorgt, Aris

in Athen, aber er kannte auch hier jemanden, und hatte dann noch einen zweiten Kontakt bekommen, du weißt, ich kenn Gott und die Welt, von einer Frau, einer ehemaligen Geschäftspartnerin, die jetzt für einen dieser Business Angel arbeitet. Der Typ ist ein Riese.

Bitte?

Der Mann, den Aris heute früh getroffen hat. 2,14 m, rote Haare, Zickenbart. Dazu der Name: Himmelbauer! Ist das nicht ein schöner Name für einen Risikokapitalisten?

Stavridis' Brummbass-Lachen brachte die dafür anfälligen Strukturen im Restaurant (Gläser, Teller) zum Klingeln.

Die Frau ist verliebt in ihn! So etwas habe ich schon lange nicht mehr gesehen. Sie ist älter als er. Fast in meinem Alter. Saß seitlich von uns und *himmelte* ihn an!

Stavridis lachte.

Apropos (?), lass uns das Dessert woanders einnehmen, ein kleiner Spaziergang wird uns guttun. Und außerdem müsste ich dringend mal auf die Toilette. Entschuldige mich.

Mittlerweile hatte Kopp aufgehört, immer dasselbe zu denken. Nun dachte er an gar nichts mehr. Er hatte einen schweren Kopf, das Essen, der Wein, beides?, er hatte sein Zeitgefühl verloren, saß nur da, dann war ihm, als wachte er auf. Bin ich eingeschlafen? Es war nicht nachzuprüfen. Er sah auf die Uhr, da war eine Uhrzeit, Kopp sah betäubt drauf, konnte sie aber mit nichts ins Verhältnis setzen. Er trank das restliche Wasser aus und wurde wieder etwas klarer. Dafür hatte er auch Zeit genug, denn Stavridis blieb sage und schreibe 20 Minuten weg. Da Kopp sich immer wieder umsah, kam der Kellner zu ihm.

Noch einen Wunsch?

Kopp hatte immer noch Durst, bestellte aber kein Wasser mehr nach, sondern die Rechnung. Das belebte ihn wieder ein wenig. Bezahlen ist des Griechen Ehre, und bis heute war es Kopp noch nie, niemals, bei keiner Gelegenheit gelungen, Stav zu irgendetwas einzuladen. Es war sogar schon mal vorgekommen, dass Stavridis vortäuschte, auf die Toilette zu gehen, aber in Wahrheit bezahlen ging! Diesmal nicht. Kopp gab 15% Trinkgeld.

All das war schon längst vorbei, und Stavridis immer noch nicht zurück. Um sich die Zeit zu vertreiben, synchronisierte Kopp seine E-Mails mit dem Handy. Hätte seine mails synchronisieren wollen, als er sah, dass offenbar Flora angerufen hatte. Ich hab's nicht gehört. Hätte Flora zurückrufen wollen, aber da stand plötzlich Stavridis neben ihm.

Tut mir leid. Meine Hämorrhoiden. Jetzt können wir gehen. Ich kenne einen guten Eisladen, nur 15 Minuten den Fluss hinunter. Soll ich den Wein tragen?

Kommt nicht in Frage.

Sie gingen am Fluss entlang. Er lag unten, zwischen hohen, schwarz gewordenen Mauern, am Ufer eine schön gepflasterte neue Promenade, darauf nicht wenige, die Zeit und Muße hatten, bei diesem strahlenden Sonnenschein Anfang September dasselbe zu tun, wie Stav und Kopp: gehen, reden. Das Quaken der Bandaufnahmen der Sightseeingschiffe, eins nach dem anderen, als Untermalung.

Und? Was hältst du davon? fragte Stavridis.

Wovon?

Von der Rarelist natürlich.

Ach, das. Nicht so schlecht. Nein, die Idee ist gut. Obwohl ich eher ein Typ für das Neue bin. Aber ich weiß, ich bin kein Maßstab. Du hast es mir auch gut erklärt, überzeugend. Aber die Idee ist alles, was ihr habt, oder? Wenn sie euch einer klaut? Oder euch zuvorkommt? Schneller das Geld zusammen hat?

Stavridis nickte heftig.

Natürlich. Du hast recht. Obwohl, Geld braucht man gar

nicht so viel. Könnte man direkt selber haben. Leider haben es Aris und Bernard nicht selber. Aber sie wollen nicht mit *einem* großen Investor arbeiten, sie, insbesondere Bernard, haben Bedenken, dass man sie, die sie selbst kaum etwas beisteuern können, dann leichter ausbooten könnte. Deswegen arbeiten sie lieber mit mehreren, nicht so großen Quellen. Das kostet wiederum mehr Zeit. Obwohl, ich will ehrlich sein, es ist nicht so, dass sich uns ein Großer aufgedrängt hätte und wir hätten ihn abgelehnt. Wir müssen nehmen, was wir kriegen. Stavridis selbst ist, ehrlich gesagt, eher an der zweiten Phase interessiert. Was ist die zweite Phase? In der zweiten Phase, und das war dann *meine* Idee, wenn wir etwas Geld verdient haben werden, und das wird schnell gehen, hast du eine Ahnung, wie gefragt diese alten Dinger sind, besonders im Osten und im Süden?!, und da kenne ich mich aus!, also, was das eigentliche Ziel ist, oder eben die nächste Sache, aber auch die wollen wir gemeinsam machen, dass wir etwas Eigenes entwickeln, etwas nicht Überkandideltes, aber Praktisches und vor allem Erschwingliches für die Länder, die sich *euer* teures Zeug nicht leisten können. Denn das ist euer Problem. Ihr denkt nur an den Hochpreissektor. Aber der Markt ist klein und heiß umkämpft. Und was macht ihr? Ihr verknappt das Angebot auch noch künstlich, um den Preis hochzuhalten! Stavridis ist leidenschaftlich gegen so eine Strategie! Eure Hochnäsigkeit wird euch noch teuer zu stehen kommen! Wir hingegen, rief Stavridis, wollen was für arme Leute machen! Natürlich wird das wesentlich teurer werden als die erste Phase, aber ich gehe davon aus, dass wir das Geld bis dahin schon haben werden. Und wenn nicht: wofür gibt es Engel, nicht wahr?

Stavridis lachte.

Selbstverständlich kennen wir einpaar Leute, die für uns entwickeln würden. Kannst du dich noch an Silver erinnern? Er

war bei uns, das heißt, bei Fidelis, ein sehr talentierter Junge, ist nicht mal ein Jahr geblieben.

Nein, Kopp erinnerte sich nicht.

Bernard kennt auch jemanden, mal sehen. Und Mathieu, mein Junge, der ist auch sehr geschickt. Erst 18, hat aber schon eine Antenne nachgebaut, die war einwandfrei.

Von wem hat er was nachgebaut?

Pscht! Stavridis legte einen Finger an seine Lippen und lachte.

(Müsste ich das verstehen? Ich tue es nicht.)

Hier entstand wieder eine Pause, sie trotteten vor sich hin. Das heißt: Stavridis spazierte, Kopp trottete.

So lange, bis es Kopp unangenehm auffiel und er Lampenfieber bekam. Dieser tote Punkt dauert schon zu lange. Der Moment, wenn es Stavridis spätestens auffallen müsste, dass mit mir etwas nicht stimmt, dass ich abwesend und bedrückt bin, verschlossen und uninteressiert, stand unmittelbar bevor. Kopp wollte diesen vermeiden, ihm zuvorkommen, irgendetwas sagen (Wie wär's mit der Wahrheit? Aris, ich habe das und das Problem und bis vor Kurzem dachte ich, du könntest mir dabei behilflich sein, aber neuere Entwicklungen haben mich wieder durcheinander gebracht, so dass ich im Moment nicht weiß, wem ich vertrauen kann … Nein, so nicht …) aber Stavridis schnitt selbst das sich dehnende Schweigen ab:

Und, fragte Stavridis, wie läuft es bei dir?

Gut, sagte Kopp.

Wie geht es deiner lieben Frau?

Gut.

In der Ehe? Läuft es gut?

Ja.

Versucht ihr noch, ein Kind zu bekommen?

(Woher weiß er das? Habe ich es ihm erzählt?)

Ja, ja, weißt du, so halbwegs.

Halbwegs? Stavridis lachte, wenn auch nicht mehr so herzlich wie zu Anfang. Ihr müsst es schon richtig machen!

Ja, sagte Kopp, wir machen es richtig. Es klappt nur nicht.

Es wird schon noch klappen! Stavridis war sofort bereit, zu trösten. Er kannte Leute, bei denen es 4 Jahre gedauert hat! Und andere, bei denen waren es 7! Es kommt, wenn es kommen will, mach dir keine Sorgen!

Nein, sagte Kopp.

Hier ist der Laden, den ich meine!

Sie nahmen jeweils drei Kugeln, im Becher, nicht in der Waffel. So war es aber dann doch zu kompliziert: Wein, MP3-Player, Becher, Löffel … Sie setzten sich auf eine Bank, mit dem Gesicht zum Fluss. Das Wasser war nun, da sie saßen, nicht zu sehen, nur die Quaimauer, und dann die Quaimauer auf der gegenüberliegenden Seite. Sie löffelten das Eis.

Herrje, wie ein Sohn mit seinem Sonntagsvater! Was hat er mir in den Wein getan? Kopp war schon seit einer Weile sentimental. Erst die Erwähnung des Kindes, und jetzt fiel ihm auch noch sein Vater ein (immer, wenn ich mit Aris bin, passiert das), und im Alter von 43 Jahren bekam er einen Stich ins Herz. Er dachte wieder an das Kind – wir wünschen uns beide einen Jungen – und nahm sich etwas vor. Davon bekam er Tränen in die Augen. Herrje, mit Tränen in den Augen löffele ich mein Eis. Vanille, Schokolade, Kokos.

Er verpasste wieder die Hälfte davon, was Aris sagte.

Was? Entschuldige. Ich war so in dieses Eis vertieft.

Stavridis wiederholte, dass sowohl er als auch Bernard gerne wieder mit Kopp zusammenarbeiten würden. Noch nicht jetzt, das wäre zu früh, aber später, wenn es gut läuft.

Ich bin geschmeichelt.

Wir sollten uns alle in Paris treffen! Hast du Zeit, mitzukommen nach Paris? Wir können bei Bernard wohnen. Er hat eine Wohnung mit Blick auf den Eiffel-Turm, zwar nur seitlich, aber immerhin.

Mit seitlichem Meerblick?

Kopp lachte. Der seitliche Meerblick gefiel ihm so sehr, dass er nach Stunden wieder eine echte Chance gehabt hätte, aus seinem Loch herauszuklettern, da fragte Stavridis:

Wie läuft es in der Firma?

Worauf Kopp wieder nicht anders konnte, als »gut« zu sagen.

In diesem Moment hupte ein vorbeifahrendes Schiff, kein Ausflugsschiff, ein kleiner, leerer Lastkahn genau auf ihrer Höhe, ohne jeden ersichtlichen Grund und in einer Lautstärke, dass Kopp bis ins Mark erschrak, fluchte, sich die Ohren zuhielt. (Sich mit einem mittlerweile zum Glück fast leeren Eisbecher in der Hand das Ohr zuhalten …) Stavridis ebenfalls, er jedoch kichernd. Eine Sekunde später war Kopp schon wieder dankbar, erstens dafür, geweckt worden zu sein, und zweitens sich einige Augenblicke *unter* dem Tuten verstecken zu können, sich dort sammeln, um am anderen Ende wieder neu anfangen zu können, diesmal *richtig*:

Das heißt: Ich muss dich was fragen, Aris. Kennst du einen Menschen namens Sascha Michaelides?

Wer soll das sein? fragte Stavridis, während sie die Becher wegwarfen und sich wieder in Bewegung setzten, weg von dem Ort, an dem sie so erschreckt worden waren, weiter die Promenade entlang. Kopp mit Geschenken bepackt, Stavridis mit einer jetzt leeren Umhängetasche mit Werbeaufschrift, schlendernd. Wer soll das sein? Ein Grieche? Dann müsste es »-dis« heißen. Michaelidis. Mit i.

Ich kenne ihn mit »-des«. Kennst du ihn anders?

Ich kenne ihn gar nicht. Wer soll das sein?

Es war also nicht dein Lead?

Mein Lied?

Kopp erklärte es endlich verständlich.

Stavridis sagte, weder der Grieche noch die Armenier seien ihm bekannt. Aber wieso?

Ach, ich dachte nur, sagte Kopp, fing wieder zu zögern an – Bin ich nicht sogar verpflichtet, Stillschweigen zu bewahren, es zumindest nicht *jedem* zu erzählen? Das sind Geldangelegenheiten, schwierige Geldangelegenheiten – andererseits brauchte er einen Rat und weiters merkte er, wie Stavridis anfing, ebenfalls bedrückt zu werden, er entschied sich wieder um: beziehungsweise, um es von Anfang an zu erzählen …

Er erzählte den Armenier-Kasus von Anfang an, inklusive des Konflikts mit Anthony, obwohl das gar nicht unmittelbar dazu gehörte, aber er hoffte auch diesbezüglich auf einen erleichternden Kommentar, und wenn es nur ein Satz wäre (Aber du kennst ihn doch! Er hatte ihn dir bereits gesagt: »Mach dir nichts daraus. Er respektiert *niemanden*.« – Also respektiert er mich nicht? Ist es das? So einfach, so brutal?), bis zum vorläufigen, etwas herben Ende. Mit jeder neuen Wendung leuchteten Stavridis' Äuglein etwas mehr, die Sonne spiegelte sich in seinen Brillengläsern, seine Wangen erglühten, und am Ende ließ er ein unerwartet hohes, *perlendes* Lachen erklingen.

Die Geschichte erinnerte ihn an seinen ersten Job in Paris! Bei einem gewissen Herrn (Kopp verstand:) Almari. Der hat auch alles immer in bar bezahlt, nie was aufgeschrieben, trotzdem wusste er immer wem wie viel, er war ein sehr korrekter Verbrecher, der Herr Soundso. Ein sehr korrekter Verbrecher.

Stavridis gluckste vergnügt vor sich hin.

Kopp grinste mit, endlich jemand, der die Story honoriert. Erst nach etwa 2 Minuten, in denen Stavridis nur lachte, gluckste, kicherte, sich amüsierte, begann Kopp die Kopfhaut taub zu werden vor Ungeduld und dem zu einer Grimasse verkommenen Grinsen: *so* lustig ist das nun auch wieder nicht, bzw. *deswegen* habe ich es nicht erzählt.

Mach dir keine Sorgen, sagte schließlich Stavridis, blieb stehen, sah Kopp, wie diesem schien, mit *Zärtlichkeit* an. Kopp verzieh ihm sofort. Stavridis legte ihm eine Hand auf den Oberarm. Mach dir keine Sorgen, wiederholte er. Das ist kein großes Problem. Erstens hat der Bankmensch nicht recht. Bzw., natürlich, er muss so sprechen. Aber in Wahrheit wird es überhaupt nicht jedes Mal nachgeprüft. Und zweitens kann man's einfach in Raten machen. Natürlich musst du das mit der Firma besprechen. Du musst dafür ein Extrakonto eröffnen, und dann zahlst du mal 9000 ein, das nächste Mal, 6 Wochen später, wieder irgendwas, und so weiter. Müssen sie halt ein bisschen warten, umgekehrt machen sie es schließlich auch so. Weißt du, ich bin nicht im Streit gegangen, ich bin immer noch gut mit ihnen, aber es hat bis vor 3 Wochen gedauert, und es hat mich dutzende Mahnungen gekostet, bis sie mir meinen letzten Bonus ausgezahlt haben.

Ach was, sagte Kopp. Tatsächlich? (Du hast Boni bekommen?)

Ja, sagte Stavridis fröhlich und watschelte wieder los. Da sind sie immer schon Schlampen gewesen, das sagt man doch so? Oder ist das zu hart?

Nein, sagte Kopp. Es zu einer Frau zu sagen wäre hart. Bei einer Firma geht's.

Sie lachten. Danke, Aris. Für den Ratschlag, die Beruhigung, die wiedergekehrte Leichtigkeit. Die freudige Anspannung, die durch die Aussicht auf ein kleines, illegales Spiel entsteht, bei dem man – angenommen – nicht viel zu befürchten hatte. Meine Gelegenheit, Gangster zu spielen. Natürlich nur in homöopathischen Dosen. *In homöopathischen Dosen Gangster*, was denkst du da wieder zusammen. Darius Kopp kicherte.

Ich hoffe, bei dir gibt es damit keine Probleme? fragte Stavridis.

Was? fragte Kopp, durch das eigene Kichern etwas taub geworden.

Mit der Bezahlung, sagte Stavridis. Ich hoffe, sie zahlen anständig.

Ja, sagte Kopp und schloss den Mund. Seine Kopfhaut fing wieder zu kribbeln an.

Das ist gut, sagte Stavridis und steckte die Nase etwas höher hinauf, um einen extra Zug Luft zu nehmen. Wenn sie schon überall Geld eintreiben, sollen wenigstens auch wir was davon haben, nicht wahr?

Kopp verkniff sich die (dumme) Frage, woher Stavridis davon wisse. Erstens weiß er immer alles. Und zweitens ist es kein Geheimnis. Was sich herumsprechen kann, spricht sich herum.

Und, fragte Stavridis heiter, wer steht diesmal auf der Einkaufsliste?

Auf welcher Einkaufsliste? (Ich werde wirklich immer blöder.)

Stavridis lachte. (Ich weiß, du weißt es, du willst es mir bloß nicht sagen.)

Nein, sagte Kopp aufrichtig. Das ist es nicht. Wir wollen eine dritte Fertigungsstraße bauen.

Stavridis lächelte und wiegte professoral den Kopf.

Und hier wurde es Kopp dann doch allmählich überdrüssig. Beziehungsweise, erinnerte sich. Ich sage die Wahrheit, wenn ich sage, es sei jedes Mal ein Fest mit dir, Aris. Aber wahr ist auch, dass du jedes Mal anfängst, mit mir zu spielen. Katze mit Maus. Andeutungen, kleine Provokationen, aber wenn man nachfragt, sind deine Lippen versiegelt oder es war nur ein Scherz. Obwohl man neben dir geht, hat man das Gefühl, dir hinterher zu dackeln. Das ist anstrengend. Einmal hatte Kopp versucht, dem entgegenzusteuern, indem er Stavridis um Rat anfragte, wie mit einem fiktiven XY umzugehen sei, der sich manipulativ verhalte. Stavridis lachte und sagte: Manipulieren musst du dich schon lassen! (Muss ich das? Du kennst die Antwort.)

Vielleicht, hörte er Stavridis neben sich sagen, Kopp sah nicht mehr hin, er sah vor seine Füße, grauer Vogelflaum zitterte dort, wo sich Kanalwand und Gehsteig trafen, vielleicht stimmt es, sagte Stavridis, und ihr kauft diesmal wirklich nicht wieder ein. Die Kontrollbox, die ihr mit Eloxim eingekauft habt, ach so, das warst ja du, also: das ist eine gute Sache. Die Frage ist, wann die Leute das merken, ob sie's rechtzeitig tun. Weißt du, sagte Stavridis nachdenklich, anfangs ist eine Firma vor allem eins: eine Idee. Ein Produkt, Produkte und Menschen, die sie entwickeln und vermarkten. Und sie ist, natürlich, von Anfang an und immer: Geld. In Firmen, wo es gut läuft, achtet man darauf, dass die Balance erhalten bleibt. Produkt, Idee, Menschen, Geld. Bei euch gehen Produkt, Idee, Mensch zurück, was bleibt also? Geld. Deswegen sammelt ihr Geld ein. Ganz einfach. Das ist die Antwort. Ihr sammelt Geld ein, weil die Firma Geld ist. Willst du was trinken? Ich bin schon wieder am Verdursten. Diese Hitze. Da ist eine Hotelterrasse, lass uns was nehmen!

In der Tat hatte auch Kopp einen trockenen Mund, dazu der Anblick des Vogelflaums, ihm wurde etwas übel, er presste die Lippen aufeinander, nickte nur.

Sie bestellten zweimal Sprudelwasser. Die reine Vernunft. Gewünscht hätte ich mir ein Bier. Kopps Hände klebten ein wenig (das Eis). Er fasste das Glas an, ließ es los, fasste es an. Er sah Richtung Fluss, damit es so aussah, als hätte er eine Richtung. Während es sich in ihm drehte. Hin und her und hin und her, in seinem Kopf. Stavridis' letzte Sentenzen hatten sich vernünftig angehört, auch tröstlich (Er mag mich, er will mir nichts Böses, er ist bloß gierig auf Klatsch), aber Kopp hätte nicht sagen können, was das Tröstliche war, wie sie als Tröstung funktionieren sollten. Vielleicht, wenn er zur Gänze verstanden hätte, was gesagt worden war. Aber ich habe es nicht verstanden. Ich verstehe immer weniger. Sagen konnte er jetzt schon gar nichts mehr. Sie saßen da, bei ihren Sprudeln, endgültig ins Schweigen versunken. Das war gut, es gab Kopp die Gelegenheit, sich wieder in die Umgebung einzuhören. Sich dadurch wieder zurückzubringen – *in die Realität.* Kopp horchte. Nicht auf die nahen Geräusche (Wasser, Schiffe, Kaffeehausbetrieb), sondern auf die fernen: wo ist die nächste Straße, wo fahren die Autos, wie spät ist es eigentlich?

Stavridis blickte auf seine Armbanduhr und sagte: Gleich 5.

Sein Flug ging um 7.

Kopp war drauf und dran, sich für ihn zu erschrecken, da sagte Stavridis:

Ah, da ist ja Mathieu!

Ein dünner junger Mann mit abstehenden Ohren kam auf sie zu. Stavridis stellte Darius Kopp seinen jüngeren Sohn vor.

Holst du unsere Koffer, Mathieu? Das ist nämlich unser Hotel. Danke, dass du mich bis hierher begleitet hast.

Das Gesicht, das Kopp machte, löste in Stavridis das zweite Mal an diesem Tag ein perlendes Lachen aus. Er riss Kopp an sich und drückte ihn so fest an seine Brust, dass sich das Handy schmerzlich in Kopps Rippen bohrte.

Mathieu kam mit zwei kleinen Boardkoffern aus dem Hotel heraus.

Es war schön mit dir. Wir bleiben in Kontakt! Du musst mich mal in Athen besuchen!

Und bevor Kopp es richtig begriff, waren sie fort.

1. Flora zurückrufen

Er nahm eines der Taxis, die vor dem Hotel warteten, und ließ sich ins Büro fahren.

2. London anrufen,

oder umgekehrt, aber davor noch einen Cappuccino, bevor ich stehenden Fußes einschlafe. Aber dann ging er einfach an der Küche vorbei, gleich auf sein Büro zu, denn er spürte, es war schon zu spät. Erreichte das Büro quasi schon mit geschlossenen Augen, stieg sich, sobald die Tür hinter ihm zu war, in den Hacken, stieg aus dem einen Schuh (kleiner Schmerz, bald nicht mehr sichtbare Abschürfung), dann aus dem anderen, legte sich auf den Boden, auf den nachtblauen Teppich, und schlief, wie niedergekeult, sofort ein.

Die Nacht

Er schlief gut. Tief, erholsam. Er hatte 20 Minuten geplant, es wurden anderthalb Stunden. Eine gute Mütze Schlaf. Er träumte nichts. Trotzdem erwachte er wie aus einem Traum, mit einem Ruck, saß plötzlich, der Speichel wollte ihm aus dem Mundwinkel rinnen, er zog ihn schnell zurück, es gelang nicht vollständig, er musste mit dem Handrücken nachwischen.

Wie spät ist es? Er blinzelte, stellte auf seine Armbanduhr scharf: halb 7. Flora ist schon bei der Arbeit. In London ist es halb 6. Ein wenig war ihm schwindlig, er blieb sitzen, sah nicht zum Fenster, hinter dem nur der wolkenlose Himmel war, davon schwindelt einem noch mehr, er sah hinunter, zu seinen Beinen in den Anzughosen, drum herum nachtblauer Teppichboden. Wie schmutzig er ist. Machen die hier gar nicht mehr sauber? Der Papierkorb war auch immer noch voll. An einem Montag. Wie ist das möglich?

Er rappelte sich auf, angelte nach seinem Stuhl, setzte sich hinein. Auf dem Platz toste noch das Leben – abnehmender Tagverkehr, beginnender Abendverkehr – die Sonne schien noch aus voller Kraft, bis Mitternacht könnte man noch beinahe einen ganzen Arbeitstag hinlegen.

Um 18:42 rief er erneut in London an.

Bis zum fünften Klingeln ging keiner ran, dann musste Kopp auflegen, denn gleichzeitig mit dem ersten Klingelton überkam ihn ein mächtiger Harndrang. Er rannte zur Toilette.

Aus dem Augenwinkel sah er, dass Herr Lasocka am Etagenempfang noch da war, aber bereits dabei, seinen Arbeitsbereich aufzuräumen. Er sieht mir mit Anerkennung und etwas Bedauern hinterher. Ich sehe aus wie ein schwer arbeitender Mann. Verschwitzt und zerzaust. Und schon wieder auf Socken. Was soll's. Jeder hat seine Marotten. Kennt man Kopp halt als den, der immer auf Socken durch das Bürohaus unterwegs ist. (Stinken sie? Ich merke nichts.)

Er wusch sich Hände und Gesicht mit nach Maiglöckchen riechender Flüssigseife. Er trocknete sich ab, in dem er sich mit den nassen Händen durchs Haar strich. Wasser lief ihm in den Kragen. Das war so angenehm, dass er – nach einem Blick nach hinten, zur Eingangstür, da, sieh an, abschließbar – nah dran war, das Hemd und das Unterhemd auszuziehen und sich den ganzen Oberkörper zu waschen. Er unterließ es. Der Spiegel ist übrigens getönt, zitiert eine polierte Goldfläche, in einer kleinen Vase links steht (heute) eine pinkfarbene Orchidee. Darius Kopp verstrich das Wasser sorgfältig im Nacken und sah sich dabei an. Ich bin ein fetter Mann, dennoch sehe ich irgendwie gut aus, besonders in diesem Spiegel.

Zurück im Büro rief er nicht noch einmal an, sondern verfasste zwei Mails. Eine an Sandra mit cc Anthony: Bitte, mit den besten Grüßen, in simple english, um Information bzgl. aktueller Lieferzeiten sowie Kontostand. Und eine zweite nur an Anthony: Bitte um Rückruf, wichtige Neuigkeiten im Armenien-case. Zögerte, ob er Bill bcc setzen sollte. Verzichtete. Ich gebe dir noch genau einen Tag, Anthony. Bzw. eine Nacht.

Ein letzter Blick auf die E-Mails. Und die Werbung höret niemals auf. Once again Multipack is the preferred partner! Wir geben Ihnen die Freiheit, den richtigen Weg zu finden! Vielen Dank.

Er dachte daran, eine Blume für Flora zu kaufen, eine rote Rose. Oder eine, die besonders wäre. Er ging extra zu Fuß, so war die Chance größer, unterwegs einen Blumenladen zu sehen. Wärst du lieber gleich ins Einkaufszentrum gegangen, vor deiner Nase, bzw. unter deinen Füßen, ins Souterrain, wo die Lebensmittel sind, da ist ein Blumenstand. Aber es fiel ihm nicht ein. Und natürlich ergab sich unterwegs keine einzige Gelegenheit, eine Blume zu kaufen. Kein Laden, kein Kiosk, kein Stand, kein fliegender Rosenverkäufer. Die Stadt kochte, nein, dazu braucht es Wasser, das hier war trocken, sie glühte also, überall Roste: in den Gehsteigen, um Baumstämme herum, an den Balkonen, an den Türen, an den Autos, Bauzäune, Fahrräder, Fahrradständer, Poller, Brückengeländer. Tische und Stühle aus Metall. Normalerweise fällt mir so etwas nicht so auf. Vermutlich hatte er Durst. Ja, er hatte Durst, und auch der gute Schlaf im Büro hatte ihn nicht in dem Maße erfrischt, wie er zunächst gedacht hatte. Vor allen Dingen wurden ihm schon wieder die Füße zu heiß. Der kilometerlange Marsch mit Stavridis hatte seine Spuren hinterlassen. Ich brauche wirklich neue Schuhe. Oder wenigstens neue Socken.

Kurz und gut, der Weg zum Strand, dürstend in Hitze und nicht enden wollender Rushhour, war eine mittlere Tortur.

Schau, wie verschwitzt ich bin, Flora, sag nicht, ich hätte es leichter. Kurz vor Schluss, gerade, als er dachte, hätte ich mal die Orchidee vom Klo mitgenommen, exakt auf dem Nachbargrundstück des Strands, kam er doch noch zu seiner Rose. Links und rechts neben dem Eingang wuchsen dort zwei Kletterrosen. Kopp beschloss, sich nicht einmal umzusehen. Wenn du dich erst umsiehst, bist du verloren. Wenn mich einer fragt, sage ich mit meinem charmantesten Lächeln, ich brauche eine Blume für meine Frau, es ist sehr wichtig, ich habe gerade erfahren, dass sie schwanger ist. Wer könnte einem da noch an den Kragen gehen?

Es ging ihm keiner an den Kragen, aber die Rose war widerspenstig und stach ihn. Er musste fluchen und an ihr zerren, sie riss nicht sauber ab, unten am Stiel blieb ein Stück Rinde hängen, und überhaupt war sie zu kurz, man sieht, dass ich sie irgendwo geklaut habe. Aber ist das nicht noch ein wenig charmanter?

Flora war offenbar sehr sauer, denn sie kam nicht einmal in die Nähe seines Tisches. Kann sein, sie hatte die Rose gar nicht gesehen.

Aber Melania kam.

Grüß dich, sitzt du absichtlich nicht in Floras Bereich?

Das hier ist nicht Floras Bereich? Ich bin vielleicht ein Trottel. Danke, Melania.

Er setzte sich um, Flora kam.

Es tut mir leid, ich hab's nicht mehr rechtzeitig geschafft, ich bin herumgelaufen wie ein scheißender Köter, aber schau, was ich dir geklaut habe.

Scheißende Köter laufen nicht herum, im Gegenteil, Danke für die Blume, ist die von nebenan? Und ansonsten, was soll's, ich bin's ja gewohnt. Was darf ich bringen?

Das größte Bier, das ihr habt, ich bin am Austrocknen.

Sie brachte das Bier, er fragte, warum sie angerufen habe. Der Chef war nicht da, sie konnten ein wenig entspannter reden als sonst.

Nichts weiter. Das heißt, sie war – nicht das erste Mal – von einem dämlichen Werbeanruf geweckt worden.

Was für einem Werbeanruf?

Was weiß ich. Versicherung, Telefon, irgendwas. Ich hab gleich wieder aufgelegt. Aber sie ärgerte sich, denn sie hatte ihn schon 100mal gebeten, ihr zu erklären, wie man bei ihrer Anlage das Telefon aus- oder wenigstens leise stellen kann.

Ich weiß es doch auch nicht. Steht bestimmt im Handbuch.

Und wo ist das Handbuch?

Das wusste Kopp nicht.

Es wird irgendwo in deinem Misthaufen sein. … Eines Tages wird uns dieses Chaos verschlingen. Flora sah es bildlich vor sich. Es sieht aus wie ein Monster aus einer Kindergeschichte, ein großer Kloß, Arme, Beine unwichtig, entscheidend ist der Bauch, es ist ein Bauch und ein riesiger Schlund in einem, der aufgeht und: hamm!

Kopp lachte ein wenig.

Außerdem ist ein Brief vom Steuerberater gekommen.

Ein Brief vom Steuerberater? Wieso schreibt er mir einen Brief? Wieso ruft er nicht an?

Das wusste Flora nicht.

Was steht drin?

Ich habe ihn nicht aufgemacht. Aber was wird es schon sein? Du hast seit zwei Jahren keine Steuererklärung abgegeben. Tu mir den Gefallen und regle endlich deine Finanzen, ja? Das ist auch so ein Chaos. Wirklich. Tu mir den Gefallen.

Ja, ja. Sobald ich Zeit habe. Ich hab ja nicht einmal Zeit, mir ein neues Spray zu holen.

Dazu sagt sie nichts. (Was soll ich dazu sagen? *Das* kann ich dir nicht abnehmen. Das *Gesetz* verbietet es mir. Du *musst* selber zum Arzt.)

Er weiß das sehr gut und sagt ebenfalls nichts mehr.

Sie ging weg, sie arbeitete. Sobald er wieder Blickkontakt hatte, winkte er sie heran. Sie kam.

Kann ich ein Glas Wasser für meine Rose haben?

Sie ging, kam mit dem Wasser zurück.

Warum regst du dich eigentlich auf? Wir sind getrennt veranlagt.

Aber wir haben ein gemeinsames Budget. Wenn du wieder hunderte oder tausende Euro Strafe zahlen musst, spielt das auch für mich eine Rolle.

Ja, ja, ja, er versprach, er werde sich darum kümmern.

Er saß eine Weile da, sah ihr zu. Glaub's oder nicht, er bekam wieder Hunger. Aber er bestellte nichts mehr, auch kein Bier.

An der S-Bahn, nach dem Aussteigen, kaufte er sich dann einen Döner. Er aß ihn, während er nach Hause lief. Nicht durch den schlecht beleuchteten Grünstreifen, sondern über die Straße. Es war noch nicht so spät, aber hier war schon keiner mehr unterwegs. Das Klopfen seiner Absätze.

Flora hatte auch etwas zu essen eingekauft. Wurst, Käse, Gemüse, Obst, Brot. Keine Schokolade. Kopp nahm einen Whisky. Und Stavridis' Wein? Den hatte er im Büro vergessen. Besser so. Sonst würde ich den auch noch trinken. Als Bernard das erste Mal im Leben Wodka zu trinken bekam, kotzte er nachher an die Wand des Hotelflurs. Am nächsten Morgen entschuldigte er sich bei uns. Dabei hatten wir es gar nicht gesehen.

Der Steuerberater hatte eine Mahnung geschickt. Sie haben meine letzte Rechnung immer noch nicht bezahlt. Nach *nun-*

mehr 2 Jahren empfand der Steuerberater es als *angebracht*, ihm Zinsen zu berechnen. Außerdem teilte er mit, dass er ihn nicht mehr vertreten würde. Zuletzt wies er noch darauf hin, dass, wenn Kopp weiterhin keine Steuererklärung abgäbe, ihm in naher Zukunft eine Schätzung von Amts wegen drohe, und zwar auf der Grundlage des letzten versteuerten Einkommens. Kopp warf den Brief auf den Tisch zurück. Er holte das Bügelbrett hervor und stellte es vor dem Fernseher auf. Er bügelte Hemden und sah dabei sinnlos fern.

Später, nachdem das Bügeln beendet war, holte er sich noch einen Whisky und setzte sich auf das Sofa.

Wie man nicht aufhören kann, immer und immer wieder von vorne durch zu zappen, obwohl *nichts* kommt. Vor allem sah er gar nicht hin, er sah sich den Bildschirm selbst an. Das Problem war schon einige Wochen alt, bis jetzt hatte er darüber hinweggesehen, um sich nicht ärgern zu müssen. In der Mitte des Bildschirms waren zwei dunkle Streifen entstanden, als wäre er gewellt, wie eine schlecht gespannte (alte) Kinoleinwand. Ich habe Funkmechaniker gelernt, mit Röhrenfernsehern, die heute kein Mensch mehr benutzt, dennoch, so viel war ihm klar: von einer Reparatur konnte nicht die Rede sein. Das teure Scheißding ist kaputt. Es muss ein neuer her. Aber vielleicht doch lieber ein Beamer.

Er holte seinen Laptop und recherchierte nach Beamern.

Später bekam er Hunger, nahm ein Würstchen aus dem Kühlschrank, riss ein grünes Blatt von einer Porreestange ab, hielt beides in einer Hand und biss ab, während er mit der anderen surfte. Später nahm er noch einen dritten Whisky.

Der Gedanke, früh ins Bett zu gehen, tauchte auf, aber dann surfte er weiter und weiter, sah dabei weiter und weiter fern, mit der Zeit wurde das Programm auch ein wenig besser, er legte den Laptop beiseite. Er sah sich einen Schieß- und Verfolgungsfilm an, schlief darüber ein, wachte mitten in einem anderen Schieß- und Verfolgungsfilm auf und brauchte eine Weile, bis er begriffen hatte, dass das nicht dieselben Autos und nicht dieselben Kanonen waren. Später kam ein Western, später wurde es wieder schlimmer, es kamen fast nur noch kein bisschen erotische Titten und Ärsche und hirnverbrannte Spiele. Sie bekommen 40 000 Euro (Sternchen: 2000 garantiert), wenn Sie diese Buchstaben zu einem sinnvollen Wort ordnen: FELPA.

Na! Jetzt aber! Ran ans Telefon und angerufen! Was ist los mit Ihnen? Wieso rufen Sie nicht an?

Weil ich vielleicht viel Dummes denke, sage und tue, aber ein Idiot bin ich nicht. Er schaltete trotzig den Fernseher aus und ging ins Bett, noch bevor Flora zu Hause war.

DIENSTAG

Er erwachte von einem Traum. Ich mag es nicht, wenn ich mich an meine Träume erinnere. Im Traum erwachte er von einer harten Flugzeuglandung. Und dann noch einmal. Als hätten sie einen kleinen Hüpfer drangehängt. Oder es noch einmal gemacht. Oder Kopp hatte es noch einmal begreifen müssen. Kopp begriff es mit leichter Übelkeit, Schwindel und Frösteln: mit diesem Traum war nicht zu spaßen. Die üble Kälte einer im Flugzeug durchschwitzten Nacht auf der Haut, schmerzhaft ziehende Trockenheit in Nase, Mund und Rachen. Er zog die Verdunkelungsblende am kleinen, ovalen Fenster hoch, um ein wenig Wärme(!) hereinzulassen, und wich sofort zurück. Draußen war es so blendend hell, dass er erst gar nichts sah. Später ein Rollfeld. Es war aus grauen Betonplatten zusammengefügt, die Nahtstellen mit Teer gefüllt, im Beton glitzerte es. Am Rand kurz gemähtes, struppiges Gras, braun und grün.

Später stand er schon auf der Treppe. Die Maschine parkte auf einer Außenposition. Auf der Treppe war es windig, der Wind war heiß. Eine Hitzewelle in ihrer xten Woche. Oder ein Ort mit entsprechendem Klima. Da wusste er, er war in Kalifornien. Sein Herz schlug höher. Ich weiß nicht, wie, wann und wieso ich hierhergekommen bin, aber ich bin froh darüber. Ich liebe es, im sonnigen Kalifornien zu sein.

Das Flughafengebäude, das er von der Treppe aus sehen konnte – es war nah, es wird nicht notwendig sein, mit dem

Bus zu fahren – war ein zweistöckiger Flachbau. Ich dachte, der Flughafen von San Francisco wäre größer. Beziehungsweise: ich weiß aus der Erfahrung, dass er es ist. Das hier war etwas anders. Möglicherweise ein kleinerer, möglicherweise ein privater Flughafen. Von denen gibt es bekanntlich so viele wie Sand am Meer. Die Maschine war auch klein. Habe ich das Umsteigen verschlafen? So muss es sein. Das Umsteigen, die schwarzen Bänder in Hüfthöhe und die aufgeklebten auf dem Boden, das One-by-one, den Immigration Officer. Wenn ich die Wahl zwischen *vacation* und *business* habe, wähle ich sicherheitshalber *vacation*. Das kann einem keiner verbieten. Ich reise nur mit einem kleinen silbernen Handkoffer, weil ich nur übers Wochenende bleibe. Das ist vielleicht unüblich, aber verbieten kann einem auch das keiner.

Später stand er neben dem Kofferband und sah durch eine Glaswand zurück zum Rollfeld. Dahinter die gemähte Wiese. Heu auf große Rollen gewickelt, die lange Seite in weißer Folie, die runde frei. Der Wind wehte auch hier weiter, aber das war die Klimaanlage, also war dieser Wind kalt.

Aber wieso stand er da, wenn er doch kein Gepäck hatte und das silberne Köfferchen in der Hand?

Warum bin ich hier? Haben sie mich aus aktuellem Anlass eilig herbeordert? Bin ich aus eigenem Antrieb gekommen? Dass er keinerlei Erinnerung an einen Ruf hatte, ließ sein Herz erneut schneller schlagen, diesmal mit negativem Vorzeichen, deswegen sagt man in diesem Fall auch nicht: *höher.* Oder kann es etwa schon das Sales Meeting in Phoenix, Arizona sein? Das hieße, wir haben es *4 Wochen später!*

Ja, das kann sein, das passiert häufig, dass du denkst, du hättest 20 Jahre lang irgendwo ein Leben gehabt, aber dann sagen sie dir, nein, das waren nur die Sommerferien oder du warst eine Woche krank gewesen, aber nun wieder hier, in der 12ten

Klasse. Oder eben umgekehrt. Dass du eben *keine* Erinnerung an eine Zwischenzeit hast. Das kann gut und schlecht sein.

Ja, es ist das *sales meeting* in Phoenix, Arizona, erinnere dich an den heißen Wüstenwind auf der Treppe. Darius Kopp war froh, das herausgefunden zu haben, trotzdem: Vorsicht. Du musst jetzt sehr aufmerksam sein. Du musst während des Meetings durch geschicktes Verhalten herausfinden, was wie wann. Er hoffte auf die Unterstützung von Aris Stavridis und KenLin. Er hoffte, mit ihnen allein bleiben zu können, denn dass sie ihm keine Hinweise geben konnten, während die anderen dabei waren, war klar. Er sah sie alle um einen sehr großen, ovalen Tisch herumsitzen, Stavridis und KenLin grinsten verlegen. Kein Wunder, denn eigentlich sind sie gar nicht mehr bei der Firma. Sie hoffen einfach, nicht entdeckt zu werden. Natürlich hat man sie längst entdeckt. Jetzt hoffen sie darauf, dass das niemand offen ausspricht. Tun kann ihnen keiner was, aber es wäre peinlich. Und ungünstig für mich. Zum Glück sitzen wir weit weg vom Vorstand. So weit, dass man sie nur erahnen kann, jemand redet, auch das kann man nur erahnen. Dabei ist der Tisch gar nicht so groß. Das sind vielleicht 10 Meter, die wir entfernt sind. Bill ist nicht zu sehen. Auch Anthony nicht. Anthony ist noch in den Holiday! Warme Erleichterung überlief Darius Kopps Körper und wusch die starre, feuchte Kälte des langen Fluges von ihm. Er wandte sich dem Ausgang zu.

Automatische Türen, sirr, auf, sirr, wieder zu. Dahinter hatte er unmittelbar den Meetingraum erwartet, in dem er sich mit einem freundlichen Gruß und mit Entschuldigung für die Verspätung einfinden wollte, sein Stuhl wäre direkt vor ihm. Oder sonst den Hotelflur, in dem er sich mit Aris und KenLin getroffen hätte. Aber er stand vor dem Gebäude, unter einem Vordach, immerhin im Schatten also, gegenüber ein anderes Gebäude, vielleicht ein Parkhaus, davor zwei Fahrspuren hin, zwei her, mehrere Zebrastreifen zur Auswahl, darüber, wie Schauer laufend, heißer Wind. Er begriff, er würde noch Taxi fahren müssen, er begriff, auch im Traum muss man arbeiten, sich durch den Verkehr quälen, englisch sprechen. (Erneut: Lampenfieber. Sö Kabarett Görls.)

Dann lief es aber ganz ohne. Er saß schon drin, sie fuhren schon eine Rampe hoch, bis sie das Flughafengebäude unter sich sehen konnten. An ihrer Stirnseite die Aufschrift: KILIMANE.

Erneut bekam Kopp Herzklopfen. Was und wo zur Hölle ist Kilimane?

Er konnte den Fahrer nicht genau sehen, aber er wusste: Du darfst ihn auf keinen Fall merken lassen, dass du nicht weißt, wo du bist und wo du hin musst.

Er sah aus dem Fenster, er sah sich alles genau an. Irgendein Hinweis? Er glaubte sich immerhin sicher sein zu können, dass das hier Amerika war, präziser: die Vereinigten Staaten von Amerika, die Hoch- und Tiefstraßen, die Autos, die Ampeln und Tafeln (auch wenn er keine einzige von ihnen lesen konnte, bzw. sofort vergaß, was dort gestanden hatte) sahen danach aus. Aber es konnte weder San Francisco, CA noch Phoenix, AZ sein. Ich war schon an beiden Orten, und dort gibt es Berge zu sehen. Hier gab es keine. Es war alles vollkommen flach. Auch wenn es Hoch- und Tiefstraßen, Gebäude und Etceteras gab, Kopp sah deutlich, dass es hier flach war, wie das sprichwörtliche Brett. Eine Stadt ohne die kleinste natürliche Erhebung.

So ist es nun einmal mit künstlich angelegten Städten, gab Kopp in Gedanken den Wissenden.

Und welche wäre das nicht? fragte der Fahrer auf Deutsch und lachte.

Da fiel bei Kopp endlich der Groschen. Wir sind in Las Vegas! Kilimane ist der Flughafen von Phoenix, einem Vorort von Las Vegas! Das komplette Büro Sunnyvale war jetzt hier. Nicht für immer, nur für jetzt, für die Dauer des Meetings. Wir fahren jetzt dorthin. Ich werde Kathryn wiedersehen, Bills Sekretärin! Stavridis sagt ihr nach, in Bill verliebt zu sein, aber ich kenne Bills Freundin, und das ist sowieso unwichtig! Kopp war sich sicher, von Kathryn alles erfahren zu können. Sie wird die Erste sein, die ich treffen werde, sie wird mich, ohne dass ich lange nachfragen muss, briefen, und ich werde Bill als einer entgegentreten können, der Bescheid weiß, und das allein zählt. Und Stavridis, Ken und Anthony werden nicht anwesend sein, auch der King wird nicht anwesend sein, Bill wird der Höchstrangige sein, der anwesend ist, möglicherweise ist er mittlerweile *President* geworden.

Sie fuhren immer noch zwischen Stahlträgern, wie auf einer endlos langen Brücke oder Highwaykreuzungen, es war nichts zu sehen als die Stahlträger, aber Kopp war es egal, bzw. im Gegenteil, er wünschte gar nicht, mehr zu sehen, womöglich etwas, das seine schöne Schlussfolgerung widerlegt und seine freudige Erleichterung und Erwartung ausgelöscht hätte. Nun konnte er auch zugeben, dass er träumte, das war der günstigste Augenblick, das zu tun, denn so konnte er sich nun auch das zu Nutzen machen. Im Traum ist alles möglich, also auch, an diesem Punkt der Leichtigkeit zu verharren, den Traum hier zu halten, so lange es nötig war. Ich werde das aussitzen.

Wie lange? Das kann man in einem Traum nicht wissen, vielleicht sehr lange, vielleicht nur einen Augenblick. *Irgendwann* merkte er, dass er die notwendige Wachheit verlor, dass er wegglitt, auf dem Taxisitz einschlief, und wenn das passiert, landest du wer weiß wo unter welchen Umständen, er wurde unruhig, wehrte sich, erschrak und erwachte.

Der Tag

Zu diesem Zeitpunkt war Herr Leidl schon seit Stunden auf den Beinen. Er war eher aufgestanden, als die Sonne: um 5 Uhr. Dazu konnte es kommen, weil ihm beneidenswerte 5,5 Stunden Schlaf reichen. Dabei ist er noch nicht alt. Er ist ungefähr in unserem Alter. Herr Leidl wohnt außerhalb – Ein Elektriker, der die Natur liebt! – das Büro ist auch außerhalb, aber woanders, und Querverbindungen sind kompliziert. Man muss etwas in die Stadt hinein- und dann wieder herausfahren: so braucht er 20 Minuten. Nicht die Welt. Um 6:45 Uhr war er definitiv da. Um 7:30, gerade, als er sich auf den Weg machen wollte, um, wie versprochen, Darius Kopp abzuholen, rutschte er bei einer allerletzten, auch später erledigbaren, also für den Moment überflüssigen Handlung – Öffnen eines mit stabilen Plastikbändern zusammengehaltenen Pakets – mit dem Cutter ab und schnitt sich in die Hand. Ein Halbkreis entlang des Daumenballens. Er sah seine Hand, sie war zitronengelb. Mit dieser zitronengelben Hand vor Augen sank er auf den Boden, den Teppichboden, hingeschmolzen, wie man sagt, wie ein Stück Butter in der Sonne. Das Gute an einem Schock ist, dass man kaum blutet. Er starrte in die Wunde, deren Grund dunkel war, schwarzrot, er wunderte sich. Er assoziierte einen Canyon, und dass er jetzt also dort hineinfallen wird, er hatte Angst und war gleichzeitig in freudiger Erwartung: sich fallen zu lassen ist schön. Ich habe mich noch nie im Leben fallen gelassen. Dann kam das Blut, hellrot, das brachte ihn zurück (etwas Bedauern, etwas Erleichterung). Er wurde nicht ohnmächtig, legte nur den Kopf an der Wand ab. Auf der Raufasertapete wuchs eine Glorie aus Schweiß. Die Sekretärin, die um 7:30 anfängt, legte ihm die Beine hoch, umwickelte seine Hand mit einer halben Rolle Küchenpapier, über das sie noch ein Küchenhandtuch band, da man Papier nicht fest anziehen kann. Dann erst holte sie den Verbandskasten, brach sich beim Öffnen desselben zwei Fingernägel ab, war bis zur Panik unwissend, was zu tun sei, wollte das keinesfalls vor ihrem Chef zugeben, also handelte sie, zwar zitternd und mit klaffenden Nägeln auf dem Mittel- und dem Ringfinger der rechten Hand, doch so, als wüsste sie, was sie tat: Mullrolle, drücken, Mullbinde, wickeln, Beine runter, Arm hoch, Stuhl unter Ellenbogen. Anschließend rief sie Darius Kopp an.

Kopp stand seit 15 Minuten auf der Terrasse, einen Kaffeebecher in der Hand. Dem Traum sei Dank war er früher als sonst auf, also gerade rechtzeitig. Er war auch schnell da, begriff schnell: der Traum ist vorbei, jetzt bin ich wach, und zwar weit weniger orientierungslos als sonst. Im Gegenteil: ernst, aufmerksam, gesammelt. Gut geschärft für diesen Tag. Lass dir das nicht wieder entgleiten, steh auf. Seine Bewegungen im Bad und beim Anziehen waren ökonomisch. Auf den ersten Griff ein gebügeltes, weißes Hemd gefunden, nicht vergilbt, nicht vergraut, Knöpfe vollständig, Nähte unversehrt. Dazu eine leichte, graue Anzughose, weil es Sommer ist. All das leise, Flora schläft. Auf Zehenspitzen federnd die Treppe hoch, diese kann auch leise schwingen. Ohne viel Gefluche Brot, Butter, Messer, Salami, Käse, Kaffee gefunden und zu einem Frühstück geordnet. Er nahm es auf der Terrasse zu sich, im Stehen, damit die Hose nicht vor der Zeit verknitterte. Er sah in die leise schaukelnden Baumkronen, und wie er da hineinschaute, fiel ihm der Traum wieder ein, und er bekam: *Heimweh*. Er grollte im Nachhinein: Warum gab es dort nur Stahlträger? Warum nicht wenigstens eine einzelne Pinie, irgendwo, auf einem fernen Grat? Woher diese Sentimentalität, ich weiß es nicht. Er sah an sich hinunter, sah, dass er tadellos gekleidet war, versuchte, sich zu erinnern, was er im Traum angehabt hatte. Doch statt der Hose sah er den Koffer, wie er während der Taxifahrt auf seinen Knien lag. Er schlug sich gegen die Stirn und lachte. Er hatte den Traum gelöst: Im Koffer war das Geld! Ich habe es illegal in die Vereinigten Staaten eingeführt. *Das* war die Angst, die ich verspürte! Darius Kopp lachte, war stolz auf sich, genoss die nachträglich entstandene Spannung und Entspannung, und rückte wieder etwas von den Baumkronen ab. So schön seid ihr nun auch wieder nicht. Darein jetzt also der Anruf des Ingenieurbüros Leidl.

Die Sekretärin atmete schnell. Ihrem Chef täte es fürchterlich leid, es sei etwas passiert, ein kleiner Unfall, wir übernehmen selbstverständlich die Absage des Termins beim Kunden.

Kopp, immer noch lachend, dann es unterdrückend, nicht, dass noch Missverständnisse entstehen:

Aber warum sollten wir den Termin absagen? Weil Herr Leidl ins Krankenhaus gefahren werden muss, damit man ihm die Hand näht? Ja, das verstehe ich, ich befürworte es, ich lasse Herrn Leidl mein Mitgefühl ausrichten, sowie dass er sich keine Sorgen machen solle, ich habe so etwas schon tausend Mal alleine gemacht.

Herr Leidl, der ihn über den Freisprecher des Telefons hören konnte, sagte etwas, aber das konnte Kopp nicht verstehen, die Sekretärin dolmetschte. Herr Leidl habe den Kontakt besorgt und denke, deswegen unabkömmlich zu sein. Es könnten Fragen speziell an ihn, den Installateur gestellt werden.

Kopp wollte Herrn Leidl nicht zu nahetreten, in dem ich Ihnen sage, dass ich alles kann, was Sie können, zumindest in der Theorie. Ich kann dem Kunden sagen, wie es sein *soll*, was anderes würden Sie ihm auch nicht sagen können. Da ich Ihnen, wie gesagt, nicht zu nahetreten will, argumentiere ich – laut und deutlich, damit Sie mich, immer noch an die Wand gelehnt, auf dem Boden sitzend, verstehen – so, dass ich es nicht für glücklich hielte, diesen Termin ein drittes Mal zu verschieben. Zwar waren es die, die ihn die ersten beiden Male verschoben haben, dennoch, insgesamt könnte der Eindruck entstehen: »es soll nicht sein«. Wir werden den schlechten Stern, der über diesem Geschäft zu stehen scheint, am heutigen Tag ausheben, Herr Leidl. (Einen Stern ausheben? Egal jetzt.) Vertrauen Sie mir. Ich trage meine schickste Krawatte und ein wenig weiß ich, in aller Bescheidenheit, auch über die praktische Seite Bescheid. Wussten Sie, dass ich gelernter Funkmechaniker bin? Ja, auch ich stand einst um 5 Uhr morgens auf, 3 volle Jahre lang. Also, machen Sie sich keine Sorgen, Herr Leidl, sehen Sie zu, dass Sie nicht verbluten, ich melde mich hinterher bei Ihnen.

Er legte rasch auf, ging rasch und dennoch vorsichtig (nicht ausrutschen, nicht durch zu viel Gepolter Flora wecken) die Innentreppe hinunter, schlüpfte in das zur Hose passende Sakko, steckte das Handy in die Innentasche des Sakkos, schnappte sich das silberne Köfferchen und verließ eilends die Wohnung. Als ob man vor einem, der einem hinterhertelefonieren kann, davoneilen könnte. Aber Herr Leidl bzw. seine Sekretärin riefen nicht noch einmal an.

Als er aus der Haustür trat, flog ein Schwarm Spatzen von der Pfütze vor dem Fuchs und Storch auf. Kopp verfolgte ihr ungeordnetes Geflatter mit Wohlwollen, bis sie sich wieder niederließen, dann ging er endgültig los.

Auf dem Weg zum Taxistand – denn wir wollen unser gutes Glück nicht dadurch aufs Spiel setzen, dass wir eine vorher nicht recherchierte Strecke mit den öffentlichen Verkehrsmitteln zu bewältigen versuchen – sah er dann auch noch etwas Rundes, Glänzendes auf dem Gehsteig liegen. Als er erkannte, dass es eine Centmünze war, hob er sie auf und steckte sie ein. Na bitte, ein Glückscent.

Bis kurz vor der Auffahrt zur Stadtautobahn lief auch alles prächtig. Ab da lief es dann überhaupt nicht mehr. Um diese Tageszeit sind Staus wenig überraschend, andere Leute wollen schließlich auch an Orte, um Geld zu verdienen oder um welches auszugeben, oder einfach nur so, weil sie es können, das muss man einfach einkalkulieren. Wenn dann aber auch noch ein Lkw, auf dessen Anhänger ein kleiner Bagger ordnungsgemäß gesichert war, beim Ausweichen vor einem Hindernis (was genau, das kam nie raus) ins Schlingern gerät und über drei von drei möglichen Fahrspuren zum Liegen kommt, dann, ja dann blieb Darius Kopp auch gelassen, und warum? Weil er sich darüber freute, dass er den Termin ohne Herrn Leidl machen konnte. Seien Sie mir nicht böse, Herr Leidl, Sie sind eine ehrliche Technikerhaut, aber rhetorisch leider vollkommen unbegabt und überhaupt: ich bin einfach besser, wenn ich allein bin. Darius Kopp lächelte und schloss die Augen.

Später musste er sie wieder öffnen, denn ihm wurde übel. Der Stau erwies sich als hartnäckiger, als alle gedacht hätten, der Fahrer des Taxis als zu einfallslos. Er versuchte, sich aus der allgemeinen Verknäulung frei zu fahren, indem er in kleine Seitenstraßen abbog, in denen sie aber ebenfalls nur juckeln konnten, denn immer parken welche in der zweiten Reihe, man kann froh sein, wenn wenigstens so versetzt, dass ein Kriechslalom möglich ist. Leider bewältigte der Fahrer diese Aufgabe so, dass er einige Meter auf das Hindernis zuraste, als wäre es gar nicht da, dann scharf bremste, den Wagen um das Hindernis herumriss, wieder raste, wieder bremste. Dabei stießen sie immer und immer wieder auf die große Straße zurück und hatten wieder den Stau vor der Nase. Sie versuchten mehrmals durchzubrechen, fuhren einen Stiefel in den Norden, in den Süden, in den Osten hinein, nur in den Westen kamen sie ums Verrecken nicht, als wäre – Jesus, Flora, das denke ich jetzt tatsächlich, hör mal her – als wäre mitten in der Stadt eine *Mauer*! Rasen, bremsen, rasen, bremsen. Kopp schleuderte in seinem Gurt vor und zurück, ihm brach der Schweiß aus.

Könnten Sie die Klimaanlage einschalten?

Ist kaputt. Müsste gereinigt werden. Sie stinkt.

Wie mit ansteigenden Temperaturen alles andere im Auto ebenfalls. Alter Zigarettenrauch, Parfüm, Reinigungsmittel. In der Sonnenblende, das sah Kopp erst jetzt, ein Heiligenbildchen. Kopp öffnete die Seitenscheibe. Und erschrak: Ein Fahrradkurier mit gelbem Rucksack, in hoher Geschwindigkeit, 10 Zentimeter vor seinem Gesicht. Was für ein Rowdie! (Dämlicher Arsch!) Erst war Kopp zu Recht verärgert, dann sah er ihm (ebenfalls zu Recht) neidisch hinterher. Später wurde er wieder wütend, als ihnen, gerade als der Stau sich aufzulösen begann, und sie anfangen wollten, normal zu fahren, derselbe Kurier mit dem gelben Rucksack plötzlich den Weg abschnitt, so dass wieder scharf gebremst werden musste, und Kopp seinen Magen in der Kehle spürte. Später kam er dahinter, dass es nicht derselbe Kurier sein konnte, aber andererseits ist das auch egal. Ich muss zu einem Geschäftstermin, ich bin schon 10 Minuten zu spät, verschwitzt, zerknittert, und mir ist zum Kotzen. Alles das wäre nicht so schlimm, wenn ich selbst einen Personenkraftwagen steuern dürfte. (Das nur so nebenbei.)

Endlich stand er auf einem Gehsteig und atmete tief ein. Er versuchte, sich ein leichtes Lüftchen vorzustellen, das ihm die Stirn und den Nacken trocknete. Keins da. Er seufzte, spürte dabei abermals seinen Magen – Ignoriere ihn – wischte sich mit seinem sauberen, gebügelten Taschentuch Nacken und

Stirn, bis er sich wieder einigermaßen frisch fühlte. Er atmete ein letztes Mal durch und suchte nach der richtigen Klingel.

Er fand sie, er klingelte, man ließ ihn ein, im Fahrstuhl richtete er sich noch ein letztes Mal, smile, stieg in der dritten Etage aus, traf dort eine freundliche junge Frau.

Die noch nie im Leben von ihm gehört hatte, und auch nicht von dem Menschen, den er suchte.

Ist das hier denn nicht die Informatik?

Doch, doch.

Dann verstand es Kopp nicht. Er wiederholte den Namen. Etwas ganz Durchschnittliches. Müller oder Schneider. Die junge Frau kannte ihn nicht.

Sehen Sie, das ist seine Telefonnummer.

Ach so! Die junge Frau strahlte. Das ist keine Nummer vom Institut, sondern von der IT-Abteilung in der Verwaltung! Die sitzen nicht hier, sondern am Hauptcampus.

Jetzt begriff es Kopp. Dieser Leidl ist vielleicht ein Idiot! Und ich auch! Institut, IT-Abteilung, das kann man doch nicht verwechseln! Er schämte sich so in Grund und Boden, dass er rot anlief und den Blick zu seinen Schuhspitzen senkte. Sie waren nicht geputzt. Irgendwas wird immer vergessen. Wieso?

Er solle sich keine Sorgen machen, hörte er die junge Frau sagen, so weit sei das nicht, in 20 Minuten sei er da, mit der U-Bahn ginge das ganz schnell, und die strahlende junge Frau (Kopp hörte dieses Strahlen in ihrer Stimme, er sah sie weiterhin nicht an) werde für ihn anrufen und ihn ankündigen, er solle sich keine Sorgen machen.

Danke, sagte Kopp gesenkten Blicks.

Den zweiten Teil der Fahrt hätte ich gerne übersprungen, das würde jeder gerne, aber in Wahrheit ist es so, dass man zur U-Bahn noch erst einen Bus nehmen muss, zwar nur für 3 Stationen, trotzdem erscheint es einem günstiger, bei der Taxizentrale anzurufen und sich einen Wagen schicken zu lassen. Wenn ein Bus mit 3mal Halten 5 Minuten für die Strecke vom U-Bahnhof bis hierher braucht (allerdings fährt er in einem Intervall von 20 Minuten!), wie lange braucht dann ein Taxi vom unmittelbar daneben liegenden Taxistand? Er rief die Zentrale an.

Ich warte schon seit 8 Minuten.

Tut mir leid, sagte die Dispatcherin, es ist ein Taxi, kein Helikopter.

Was Sie nicht sagen (Sie selten dämliche Planschkuh).

Aber dann kam das Taxi gerade an.

Hätte Kopp gewusst, wen er sich da einhandelte, er hätte sich nur bis zur U-Bahn bringen lassen. Aber er wusste es nicht. Dieser Fahrer raste und bremste nicht sinnlos, nein, er *glitt*, immer gute 10 km/h unter dem Erlaubten. Wenn die Ampel auf Grün stand, verlangsamte er noch einmal. Dabei kaute er so heftig und laut Kaugummi, dass Kopp, der (anders als Flora) nicht zimperlich ist, was die vitalen Geräusche anderer angeht, Gänsehaut bekam und das Gefühl, ein säuerlicher Geschmack verbreite sich *überall* in seinem Körper. Dazu ist alles voller Ampeln. Einmal um den Block: zwei Ampeln. Beide erst grün, dann rot. Ich werde mir jetzt die Ohren zuhalten. Mal sehen, was er dann macht.

Der Fahrer kaute höchstens noch ein wenig lauter, denn es war sogar bei zugehaltenen Ohren zu hören.

Könnten Sie vielleicht Musik anmachen?

Der Fahrer stellte ohne einen Seitenblick irgendein grässliches Geschepper an. Kopp sank in den Sitz und übergab sich dem Augenblick. Kau, kau, knätsch, knätsch, Geschepper, Geschepper, wir sind zu spät, ich sehe aus wie ausgeschissen, kau, kau, Geschepper, Geschepper. Immerhin gerieten sie in keinen Stau.

Um 9 Uhr 45 hätte Darius Kopp vor seinem Ansprechpartner stehen können, aber er verlief sich noch einmal im irrgartenähnlich angelegten Gebäude, dachte, er wäre auf einem Rundflur und die Zahlen neben den Türen würden irgendwann wieder fallend statt steigend sein, aber er stieß an eine verschlossene Glastür und musste wieder zurück.

Er stand um 9 Uhr 55 vor seinem Ansprechpartner. Er erklärte das Missverständnis, berief sich auf den Verkehr und auf das Wetter, aber das wissen Sie ja, man hat Sie in meinem Auftrag angerufen. Er wischte sich den Stirnschweiß mit dem inzwischen zerknüllten Taschentuch ab und lachte.

Der Ansprechpartner war ein Mann in Kopps Alter, korpulent, schütteres blondes Haar, rotes Gesicht. Sie sahen sich, auf den ersten Blick, ähnlich. Außer, dass der hier ein Choleriker war. Wie Kopp es wagen könne, eine ganze Stunde zu spät zu kommen? Nein, er wisse nichts von einem Anruf, bei ihm habe keiner angerufen, aber das sei auch völlig irrelevant, ebenso wie Kopps Ausreden, diese interessierten den Ansprechpartner nicht. Was denken Sie, dass ich den ganzen Tag nichts anderes zu tun habe, als auf Sie zu warten? 15 Minuten, das hätte er noch akzeptiert, obwohl er persönlich auch nichts von diesen 15 so genannten akademischen Minuten halte. Wenn man jemandem etwas verkaufen wolle, habe man pünktlich zu sein! Schließlich wolle man etwas verkaufen.

Es tut mir Leid. Die Stadt ist verstop…

Ein Ort, ein Zeitpunkt, das ist doch keine Kernphysik! Aber die Leute kalkulieren immer mit der kürzest möglichen Fahrzeit! Als gäbe es nie Verspätungen, verpasste Anschlüsse oder Staus! Das muss man einkalkulieren. Notfalls wäre man zu früh da. Das wäre doch nicht so schlimm!

Es tut mir leid, sagte Darius Kopp. Ich bin auch nur ein Mensch.

Es interessiert mich nicht, dass Sie auch nur ein Mensch sind! Sie sind gar kein Mensch! Sie sind einer, der mir was verkaufen will, und von denen gibt es so viele wie Sand am Meer und jeder von denen hat irgendeinen Innovation Award!

Hatte er das tatsächlich gesagt?

Ja, er hatte es gesagt. Er hatte gesagt, sein Gegenüber sei überhaupt kein Mensch. Paff, jetzt standen sie da, in der Stille danach. Der Choleriker presste die Lippen aufeinander.

Kopp lächelte, dann schwankte er.

Verzeihung. Kann ich mich kurz setzen?

Da stand ein Stuhl, er setzte sich.

Einen Moment nur, sagte Kopp, dem immer noch der Schweiß herunterlief und dessen Atem rasselte, der nichtsdestotrotz von Herzen lächelte. Nicht etwa, weil das Missgeschick des Verhandlungspartners sie kurzfristig auf eine Ebene gebracht hatte, auf die Ebene des Jeder-ein-Missgeschicks, sondern weil er tatsächlich voll der Güte und des Verständnisses Rotgesicht gegenüber war. Auch wenn Sie sagen, mein Menschsein sei irrelevant, ist es doch dieses, das mich die Ähnlichkeit zu Ihnen erkennen lässt.

Wissen Sie, haargenau dasselbe habe ich in den letzten anderthalb Stunden auch ständig gedacht. Ob dieser oder jener ein Mensch oder ob ein Taxi ein Taxi und kein Helikopter sei, sei irrelevant. Was funktionieren kann, Einfaches oder Kompliziertes, hat auch zu funktionieren. Ich verstehe Sie sehr gut. Aber da ich schon mal hier bin, und ich muss leider einen Moment sitzen bleiben, ich hab's mit dem Herzen, da ich schon mal hier bin, sollen Sie wissen, beziehungsweise, wissen Sie wahrscheinlich, wenn Sie die Unterlagen studiert haben, dass unser Produkt seinen Innovation Award mehr als verdient hat, weil es nämlich funktioniert, wenn es funktionieren soll, es ist ein gutes Produkt zu fairen Konditionen, anderenfalls hätten

Sie mich ja gar nicht eingeladen, aber vielleicht haben Sie doch noch die eine oder andere Frage, da ich schon mal hier bin.

Der Choleriker stand immer noch da, wo er sich hingestellt hatte. Die Fingerkuppen seiner sommersprossigen Hände (braune Sommersprossen, rosa Haut) berührten die Tischplatte. Unterbinden Sie damit ein Zittern? Ihr Gesicht, Ihre strichschmalen Lippen, die hervortretenden Augen (himmelblau!) verraten Ihre Skepsis, Sie glauben mir nicht, Sie denken, ich ziehe eine Show ab (*Natürlich* ziehe ich eine Show ab!), aber Sie sind gleichzeitig immer noch schockiert von sich selbst, von dem Nichtmenschen, das zeigt mir die Rötung Ihrer Wangen. Ein Tor, der seine Vorteile nicht nutzt. Jetzt setzen Sie sich sogar wieder hin.

Danke, sagte Kopp aufrichtig. Sie werden es nicht bereuen. Sie werden feststellen, dass ich weit davon entfernt bin, ein schleimiger, devoter oder jovialer Verkäufer zu sein. Ich operiere auch nicht mit in irgendwelchen Seminaren eingetrichterten Sätzen von durchsichtiger Schläue, »ich mache Ihnen jetzt ein Angebot, das Sie nicht ablehnen können« usw. Sie werden erfahren und honorieren, dass ich in erster Linie Ingenieur bin, ebenso wie Sie, nehme ich an, Dipl-Ing. der Elektronischen Datenverarbeitung (TU) und erst in zweiter Linie ein Verkäufer, meine Liebe gilt der Schönheit der technischen Lösung, meine Überzeugung ist ehrlich. Ja, unsere Komponenten sind tatsächlich das Beste, wenn es darum geht, Gebäude mit sowohl Ziegel- als auch Stahlbetonwänden zu vernetzen, wie es bei dieser sowohl altehrwürdigen wie auch hochmodernen Universität der Fall ist, damit Sie, wo Sie gehen und stehen, verbunden sind mit dem Rest der Welt. Nein, man kann Sie durch dieses Netz nicht lokalisieren, so weit wie bei Star Trek sind wir noch nicht (da Sie mir humorlos zu sein scheinen, werde ich diesen Vergleich doch lieber weglassen), nein, man kann auch nicht sehen, auf welchen Sites Sie sich gerade (herumtreiben) befinden. Dass sich Ihre Mitarbeiter massenweise (Geschlechtskrankheiten) Viren einfangen, lässt sich mit entsprechenden Programmen verhindern oder zumindest eindämmen, dafür muss natürlich auch dieses Netz gewartet werden, aber das muss schließlich jedes System, ob physisch oder virtuell, aber damit sind Sie bei uns (mir) in den besten Händen. Netzsicherheit ist mein Spezialthema. Die Hauptgefahren in der drahtlosen Netzwerkkommunikation sind:

1 ...

2 ...

3 ...

4 ...

5 ...

6 ...

7 ...

Alles in allem zog sich Kopp, gemessen an den Umständen, wenn auch nicht brillant, so doch recht passabel aus der Affäre. Der Böse konnte sein ablehnendes Gesicht natürlich nicht ohne Weiteres preisgeben, aber immerhin normalisierte sich seine Farbe, die von Kopp ebenso, nur in die andere Richtung, von Aschgrau (denn es war ihm tatsächlich etwas schlecht geworden) zu Rosa, und mit seinem körperlichen Wohlbefinden wuchs zugleich auch seine Freude.

Ich bin gut. Wie das hier auch ausgehen wird. Ich bin gut.

Der Choleriker erhob sich.

Danke für Ihr Kommen.

Danke, dass Sie sich die Zeit genommen haben.

Sie verabschiedeten sich mit Händedruck. Kopp hatte seine Handfläche beim Aufstehen unauffällig (während er sich vom Knie abdrückte) an seiner Hose abgewischt. Der Böse hatte das vergessen, so dass seine Handfläche feucht geblieben war.

Darius Kopp ging einen stillen, leeren Universitätsverwaltungs-flur entlang (das Echo!), fand eine Herrentoilette (auch hier), benutzte diese, wusch sich die Hände und das Gesicht, fand einen Handtuchspender, zog, mit beiden Händen, wie es sich gehört, seinen eigenen, sauberen Abschnitt heraus, sah in den Spiegel, sah schon wieder oder immer noch Schweißperlen in seinen Haaren, neigte den Kopf zum von ihm selbst benutzten Handtuchabschnitt und wischte sich. Ein wenig geriet er auch in den Bereich, den vor ihm schon jemand anderes benutzt hatte. Wie die Pest verbreitet wurde. Er suchte nach seinem Inhalator. Er fand ihn, aber er war (immer noch) leer. Wieso hofft man immer wieder, er könnte doch nicht leer sein? Sich erholt haben? Er sah keinen Papierkorb, also steckte er den leeren Inhalator ein. Er sah ein letztes Mal in den Spiegel, er strich sich ein letztes Mal durch das Haar. Er grinste.

Draußen Sonnenschein, Bäume, Vogelgezwitscher. Eine schöne Gegend hier, Villen und Grün, wenn auch das Gras in großen Flächen ausgetrocknet ist, aber dort, wo die Bäume Schatten geben, ist es noch schön, dort gibt es auch Bänke, warum sich nicht auf eine davon setzen. Es liegen schon trockene Blätter. Die Linden sind immer die Ersten. Um die Bänke herum auch Müll. Eine kleine Haferflockenpackung. Sie liegt mit der eng-lischen Seite nach oben: OATS.

Als der Hunger eindeutig wurde, stand er auf und ging.

26 Minuten. So lange dauerte der Rückweg mit der S-Bahn. Schwamm drüber. Es zählt nicht. Ich bin von woanders ge-startet, und überhaupt, Schnee von gestern. Im S-Bahnhof roch es nach Blumen, nach Rosen in Kübeln. Es gibt einen Blumen-stand, kurz bevor es zu den Rolltreppen geht. Aber Kopp nahm nicht die Rolltreppen, er ging direkt ins Einkaufszentrum, ins

Souterrain, wo traditionell die Esswaren angeboten werden. Zum einen hatte er Hunger, zum anderen (Jetzt erst kamen die Aufregungen und Anstrengungen des Vormittags bei ihm an, er spürte sie als Schwere in den Kniekehlen, gleich knicke ich ein) habe ich mir eine Belohnung verdient.

Ein Fischrestaurant (Panierte Garnelenschwänze, Fischnuggets, Kartoffelecken?),

eine Würstchenbraterei (Gebratener Leberkäse, Bratwurst, Schnitzel, Frikadelle?),

ein asiatischer Imbiss (Knusprig gebratene Ente mit Knoblauch, Cashewnüssen und Reis, scharf, ausgebackener Krupuk in Tüten zum Mitnehmen?),

ein Stand mit frisch gepressten Säften (Erdbeercaipirinha? Gibt es hier nicht),

eine Bäckerei (Mit Schinkenomelett belegtes Baguette, Amerikaner, kalter Hund?) …

Da sah er den Sushi-Stand. Ein älterer Mann rollte Makis und nickte ihm freundlich zu. Das, die Sesamkörner auf einer Inside-out-Rolle sowie die Tatsache, dass man auf Barhockern sitzen konnte wie bei Flora, gaben den Ausschlag. Ich habe mich so sehr an diese Barhocker gewöhnt. Kopp ging zum Sushi-Stand, setzte sich auf einen Hocker. Den Laptopkoffer seilte er am Schultergurt vorsichtig zwischen seinen Beinen ab. Es waren noch andere Kunden da, aber diese nahm Kopp nicht wahr, er konzentrierte sich nur auf den Meister, und ihm war so, als konzentrierte sich auch der Meister hauptsächlich auf ihn. Eine Zeit lang gab es nur das: das wortlose Zusammenspiel zwischen dem Meister und Kopp.

Er deutete dem Meister an, er solle machen, was immer er möge.

Der Meister deutete ihm an, dass er kosten könne und nicht

die ganze Rolle nehmen müsse. Die von ihm nicht gewollten Stücke wanderten in Plastikschalen, die es zum Mitnehmen gab.

Kopp probierte zahlreiche Stücke durch. Mit gebratenem Lachs und Frühlingszwiebeln. Mit Meeresaal und Gurke. Mit Räuchertofu und Paprika. Mit Krabben und Chili. Mit Krebsfleisch, Avocado und Flugfischrogen. Mit Teriyaki-Hühnchen. An dieser Stelle hatte er Lust auf einen frisch gepressten Orangensaft, aber das wäre Blödsinn gewesen. Mit Gorgonzola, Salat und Gurke. Mit Seeigel-Eierstöcken. Mit Omelett. Mit Obst. Was ist das Scharfe dazwischen? Eingelegter Rettich. Und Kugelfisch? Haben Sie Kugelfisch? Der Meister lachte, schüttelte den Kopf. Kopp lachte auch. Die anderen Gäste sahen ihnen neidisch zu. Kopp prostete ihnen freundlich mit dem heißen Sake zu, trank ihn aus und bestellte noch einen. Beziehungsweise, das wäre schon der dritte, dann lieber ein Bier. Er aß den restlichen eingelegten Ingwer, er zog ihn durch den restlichen Wasabi und die restliche Sojasoße. Zu der Rechnung bekam er noch einen schwach alkoholischen, gelben Saft. Leider nahm man keine Karten, Kopp musste den Fünfziger aus dem Paket der Armenier anbrechen, ich darf es nicht vergessen. Er nickte dem Meister zu. Der Meister nickte ihm zu. Alles war gut.

So lange, bis er vom Hocker stieg und ihm der Schmerz in das Steißbein (der gestrige Treppensturz!) und die Füße fuhr. Er schwankte. Sie werden noch denken, ich bin betrunken. Oder bin ich es? Nein. Aber müde war er plötzlich. Entweder ist dir schwindlig vor Hunger, oder dir ist schwindlig vor Verdauungsmüdigkeit. Für einen Moment war Darius Kopp raus aus dem ihn umgebenden Raum (und natürlich auch der Zeit), im Innenbereich seiner körperlichen Empfindungen: Hitze, Schwindel, Dunkelheit. Ziehender, stechender, brennender

Schmerz in den Schuhen. Und was ist dieses seltsame Gefühl zwischen Brust und Nebenhöhlen? Eben noch war alles wunderbar, Luxus, Vitamine, und jetzt? Stand da – was er nicht wusste: im *Herz* des Platzes, über ihm drei glasüberdachte Ebenen, wo ihn auf einer Verkaufsfläche von mehr als 40 000 qm mehr als 130 Shops mit einer überwältigenden Vielfalt an Mode, Trends und Accessoires, Kosmetik, Beauty und Wellness erwarteten – in nur 100 Metern Entfernung von seinem Büro, aber wie sollte er jemals dorthin gelangen? Er konnte es sich noch nicht einmal vorstellen. Herr Doktor, was soll ich machen?

Haben Sie Lust auf ein wenig Entspannung?

(Ich weiß nicht …)

Die Batterien mit einer Massage, frischem Sauerstoff und wohltuenden Klängen aufladen, damit Sie wieder fit sind?

Bitte, was?

Als er, nach ewigen Sekunden der Blindheit seine Sehkraft wiedererlangt hatte, sah er eine ganz in Weiß gekleidete junge Frau neben sich stehen. Sie lächelte ihn an und zeigte zu einer kreisförmigen Verbreiterung des Flurs. Dort standen, neben einer provisorischen Theke und einem Werbeaufsteller, zwei Massagesessel. Eine zweite junge Frau in weißem Poloshirt, weißen Hosen, weißen Clogs stand daneben und lächelte Kopp herzlich an.

Die beiden jungen Frauen machten Werbung für Massagestühle und Fußmassagebäder. Ah, das kenne ich, so was habe ich meiner Mutter geschenkt. Aber was war das für eine Sache mit dem Sauerstoff?

Kommen Sie, sagte die erste junge Frau und berührte ihn leicht am Ellbogen. Darius Kopp fühlte Geborgenheit, leichte sexuelle Erregung, die Vorfreude auf eine vermutete neue Erfahrung von dekadentem Luxus sowie leisen Trotz: ich habe das verdient, Essen ist keine Belohnung, Essen ist *notwendig*. Er ging mit ihr mit.

Während Sie der Stuhl massiert, bekommen Sie über eine Nasensonde eine Extraportion Sauerstoff, über die Kopfhörer können Sie Musik oder Naturgeräusche hören. Ich empfehle Ihnen die Business-Ten, die 10-Minuten für Geschäftsleute für nur 2 Euro. Mein Name ist Olivia, das ist meine Kollegin Sandra.

Ich bin Darius.

Das hätte ich nicht sagen brauchen. Die jungen Frauen gingen darüber hinweg. Sandra legte den Stuhl mit frischem Papier aus, Olivia nahm ihm den Koffer und das Sakko ab. Ist sie Halbasiatin, oder hat sie nur so extreme Schlupflider?

Möchten Sie auch eine Fußmassage? Dann kosten die 10 Minuten 5 Euro. Es ist ein Sonderangebot.

Kopp hätte nicht gewusst, wie er Nein oder Ja hätte sagen können. Er nickte.

Sandra füllte das Fußmassagegerät mit Wasser, Olivia stellte etwas auf einer Fernbedienung ein. Kopp sah interessiert zu. Olivia zeigte ihm lächelnd, dass sie das Programm Nr. 2 eingestellt hatte. Business-Ten, »Regen in den Tropen«. Sie legte ihm die Nasensonde an und setzte ihm die Kopfhörer auf. Als der Stuhl zu vibrieren begann, ließ Kopp den Kopf auf das Papier sinken und schloss die Augen. Er zuckte noch einmal zusammen, als jemand, vermutlich Sandra, anfing, seine Hosenbeine hochzukrempeln – Was, wenn meine Socken stinken? Das war unbedacht! – aber da war es schon zu spät, sie hatte ihm die Schuhe aufgebunden, ausgezogen, die Socken ausgezogen, seine Füße in die Hand genommen und einen nach dem anderen sanft in warmes, sprudelndes Wasser gelegt. Was soll's, dann eben so.

So lag Darius Kopp an einem Dienstagmittag im Herzen des

Einkaufszentrums, die Füße im Fußbad, auf einem vibrierenden Stuhl, und atmete durch die Nasensonde besonders frische Luft ein, die so roch, wie sich die Geräusche in den Kopfhörern anhörten: nach Regen in den Tropen.

Sekunden später war er weg. Davor sah er sich noch einmal von außen, sah sich in Sichtweite des Wurststandes, des Fischstandes, des Bäckers, des Sushi-Standes, des Saftstandes in einem vibrierenden Stuhl sitzen, ob das albern ist oder nicht, ist mir herzlich egal. – Flora anrufen. Ihr alles erzählen. Sie wird es verstehen. Wir werden die Freude teilen. – Dann sah er auch sie, auch sie hatte die Augen geschlossen, vielleicht hatte sie sogar eine Schlafmaske auf, in den Ohren Ohropax, sie lag in einem sehr hellen Zimmer (unserem Schlafzimmer) und schlief, während um sie herum die Flugzeuge flogen. Hier schlief er ein.

Er schlief länger als 10 Minuten. Er schnarchte und er sabberte. Er bekam es im Moment des Aufwachens mit. Er hörte noch den letzten Schnarcher, er fühlte den Speichel am Mundwinkel.

Seine Füße waren in ein trockenes Handtuch eingewickelt. Damit Sie nicht frieren.

Sie haben mich schlafen lassen?

Nur 10 Minütchen.

Woher wussten Sie, dass es nur 10 Minütchen sein würden?

Olivia und Sandra tranken Tee aus großen weißen Tassen, sie lachten.

Sandra stellte den Tee hin und holte seine Schuhe.

Lassen Sie, um Gottes willen!

Er zog sich Socken und Schuhe selbst an. Die Füße waren aufgeweicht, die Schuhe hart und eng, als würde ich meine Füße in einen Schraubstock stecken. Olivia und Sandra schauten mitleidig in sein schmerzverzerrtes Gesicht.

Möchten Sie einen Kräutertee? Geht aufs Haus.

Kopp lächelte – es gehört sich nicht, dass mein Gesicht so schmerzverzerrt ist, während sie so freundlich ist – er bedankte sich, nein, einen Kräutertee wollte er nicht mehr. Er wollte zahlen.

Er schob einen Zehner hin. Sollte man ihnen ein Trinkgeld geben? Sie waren so überaus freundlich, und sie waren so jung.

Stimmt so, sagte er schnell und ging schnell weg, damit sie gar nicht erst protestieren konnten, sah aber über die Schulter zurück, um sie lächeln zu sehen. Sie lächelten in der Tat, und zwar nicht sonderlich beeindruckt oder überrascht. Olivia winkte ihm hinterher, dabei fiel der Clog von ihrem übergeschlagenen Bein, für einen kurzen Augenblick sah Kopp rot lackierte Zehennägel aufblitzen.

100 Meter bis zum Büro – Luftlinie; auf dem Boden: etwa das Doppelte – aber mit jedem Schritt, den Darius Kopp tat, nahmen die Schmerzen in den Schuhen in einem Maße zu, dass er schon bald das Gefühl hatte, nicht mehr weiterzukönnen. Brennende, ziehende, stechende, bohrende Schmerzen. Gequetschte Zehen, geschundene Ferse. Panik flog ihn an, und Ärger. Was hält uns von großen Taten ab? Fußschmerzen wahlweise Magenkrämpfe. Ach was, große Taten: einfach nur ins Büro gehen. Seine Telefonate machen, seine Mails. Er machte einen Schritt und hätte verzweifeln können. Er richtete seinen Ärger auf die beiden Engel – Fußbad! Kräutertee! – gleichzeitig wollte er immer noch einen guten Eindruck auf sie machen. Er sah sich um: konnten sie ihn noch sehen? Nein. Immerhin. Das sorgte für ein wenig Erleichterung. Er drehte sich wieder in die Laufrichtung und sah: ein Schuhgeschäft. Er stürzte drauf los.

Die Lösung sind neue Schuhe! Neue Socken brauche ich auch, außerdem neue Hemden, neue Krawatten und neue Anzüge. Der Mitarbeiter hat auf sein Erscheinungsbild zu achten.

Jeder hat auf sein Erscheinungsbild zu achten. Und außerdem auf seine Ausstattung. Ich brauche einen neuen Laptop, denn dieser hier ist untragbar lahm, außerdem ein neues Handy, denn dieses hier ist batterieschwach, ein neues Auto, denn der Leasing-Vertrag läuft bald aus, und einen neuen Fernseher, aber das ist privat und hat Zeit. Jetzt und hier: Schuhe! Die bequemsten, die Sie haben.

Die bequemsten Schuhe, die wir haben, sagte eine junge Frau, die ihn stark an Flora erinnerte (brünett, normalgroß, A-Cup), sind chinesische Gesundheitslatschen aus Kunststoff in allen Farben des Regenbogens, aber sie nahm doch stark an, dass er etwas aus dem Bereich schwarzer Herrenleder-schuh suchte. Obwohl sie persönlich der Meinung war, heut-zutage könnte man ebenso gut auch Sneaker zum Anzug tra-gen, oder zum Beispiel diese hervorragenden Walking-Schuhe aus hochwertigen High-tech-Materialien und in gedeckten Far-ben.

Kopp probierte die Walking-Schuhe an, um der Verkäuferin zu Gefallen zu sein. In der Tat waren sie bequem, in der Tat taten ihm darin die Füße nicht weh. Trotzdem probierte er noch ein-paar schwarze Lederschuhe aus. In allen schmerzten die Füße. Er probierte jedes Modell aus, das in dem Laden zu haben war. Am Ende wieder die Walking-Schuhe. Keine Schmerzen. Er kaufte sie, behielt sie gleich an, aber er kaufte auch ein Paar von den schwarzen, ledernen, welche, die genauso aussahen wie die, in denen er in den Laden gekommen war, nur eine Nummer größer, eines Tages werden mir die Füße nicht mehr wehtun, dann laufe ich sie ein. Zu den Walking-Schuhen emp-fahl ihm die Verkäuferin Walking-Socken, die mit L(inks) und R(echts) markiert und gepolstert waren. Bei dem Wetter wahr-scheinlich zu warm, deswegen empfahl sie außerdem noch dünne Businesssocken mit kühlender Aloe Vera. Kopp nahm die Walking-Socken und jeweils ein schwarzes und ein dunkelblaues, federleichtes Paar Aloe-Vera-Socken.

Wollen Sie die Schuhkartons behalten?

Er ging, in seinen alten Socken, aber in den neuen Walking-Schuhen, seine Füße schmerzten nicht mehr, und er fühlte sich wieder im Lot.

So sehr, dass er, als er ein Geschäft erblickte, in dem Hemden und Krawatten verkauft wurden, auch dort einkehrte. Auch hier musste er nicht verlassen umherirren, auch hier gab es eine Verkäuferin, etwas älter schon. Mit ihrer Hilfe suchte er ein weißes und ein cremefarbenes Hemd aus sowie eine Seidenkrawatte in sommerlichem Gelb, Weiß und Grau, mit einigen dezenten Schwarzanteilen, das passt hervorragend zu Ihrem Anzug und sowohl zum weißen als auch dem cremefarbenen Hemd.

Beim Bezahlen – genauer: beim Blick auf das Gelb in der Krawatte – fiel ihm der Büronachbar ein. Konkret fiel ihm Orangensaft auf lachsfarbenem Hemd ein, aber er konnte sich nicht erinnern, ein lachsfarbenes Hemd in dem Laden gesehen zu haben, und außerdem kenne ich seine Größe nicht. Und überhaupt. Wer kauft schon seinem Büronachbarn ein Hemd? Höchstens eine *Frau*! Kopp hat nichts gegen Frauen, er liebt, bewundert, begehrt und fürchtet sie, aber wie eine sein möchte er deswegen noch lange nicht. Sorry, aber: nein. Er bedankte sich herzlich bei der Verkäuferin und teilte ihr mit, dass seine Mittagspause nun vorbei sei.

Viel Erfolg! sagte die Verkäuferin.

Danke, sagte Darius Kopp.

Er schritt energisch auf den Ausgang zu, er ließ das Handygeschäft links liegen (verdrehte aber schmerzhaft die Augen, um zu sehen, ob der neue Blackberry schon da war, mit Vertrag 399, ohne 499?), ebenso das Taschengeschäft (obwohl unser silbernes Köfferchen schon abgewetzte Stellen hat und der Gurt in den Aufhängungen knarrt und in der Auslage ein Bodybag im Look der Schweizer Armee mit Handytasche, Schlüsselring und Karabinerhaken zu sehen war), er riss sich zusammen und passierte auch das Uhrengeschäft (Kugelge-lagerter Zentralmotor, Schnellschwinger-Unruh, Alter!, hatte Juri gesagt und immer wieder seinen Ärmel hinaufgeschoben und heruntergeschüttelt). So weit war es noch amüsant. Darius Kopp grinste, froh und stolz darüber, dass er etwas erworben und auch darüber, dass er anderem widerstanden hatte (der Massagestuhl war ihm mittlerweile peinlich, er beschloss, darüber – auch vor sich selbst ab nun – zu schweigen), aber als unmittelbar neben dem Ausgang der Computerladen mit seinen gläsernen Türen, Auslagen, Ablagen quasi vor ihm *er-blühte* wie eine gigantische, futuristische, wunderbare Blume, bekam er doch noch einen Stich ins Herz. Einen Laptop! Ich brauche einen neuen Laptop! Ich habe ein Recht darauf! Ich arbeite damit! Das Verlangen war mächtig, mit Selbstmitleid gemischt, aber gleichzeitig wusste Kopp auch, wenn er nach-gab, wenn er dort hineinging, war er verloren. Denn er würde vielleicht einen neuen Laptop kaufen und vielleicht würde er auch keinen kaufen, darum ging es nicht. Es ging darum, dass mit dem Betreten dieses Geschäfts auf jeden Fall eine weitere Stunde verloren wäre, wenn nicht zwei, und damit der ganze Tag. Darius Kopp spürte deutlich, dass nun der späteste Zeit-punkt gekommen war, an dem er eine Zerfaserung verhindern konnte. Er biss die Zähne zusammen, fasste die Tüten und das Köfferchen fester, nagelte seinen Blick auf der anderen Seite fest, an einem Bekleidungsgeschäft für extrem junge Mäd-chen – Der Sommer mit Türkis, Gelb und Pink war vorbei, es winkte schon der Herbst mit rotschwarzen Karos, Overknees und Knautschlack. Werde ich einst eine Tochter haben, die so etwas trägt? Wenn, dann ja – und ging, einen Fuß vor den anderen setzend so lange, bis er die gläserne Tür ins Freie dicht vor sich spürte. Er stieß sie mit Schwung auf.

Zu diesem Zeitpunkt war es um 3 Uhr am Nachmittag. Um 6 holt mich Juri ab. Macht 3 Stunden Büro. Im Wesentlichen werden es Telefonate sein. Darunter welche, die Kopp führen wird, und welche, die er nicht führen wird.

Nachdem er versucht hatte, die Einkaufstüten an den Garderobenständer zu hängen – Ging nicht, Henkel und Haken waren nicht kompatibel – nachdem er sie unten hingestellt hatte – So ging die Tür nicht mehr ganz auf bzw. die Tüten würden untergeknautscht werden, was soll's, einen anderen Platz gab es nicht – schob er den Laptop an seinen Platz und sah sich die Telefonnotizen an, die Herr Lasocka in seiner Abwesenheit für ihn gesammelt hatte.

Der erste Rückruf, den er nicht machte, war der bei Herrn Pecka von der Bank. Dieser hatte bereits um 9:30 eine Nachricht hinterlassen.

Was wird er schon wollen? Er hat sich die Sache durch den Kopf gehen lassen und hat zweifellos eine Lösung im Angebot. Der schlaue Mann will das Geld für seine Bank sichern. Dafür wird er schließlich bezahlt.

Kopp sortierte die Notiz nach hinten – im Übrigen stand »Herr Becker« drauf – und rief erst Herrn Leidl an, der auch schon seit 2 Stunden gerne gewusst hätte, wie der Termin ausgegangen war.

Leidl war übler Laune, grummelte wehleidig und pessimistisch vor sich hin, Kopp kompensierte mit Heiterkeit, Frische und Optimismus.

Nein, Herr Leidl, es hat nicht bis jetzt gedauert, ich hatte noch etwas anderes zu erledigen, Sie wissen ja, wie das ist. Er warf Herrn Leidl auch nicht vor, ihn an die falsche Adresse geschickt zu haben, ich hätte ja selber nachschauen und nachdenken können. Er sagte nur so viel, dass die Anfahrt etwas abenteuerlich gewesen sei, als hätten sich die Umstände gegen uns verschworen, Herr Leidl, aber ich war nie auch nur nahe dran, aufzugeben, und am Ende, was soll ich sagen, war ich brillant. Und bei Ihnen? Was macht die Hand? … 9 Stiche? … Mehr so ein Ziepen? Das ist ja schön. … Was für eine Frage, Herr Leidl, natürlich werden wir liefern können! Bei so langfristigen Projekten ist das kein Problem. … Wenn ich es Ihnen sage, Herr Leidl … Ich verstehe Sie, Herr Leidl (Sie haben ganz einfach keinen sehr guten Tag heute), aber ich schlage vor, wir beschäftigen uns mit den Problemen, wenn sie *da* sind, gute Besserung!

Das Gespräch dauerte nicht länger als 5 Minuten. Wenn es sein muss, kann Darius Kopp anhaltender oder wiederkehrender Skepsis, Miesepetrigkeit, ja sogar zorniger Ablehnung (siehe heute Morgen) länger als 1 Stunde standhalten. Dieses Mal jedoch litt seine Laune etwas mehr als üblich unter dem Gespräch mit Leidl – Anstatt dass er mir dankbar wäre! – und als er sah, was auf dem nächsten Notizzettel stand, nämlich »Herr Aschbrenner«, sortierte er auch diesen (*zunächst*) nach hinten.

Richtig hieß der Anrufer Asch*en*brenner. Kopp mag den alten Herrn als eine Person, die er kaum kennt – Seitdem er 60 geworden ist, führt er ständig das Wort »Zielgerade« im Mund. Freut sich auf die Rente und fürchtet sich – aber als Kunde taugt er eben nicht viel.

Er ruft an, weil er sich, sagen wir, um die Ausschreibung einer Universität bewerben will.

Kopp ist äußerst erfreut, das zu hören. Wir *lieben* Universitäten, Herr Aschenbrenner!

Die von Herrn Aschenbrenner hätte aufgerundet 150 000 qm, mehrere Gebäude, das verlangte nach ungefähr 500 Geräten, 500 Geräte verlangen nach 2 Kontrollboxen, da jede von diesen max. 250 Access points verwalten kann. Aber Herr Aschenbrenner fragt nicht nach unseren neuen Produkten, er erkundigt sich nach den alten Harmony-Routern und APs, mit denen er immer so gut gefahren ist. Verbreiten Sie denn die Harmony gar nicht mehr? (Jeder sagt *verbreiten*. Sie können nicht anders.)

Kopp stimmt zu, ja, Harmony war ein schönes Produkt, *damals*, aber vom Heute aus betrachtet, Herr Aschenbrenner, ist das doch schon Legacy. Heutzutage stattet man Enterprises nicht mit 2,4-Gigahertz-Geräten aus, 4 Kanäle ohne und 3 mit Störabstand, damit können Sie in Umgebungen mit hohem Datentraffic keine Blumentöpfe gewinnen, wohingegen unsere neuen 5-Gigahertz-Komponenten und unser neuer, zentraler Controller usw.

Herr Aschenbrenner bedankt sich für die ausführliche und verständliche Erklärung, er scheint überzeugt, es bleibt nur noch die Frage nach dem Preis.

Bei angenommenen 500 Stück wären das knapp 1000 pro AP, dazu die 2 Controller à 50 000.

Herr Aschenbrenner ist entsetzt: 1000? Und 50 000?

Kopp erklärt ihm geduldig, welches der nur halb so teuren Konkurrenzgeräte welche Macke hat.

Herr Aschenbrenner fragt, wie weit man mit dem Preis noch runtergehen könnte?

Kopp antwortet wahrheitsgemäß: 3–5%, mehr nicht.

Ich bin skeptisch, Herr Kopp, sagt Aschenbrenner. Es will doch niemand Geld ausgeben. Egal, wofür.

Sie müssen bedenken, sagt Kopp, und erklärt noch einmal alle Vorteile, die auf ihrer Seite liegen.

Herr Aschenbrenner bedankt sich erneut und meldet sich wieder ein Jahr lang nicht. Um dann wieder exakt dasselbe Gespräch zu führen.

Kopp sortierte also auch die Aschenbrenner-Notiz nach hinten, bekam prompt ein schlechtes Gewissen, dann vergaß er das, denn Pecka kam ihm wieder zu Bewusstsein. Der ist unwichtig, aber nicht unwichtig ist das Geld. Während er London wählte, rollte er mit seinem Stuhl ein wenig nach hinten und zur Seite, um einen Blick auf den Kartonstapel neben dem Fenster zu werfen. Er sah aus, wie er ihn am Vortag zurückgelassen hatte.

Es hatte schon eine Weile in London geklingelt, bevor Kopp anfing, zu zählen. Ab dem Punkt, an dem er angefangen hatte, zu zählen, klingelte es noch 15mal, bevor Kopp auflegte, um es noch einmal zu versuchen.

Dasselbe. Klingeln, keine Antwort, kein Anrufbeantworter.

Wie spät ist es? 15:20. Minus 1 Stunde. Die Mittagspause müsste zu Ende sein. Haltet ihr überhaupt eine Mittagspause? Oder hält nur Anthony eine, Stephanie hat sich auf dem Weg zur Arbeit ein Sandwich mit Frischkäse und Cranberrys geholt und beißt an ihrem Schreibtisch sitzend ab, während sie mit der anderen Hand Arbeiten erledigt, die man mit einer Hand erledigen kann? Oder trinkt sie ihren Tee in der Küche, schließlich bin ich auch ein Mensch?

Kopp legte auf und öffnete das E-Mail-Programm: Haben sie auf meine gestrige Mail geantwortet? Nein. Er sah zur Sicherheit auch im Junk-Ordner nach. Von einem Programm generierte Namen – die gelungensten heute sind: Enrico Dombrowski, Jocelyn Hartman, Clancy Isenberg, Dariusa Mohamed – bieten mir und jedem anderen Stocks, Jobs, Ficks und Medikamente an. Sonst nichts.

Kopp seufzte, nahm die nächste Telefonnotiz zur Hand und las: »Fr. Susanna Mirsa – Termin Frei, Mo o. Die?«

Ein Anflug von Ärger streifte Darius Kopp. Adressat war Herr Lasocka. Sie sind ein netter Kerl, aber Ihre Notizen taugen nicht für einen Sechser. Who the fuck is Susanna Mirsa? Das haben Sie doch garantiert wieder falsch verstanden! Und was soll das heißen: »Termin Frei, Mo o. Die?« Und wo bleibt der Name der Firma? Trotzig sortierte Darius Kopp auch diese Telefonnotiz nach hinten – nur um wieder »Herr Becker« obenauf zu haben. Schnaubend schleuderte Kopp die Zettel auf den Tisch und stampfte, um durch Bewegung etwas Dampf abzulassen, hinaus in die Etagenküche. Einen Cappuccino mit Extrazucker! Ich habe heute noch gar keinen gehabt!

Und wenn wir draußen auf Lasocka treffen, was sagen wir ihm?

Nichts, zunächst nichts. Erst nachdem wir etwas getrunken, uns beruhigt haben. Mit Menschen, die uns zuarbeiten, müssen wir pfleglich umgehen. (Nahezu gerührt: Ich wäre ein guter Chef.)

Lasocka war nicht draußen (Erleichterung, ein wenig Beschämung), dafür stand jemand anderes in der Küche. Lachsfarbenes Hemd. Der Nachbar konzentrierte sich auf die Maschine: das Mahlwerk, das Wasser, der Dampf, der Satz, der in den Tresterbehälter fällt; nichts deutete darauf hin, dass er Kopp bemerkt hatte. Kopp verlangsamte seine Schritte, er hatte keine Lust auf eine Begegnung, aber einfach wieder umkehren, das ging auch nicht. *Das* würde er bestimmt bemerken. So blieb er in einigen Schritten Entfernung stehen und wartete. Ich stehe in der Schlange. Ja, auch ich möchte an diesen Apparat.

Der Lachs reagierte nicht, er war weiterhin auf die Maschine konzentriert. Sein Getränk war inzwischen fertig, aber er hatte eine zu große Tasse gewählt, diese hatte sich in den Auslaufdüsen verhakt, um sie zu befreien, musste er beide Hände einsetzen. Es kleckerte. Der Lachs fluchte kaum hörbar.

Oh, hörte sich Darius Kopp mit seiner gutnachbarlichsten Stimme sagen, die zu großen Tassen! Man fragt sich, wieso es hier überhaupt zu große Tassen gibt. Man kann sie doch zu nichts benutzen. Man hat nur Ärger.

Der Lachs, mit der tropfenden Tasse in beiden Händen, sah ihn endlich an.

Er war jünger, als Kopp ihn in Erinnerung hatte (ich dachte, wir wären etwa gleich alt), wohl gekämmter (so wohl gekämmt ist man doch heutzutage gar nicht mehr!), bunter gekleidet (die Hose zum lachsfarbenen Hemd war mittelblau) und er trug eine Brille mit dicken Gläsern. Diese war Kopp bisher ebenfalls nicht aufgefallen, mir ist nicht aufgefallen, dass er überhaupt eine Brille trägt, diese dicken Gläser, auch diese trägt man heute nicht mehr, seine Augen dahinter können nicht anders aussehen als aufgerissen und ausdruckslos. Kopp konnte nicht anderes, er stufte sich sofort höher ein als diesen jugendlichen Tollpatsch, sein Lächeln und seine Stimmlage wurden gönnerhafter, dafür wiederum schämte er sich.

Tut mir leid, sagte Darius Kopp. Noch mal wegen des Hemds. Aber, wie ich sehe, ließ es sich noch retten.

Das ist ein anderes. Aber: ja, natürlich. Man musste es nur waschen.

Die Stimme des Lachs war überraschend gut. Wie die eines wesentlich attraktiveren Menschen. Jetzt lächelte er auch. Kopp war erleichtert.

Darius Kopp, Fidelis Wireless.

Peter Michael Klein, Medconsult.

Med wie Medizin oder Med wie Medien?

Herstellerunabhängige Beratung für medizinische Einrichtungen.

Ah, sagte Darius Kopp.

Mehr war nicht zu sagen. Kopp lächelte noch einmal und wandte sich dem Kaffeeautomaten zu.

Zu seiner Irritation ging Peter Michael Klein aber mit der eigenen Tasse nicht weg, er blieb hinter ihm stehen. Kopp konzentrierte sich auf die Maschine: das Mahlwerk etc ...

Wireless, sagte der Medconsultant in seinem Rücken. Viele Kliniken rüsten jetzt damit auf.

Einen Moment, sagte Darius Kopp.

Während er auf das Büro zuging (rannte; warum, um Gottes willen, rennst du, wie sieht das aus? zu spät) fiel ihm ein, dass er nicht wusste, wo er seine Visitenkarten hatte. Wo hatte er das letzte Mal das blaue Plastiketui (unser Give-away) gesehen, und wo waren die anderen Karten, die noch im Karton der Druckerei steckten, wo war dieser Karton? (Kartons, Kartons, immer diese Kartons!) Da er gerannt war, hatte er das Signal gegeben, ein Schneller zu sein, aber wenn er ein Schneller war, dann konnte er jetzt nicht langsam suchen, dann war seine Zeit begrenzt, und auf keinen Fall konnte er mit den Worten zurückkehren: ich finde sie gerade nicht. Was bleibt einem in so einer Situation übrig: doch nur die Flucht nach vorn. Darius Kopp trat sie an. Er tappte an den Schreibtisch, wischte aufs Geratewohl einige Papiere beiseite und griff einfach irgendwohin, dazwischen. Und, siehe da: er hatte sogar 3 Visitenkarten in der Hand. Aber sind es *meine*? Ja! Zwei warf er zurück, dann hob er sie wieder auf. Welche ist am saubersten und unverknittertsten? Diese trug er hinaus.

Sie tauschten ihre Karten, anschließend tranken sie ihre Getränke gemeinsam in der Küche stehend. Sie unterhielten sich, und auf welchen Gegenstand auch immer die Rede kam, sprach Peter Michael Klein mit so viel Kenntnis, Verstand und gutem Geschmack, dass Darius Kopp nach dem Abschied noch eine Weile rückwärts auf sein Büro zuging, um seinem Nachbarn länger lachend zuwinken zu können. In der einen Hand eine Tasse mit (einem nächsten) heißen Cappuccino, mit der anderen winkend, rückwärts, so ging Darius Kopp auf sein Büro zu.

Wieder einmal den Löffel vergessen, macht nichts, er lachte, griff erneut in den Wust auf seinem Schreibtisch, hatte einen Stift in der Hand, einen wahrscheinlich ohnehin schon längst eingetrockneten Plastikkugelschreiber mit Werbeaufdruck, mit diesem rührte er den Extrazucker im Cappuccino auf. Kichernd leckte er den Stift ab und warf ihn zurück auf den Tisch. Der Stift traf im Niederfallen die Telefonnotizen: Pecka-Aschenbrenner-Mirsa, sie verschoben sich gegeneinander, statt 4 Ecken waren nun 7 zu sehen. Kopp nahm einen großen Schluck Schaum, setzte sich und zog den untersten Zettel heraus.

Frau »Susanna Mirsa« hieß richtig *Shahzana* und *Mirza,* sie vertrat eine Organisation, die etwas mit Pakistan und etwas mit Deutschland zu tun hatte, Kultur, Kommunikation, Wirtschaft. Näheres konnte Darius Kopp auf die Schnelle nicht herausfinden, denn das Telefonat mit Frau Mirza war von so einer skurrilen Hektik, dass Kopp seine gesamte Aufmerksamkeit brauchte, um wenigstens das Minimum mitzubekommen.

Es fing damit an, dass er es nicht klingeln hörte. Er hatte ohne jeden Anlauf gleich ihre atemlose Stimme im Ohr:

Hallo?! Hallo?! Wer ist da?!

Oh, sagte Darius Kopp, ich hab's gar nicht klingeln gehört …

Ja?!! Wer ist da?!!

Sie hatte etwas im Mund, wahrscheinlich ein Bonbon, es klackte gegen ihre Zähne, das war irritierend, zudem fiel sie Kopp andauernd ins Wort, kaum dass er es im zweiten Anlauf hinbekam, zu sagen, wer er sei, dass er zurückrufe, dass sie bei ihm angerufen habe …

Ja!!! Offenbar konnte sie nicht anders, als ins Telefon zu schreien, als stünde sie mitten auf einer belebten Kreuzung oder als würde ein Sturm um sie herum wüten. Ihren eigenen Namen und den ihrer Organisation leierte sie nebenbei herunter und schrie Kopp gleich wieder an: Können Sie kommen?! Am Freitag?! Oder am Montag?! Oder Dienstag?!

Um was für …

Ja?!!!

Um was für ein Projekt handelt es …

Ein Regierungsprojekt! Können Sie Freitag kommen?!

(Regierung? *Welche* Regierung?) *Diesen* Freitag? Lassen Sie mich schau …

Ja?!!!

Kopp klickte den Kalender auf (hektisch; sie macht einen ganz hektisch) –

Ping! sagte der Rechner. »Termin überfällig: 9:00, Uni.« Geh mir nicht auf die Nerven! Er klickte die Benachrichtigung – Erledigt! – weg.

– um zu sehen, was er sowieso schon wusste: am Freitag hatte er noch keinen Termin, weder geschäftlich noch privat. Zudem war das der falsche Schritt, er hätte stattdessen den Browser öffnen müssen. Mit der einen Hand telefonieren, mit der anderen herausfinden, wer die Leute überhaupt sind.

Einen Moment, Frau Mirza, ja?, einen Moment, ich muss Sie kurz hinlegen …

(Wie gut wäre es jetzt, wenn man wüsste, wie man jemanden in die Warteschleife schicken kann, damit er – diesmal: sie – nicht hört, wie man auf der Tastatur klappert …) Suche: pakistanisch, deutsch, Kultur, Kommunikation, Mirsa. … Er hatte Glück, er fand die Webpräsenz ihrer Organisation gleich auf der ersten Seite, darauf ihren richtigen Namen: Shahzana Mirza. Es gab sogar ein Foto von ihr. Ich weiß jetzt, wie Sie aussehen. Wie ein Foto von Ihnen aussieht.

Ja, also am Freitag ...

Oder Montag?! Montag um 9?!

Das ginge auch ...

Gut! Montag um 9!

Ja, und ...

Da hatte sie schon aufgelegt.

Auf der Website stand zwar eine Adresse, aber Kopp hatte seine Lektion gelernt und rief noch einmal an, um sie sich bestätigen zu lassen.

Ja!! schrie Shahzana Mirza. Montag um 9, 4. Hof, 3. Stock!!!

Kopp hatte Schweiß in den Handflächen und auf der Stirn, aber seine Laune war noch besser geworden. Er wischte sich mit den Unterarmen die Stirn, trocknete sich die Hände am Hemd ab – an den weichen Flanken seines runden Bauches – und lachte: Die Welt ist voller Freaks. Wirklich. Voller Freaks. Und ich mitten unter ihnen. Allein heute: ein Choleriker, ein Miesepeter, ein Streber und eine Hektikerin. Gegenüber all diesen habe ich meine beste Form gebracht. Du kannst stolz auf dich sein. Ich bin es.

Stolz, selbstsicher, energiegeladen, optimistisch war Darius Kopp, als er das zweite Mal in London anrief. (How do you do, Stephanie? How ist the weather in London? I am in a good mood, *indeed*. I am *always* in a good mood. Is *he* there? How is it going, Anthony?)

In London ging niemand ran. Mittlerweile war es um 4 Uhr. Minus 1. Wie lange haben die Kassenschalter der Banken noch auf? 2 Stunden. Das ist, wurde Kopp nun klar, so oder so zu wenig Zeit. Selbst wenn es das Problem mit dem Nachweis über die Herkunft des Geldes nicht gäbe. Aber es gibt ihn. Der Karton wird mindestens eine weitere Nacht im Büro bleiben müssen. Kopp horchte in sich hinein, wie er sich dabei fühlte. Ich kann nicht sagen, dass ich beunruhigt wäre. Nein. Das ist ein sicherer Ort. Londons Verhalten war unabhängig davon unerklärlich.

E-Mail-Programm wieder auf, einen Zweizeiler verfasst:

Dear Stephanie, ich erreiche euch nicht. Is there anything wrong with the phone? Bitte um Rückruf oder Mail.

Er vergaß, die Mail zu unterschreiben, schickte eine zweite hinterher, in der er sich dafür entschuldigte.

Und dann noch eine, in der er fragte, ob man die Mail von gestern erhalten habe. With kind regards, Darius

Da er für den Moment nicht wusste, was er sonst tun sollte, weil er nachdenken wollte, öffnete er den Browser, die Nachrichten-seiten – auch davon habe ich heute noch nichts gehabt. Er las sehr aufmerksam die Schlagzeilen.

Isolierter Indianerstamm im brasilianischen Dschungel entdeckt.

Zahl der Armen schrumpft auf 1,4 Milliarden.

Seaman fürchtet feindliche Übernahme.

Kim-Jong-Ils Abwesenheit irritiert Freunde und Feinde.

Berliner Sechslinge kuscheln schon mit Mama und Papa.

Man könnte das Geld so lange in ein Bankschließfach tun. Das wäre vernünftig und dürfte auch nicht so kompliziert sein. Öffne Suchmaschine, suche: Bankschließfach.

Die nächste Stunde verbrachte Darius Kopp damit, über Bankschließfächer zu lesen. Die Versicherung von Bank-schließfächern. Bis 16 000 pro Fach. Greift in Fällen wie letzten Sommer, als es einen spektakulären Einbruch in einen Schließ-fachraum einer Filiale von Peckas Bank(!) gab. – (Pecka wartet auf einen Rückruf.) Aber Darius Kopp las weiter. – Die Diebe nutzten eine Baustelle, um sich Zugang zu verschaffen. 16 000 sind nicht gerade viel. Andererseits musst du keine Auskunft darüber erteilen, was im Fach ist. Was passieren kann, ist, dass in *besonderen Situationen* der Staat die Fächer sperren oder im Gegenteil: öffnen lässt. In den Foren treffen sich jene, nicht wenige, die so eine Situation als unmittelbar bevorstehend beurteilen. Man rät sich gegenseitig, Bares ins Ausland zu schaffen. Im Auto! Man denke nicht im *Traum* daran, das Flugzeug zu nehmen! Die Stavridis-Variante, es in Raten über Global Union einzuzahlen, ist ebenfalls ein gängiger Ratschlag. Wie viele Personen des Vertrauens (*keine* Familienmitglieder; anderer Name, andere Adresse!) bräuchte man mindestens, um 40 000 in Raten weniger als 10 000 einzuzahlen? 5. Unscheinbare Typen, wie du selbst. Dies ist die Gelegenheit, sich darüber zu freuen, dass du ein unscheinbarer Typ bist. Noch dazu mit Anzug! Ein stinknormaler Irgendjemand in einem nicht zu billigen und nicht zu teuren Anzug, das ist in dieser Situation das Beste, das du sein kannst.

Auf der Suche nach einer spiegelnden Fläche, in der er seine Wirkung nachprüfen konnte, blickte Darius Kopp erst Richtung Fenster, zu hell, dann in den Bildschirm des von ihm nie benutzten büroeigenen Computers. Zu dunkel. Man sieht sich höchstens als Schatten darin. Vertrauenswürdige Schatten kann es nicht geben. Kopp sah an sich hinunter, um ein besseres Bild zu bekommen. Er sah seine Hosen und sein Hemd. Die Sonne fiel ihm in den Schoß. Ich bin ein wenig ausgeblichen.

Das Grassieren in den Foren war amüsant, brachte aber seit einer Weile keine neuen Erkenntnisse mehr. Nur die Zeit verging. Mittlerweile war es um 5. Kopp nutzte die Unterbrechung und trug die leere Cappuccino-Tasse zurück in die Küche. Diesmal saß Herr Lasocka hinter dem Empfangspult. Als er

Kopp sah, winkte er ihm lächelnd zu, Kopp winkte lächelnd zurück. Ein dritter Cappuccino schien ihm übertrieben, er nahm ein Wasser. Als Herr Lasocka sah, dass er mit einem zu vollen Glas (Wieso hast du es so voll gegossen? Wieso nichts abgetrunken?) auf sein Büro zuging, sprang er auf und öffnete ihm die Tür. Danke, sagte Darius Kopp.

17 Uhr 5. Bis 18 Uhr wird kein Normalsterblicher mehr ein Schließfach eröffnen können. Bzw.: wer weiß? Vielleicht wartet Herr Pecka schon mit einem Schlüssel auf uns. Oder es ist ein elektronisches Schloss. Dann mit einem Code. Aber Darius Kopp rief Herrn Pecka nicht an. Könnte er sagen, wieso er ihm nicht vertraute? Nein.

Das Wasser schmeckte nicht, Kopp tat dennoch so, als würde er daran nippen. Tauchte die Lippen ein, leckte sie ab, dachte nach.

5 Personen des Vertrauens. So genannte Freunde. Kopp ist glücklich genug, solche zu haben. Wie der Zufall es so will, treffen wir sie alle miteinander schon heute Abend. Ihre Namen sind: Rolf, Muck, Potthoff, Halldor und Juri. Bis zum April 2001 waren wir nur Kollegen, bis zu jenem Dienstag, an dem wir *alle zusammen aufgelöst worden* sind. Das sind unsere Worte. Der Büroleiter, sein Name war Stark, kam aus seinem Büro, sagte: Hört mal alle her etc. Juri schlug vor, eine After-Work-Party zu machen und alle wieherten. D. h. Juri, Potthoff und Kopp wieherten, Stark, Rolf und Muck lächelten, Halldor zeigte keinerlei Reaktion. Wir gingen in eine große Kegelhalle, kegelten wie die Wilden und stopften uns mit Hähnchenschenkeln und Bier voll. So lange, bis einer (Muck, der eine schöne Stimme hat) zu singen anfing: *Es könnte schlimmer sein, es könnte schlimmer sein, es könnte viel, viel, viel, viel schlimmer sein.* Und so weiter, bis dir die Luft wegbleibt: vieL, viEL, vIEL, VIEL schlimmer

sein! Seitdem nennen wir uns Freunde. Immerhin 7 Jahre. Wir treffen uns, in unregelmäßigen Abständen, aber immer dienstags, zu Kegeln, Hähnchenschenkel und Bier. Seit einiger Zeit ohne den Sportsmann Stark, der irgendwo auf halber Strecke auf seinem Rennrad sitzend einen Herzinfarkt erlitt und schon tot war, als er auf dem Asphalt aufschlug und von dort in den Straßengraben rutschte. (Juri: Da nützt dir freilich auch ein Helm nichts!) Heute wird, was man hört, nicht gekegelt werden, denn Rolf hat Geburtstag und außerdem eine neue rollstuhlgerechte Wohnung bezogen, in unmittelbarer Nähe des Klinikums. Vierter Stock, mit Fahrstuhl. Endlich einmal muss man sich als Behinderter die Stadt nicht von unten anschauen. Man kann vom Balkon aus direkt aufs Klinikgelände sehen, nicht auf die Notaufnahme, sondern auf das schöne Backsteingebäude der Klinikleitung, auf dem Rasenstück davor bildet ein Nebelgrauer Trichterling einen Hexenring, dessen eine Hälfte innerhalb und die andere außerhalb der Außenmauer wächst – Was ist ein Nebelgrauer Trichterling und was ein Hexenring? Eine Pilzart, ein Kreis – aber ganz besonders liebt Rolf dem Vernehmen nach den Anblick der Blutboten, die auf weißen Fahrrädern zwischen den Gebäuden unterwegs sind.

Ich möchte mein Herz ausschütten. Nein, das wäre nicht nötig. Eine einfache Frage würde ausreichen. Den günstigen Moment abwarten und sie einwerfen, wie ein nächstes Thema, ein Angebot zum Mitspielen: Freunde, ich hätte eine Frage. Würdet ihr eine größere Menge Bargeld für mich einzahlen?

Rolf würde einfach nicken, höchstens noch fragen: Wann, wo?

Potthoff würde enthusiastisch Ja rufen, aber dürfte man sich in scherzhaftem (sensationslüsternem) Ton erkundigen, was, woher, wieso?

Muck würde es detailgenau wissen wollen: Was würde eine Einzahlung konkret bedeuten, mit was für Konsequenzen müsste man rechnen? Kann man von einem Freund verlangen, dass er im Fall der Fälle die Abgebrühtheit besitzt, auf eine Nachfrage von offizieller Seite so zu antworten, wie es einem das Gesetz erlaubt, nämlich: Solange es sich um eine Summe unter 10 000 handelt, geht Sie das gar nichts an? Oder, höflich-korrekter: Ich möchte von meinem Recht Gebrauch machen, keine Auskunft erteilen zu müssen. Oder, den Simpel gebend: Ich verstehe überhaupt nicht, was Sie meinen? Ist es denn nicht erlaubt? Muck würde sich absichern, er würde seine Frau fragen, aber schlussendlich wäre er dabei.

Halldor würde gar nichts sagen. Man wüsste nicht, woran man mit ihm ist. Ob er leidenschaftlich dagegen oder leidenschaftlich dafür ist. Kopp würde dem auch nicht auf den Grund gehen wollen. Mit Halldor gerät man neuerdings leicht in Streitigkeiten. Halldor hat Prinzipien. Diese hat Kopp noch nicht durchschaut, sie haben etwas mit *Richtigkeit* und *Moral* zu tun, was sich bekanntlich nicht mit *legal* decken muss. (Aber es wäre ja sogar legal!) Egal, Halldor bräuchte man nicht unbedingt.

Dafür Juri. Der, am besten von allen informiert, bis zum Schluss warten würde, bevor er sich entscheidend zu Wort meldet. Im Prinzip ja, klar, mache ich das für dich, aber eins würde mich interessieren: Wozu der Eifer? Wieso machst du dir die Mühe und die Gedanken überhaupt? Sollen *die* sich die Mühe und die Gedanken machen. Du bist nur ein Angestellter. Wenn man dich erwischt, und warum sollte man dich nicht erwischen (???), werden sie dich so was von im Stich lassen, das kannst du wissen.

(Wieso kann ich das wissen? Ich fühle mich unangenehm berührt.)

Aber, da wir schon dabei sind, hypothetische Gespräche zu führen, Juris Augen würden anfangen zu funkeln, angenommen, nur angenommen, du würdest nichts davon tun ... Erst einmal abwarten ... Wenn keiner danach fragt ...

Ab hier wäre dann nichts Vernünftiges mehr zu holen. Die anderen würden nach dem neuen Spielangebot schnappen wie übermütige Welpen: Was die Armenier wohl machen würden, was Kopp machen müsste, ob er gezwungen wäre, unterzutauchen, wie weit käme man mit 40 000, wie wäre ein Leben in der Illegalität, ständig in Bewegung bleiben, ein bewegliches Ziel bieten, unauffällig und vor allem ruhig, denk daran: wenn du wie ein Hase läufst, wird man dich, wie einen Hasen schießen ...

Ping! sagte der Laptop. »In 1 Stunde: 18:38, Juri: Afterwork bei Rolf.« Wieso eigentlich 38? Wahrscheinlich nur vertippt. 1 Stunde, bis Juri kommt und mich abholt. Die Gelegenheit für einen letzten Anlauf.

Zum Beispiel könnte man noch einen Versuch bei Michaelides machen. Nur, um wieder ein endloses Klingeln ohne jede Antwort zu hören. Erneut war Kopp etwas verärgert, was nicht Michaelides galt – Im Gegenteil: er war erleichtert. Dafür besteht kein Grund. Ich weiß – sondern London. Wozu der Eifer ist nicht die Frage. Dazu. Wenn sie mir die Verantwortung dann abnehmen, umso besser. Aber dafür müsste man sie erreichen können!

Weil man es so macht, wiederholte Kopp den Versuch bei Michaelides – mit demselben Ergebnis – die *Agentur* in der Schweiz, deren Telefonnummer auf der Site der Bedrossians hinterlegt war, rief er aber nicht mehr an, sondern, ein letztes Mal für heute, mit etwas vorwurfsvoller Ungeduld: London.

Hellou?

Oh, sagte Kopp, der auf eine Frauenstimme (Stephanie) vorbereitet war. Oh, Anthony …

No, it's not Anthony.

Sondern wer?

Jemand, den Kopp gar nicht mehr auf der Rechnung hatte, obwohl er ihm, in anderem Zusammenhang, und manchmal auch ohne jeden, immer wieder einfiel: Calimero, der Hypochonder.

Carl, mit richtigem Namen. Vor 2 Jahren, als Kopp ihn kennenlernte, war Carl ein fröhlicher Naturbursche, der gern lange Strecken mit dem Motorrad fuhr, am liebsten durch Schottland und Frankreich, und eine Website »Pubs near the tube« betrieb. So lange, bis sich eines Tages eine infizierte Zecke in ihn verbiss und er von einem Tag auf den anderen in Panik geriet. Ich wusste gar nicht, dass man in GB auch an Borreliose erkranken kann. Kann man. Carl, der das letzte Mal als Kind an einer benennbaren Krankheit (Windpocken) erkrankt war, tat amüsiert, aber in Wahrheit war er erschrocken. Er recherchierte und fand alle möglichen schrecklichen Geschichten über Menschen, Kinder, die durch Zeckenbisse gestorben oder behindert geworden waren. Ab da war er extrem ängstlich, bei jedem kleinen Schnupfen dachte er: jetzt ist es aus. Um das zu übertünchen, machte er sich permanent über sich und seine Hypochondrie lustig. Als er ein störrisches Knacken im rechten Ohr bekam, sagte er: Oh, ich habe ein Knacken im Ohr! Was wird das wohl sein? Ohrenschmalz oder Gehirntumor? Das ist hier die Frage! Er spülte das Ohr aus, das Knacken blieb, dazu schmeckte er falsche Geschmäcker, hauptsächlich schmeckte alles bitter. Am Ende öffnete man seine Schädeldecke, holte einen Tumor heraus, der zum Glück an der Außenseite des Gehirns wuchs, und er musste monatelang eine Plastikschale auf dem Kopf tragen. Jetzt sehe ich aus wie Calimero, sagte er und alle lachten herzlich. Auch Kopp, obwohl er die Geschichte nicht kannte. Später klärte ihn Flora auf, und er lachte erneut herzlich. Noch später hieß es, Calimero ginge es wieder schlechter, seine vernarbte Kopfhaut habe wieder geöffnet werden müssen, er sei jetzt permanent im Krankenstand.

Doch nun war er am Telefon.

Ca…rl! rief Kopp freudig überrascht. Wie geht es dir? (Seine Stimme ist höher geworden. Deswegen habe ich ihn nicht gleich erkannt. Kommt das von der Behandlung?)

Calimero-Carl sagte, ihm ginge es fine, danke.

Was … ähm … was machte er im Büro? Bist du wieder da?

Nein, nein, nicht wieder da. Er wollte nur etwas holen.

Oh. Aha. (Was kann er schon holen. Seine Sachen. Holst du deine restlichen Sachen, Carl?) Ah, ja, that's fine, ähm, ist es bei euch auch so heiß?

Oh, nein, es geht, die See kühlt ein wenig.

Bei uns, auf dem Kontinent, ist seit Wochen eine Hitzewelle.

Schwer zu sagen, ob Carl etwas dazu sagte oder nicht.

Aber weswegen ich anrufe: Is *he* there?

Who is *he*?

Anthony. Ich müsste mit Anthony sprechen.

Nein, es ist keiner da.

Stephanie?

Nein.

Sandra maybe?

Nein, wie ich sagte: keiner.

Seit wann bist du schon da?

20 Minuten. Aber ich geh jetzt auch gleich. Ich hätte gar nicht ans Telefon gehen sollen. Es war ein Reflex.

Nein, nein, das war schon gut, Carl, so können wir uns wieder mal sprechen.

Ja, sagte Calimero-Carl.

Ab hier ging es dann aber natürlich nicht weiter.

…

Ähm, sagte Kopp, was machen die Pubs near the tube?

Calimero-Carl besuchte sie immer noch. Indeed. Er hatte neulich einen neuen Laden in Clapham North getestet. The Bierodrome.

Und?

Ganz OK. 8 von 10 Punkten, es gibt Real Ale, aber die Musik aus der Konserve nervt ein wenig.

(Darfst du überhaupt Alkohol trinken?

Unterschiedlich. Es gibt Tage, an denen ich nicht in der Lage bin, aufzustehen. Am nächsten Tag kann ich wieder alles machen, was ich will.)

Plötzlich fing Calimero an, von seiner Mutter zu erzählen. Ach so, er war mit seiner Mutter da gewesen. Sie ist 70 geworden.

Oh, tatsächlich? Meine Mutter wird dieses Jahr auch 70.

Oh, wirklich?

Sie sprachen über ihre Mütter. Kopps ist kränklich, Calimeros gesund wie ein Pferd. Eine Queen Mum, sie trinkt mich unter den Tisch. Calimero lachte.

(Sie wird dich überleben, nicht wahr?)

Ja, sagte Calimero, so ist es. Entschuldige, aber ich muss jetzt weiter. Ich lege Stephanie einen Zettel auf den Tisch, in Ordnung?

Ja, Carl. Danke, Carl.

Keine Ursache.

…

Ich weiß nicht woher, aber ich weiß es: Das war zweifellos unser letztes Gespräch. Es sei denn, ich riefe jetzt sofort noch einmal an. Und es sei denn, er ginge noch einmal ran.

Kopp rief nicht noch einmal an. Er sah beim Fenster hinaus. Das ist nicht London. Carl ist in London. Wie sieht seine Kopfhaut aus? Trägt er noch seine Schale? Oder trägt er eine karierte Mütze oder ein Basecap? Oder sieht man gar nichts?

Um nicht weiter darüber nachzudenken, öffnete Kopp den Browser – Russland und Opec schließen Allianz – schloss ihn gleich wieder und suchte die Nummer seines Hausarztes heraus.

Er erreichte ein Band, das ihm mitteilte, der Arzt sei im Urlaub, Vertretung sei Derundder. Kopp legte auf.

Um Flora anzurufen, war es schon zu spät (Wieder einmal, entschuldige), er versuchte es gar nicht mehr.

Herrn Aschenbrenner habe ich auch vergessen. Hätte ich auch noch Herrn Aschenbrenner angerufen, könnte ich sagen: heute habe ich alles getan, was ich tun konnte. Tja, nun. Morgen ist auch noch ein Tag.

Die nächsten Minuten saß Darius Kopp einfach nur da, federte höchstens ab und zu mit dem Stuhl.

Als Juri anrief, er würde sich – der Verkehr! – um 15 Minuten verspäten, also in 15 Minuten da sein, beschloss Kopp, sich für die Party umzuziehen. Das neue, cremefarbene Hemd war mit Antismell-Ausrüstung. Damit du nicht stinkst. Sehr aufmerksam. (Aber natürlich mit dem kleinen Stachel der Verunsicherung: Wieso empfahl mir die Dame *dieses* Hemd?) Er packte auch die Socken aus. Roch an ihnen. Fabrik. Aber sie fühlten sich so verführerisch zart an, dass Kopp beschloss, sie ebenfalls anzuziehen. Er hätte sich gerne vorher gewaschen, aber das traute er sich wieder nicht. Er zog sich in seinem Büro aus und an, vorsichtig, damit er nicht an irgendetwas geriet, das umfallen oder ihn staubig machen konnte. Er legte auch die neue Krawatte an, tastete sie lange ab, um nachzuprüfen, ob es ihm ohne Spiegel gelungen war, sie korrekt zu binden. Er packte die Tüten so um, dass in der einen die noch unbenutzten neuen Sachen waren und in der anderen die, die er gerade abgelegt hatte. Diesmal gelang es ihm sogar, die Tüten an den Garderobenständer zu hängen. Froh zu sein bedarf es wenig. Lächelnd stand Darius Kopp am Fenster und sah hinaus.

Die Nacht

Können wir über den Strand fahren?

Juri war mürrisch. Nein.

Spinnst du? Wieso nicht?

Weil wir dann wieder in den Stau kommen.

Das wird sowieso passieren.

Nicht wenn ich meinen Schleichweg fahre. Und mein Schleichweg führt, tut mir leid, nicht an deinem Frauchen vorbei.

Warum bist du so ein Arschloch?

Aber er war doch kein Arschloch, er brachte ihn vorbei.

Da, siehst du, da ist sie. Lebt und bewegt sich.

Warte, ich muss noch was holen. Ich hab das Geschenk vergessen.

Er hat händeringend darum gebeten, ihn nicht voll zu müllen. So ein Rollstuhl braucht viel Platz.

Wenigstens das Minimum, eine Pulle Schluck, wollte Kopp mitbringen. Soll ich für dich auch eine holen?

Nein, Danke, Juri hatte was dabei.

Und wieso sagst du dann zu mir, ich brauche nichts?

Es ist nur der Wein, den wir an die Kunden verteilen.

Der Chef war da, Kopp konnte seine Frau nicht küssen, aber ihr Lächeln zeigte ihm an, dass sie sich freute.

Leise: Alles gut?

Alles gut.

Ihr Tablett war fertig, sie ging.

Ulysses gab zu bedenken, dass sie eine Bar, keine Spirituo-
senhandlung waren, und dass er ihm die Flasche Rum so berechnen werde müssen, als hätte er sie cl-weise ausgeschenkt.

Reiß dich zusammen, sagte Melania.

Er habe sich das nicht ausgedacht, sagte Ulysses.

Melania wandte sich unverzüglich an den Einarmigen –
Ben! –, Ulysses verdrehte die Augen, aber Ben lächelte nur
schief oder machte sich vielleicht zu einer langsamen Reaktion
bereit, aber Kopp winkte schon liebenswürdig ab: Ach, noch
haben wir's ja!

Was ist es?

Dominikanischer Rum.

Weißt du, dass so eine Flasche dort umgerechnet 1 Euro
kostet?

Jetzt ja.

Übrigens kann er wegen seiner Medis sowieso keinen Alkohol trinken.

Du bringst auch Wein mit!

Tja.

Wie alt wird er eigentlich?

40.

Ist er jünger als wir?

Jünger als *du*.

Was meinst du, ob er die 50 schafft?

Mit Multiple Sklerose kannst du 100 werden.

Ist das so? … Ich hatte heute ein Telefonat mit einem Typen.
Kopp fasste die wichtigsten Punkte der Calimero-Geschichte
zusammen.

Und?

Nichts. Ich glaube nur, dass ich ihn heute wahrscheinlich das letzte Mal gesprochen habe.

Was ist los? Hast du deinen Moralischen? Wir fahren zu seinem Geburtstag, nicht zu seinem Begräbnis. Und nebenbei: wir sind alle am Absterben, auf die eine oder andere Weise. Schau dir Halldor an, wie massiv der abbaut. Zu sagen, er wird immer sonderlicher, wäre eine unverschämte Untertreibung. Schwere Schlagseite würde eher zutreffen. Oder Muck, der langsam so aussieht, als könnte er mein Vater sein. Oder Potthoff, der ist doch satt in der Midlifecrisis, zu seinen katholischen Wurzeln zurückgekehrt und bereit, eine Familie zu gründen!

Apropos, zurückgekehrt. Seit wann ist er wieder da?

Vorgestern. Während er weg war, hat man ihm das Navi-system aus dem Auto geklaut. Er hat herumgeheult, a) dass er ohne Navi wie ein geköpftes Huhn sei, und b) wie viel Geld das wieder kosten wird. Ich will ja nichts sagen, aber wenn man kurz vor der Pleite steht, fliegt man nicht für 6 Wochen nach Afrika, um seinen dort entwicklungshelfenden Bruder zu besuchen. Das sieht ihm so ähnlich.

Was meinst du mit: steht kurz vor der Pleite?

Interessante Frage von einem, der mit Geld bei ihm drin-steckt.

Es waren nur 5000, dafür krieg ich keine wöchentlichen Berichte. Also: was, wieso, woher?

Noch vor der Reise. Wir bei Kadi. Du wirst jetzt fragen, wie du's enervierenderweise immer tust: Welcher Kadi?, also füge ich an: Die mit dem Deli-Laden. Im geschlossenen Laden Salami, Käse und Wein zu sich nehmen, während draußen Vorbeigehende uns durch das Schaufenster neidische Blicke zuwerfen, ist ein ganz besonderer Genuss. Dennoch, die beiden, wie üblich, unzufrieden und trübsinnig. Sie, dass ihr alles zu viel wird, man bräuchte eine Aushilfe, er, dass er es ja machen könnte, wir es für einen Gag gehalten, er schließlich glaubhaft gemacht, dass er es wirklich meint, er brauche das Geld.

Er hat euch einen Bären aufgebunden.

Ich sag doch, nein!

Er wird bei ihr landen wollen, das ist alles.

Eine brillante Hypothese, was soll ich sagen, ich dachte mir das auch, habe ihn prompt aufgezogen, wie es sich gehört, von wegen, hast du dir das gut überlegt, die Frau ist in *deinem* Alter – Juri hält das für so witzig, dass er auch jetzt wieder lachen muss – aber dann kam raus, dass es nicht das ist, sondern tatsächlich das andere.

Wie schlimm ist es?

Bis Jahresende kann er die Büromiete noch zahlen.

Das sind ja nur noch drei oder vier Monate!

Hja.

Kopp war erschüttert. Ist die im Bereich der funkgesteuerten Schalter vorherrschende Standardvielfalt schuld oder die generelle Technologiefeindlichkeit der Kunden?

Oder ist es vielleicht, dass jemand mehr Zeit beim Muttercasting als bei Kundengesprächen verbracht hat? Den Rest der Zeit hat er seine Reise nach Afrika organisiert. Ich will nicht sagen, er ist faul, er ist bloß einfach nicht dafür gemacht, eigenverantwortlich ein Geschäft zu führen. Wenn ihm keiner sagt, was er als Nächstes machen soll, macht er im Zweifelsfall erst einmal gar nichts. Dann heult er mir die Ohren voll, versaut mir den Abend und den ganzen nächsten Tag, so voll war ich mit negativen Energien, was ist aus der schönen alten Männertradition des Imponierens und Angebens geworden? Und er: Tschüs, ich fahr dann in Urlaub!

Wieso hast du mir nichts davon erzählt?

Juri, der leise fluchend einen Parkplatz suchte:

Für 5000 kannst du keine wöchentlichen Berichte erwarten. Arschloch!

Kopp meint es ernst, Juri weiß es und macht eben deshalb, und weil er mittlerweile einen Parkplatz gefunden hat, also großzügig sein kann, einen Scherz daraus, während die Einparkhilfe nervtötend piept:

Also, bitte, ja, das ist schon das zweite Mal, und der Abend hat noch nicht einmal angefangen!

Du sagst es! Schönen Gruß vom Bordstein, wir sind da!

Die Einparkhilfe sandte einen einzigen, ununterbrochenen Ton, Juri bewegte das Auto etwas vom Gehsteig weg, es knirschte, sie wieherten, und alles war wieder gut.

Ist das eine neue Krawatte? fragte Juri schmeichelnd.

Wiehern.

Ja, das Hemd ist auch neu, hab ich mir in der Mittagspause gekauft, als Belohnung, weil ich heute früh so brillant bei einem Kunden war, und eigentlich muss die Verpackung ja immer noch eine Stufe besser aussehen als der Inhalt, ach, ich müsste in Samt und Seide gehen!

Kopp wieherte, Juri nickte.

Einen neuen Anzug könntest du dir auch mal leisten, sagte er und stieg aus.

Ja, sagte Kopp, der sich erneut etwas auf den (neuen) Schlips getreten fühlte, zum leeren Fahrgastraum, dazu hatte ich keine Zeit mehr.

Die Tür wurde von einem Mohr geöffnet, das heißt, bei genauerem Hinsehen, von Potthoff, der blaue Pluderhosen, ein rotes Hemd und einen Ohrring zu weißblonden Haaren trug. Kopp lachte angetan, Juri halbwegs.

Wie siehst du denn aus?

Hast du dir die Haare dort färben lassen?

Du fährst nach Afrika, um dir die Haare blondieren zu lassen?

Die Freundin meines Bruders hat sich die Haare blondiert. Die Reste haben wir uns draufgeschmiert.

Ist die Freundin eine Schwarze?

In der Tat. Danach war sie rothaarig. So orange.

Dies, während sie im Gänsemarsch durch den kurzen, aber nicht engen (der Rollstuhl!) Flur walzten. Während der Letzte (Kopp) noch an der Eingangtür stand und diese schloss, betrat der Erste (Potthoff) bereits das Wohnzimmer. Dort, Sitzgruppe aus schwarzem Leder, Untersetzer aus verbrannten CDs, warteten Halldor, Rolf und Muck.

Als Kopp eintrat, sagte Halldor gerade zu Muck:

Da könnt' ich kotzen drüber, über so viel Inkompetenz! Wir kriegen die Daten von den Bullen, d. h. wir haben von denen Daten gekauft, die Verkehrsmeldungen, die kommen so in Schriftform, die musst du dann auswerten und in T-PACK übersetzen. Da haben wir so einen Decoder geschrieben, der das macht, ist nicht das Ding. Um dann noch die Datenlage ein bisschen aufzubessern, haben wir noch die Daten von diesen Idioten da von der Verkehrszentrale gekauft – 5000 für 1 Woche Daten und dann waren die der letzte Dreck. Grüß euch!

Wie geht es wem?

Danke, allen gut. Muck wird demnächst Großvater.

Herzlichen Glückwunsch! Hier: Dominikanischer Rum. Ach so, den wollte ich eigentlich Rolf schenken. Herzlichen Glückwunsch!

Man lacht, Rolf überlässt Muck den Rum, kann eh nichts trinken, Muck stellt den Rum zur allgemeinen Verfügung. Juri hat den Wein im Auto vergessen. Egal, man bevorzugt ohnehin Bier.

Gegen die Einheit von Partei und Rechtsstaat!

Prost!

Juri wundert sich, er wusste nicht einmal, dass Muck *Kinder* hat.

Zwei Töchter.

Aus erster Ehe?

Das *ist* meine erste Ehe. Nein. Von davor. Als Student von gerade einmal 21 Jahren hatte Muck im Abstand von 3 Monaten zwei Töchter gezeugt.

Warst du so begehrt, oder nur so doof? Warst du bekifft?

Im Osten hat man nicht gekifft, Schlaumeier. Höchstens Bier. Nein, ich war in einer Band.

Du warst in einer Band? Lass mich raten: am Schlagzeug.

Nein, ich war der Leader.

Juri nickt ernst: Ja, das ist der normale Weg. Vom Bandleader zum Systemanalytiker zum Schulhausmeister.

Kopp, der Muck mehr mag als jeden anderen aus diesem Kreis, fühlt sich für ihn unangenehm berührt, aber Muck lacht, er nickt, ich würde sagen: stolz. (Ja, ich, und nicht, wie von allen erwartet Halldor, war es, der damals mit den Nerven krachen gegangen ist, und zwar so gründlich, dass es mir hinterher nicht möglich war, in der Branche zu bleiben, ich habe mir einen Vollbart wachsen lassen und bin Hausmeister geworden und renoviere nebenbei schwarz Wohnungen und bin endlich glücklich, aber das würdest du, Juri, sowieso nicht verstehen. Potthoff, Halldor und Kopp beneiden mich dafür in manchen Momenten.)

Sorry, das Fleisch ist noch nicht da. Wer jetzt schon Hunger hat, kann Kartoffelsalat haben. Selbst gemacht. Selbst ist nicht Rolf, sondern Herr Müller, der heute leider nicht da sein kann. Herr Müller ist der Zivi.

Du nennst ihn Herr Müller?

Das trägt sehr zu seiner Entwicklung bei. Herr Müller ist ein sehr junger und sehr orientierungsloser Mensch, dessen sich Rolf angenommen hat.

Er wischt dir den Arsch, du erziehst seine Seele?

Ts! (Muck, der Rolf mehr mag als jeden anderen aus der Runde. Aber Rolf lachte und nickte:)

Warum nicht? Eine Hand die andere.

Wer sich traut, wiehert, die anderen schnauben durch die Nase.

Rolf begleitete Juri und Kopp auf den Balkon, damit sie die neue Aussicht bestaunen konnten. Es passen genau drei Leute, davon einer im Rollstuhl, auf den Balkon. Sie sahen lange auf das Klinikgelände, auf das schöne Backsteingebäude der Klinikleitung, einige Fenster waren bereits erleuchtet, der Himmel darüber verfärbte sich langsam zur Nacht. Auf dem schattigen Rasenstück vor dem Gebäude konnte man den Hexenring des Nebelgrauen Trichterlings nicht mehr sehen, es sei denn, man wusste, wie Rolf, was man zu sehen hatte: ein weißliches Schimmern. Und wo sind die Blutboten, die auf ihren weißen Fahrrädern zwischen den Gebäuden unterwegs sind? Diesmal: nirgends. Aber andere: mutmaßlich Personal, Patienten, Patientenangehörige, Studenten. Durch ein Fenster in einem Erdgeschoss konnte man eine junge Frau mit langen, braunen Haaren sehen, die vor einem – für Kopp und die Seinen: steinzeitlichen – Computer saß. Hinter ihr an der Wand hing ein weißer Kittel.

Mein Herz bricht, sagte Juri. Wie komm ich dahin?

Man lachte ein bisschen.

Ganz leicht, sagte Rolf. Jeder kann ein und aus gehen, wie er will, offene Wunden, Telefonkartendiebe, Babyentführer. Die Leute gehen auf dem Klinikgelände mit ihren Hunden Gassi. Kein Witz. Neulich übte einer mit seinem Dackel »Sitz!«. Der Hund hatte ein neongrün leuchtendes Halsband um.

Lachen. Kann ein Dackel überhaupt Sitz! machen oder ist sein Oberkörper zu lang?

Man hört ja die S-Bahn bis hierher! Die Sirenen auch?

So nah dran betätigen sie keine Sirenen mehr. Käme wohl nicht so gut an.

Muck rief aus dem Wohnzimmer heraus, er habe einmal unmittelbar neben einer Feuerwache gewohnt. Die sind sirenend vom Hof gefahren.

Gerade, als sie genug vom Balkon hatten, klingelte es an der Tür. Ah, das Fleisch ist da! Zwei Männer trugen es herein, ihnen folgte eine Frau. Die Gäste rechneten mit kalten Platten, evtl. einer Schüssel Buletten. Stattdessen:

Voilà: Spanferkel mit Sauerkraut.

Die Männer legten das Ferkel auf den marmornen Sofatisch, unter ihm gerüschtes Papier, die Frau fand für den Topf mit dem Sauerkraut keinen Platz, es half ihr auch keiner, man lachte zu sehr. Spanferkel gerüscht, auf Sofatisch, in schwarzer Ledersitzecke. Juri behauptete, auf der Stelle zu sterben.

Schließlich nahm Muck der Frau den Sauerkrauttopf ab und sie ging, mitsamt den Männern. Keiner der drei hatte auch nur gelächelt.

Rolf brachte die Lieferanten zur Tür, Muck den Topf in die Küche, die anderen tanzten um das Ferkel herum, bewunderten es von allen Enden.

Wie viel Kilo hat das? 20?

Ich habe für 15 bezahlt. Rolf im Zurückrollen.

Und wie viel davon sind Knochen?

Kopp macht sich schon Sorgen!

Aber wer soll es aufschneiden? Wieso geht man davon aus, dass Kopp das Tranchieren beherrscht?

Ganz einfach, weil du ein Vielfraß bist.

Schließlich war Muck derjenige, welcher.

Was bist du noch mal von Beruf?

Anstreicher.

Nein, Funkmechaniker.

Kopp auch.

Trotzdem kann er nicht tranchieren.

Nein. Er nagt es lieber ab.

Wiehern.

Die nächste halbe Stunde handelte von nichts anderem als von Essen und Trinken. Spanferkelfleisch, Kartoffelsalat, Bier, und wieder Fleisch, ein Berg Fleisch, außen knusprig, innen weich, der Kartoffelsalat wird zu wenig sein, wen kümmert's, in der Not schmeckt die Wurst auch ohne Brot, und wenn es nicht die Not ist, sondern das Gegenteil, dann umso besser. Für eine halbe Stunde war Darius Kopp uneingeschränkt zufrieden. Zufrieden, froh und dankbar war er, hier zu sein, zu tun, was er tat (essen, trinken) im Kreise seiner Freunde, ja, das sind meine Freunde, ich betrachte sie vertrauensvoll, jeden einzelnen: Rolf (ja), Muck (ja), Potthoff (ja), Juri (ja), Halldor (ja). Er fing mit vollem Mund (Und sein Kinn! Schon wieder vor Fett glänzend!) zu trällern an: Es könnte schlimmer sein, es könnte schlimmer sein, es könnte viel, viel, viel, viel schlimmer sein! Und wieder lachten alle.

Nachdem die erste Gier gestillt war, wurde Potthoff zu Afrika gefragt. Er erzählte.

Zunächst von der wilden Schönheit Afrikas. Der roten, der braunen, der gelben und der schwarzen Erde. Von mannshohen Termitenhügeln, Zuckerrohr und Papayabäumen. Bananenstauden, die hinter den Plumpsklos am besten gedeihen. Und die Affenbrotbäume! Wie majestätisch, wenn sie einsam in der Savanne stehen und wie … ich weiß kein Wort dafür … wenn mitten in der Stadt auf einem sonst leeren Platz, und am

Stamm eine Tafel: Urinieren verboten! Und wonach riecht es selbstverständlich? – Lachen. – Er erzählte viel von Fahrzeugen, von Kleinbussen, Mofas und Autos mit fehlender Beleuchtung. Nachts betätigen sie stattdessen die Warnblinker. – Man stellt sich auch das vor: den nächtlichen Stadtverkehr, mit Warnblinkern statt mit Scheinwerfern, und lacht. – Wenn du aus der Stadt rausfährst, siehst du's aber erst richtig. Nach 15 Jahren Bürgerkrieg. Das ganze Land ratzekahl. Den Urwald abgeholzt, damit sich die Rebellen nicht darin verstecken konnten. Die Elefanten abgeschlachtet, um das Elfenbein gegen Waffen zu tauschen. Armeen von Waisenkindern: Patron, Patron, pão, pão! Auch in Gegenden, in denen kein einziger Schuss gefallen ist. Sie haben die Maschinen kaputt gemacht, die Bahnschienen. Rache – als könnte man in so einer Situation Rache an jemand anderem als sich selbst üben! Aber, natürlich, die Unwissenheit! 70% sind Analphabeten, und bei bis zu 14 Sexpartnern ohne jeden Schutz, wie soll da die Aidsrate jemals sinken? Und die Reichen? – Schwarze oder Weiße? Das ist egal. – Umgeben sich mit Stromzäunen und schicken ihren Neger mit dem Hausmüll auf die Straße, er soll ihn 20 Meter weiter einfach auskippen. – Man lacht über den doppelten »Neger«. – Sie stopfen die Löcher in der Straße mit Müll, und Löcher gibt es genug, wenn man den Teer einfach auf den roten Sand schmiert. Kaum ein Gouverneur, der länger als 1 Jahr im Amt bleibt, und das nutzt er dazu, seine Familie mit Häusern und Autos zu versorgen. Am Billigsten ist es, die amtierende Regierung wiederzuwählen, die haben das wenigstens schon hinter sich.

Man nickte mit ernstem Gesicht, wissend.

Die brauchen noch 50 bis 100 Jahre.

Hier entstand ein kleines Loch. Man saß/stand drum herum.

Lassen wir die Probleme, sagte schließlich Juri. Erzähl lieber: Wie sind die schwarzen Frauen?

Erleichtertes Lachen.

Wie Frauen halt so sind. Manche sind klein und kugelrund, andere groß wie eine Giraffe und stark wie ein Bär. Die besten sind die in der Mitte, mit Brüsten wie Granatäpfel. Potthoffs Bruder hat das unfassbare Glück, genau so eine abbekommen zu haben, noch dazu ist sie katholisch. Ihr Name ist Esther. Als Erstes hat sie ihn allerdings zu einer Alten geschleppt, die ihm mit einer Nähnadel eine Tätowierung an der Schulter verpasst hat, gegen den impotent machenden Blick der Frauen aus einem gewissen Stamm. Wie die Spur kleiner Katzenkrallen, nur blau.

Ungläubiges Kichern von allen bis auf Muck, der überraschenderweise selbst einige Erzählungen und Mutmaßungen über schwarze Magie und andere unerklärliche Erlebnisse beizusteuern hatte. Die anderen interessierte das nicht mehr sonderlich, die Gruppe begann auseinanderzufallen. Rolf suchte nach Musik, die man auflegen könnte, Juri ging ins Internet, um eine dringende Sache (ein Sportergebnis) nachzuschauen und Halldor hörte sehr aufmerksam Potthoff und Muck zu, deren Pingpong immer schneller und für Außenstehende immer unzugänglicher wurde, Halldor schaute angestrengt von dem einen zum anderen. Kopp, allein geblieben, fiel, nach einem anstrengenden Tag und reichlich Essen und Trinken erneut der Müdigkeit anheim. Er saß nicht auf dem Sofa, sondern davor, auf dem Boden, auf einer Höhe mit dem Ferkelgerippe, er lehnte den Kopf gegen die Außenkante der Sitzfläche und ließ sich in einen Dämmerzustand sinken, einen weder hellen noch dunklen Raum, durch den einzelne Sätze trieben, als würde sie der Wind zu einem tragen, oder als redeten die Eltern im Nebenzimmer, während man selbst im Schlaf auf und ab schwebt.

… als wir des Nachts zum Stausee fuhren, stand ein Baobab lichterloh in Flammen, aber am nächsten Morgen …

…

… auf einer Kreuzung lagen Tonscherben …

…

… er sagte: allem wohnt Leben inne …

…

… er hatte einen Spiegel auf seinem Schreibtisch, damit er sich beobachten konnte …

…

… es als reinen Männlichkeitswahn abzutun wäre verfehlt …

…

… ich sagte zu ihm: Das Problem ist, dass du Panik mit Dynamik verwechselst …

…

… Was willst du? In einem zweidimensionalen Universum kannst du keinen Würfel zeichnen!

Kopp schreckte auf: zweidimensionales Universum?!

Das Lachen war groß. Schlafen kannst du im Büro usw.

Ich hatte einen anstrengenden Tag, sagte Kopp.

Man lachte auch darüber, als wäre es ein Scherz gewesen.

Im Ernst, sagte Kopp und atmete ein, um darüber zu erzählen. Er wollte die günstige Gelegenheit nutzen und die anderen und sich selbst an das Geld-Thema heranführen. Er wollte dabei behutsam vorgehen und fing nicht mit dem Traum an, sondern mit Herrn Leidls Missgeschick …

Unterbrechung: Juri kannte Herrn Leidl. Dieser sei so und so …

Ja, sagte Kopp, wie gesagt, Leidls Hand, der fehlende Führerschein, das Taxi, der Taxifahrer, der Stau …

Hier folgte die nächste Unterbrechung, und sie war gleichzeitig die letzte. Man fing an, über Staus zu reden, über Taxifahrer, Taxis, Autos, Navigationssysteme, Diebe, Versicherungen, Polizei, und Kopp, der nicht *darüber* reden wollte, fand sich mit einem Mal außerhalb des Kreises. Niemand beachtete ihn mehr, sie spielten einander die Bälle zu, zu diesen Themen kann jeder unendlich vieles sagen. Kopp gab etwas beleidigt auf und ging ins Bad.

Er setzte sich auf die Toilette und blieb eine ganze Weile dort sitzen. Er grübelte, was er falsch gemacht hatte. Ganz einfach: alles. Wie so häufig, habe ich mich in den Details verloren. Nicht, dass die Verteilungsaktion die erste Wahl wäre, nicht, dass sie eilig wäre – bzw. wer weiß? Kann man es wissen? Morgen kann ich dann allen wieder hinterher telefonieren – aber selbst wenn nicht, darüber reden hätte ich schon gerne wollen. Mich orientieren. Denn ich bin nicht orientiert. Nicht besonders. Ich habe Nachholbedarf. Und bei wem holt man so etwas nach? Bei Personen seines Vertrauens. So genannten Freunden. Immer ein offenes Ohr.

Kopp schnaubte – etwas ärgerlich »mit denen« – verächtlich durch die Nase. Gleichzeitig entfuhr ihm ein Furz, er erschrak. Normalerweise mache ich wegen so etwas kein großes Aufhebens, ich bin ein Mensch, ich stehe dazu, aber diesmal hätte er nicht gewollt, dass die draußen es gehört haben, er fühlte sich nicht mehr gewappnet gegen wie auch immer geartete Bemerkungen oder auch nur ein schallendes Gelächter, das zu ihm hereindrang.

Nicht Gelächter, sondern Geschrei. Während er sich die Hände wusch, während er sie abtrocknete, indem er sich durch die Haare strich, stellte Kopp – zunächst zu seiner Erleichterung – fest, dass sie mitnichten lachten. Offenbar stritten sie sich bereits.

Jetzt hör schon auf zu heucheln! schrie Juri gerade, als Kopp aus dem Bad kam. Was machst du schon? Dir geht es so gut, dass du dir die Zeit mit Verschwörungstheorien vertreiben musst.

Und wenn dann noch Zeit ist, spielst du mit 15jährigen zukünftigen Amokläufern bei irgendwelchen Internet-Kriegsspielen mit! Also, halt bloß die Klappe!

Mit dir red ich doch überhaupt nicht! (Halldor, aus der Defensive angreifend.)

Worum geht's? fragte Kopp.

Das Beste hast du schon verpasst. (Rolf.)

Vielleicht fasst es mir jemand zusammen?

Muck hatte keine Lust darauf, dass es von vorne losging.

Aber Potthoff war gerne bereit. Was passiert war? Man hatte von Erzählungen über hiesige Arten und Weisen der Kleinkriminalität den Bogen zurück geschlagen zu verwandten Geschichten in Afrika, und Potthoff hatte es gewagt, lachend Folgendes zu sagen: Einer von den Brunnen, den die Leute von meinem Bruder da verbauen, kostet nicht mehr als einen Tausender, aber du brauchst alle zweihundert Schritt einen, denn wenn du etwa anfängst, Leitungen zu verlegen, kommt der Neger daher und schlägt ein Loch rein, dort, wo er's grade braucht, und du stehst am nächsten Hahn und guckst in die Röhre.

Darüber lachten wieder alle wissend, bis auf Halldor, dem, nach einer längeren Periode des Schweigens, der Kragen geplatzt war. Halldor findet unsere Arroganz, welche die Arroganz des reichen Westens ist, er sagt es klar und deutlich: zum Kotzen. Das sei schlicht und einfach ein Verbrechen! Alle, die so denken und reden, würden damit höchstpersönlich, aktiv, an der Unterdrückung der Dritten Welt mitwirken. Das seien leider die allermeisten. Zum Beispiel auch seine Chefs. Sie hätten vor nicht langer Zeit ein Verkehrsleitsystem in den Nahen Osten verkaufen können, das hätte dem Institut 600 000 USD …

Nicht USD, sondern Euro!

… 600 000 Euro eingebracht, aber das Geschäft wurde von »oben« abgeblasen, unter dem Motto: keine technologische Hilfe an Islamisten. So, und darüber streiten wir uns also. Manche von uns (Juri) sind der Meinung, so eine Entscheidung sei legitim, Halldor findet so eine Einstellung skandalös. Er wiederholt: jeder von uns würde persönlich, aktiv unterdrücken. Wir sollen nichts anderes zu behaupten wagen! Halldor kennt uns alle in- und auswendig, keiner, absolut keiner der Anwesenden sei ohne Sünde, außer, natürlich, ihm selber.

Selbst.

Wie auch immer. Woraufhin Muck, um die Wogen zu glätten, erwähnte, dass es durchaus auch andere Beispiele gäbe: Afrika und so weiter über einen niedrig fliegenden Satelliten flächendeckend online bringen, mit Hilfe der Webcams und der Gratis-WLANs aufbauen, sicher machen, der Unwissenheit ein Ende bereiten, die Kriminalität eindämmen, Licht ins Dunkel bringen, freien Zugang zu unendlichen Möglichkeiten für jedermann schaffen …

Woraufhin Halldor behauptete, diese Heuchelei sei die *andere* Sache (siehe oben: die *eine*), die er auf den Tod nicht ausstehen könne. Das sei gar nicht ernst gemeint, bzw. würde ein solcher Satellit eh nur zur Spionage eingesetzt.

Womit wir wieder beim Thema wären: *Woher* weiß Halldor das? Woher nimmt er seine Garantien? Keiner von uns weiß auch nur irgendetwas!

So würde ich das nicht sagen. Manche Dinge kann man schon wissen.

Aber nicht die, die Halldor immer behauptet, zu wissen! Juri gehen diese Verschwörungstheorien auf eine Weise auf den Sack, dass er gar keine Worte dafür findet! Sie kosten mich jedes Mal eine Milliarde Gehirnzellen, mindestens, die ich einerseits einbüße, weil ich mich so unendlich langweile, und andererseits begehen meine Zellen angesichts dieser kurzschlüssigen Logik und dieser moralischen Anmaßung lieber Selbstmord, als sich das länger anzuhören! Verschwörungstheorien, wenn du's genau wissen willst, sind was für unausgelastete Idioten und Selbstbefriediger!

Woher er nun wiederum das wissen wolle. Ich meine: das Letztere. Halldor grinste zufrieden.

(Armes Würstchen, der du dich darüber freust, wenn man sich über dich ärgert.)

Ich möchte nicht über Autosex diskutieren, sagte Rolf, woraufhin alle verstummten.

(Ich bewundere dich, dachte Darius Kopp.)

Rolf rollte an das Ferkel heran, nahm das große Messer, alle, noch unter dem Einfluss ihrer lähmenden Gedanken, die die Bemerkung eines im Rollstuhl sitzenden Multiple-Sklerose-Patienten über Sex in ihnen in Gang gesetzt hatte, zuckten zusammen, fuhren zurück, strafften sich. Was hat er vor? Rolf schnitt dem Ferkel beide Ohren ab, eins reichte er Juri, das andere Halldor und sagte: Lass uns lieber dieses arme Schwein auseinandernehmen.

Juri nahm seins, Halldor nicht.

Sei kein Arschloch, sagte Potthoff.

Ich nehme es! rief Kopp und alle lachten.

Eigentlich war die Party an diesem Punkt zu Ende, aber nach dem Vorangegangenen konnte man nicht einfach gehen, sonst wäre man doch im Streit auseinandergegangen. Also blieb man noch eine Weile zusammen, bildete neue Gesprächspaare. Potthoff mit Juri, Rolf mit Halldor (der beleidigt schwieg). Für Kopp blieb Muck übrig, der, ausgehend von der Frage der Großvaterschaft und Vaterschaft auf seinen eigenen Vater zu sprechen kam, der offenbar zunehmend dement wurde, so dass man ihn beinahe bedauern könnte, wäre er nicht immer noch so ein alter Nazi, man fragt sich, wieso das immer bis zum Schluss bleibt. Hja, sagte Darius Kopp unaufmerksam. Während er dachte: Wie gut, dass ich nichts gesagt habe.

Zum Schluss, als es nur mehr darum ging, dass man jetzt also aufbrechen sollte/wollte, näherten sie sich wieder dem Ferkel an. Rolf schlug vor, dass Personen, die einen größeren Appetit hatten als er im Allgemeinen, etwas von den Resten mitnahmen. Das Ferkel war ausgehöhlt, die Ohren waren weg, aber die Schnauze und der Schwanz waren noch da. Die Schnauze mochte niemand abschneiden, das wäre pervers, und kann man den Schwanz überhaupt essen? Sind da keine Haare dran? Man untersuchte den Schwanz, man krümmte sich vor Lachen. Kopp verschluckte sich am eigenen Speichel, krümmte sich mit hochrotem Kopf, bezog in dieser Position den folgenden Wortwechsel irrtümlich auf sich.

Was ist mit ihm?

He, Alter, was machst du da? Pennst du?

Geht's ihm nicht gut?

Es ist nichts, wollte Kopp sagen, ich hab mich nur verschluckt …

Rolf, he, Alter, bist du noch da?

Kopp tauchte auf und sah: Rolfs Kopf hing herunter, das Kinn auf der Brust, er rührte sich nicht. Muck hatte ihm eine Hand auf den Arm gelegt, rüttelte ihn sanft, sprach leise: Auf-wachen, Kumpel! Ro-holf! Auf-wachen!

Ich glaub, dem geht's nicht gut!

Muck: Ro-holf! Kumpel!

Potthoff: Du, dem geht's nicht gut.

Juri, streng: Rolf!

Scht!

Was?! Er soll doch wach werden.

Muck: Er wird nicht wach.

Potthoff: Ruf einer die Rettung!

Juri: Ach was, wir bringen ihn hinüber.

Und packt ihn auch schon, hebt ihn aus dem Rollstuhl.

Bist du verrückt? Setz ihn sofort wieder rein!

Geh mir aus dem Weg!

Potthoff ging ihm nicht aus dem Weg. Du bist doch besoffen! Muck, ruf schnell die Rettung.

Kopp kann die Rettung rufen, er hat schon das Handy in der Hand. Wie ist noch mal die Nummer?

Willst du mich verarschen? Jetzt setz' ihn doch wieder hin, Mann.

Ich könnt' schon da sein mit ihm.

Die 112?

Ja, sagte Muck. 112.

Setz ihn endlich hin!

Sie setzten ihn wieder hin, sie lauschten an ihm.

Er atmet aber.

Ja, und zwar nicht gerade leise. Ehrlich gesagt, kam es Kopp so vor, als würde er ein wenig schnarchen.

Vielleicht schläft er nur.

Todesröcheln oder Schnarchen, das ist hier die Frage.

Wenn er schlafen würde, könnte man ihn aufwecken.

Was weißt du, was er für Medis nimmt.

Muck: Rolf! Kumpel!

Während Halldor mit glasigen Augen auf dem Sofa saß. Kopp sah ihn, sah, was los war. Er ließ sich ohne Aufsehen zu erregen neben ihn gleiten, das Papier, auf dem das Schwein lag, raschelte an seinem Knie.

Scheiße, sagte Potthoff, das Schwein müssen wir hier weg-rücken, wenn die kommen, wie sieht das aus. Muck schob Rolf aus dem Weg, Juri und Potthoff schleppten – Den ganzen

Tisch? Oder nur das Schwein? Nimm mal lieber alles, ist ja kein Platz hier! – das Schwein mitsamt Tisch in die Küche.

Alles OK? Kopp, leise, zu Halldor.

Geht schon, flüsterte Halldor. (Ich weiß, was passiert ist. Er hat sich im Kreise seiner Freunde, in seiner geliebten Wohnung mit Blick in die Charité, umgebracht. In seinem alkoholfreien Bier waren zwei Handvoll Pillen aufgelöst. – Darius Kopp las Halldor Roses Gedanken wie sonst nur Flora die seinen.)

Schließlich und endlich kamen erst drei, dann zwei weitere Sanitäter und ein Rettungsarzt, man brachte eine Trage herbei und ein Sauerstoffgerät. Alles dauerte sehr lange, das Wohnzimmer war voll, wer überflüssig war (die Freunde) zog sich in die Küche und den Flur zurück. Kopp mit Muck und dem kalten, fettigen Skelett. Schließlich wurde Rolf mitgenommen.

Es war weit nach Mitternacht, die Freunde standen in einem Grüppchen vor dem Haus und sahen den beiden Krankenwagen hinterher, die unspektakulär, ohne Blaulicht, die kleine Straße Richtung Klinik fuhren.

Potthoff war der Meinung, jemand sollte mit, das heißt, hinterher in die Notaufnahme. Er sah gezielt Muck dabei an, Muck nickte: Selbstverständlich.

Gut, sagte Juri, zwei reichen ja wohl aus, und ging los. Als wäre er den anderen böse wegen irgendetwas.

Kopp war unschlüssig, was er tun sollte. Im Grunde werde ich tatsächlich nicht gebraucht. Er entschied, seine Mitfahrgelegenheit nicht zu verpassen und verabschiedete sich von den anderen beiden. Halldor hatte sich gleich, nachdem sie auf die Straße gekommen waren, aus dem Staub gemacht. Sie sahen ihn alle, wie er mit den Händen in den Taschen, den Kopf gesenkt, auf die nächste Straßenecke zuging. Keiner sagte etwas. Wir kennen unsere Pappenheimer. Kopp klopfte Potthoff und Muck warmherzig auf die Schulter, sie ihm ebenfalls, um ihm anzuzeigen: Du brauchst kein schlechtes Gewissen zu haben. (Danke, sagte Darius Kopp in Gedanken.)

Juri saß schon im Auto, als er ihn einholte. Er hielt einen Lottoschein in beiden Händen und studierte ihn mit gerunzelter Stirn.

Was ist das?

Ein Lottoschein.

Deiner?

Du kannst vielleicht Fragen stellen!

Juri steckte den Lottoschein wieder in die Innentasche seines Sakkos und ließ den Motor an.

Morgen ist Ziehung. Es sind 11 Mio im Jackpot. Wenn ich gewinne, lasse ich den Rückflug verfallen und ihr seht mich nie wieder.

(Wie bist du denn drauf? – Laut fragte Kopp:) Wann geht's los?

Samstag.

Danach redeten sie nichts mehr. Juri setzte Kopp auf dessen Wunsch am Stadtstrand ab.

Sie freute sich, ihn zu sehen, lehnte sich an ihn, sie küssten sich.

Trag mich!

Das würde ich gerne, aber ich bin zu schwach.

Trag mich, mir tun die Knöchel so weh! Siehst du, wie dick sie sind?

Kopp fand, sie sahen aus wie immer.

Schönen Dank, sagte Flora, stieß sich von ihm ab und ging auf eigenen Beinen zum Auto.

Vom Fahrstuhl sind es noch 11 Treppen aufwärts zur Wohnung. Sie ging vor ihm, er hielt sich an ihren Hüften fest, sie jaulte auf:

Nein, au, du bist zu schwer!

Auf Sex hatte sie auch keine Lust. Beziehungsweise, es ging hin und her: Zum einen wollte er ihr erzählen, was er erlebt hatte, wie die Taxifahrten, der Termin beim Choleriker, der Einkauf, das Telefonat mit Calimero, die Party und Rolfs Einlieferung ins Krankenhaus war, wer da war, wer was gesagt und getan hatte (bei all dem darauf achtend, das Geld nicht zu erwähnen), zum anderen drängte er sich an sie, kam durcheinander damit, was er sagte, was er nicht sagte und mit den sexuellen Handlungen, er wurde auch wieder betrunkener, als er es noch vor einer Stunde war, als er glaubte, es zu sein.

Liebster, bitte. Ich bin müde, mir tut alles weh, ich glaub, ich krieg meine Tage.

Das, lieber Kopp, sind die Momente, in denen man – unter Umständen – aufmerksam sein müsste, aber er nickte nur:

Der Lack ist ab.

Ließ sie los, stürzte auf seine Betthälfte zurück, landete auf dem Rücken und schlief sofort ein.

(Habe ich geschnarcht? Und wie!)

MITTWOCH

Ein anderer Albtraum könnte sein, dass Darius Kopp einen ganzen Tag im Zug verbringen muss. *Gefühlt.* Der Uhr nach einige Stunden. Aber was ist eine Uhr für einen Menschen in seinem Trauma? Ich bin, würde Darius Kopp zu behaupten wagen, ein anpassungsfähiger Mensch, aber das Fahren mit der Eisenbahn bringt mich an und über die Grenzen des mir Erträglichen. Wie hat er sich das eingehandelt, bzw. wann genau, ist in Vergessenheit geraten. Irgendwann unterwegs. In seiner Jugend, als Schüler und auch noch eine Weile als Student, als er von den 38 Stunden des Wochenendes (Wachzeiten von Freitag 14 Uhr bis Montag 6 Uhr) 14 in Zügen verbracht hatte. Nicht laut Fahrplan, sondern in Wirklichkeit. Es ist immer Winter in diesem Bild, Dunkelheit, im Wagen eisig kalt, oder im Gegenteil, überheizt, es stinkt nach Diesel und Knoblauch, alles ist schmutzig, dunkle Gestalten lungern in den Ecken (in Wahrheit feucht gewordene, unausgeschlafene oder bereits wieder müde gewordene Arbeiter, die auf Kunstledersitzen kleben und quietschen), und die Anschlüsse werden niemals, nie, kein einziges Mal in all den Jahren geschafft. Notfalls bleibt man kurz vor dem Bahnhof draußen auf der Strecke stehen und wartet – Wenn man noch 10 Minuten hätte, dann 15, wenn noch 20, dann 25 … usw. – und oh, wie man einfach nicht nicht hoffen kann! Zur Belohnung darfst du aus der Kälte (Hitze, Schmutz) der Züge in die der Bahnsteige, Wartesäle, Hallen und Restaurants, wo du dir nichts kaufst, nicht, weil es so teuer wäre – politisch motivierte Pfennige – sondern weil du erstens so erzogen bist und du zweitens auch damit deine Ablehnung, ja Verachtung ausdrückst. Darius Kopp wusste nicht von sich, dass er in der Lage war, an der Welt zu leiden, so lange, bis er anfing, jedes Wochenende nach Hause zu fahren. Irgendwann rettete er sich in den Gedanken, all das sei nicht *real*. Natürlich wusste er: realer geht es überhaupt nicht. Aber, wenn du irgendwo bist, wo du nicht sein willst, wird alles absurd. Was wir hier machen, dachte der junge Darius Kopp, nein, was hier *geschieht*, ist *nichts*, das ist nicht mein Leben, das ist das Warten in einem Paralleluniversum, nicht darauf, dass wir den Anschlusszug auch ja verpassen, sondern im Gegenteil, auf den Ausstieg ins *richtige* Leben. Mein Leben wird erst beginnen, wenn ich diese Züge nicht mehr benutzen werde. Und weil er jung war, war die Zeit auf seiner Seite, und es kam so, wie er es sich erhofft hatte. Seit der Wende hat Darius Kopp nie wieder einen Zug bestiegen. Bis zu diesem Mittwoch im September in seinem 43sten Lebensjahr.

War es dunkel, war es im Wagen eisig kalt oder war es überheizt, stank es nach Diesel und Knoblauch, war es schmutzig, lungerten dunkle Gestalten in den Ecken? Alles nein. Es war hell, ziemlich genau Mittag, planmäßige Abfahrt 12:13 Uhr, die Hitzewelle ging in ihre 8te Woche, aber diese würde die letzte sein, bereits heute erwartete man eine spürbare Abkühlung von etwa 5 Grad Celsius, bis zum Wochenende werden wir im erträglichen Bereich (um die 24 Grad Celsius) angekommen sein, bereits heute hatte der Zug eine Klimaanlage, sie funktionierte, Boden, Wände, Decken, Sitze und Tische waren sauber, es war – im Vergleich – leise, die Leute waren … nun ja, wie die Leute eben sind. Darius Kopp konnte nicht auch noch auf Fremde achten. Er hatte genug zu tun mit denen, die er kannte. Oder, mit anderen Worten: Er hatte gedacht/gehofft, durch gutes, geduldiges Telefonieren am Samstag noch diese Woche Zeit gewonnen zu haben, aber die Familie schlug schon am Mittwoch wieder zu.

(Was sind das für Reden?

So, wie ich es empfinde.)

Was war passiert?

Der Tag

Weil der Dienstag abermals lang geraten war, begann Kopp den Mittwoch mit Ausschlafen. Süßes Ausschlafen! Neben dir die Frau, die du liebst und begehrst. Süßes Herantasten im Halbschlaf, meine Geschlechtsteile an deine Geschlechtsteile. Wie spät ist es, ich weiß es nicht. Die zwei Helligkeiten dort sind die Fenster. Ich sehe sie mit geschlossenen Augen. Die Flugzeuge fliegen, der Verkehr unten auf der Straße rauscht, wie mitten am Tag. Lass es mitten am Tag sein. Mittwoch, ein Arbeitstag, egal, ich bin der einzige Mann auf dem Kontinent und ich habe mein Handy dabei. Die Haut deiner Innenschenkel ist so glatt, wie nichts anderes, das ich je in meinem Leben berührt habe, während dein Schamhaar …

Hier klingelte das Telefon. Nicht neben dem Bett, wo es hingehört, sondern offensichtlich im Bad nebenan. In der Hosentasche dorthin getragen, neben dem Klo liegen gelassen. Ein Handy, das in einem benachbarten gekachelten Raum klingelt. So lange, bis es ausgeklingelt hat und verstummt. Zu träge gewesen, um aus dem schönen warmen Bett, dem schönen warmen Schoß der Frau zu schlüpfen. Er horchte, was nach dem Ende des Klingelns noch an Geräuschen da war. Floras Atem. Offenbar schlief sie noch. Ein wenig schlechtes Gewissen flog Kopp an, aber dann bohrte er doch weiter. Er hatte Sex mit ihr, während sie nur vom Tief- bis zum Halbschlaf hochkam, ab und zu ein Murmeln, ein Grunzen, sie blieb auf der Seite liegen, er hinter ihr, süße Faulheit. Mehr wäre in dieser Situation auch unangemessen gewesen. Sie ruhen zu lassen ist das Minimum.

Er ließ das Telefon ein zweites Mal ausklingeln.

Als es das dritte Mal klingelte, wusste er schon, dass das nicht mit der Arbeit zusammenhängen konnte. So viele Anrufer habe ich am frühen Morgen nicht. Was heißt hier, früher Morgen? Wie spät ist es?

Kurz nach 10, aber das sah er erst auf dem Handy, als er es endlich in der Hand hatte. Es war auch beim dritten Mal zu spät. Und warum? Weil er schon etwas ahnte, und dadurch noch ein wenig langsamer wurde, als er es sowieso schon gewesen wäre.

Die Liste der Anrufe in Abwesenheit zeigte 3x Unbekannten Teilnehmer an. Sie sind nicht in der Lage, 345 durch 30 zu teilen, aber mit Handys kennen sie sich aus wie nicht einmal ich. Wechseln ihre Nummer wie … (Keine Vermutungen über die Unterwäsche deiner Schwester!) Oder als wären sie auf der Flucht. Marlene verkracht sich ständig mit Leuten, Freundinnen, die sie zuvor noch leidenschaftlich geliebt hat, und möchte von ihnen nicht mehr erreicht werden. (Wie viele versuchen es wohl wie oft?) Aber vor allem möchte sie von ihrer Mutter nicht ständig erreicht werden. Soll sie den Anrufbeantworter zu Hause anrufen. Den hören die Kinder ab und richten aus, was auszurichten ist, oder tun es nicht. Merlin kann sich Sachen keine 8 Minuten merken und Lore ist 14 und ein kleines Biest. Tut es nicht, um des Nichttuns willen. Mal sehen, was passiert.

Darius Kopp, 43 Jahre alt, Sohn und Bruder, konnte sich

nicht heraushalten. Ich werde also die Box abhören, aber erst werde ich mich duschen. Und so stand er gerade tropfend da, strich sich das Wasser aus dem Fell, es klatschte gegen die Fliesenwand, als sie ein 4tes Mal anriefen.

Fidelis, Kopp? (Als wäre das mein voller Name.)

Marlene war kaum zu verstehen. Sie heulte.

Marlene, sagte Kopp nackt, tropfend, ich verstehe dich nicht.

… beide Beine ab!

Was? Was ist mit den Beinen?

Frau Monkowski …! … ins Krankenhaus!

Was ist mit Frau Monkowski?

Nicht Frau Monkowski! Scheiße!

Marlene, hör auf zu heulen und zu kreischen, red vernünftig, ich versteh sonst kein Wort. Hallo?!

Aber er hörte nur noch einen sich entfernenden Fluch.

Hallo?! rief Kopp zwischen gefliesten Wänden widerhallend. Marlene?!

Hallo? fragte Marlenes Partner Tommy. Langsam. Hal-lo?

Tommy, bist du das?

Ja.

Grüß dich, wie geht's dir, was ist los bei euch?

Gut, danke, sagte Tommy höflich, und dann vorerst nichts mehr. Durcheinander gekommen. Er musste sich erst wieder sammeln, bevor er erzählen konnte, endlich verständlich, wenn auch, wie üblich, umständlicher, als es notwendig gewesen wäre, wir kürzen:

Frau Monkowski hat angerufen. Alte Dame, Nachbarin der Mutter. Zusammen gefrühstückt. (Meine Mutter frühstückt zusammen mit der Nachbarin?) Greta tun die Beine jetzt schon in der Nacht weh, wenn sie sie gar nicht bewegt. Werden heiß, werden wieder kalt und schmerzen. Frau Monkowski, pragmatisch und rüstig, schlug vor, sich mehr zu bewegen. Zu Mittag gemeinsam durch den Nordpark zur Unimensa zu gehen. Manchmal nimmt sie dort ihr Mittagessen ein. Hat mal da gearbeitet. Buchhalterin. Egal. Das ist zu weit. Dann zur Caritas, das ist um die Ecke. Das Menü ist nicht besonders variantenreich, Frau Monkowski etwas gelangweilt, aber für Greta zu Opfern bereit. Da, erzählt die Monkowski, habe Greta plötzlich aufgeheult, sie könne nicht laufen. Gleichzeitig sprang sie auf und lief ins Bad, konnte aber tatsächlich nicht laufen, sie musste sich mit beiden Händen an der Wand abstützen, ihre Beine gaben nach, sie stürzte vor das Klo, es war schrecklich. Die Monkowski verlor nicht die Nerven, zerrte sie aus eigener Kraft wenigstens so weit hoch, dass sie saß, den Rücken an die gekachelte Wand gelehnt, dann rief sie die Rettung und uns an, jetzt sind wir alle im Krankenhaus. Sie denken, es müssen beide Beine abgenommen werden.

Es müssen *was*?!?!?

Ich weiß nicht. Marlene …

Was ist mit Marlene?!

Ich weiß nicht …

Tommy, in Dreigottesnamen!

Wenn Kopp seinen Quasi-Schwager endlich ausreden lassen würde, dann könnte dieser ihm sagen, dass er, Tommy, die Wahrheit sagt, wenn er sagt, er wüsste es nicht, denn alles, was er weiß, weiß er von Marlene, und alles, was er wollte, war, im Grunde die Sache etwas zu beschwichtigen, weil man ja, im Grunde, noch nichts Genaues weiß, das war es im Grunde, was er ausdrücken wollte.

OK sagte Kopp. Ich verstehe. Kann ich Marlene noch mal sprechen? Bitte?

Ich weiß nicht. Ich seh sie nicht. Sie ist davongerannt.

Fluch. Tu mir den Gefallen, und such sie, OK? Und dann

ruft mich wieder an. In der Zwischenzeit werde ich mich abtrocknen. (Das wird er nicht verstanden haben. Egal.)

Flora! Flora?! Wo bist du?

Es verging eine Stunde, in der sie auf den Rückruf warteten. Flora machte Frühstück (Omelett, Kaffee), Kopp nahm es zu sich, wartete und fluchte.

Dieser Trottel! Beziehungsweise er wird sie nicht gefunden haben. Marlene ist keine der Frauen, die hinter der Ecke stehen bleiben, damit man sie, wenn man ihnen nachläuft, dort findet, und es weitergehen kann. Sie wird wer weiß wie weit gerannt sein. Und Tommy, dieser gutmütige Hohlkopf, hat wahrscheinlich nicht einmal meine Nummer. Und ich habe ihre nicht! Ich fasse mir voller Wut an den Kopf. Ich schwitze auch schon wieder, wie ein ich weiß nicht was. Was mach ich jetzt, Flora?

Du könntest im Krankenhaus anrufen und nachfragen.

Du bist ein Genie …

Er verbrachte eine weitere Stunde damit,

a) zunächst ein Telefonat mit einem grobschlächtigen Mann in der Telefonzentrale zu führen –

Wo wollen Sie hin? Sie wissen es nicht? Woher soll *ich* es dann wissen? Orthopädie? *Welche* Orthopädie? Gar nicht Orthopädie, sondern Gefäßchirurgie? Sie haben Orthopädie gesagt! (Zum Abschluss irgendein Gemurmel, darin, als wäre das Wort »bescheuert« gefallen, aber natürlich könnte Kopp das niemals beweisen) –

sowie

b) mit einer freundlichen Stationsschwester, die aber leider nichts von einer Greta Kopp wusste –

Entschuldigen Sie. Wo bin ich denn jetzt bei Ihnen? In der Muskulo-Skeletalen Chirurgie? Ist das Gefäßchirurgie? Nein? Können Sie mich dorthin verbinden? Nein? –

und endlich

c) mit der richtigen Abteilung, aber an seine Mutter weiterverbinden konnte man ihn auch dort nicht. Auch der behandelnde Arzt war im Moment nicht zu sprechen. In einer Stunde. Oder zwei.

Geht es ihr gut?

Ja, sagte eine gutmütige Frauenstimme, es ist alles in Ordnung.

Könnten Sie ihr ausrichten, dass ich angerufen habe?

Aber selbstverständlich, sagte die gutmütige Frauenstimme, in demselben Tonfall wie die Sätze zuvor. Und da, Flora, kam mir der Gedanke, ob sie vielleicht eine Maschine war. Wir wollen nicht so weit gehen, das für wahr zu halten, auch den trivialen Gedanken, wir hätten mit einem Call Center in Mumbai, statt mit einer Person in Maidkastell gesprochen, schieben wir von uns, aber dass sie ihr nichts ausrichten wird, und dass sie auch dem Arzt nichts ausrichten wird, er wird, wenn wir ihn endlich sprechen können werden, das erste Mal überhaupt von uns hören, das ist so sicher wie das Amen in der Kirche. Womit wir im Grunde an demselben Punkt sind wie schon vor einer Stunde.

Es wird mir nichts anderes übrigbleiben, Flo, ich werde hinfahren müssen. Ich habe Lust, wie ein Schwein zum Fliegen, aber wenn Marlene einmal in Panik ist, kannst du sie vergessen und ich bin schon neulich nicht hingefahren. Du hast einen blauen Fleck am Zeh? Kauf dir anständige Schuhe! Und dann waren sie ab!

…

Ausgerechnet jetzt hab ich kein Auto.

…

Würdest du mich fahren?

Nein. Es tat ihr leid, aber das wäre nicht zu schaffen. Es ist schon Mittag. Dich hinbringen und wieder rechtzeitig zurück sein zur Arbeit, das ginge selbst dann nicht, wenn sie Gaby nicht um 1 vom Bahnhof abholen müsste.

Wieso musst du Gaby um 1 vom Bahnhof abholen?

Weil sie dann dort ankommt. Sie kommt heute zurück.

(Und Gaby ist wichtiger, als meine Mutter?

Willst du darauf jetzt wirklich noch einmal die Antwort hören?)

Es ist mir egal, ob sie boshaft aus Leiden oder aus der Gewohnheit heraus ist, sagte Flora im Zuge ihrer Genesung. Ich werde mich dem einfach nicht mehr aussetzen.

Und wenn ich sie bitte, netter zu dir zu sein?

Unnötig.

Aber, aber, aber, sagte Kopp. Aber es war beschlossen.

Gut. Dann werde ich sie auch nicht mehr sehen.

Unnötig. Und du kannst es auch nicht.

Ich kann es nicht, du aber schon?

So ist es.

Aber ich kann dich zum Bahnhof fahren, sagte Flora. Wenn du das willst.

Zug fahren, wie jeder normale Mensch? Von Wollen konnte nicht die Rede sein, aber ich werde es machen. Danke, Flora.

Hast du vielleicht noch ein Pfefferminz für mich? Ich stinke aus dem Maul wie eine Kuh aus dem Arsch.

Das Pfefferminz war scharf, es trieb ihm Tränen in die Augen. Mit Tränen in den Augen taumele ich auf den Zug zu.

Abfahrt 12:31, Ankunft 14:38. Der Zug hatte die Stadt noch nicht verlassen, als sich Darius Kopp in sein Schicksal fügte. Was soll's. Der Tag ist verloren, da kann man nichts mehr machen. Korrektur (die Version des guten Sohnes): Der Tag ist für die Firma verloren, kann man nichts machen. Dafür haben wir gestern einiges in Bewegung gebracht und gehalten. Und werden es morgen wieder tun. Das Heute überbrücken wir mit Zuversicht und Prothesen. Ist das Bürotelefon auf das Handy umgestellt? Ja. Wir stehen stets zur Verfügung, auch wenn wir einen Außentermin haben. So ist es. Wir haben einen Außentermin. Als Zeichen dafür tragen wir einen Anzug, eine Krawatte und ein silbernes Köfferchen. Notfalls können wir auch Namen nennen. Ein ehemaliger Klassenkamerad, Clint, wie Eastwood, ja, aber Neumann, arbeitet bei der Stadtverwaltung. (Wassergebühren, und wir haben ihn zuletzt vor 2 Jahren gesehen, aber egal.) Als die interessanten Ausblicke (Stadtrand, Seen, Segelschiffe etc.) vorbei waren und Wald und Felder anfingen, schaltete Kopp den Laptop ein.

Mr. Kopp berichtet an Mr. Mills. Dear Anthony (cc. Sandra, cc. Bill), hiermit berichte ich über die neuesten Entwicklungen: The Armenians did actually pay. Nicht alles, aber. Cash. Leider gibt es bürokratische Komplikationen. Ich würde gerne die Verantwortung etwas streuen … Nein, und außerdem kannst du das auf Englisch gar nicht ausdrücken. … There are of course possibilities, über diese sollte man reden, ich würde in diesem Fall nicht gerne alleine entscheiden bzw. kann es gar nicht. Schlage vor, die Buchhaltung in The Staates um Rat zu fragen. With kind regards, Darius.

Im Anschluss verbrachte Kopp einen beträchtlichen Teil der Fahrt damit zu versuchen, diese Mail zu verschicken, indem er mit seinem Handy eine Verbindung zum Internet herstellte. Ohne Erfolg. Die Gründe können mannigfaltig sein. Das

Bluetooth im Handy oder im Laptop funktioniert nicht, oder es funktioniert auf beiden Seiten, trotzdem können sie einander nicht finden, oder sie können einander finden, aber das Netz ist zu schwach oder zu schwankend. Kopp insistierte lange, fluchend. Im Vierersitz schräg gegenüber saß ein Mann, der sah ihm auf den ersten Blick ähnlich. Auch er hatte einen Laptop und ein Handy dabei. Außerdem eine Flasche Bananenmilch. Lange Zeit taten sie so, als würden sie einander nicht sehen, jeder schrieb auf seinem Laptop. Als Kopp nicht zu fluchen aufhörte, schaute der Mann herüber zu ihm, so lange, bis Kopp ihn bemerkte. Kopp schaute zurück, sah die Bananenmilch, das Wasser lief ihm im Munde zusammen. Er packte ein – Vorher die Mail in die Entwürfe, nicht, dass sie beim nächsten Mal Online-Gehen unkontrolliert versendet wird – und suchte nach dem Speisewagen.

Im Regionalexpress gibt es keinen Speisewagen, aber einen Snackpoint. Im Snackpoint gab es Croissants, das ist wohl nicht immer so, eine Sondergeschichte. Von Croissants wirst du nicht satt, Kopp kaufte trotzdem nicht mehr als zwei. Mit Marmelade gefüllt, denn mit Schokolade gab es keine.

Er war gerade in der Mitte des zweiten Croissants angekommen, als durchgesagt wurde, dass man in wenigen Minuten in seinem Zielort einfahren werde. Kopp mochte es nicht glauben, sollten tatsächlich schon 2 Stunden vergangen sein? Das wäre eine kleine Freude wert gewesen, aber kaum dass sie sich hätte entwickeln können, wurde sie auch schon wieder zunichte gemacht, denn als Kopp auf die Uhr sah, um nachzuprüfen, wie spät es tatsächlich war, passierte es: Er geriet mit der offenen Marmeladeseite des Croissants an sein Hemd. Rote Marmelade, weißes Hemd. Kopp fluchte gotteslästerlich. Hektisch mit einer Serviette abtupfen, damit wenigstens keine *Stückchen* kleben bleiben, während der Zug schon bremst, man das Gleichgewicht verliert, mit den Rippen gegen die Theke fällt, die wischende Hand ist dazwischen, das mildert den Schmerz in den Rippen – und erhöht den in der Hand. Kopp spürte ein leises Knacken. *Hören* konnte er es nicht mehr, alle näheren Geräusche gingen bereits im Getöse der Einfahrt in den Bahnhof unter: Kreischen von Bremsen, Fauchen von gelösten hydraulischen Türblockaden, Koffer, Menschen, Absätze, Durchsagen, Kreissägen(!), Presslufthammer(!). Wie hatte er es aus dem Zug herausgeschafft, keine Erinnerung, als er das nächste Mal von sich wusste, tastete sich Darius Kopp bereits über eine provisorische Treppe hinunter in einen Tunnel aus Bretterwänden, hinter denen infernalischer Lärm tobte. Der Bahnhof war eine Großbaustelle. In Kopp blieb das Fluchen stecken. Stumm, mit gesenktem Kopf ging er im Höllenkrawall dorthin, wo er einen Ausgang vermutete. Wenigstens ist der Fleck nicht links. Mir blutet das Herz nicht. Das Sakko verdeckt ihn auch die meiste Zeit. Wie gut, dass es etwas kühler geworden ist und man ein Sakko tragen kann.

Vor dem Bahnhof, auf diesem hübsch gepflasterten, aber zu weitläufigen und deswegen öde wirkenden Platz, hat man die Wahl zwischen Straßenbahnen und Taxis. Kopp entschied sich für ein Taxi. Zu der und der Klinik bitte. Haupteingang? Erst einmal ja.

Ich weiß gar nicht, wo sie genau liegt. Aber es ist schließlich nicht das erste Mal, wir werden das schon hinbekommen. Vorbei am Portier (Ist das unser grobschlächtige Freund aus dem Äther? Man weiß es nicht), er würdigt dich keines Blickes, zum Gebäude B, wo sich, wie du aus der Erinnerung weißt, die Gefäßchirurgie befindet, da gibt es nicht einmal mehr einen Portier, du gehst direkt zu den Fahrstühlen. Es gibt welche für Menschen und welche für Betten, du nimmst einen von ersteren und fährst in die 2. Etage. Hier hast du Glück, du gerätst an eine sehr freundliche Schwester (das Call Center?) und findest eine Minute später deine Mutter. Ich bin mit leeren Händen gekommen, aber, schau, ich bin da.

Sie saß im Bett und sah fern. Sie hat sich vor einiger Zeit Augenbrauen tätowieren lassen. – Wie war es dazu gekommen? Kopp hat keine Kenntnisse hierüber. War er schockiert, als er sie das erste Mal sah? Ja. Verlor er ein Wort darüber? Nein. – Sie sehen unnatürlich dunkel und hochgerissen aus, mit den Kopfhörern darüber, die sie zum Fernsehen trägt, und dem Klämmchen, mit dem sie sich die Haare aus der Stirn hält, sieht sie nicht wie ein junges Mädchen, sondern wie ein Marsmenschlein aus.

Ihre Reaktion war nicht so freudig oder überrascht, wie man nach dem Vorangegangenen – Der Schreck, die Verzweiflung, die Aufregung, und immerhin komme ich von außerhalb! – annehmen hätte können.

Ach, du.

Was ist los, Mutter, was ist passiert, Marlene war am Telefon völlig aufgelöst, ich bin sofort gekommen, mit dem Zug, ich habe im Moment kein Auto, das heißt, keinen Führerschein, egal, sag, wie geht es dir?

Sie, gerade dass sie nicht mit den Schultern zuckt.

Wie soll's mir schon gehen?

Schaut mit einem Auge weiter zum Fernseher. Was läuft da? Schwer zu sagen. Eine Comedy? Schaut meine Mutter Comedy?

Marlene war total in Panik. Ich dachte schon …

Greta nickte: Es ist ihr über den Kopf gewachsen. Wie üblich. Was ist das für ein Fleck auf deinem Hemd?

Marmelade. Ist unterwegs passiert.

Die Hosen sind auch voller Sackfalten.

(Hat sie *Sack*falten gesagt?) Ja, als ich gehört habe, du bist im Krankenhaus, bin ich sofort los. Ich dachte, unter diesen Umständen wäre es nicht so wichtig, dass ich mich perfekt durchstyle.

Davon bist du weit entfernt, keine Sorge. Gehst du etwa so zu deinen Kunden?

(Fünf Minuten, und ich könnt sie schon wieder anbrüllen. – Nimmst den Mund ganz schön voll, Augenbraue! – Wenn ich jemals jemanden anbrüllen würde. Aber bestimmt nicht meine Mutter. So bin ich erzogen. Von wem? Von ihr selbst, gottverdammt. Stattdessen wird mein Mund sauer, und es bricht mir überall Schweiß aus. Wenn sie Schweißflecke an mir entdeckt, kritisiert sie mich *endgültig* in Grund und Boden.) Jetzt hör schon auf! Ist doch scheißegal, wie ich aussehe, und ich bin nicht bei einem Kunden, sondern bei meiner Mutter, weil Marlene so geheult hat am Telefon, dass ich dachte, du liegst schon halb im Koma. Was ist das für eine Infusion, die du da bekommst?

Zuckerwasser. Ich war ausgetrocknet.

Wieso warst du ausgetrocknet? Trinkst du nicht genug?

Was weiß ich.

Zwei Kannen Kaffee am Tag.

Filterkaffee, und außerdem verwechselst du mich mit deinem Vater. 3–4 Tassen am Tag, das wird mir ja wohl noch erlaubt sein!

Keine Ahnung. Ist es dir erlaubt?

WAS WEISS DENN ICH?!

Im Zimmer waren noch zwei andere Betten. Eins war mit einer anderen alten Frau belegt. Wir haben sie bis jetzt ignoriert, bei uns in der Familie wird gedacht, das sei so angemessen, schlimm genug, dass wir hier zusammen sein müssen – *mit unseren Körpern*. Jetzt sah sie herüber. Schauen Sie gefälligst weg!

Scht, Mutter, brüll nicht so, das ist ein Krankenhaus!

Ich weiß, dass das ein Krankenhaus ist, denkst du, ich bin blöd?

Nein, aber ...

Weißt du, wie weh so eine Nadel tut, weißt du, wie weh es tut, wenn der Schlauch geknickt wird, wenn ich mich auch nur einen Millimeter bewege, und dann tun sie's mir auch noch in die rechte Hand, wo ich Rechtshänderin bin, ich kann nicht einmal Kreuzworträtsel lösen, ich hab genug davon, ich will, dass das ein Ende hat, verstehst du, ein für alle Mal, ich hab keine Lust mehr, weißt du, seit wie lange ich keine Lust mehr habe, einen feuchten Kehricht weißt du, Herr Diplomingenieur!

Um Entschuldigung bittender Blick hinüber zum anderen Bett. Die Dame war so nett, nicht herzuschauen. Sie löst Kreuzworträtsel, ach, herrje!

Was hat das mit Herr Dipl ...?

Sie, winselnd-flüsternd: Es war alles gut. Endlich war alles gut.

Was? Was murmelst du da?

Es war vorbei.

Was war vorbei?! Mutter! Hallo?! Was murmelst du da? Rede bitte anständig mit mir, hörst du?

Woraufhin sie nicht anständig redete, sondern zu schluchzen anfing, ihre Rede wurde noch undeutlicher, als hätte sie Brei im Mund (Rotz und Wasser?), gleichzeitig ging draußen auf dem Flur eine Maschine an, was für eine Maschine?, in einem Krankenhaus?, eine Baumaschine, wie sich herausstellte, und nicht auf dem Flur, sondern draußen, unter dem Fenster, es wurde also alles plötzlich undeutlich, auf der anderen Seite war das Wesentliche dennoch zu verstehen, dafür reichen wenige Brocken. Greta hatte geträumt ...

Du hast geträumt?

Ja, sie hatte geträumt, dass sie durch ein Weizenfeld glitt.

Ein Weizenfeld.

Ja, auf einem Feldweg. Die Sonne schien. Sie hatte ihre Freundinnen dabei.

Welche Freundinnen?

Teils erinnerten sie sie an die Freundinnen, die sie als junges Mädchen hatte, denn sie hatte welche, das weißt du bloß nicht, du denkst, deine Mutter ist schon als alte, einsame Frau zur Welt gekommen, aber sie wusste gleichzeitig, dass sie sie erst nach ihrer Amputation kennengelernt hatte. Denn irgendwann wusste sie, dass sie im Rollstuhl saß, dass sie deswegen so glitt, und dass sie deswegen keine Schmerzen mehr hatte, weil sie untenherum amputiert war. Es war so schön, im Traum, es war alles gut, sie hatte keine Beine mehr, aber Freundinnen, sie wechseln sich ab beim Kochen, weil sie das Kochen auch hassen, aber sie hassen auch den Fraß, den man in Gaststätten bekommt, und wenn man sich abwechselt, ist nicht immer nur eine damit belastet – und man hat trotzdem Hausmannskost. Greta will diese Beine nicht mehr, das ist die Lösung, es war so schön, es war so schön im Traum.

Es war was? Du hast was?

…

Zuerst, für die ersten paar Sekunden war Darius Kopp außerstande, zu begreifen, was sie da sagte. Dann begriff er es, natürlich, man kann sich nicht ewig wehren, und das war zugleich auch der Punkt, an dem er deutlich spürte, wie etwas von innen gegen seine Schläfe prallte: die Wut. *Dafür* habt ihr mich hergeholt? Ihr elenden, gottverdammten, hysterischen Weiber?

Sag mal, spinnst du? Du spinnst! Das ist doch vollkommener … Wegen eines Traums …?! Natürlich war es schön! Es war ja auch ein Traum! Du hättest auch fliegen können, wenn du nur gewollt hättest! Jetzt hör auf. Wirklich. So was ist kein Spaß.

Sie zuckte im Schluchzen mit den Achseln.

Zuck nicht mit den Achseln!

Die andere Patientin sah wieder herüber. Jetzt brülle auch ich herum. Was wird sie von uns denken. Während Greta schluchzte.

Ein Großteil der Wut war hier schon verraucht, es war nur noch etwas Gereiztheit da, Bedauern und Ohnmacht. Man müsste sie anfassen. Ihr eine Hand auf die Schulter, um die Schulter, auf den Kopf, auf den Arm legen. Sie umarmen. Mütterchen. Weine nicht. – Aber nach außen hin wurde Kopp noch ein wenig bestimmter.

Weißt du, wie dick so ein Oberschenkelknochen ist, weißt du, was das für eine Wundfläche ist, denk mal nach!

Außer sich brüllend: SAG MIR NICHT, DASS ICH NACH-DENKEN SOLL! SAG MIR NICHT, DASS ICH NACHDEN-KEN SOLL! ICH BIN KEIN KLEINES KIND MEHR! Was weißt du schon?! Dir tut nichts weh!

Ich gebe zu, sagte Darius Kopp, ich weiß wenig darüber, wie es ist, wenn einem immer etwas wehtut, obwohl ich, wie du vielleicht noch weißt, selbst an einer chronischen Krankheit leide, und Atemnot ist auch nicht gerade ein Traum …

Sie werden sie mir sowieso irgendwann ganz abschneiden, aber nicht auf einmal, sondern scheibchenweise, glaubst du, das weiß ich nicht, bei der Schreibern – (Wer oder was ist *die Schreibern*?) – war das auch so, erst der Zeh, dann der Fuß, das Knie, bis zur Hüfte, kapierst du, sie haben ihr die *Hüfte* entfernt, und dann ist sie doch krepiert!

Das wird dir nicht …

WOHER WILLST DU DAS WISSEN, SCHLAUMEIER?!

Kopp sah zu der anderen Patientin, die nicht mehr so tat, als sähe sie nichts, und auch er tat nicht mehr so, sondern sah sie, im Gegenteil, um Hilfe suchend an. Die Patientin zeigte ihm ihren Schwesternrufknopf, Kopp nickte, so heimlich er konnte. Während er psalmodierte:

Das ist hier ein gutes Krankenhaus … (Woher willst du das wissen?) … Sie werden alles tun … (Floskel) … was in ihrer Macht steht … (Floskel) … beruhige dich … (…) … eine Oberschenkelamputation auf Wunsch, das ist absolut verrückt, das macht keiner, das weiß ich, dazu muss man kein Genie sein …

WAS WILLST DU DANN HIER?!

BRÜLL MICH GEFÄLLIGST NICHT IMMER SO AN!

Hier kam die Schwester herein. Gleichzeitig fing Kopps Handy zu bimmeln an. Und er, automatisch: Einen Moment …

Die Schwester: Hier darf man nicht mobiltelefonieren. Unten im Foyer …

Meine Mutter ist die Patientin! sagte Kopp, zeigte auf sie, und verließ den Raum.

Er ging den Korridor hinunter, schnellen Schritts, als hätte er ein Ziel, das Bimmeln neben sich. Später hörte es auf zu bimmeln, Kopp ging immer noch weiter, bis der Korridor zu Ende war, beziehungsweise abbog, links oder rechts, egal, Hauptsache, man hätte, sollte man sich zufällig umdrehen müssen, nicht einmal mehr Sichtkontakt zur Tür von Zimmer 71. Er bog ab, ging weiter, bis er an eine Ausbuchtung mit Feuerlöscher und Sitzgruppe kam. Alte Sessel, als wären sie von ich weiß nicht wann hier zurückgeblieben, der Feuerlöscher dagegen sehr neu, glänzend, rot, tröstlich. Hier konnte Kopp stehen bleiben. Eine Weile. Bis wir wissen, wie weiter. Denn im Moment war er verwirrt und hilflos, und es war ihm auch wieder schwindlig. Bin ich unterzuckert? Überzuckert? Wann habe ich das letzte Mal etwas gegessen? Da, der Fleck auf deinem Hemd. Das war das Letzte. Oder ist das zusammengezurrte Loch in meiner Brust schuld? Um was für eine Art zusammengezurrtes Loch handelt es sich? Wir sind hier in einem Krankenhaus. Man könnte es feststellen lassen. Hier können Medikamente verabreicht werden. Aber dafür müsste man in die Notaufnahme. In der Notaufnahme werden die Fälle nach Dringlichkeit behandelt. Solange Sie noch atmen können, üben Sie sich in Geduld.

Hier fiel ihm alles wieder ein und er wurde wütend.

Ich fasse es nicht, ich fasse es einfach nicht! Erzähl mir nicht, Marlene, dass du den Unterschied nicht mitbekommen hast. Ob sich einer in seinem spinnerten Hirn *wünscht,* keine Beine mehr zu haben, oder ob er … Ihr würdet verdienen, dass ich einfach wieder abfahre. Dass ich einfach … Aber der Laptop ist da drin! Bei ihr! Ich habe den Laptop drinnen gelassen!

Der Ärger, die Ohnmacht waren plötzlich so heftig, dass er die Hand zur Faust ballen musste. Andere sind in einer ähnlichen Situation fähig, und schlagen Löcher in Trockenbauwände. So etwas hat mir meine Erziehung ausgetrieben. Stattdessen ballt Darius Kopp in Situationen höchster Ohnmacht die Faust nur, um etwas zu haben, in das er sich verbeißen kann. Auf einem Krankenhausflur, in der Nähe eines Feuerlöschers, wie ein Löwe grollend, biss er sich in die eigene Faust, er seine eigene Beute.

Und während er es noch tat, sah er sich schon um: Sieht mich einer?

Sieht nicht so aus.

Hier meldete die Handymailbox, dass eine Nachricht da war. Danke.

Kopp ließ von sich ab. Das trockene kleine Knallgeräusch, wenn die Zähne sich von der Haut lösen.

Die Liste der Anrufe zeigte eine Nummer mit Auslandsvor-
wahl +33 an. Wer ruft mich aus +33 an?

Nein, man kann nicht einfach so gehen. Aber die Nachricht
kann ich abhören. Dazu fahre ich ordnungsgemäß hinunter ins
Foyer. Ich nehme mir die Zeit. Du strafst mich, ich strafe dich.

Im Fahrstuhl waren schon welche, zwei sehr dünne Mädchen,
die eine mit Nasensonde. Wie alt seid ihr, Kinder? Seht nicht
älter als 13 aus. Sie hatten eine Packung Zigaretten dabei.

Das Foyer mit seinen Echos, so gebaut, dass es schon reicht,
wenn außer dir noch einer da ist, der irgendetwas macht, schon
ist alles völlig verhallt, und jetzt waren mehr als einer da. Kopp
konnte der Nachricht auf der Box nur so viel entnehmen, dass
es a) eine Männerstimme war, die b) mit Akzent sprach und c)
von irgendwoher anrief, wo das Netz schlecht war. Die Nachricht war vorbei, bevor Kopp irgendetwas verstanden hätte.
Er selbst war mittlerweile am Ein- und Ausgang angelangt,
schwere Glastür, er sah, dass die dünnen Mädchen direkt hinter ihm gingen, er hielt ihnen die Tür auf. Sie, als bemerkten
sie es nicht.

Er ging einpaar Schritte zur Seite, damit er nicht genau zwischen den im Eingangsbereich rauchenden Patienten stand.

Er musste sich die Nachricht noch zweimal anhören, bevor
er wenigstens Brocken davon verstanden hatte.

… Aris Stavridis … in Paris … Grüße von Bernard … News
(?) … Company(?) … Krach, krach, krach … urgent (?). Zuletzt, deutlich: Das war der Aris.

Anstatt sich die Nachricht ein viertes Mal anzuhören, rief
Kopp die angezeigte +33er Nummer zurück.

Ans Telefon ging Bernard, es war sein Handy.

Überspringen wir die lange Begrüßungsphase. Wie es Bernard ging, wie es Dariüs ging. Beiden gut, Bernard war gerade dabei, etwas Neues aufzuziehen. Kopp hatte davon gehört. Er wünschte alles Gute. Bernard dankte und hoffte … bzw. war sich sicher, vielleicht kann man einmal kooperieren …

Ja, Bernard, Merci, Bernard …

Dann Aris. Er hatte Kopp, *wie gesagt*, eine Nachricht hinterlassen, ihm war nämlich ein Gerücht zu Ohren gekommen bezüglich Fidelis und Opaco.

Bezüglich wem?

Opaco. Unter Berücksichtigung aller Faktoren erschien es Aris ein Gerücht von der plausibleren Sorte zu sein, *andererweise* würde er Kopp gar nicht damit belästigen.

Kopp entschuldigte sich, er verstand kein Wort. Die Nachricht auf der Box war nicht verständlich gewesen.

Stavridis entschuldigte sich ebenfalls und fing ganz von vorne an. Also, worum es ging: Stavridis hatte mit Ken Lin gesprochen.

Ken Lin? Ist er auch in Paris?

Nein, in Hongkong. Aris hat, präzisiere, *am Telefon* mit ihm gesprochen. Wir haben telefoniert.

Du hast mit Ken in Hongkong telefoniert? Ken ist in Hongkong?

Ja. Er ist jetzt da. Macht Marketing bei Opaco. Jetzt wirst du fragen: Wer ist Opaco? Opaco ist eine ursprünglich Suisse-based Company. Ein mittelgroßer Sicherheitstechnologieanbieter. Mittelgroß, das ist ein weiter Begriff. Sagen wir: sie sind etwa halb so groß wie Fidelis. Sie haben mit physischen Lösungen im Public Access Bereich angefangen: Liegenschaften, Fahrzeuge, Veranstaltungen, heute machen sie viel mit Verschlüsselungen. Bernard kennt sie. Er sagt: Kurz gesagt machen sie alles richtig, was der Laden, bei dem Bernard ist, falsch macht. Schwamm drüber. Worum es geht, ist, dass Ken *mitbekommen* hat, dass man bei Opaco Unterlagen zu Fidelis Wireless erhalten hat. Was für Unterlagen? Die Gerüchte sprechen von »allgemeinen Hintergrundinformationen«. Von wem bekommt man solche? Kurz gesagt: von *Beschaffern* allgemeiner Hintergrundinformationen. Diese gibt es. Sie spielen keine weitere Rolle, denn die Frage ist nicht, wie sie die Infos beschafft haben, sondern: wozu? Nun, auch das weiß man noch nicht mit Sicherheit. Angeblich ist im Papier von mehr als dem Status quo (noch) nicht die Rede, aber selbstverständlich heizt allein die Tatsache, dass es das Papier gibt, die Gerüchte um einen Merger (Merger! Nicht urgent!) von Fidelis und Opaco an. Einen *Merger*, ja. Also dem Zusammenschluss *gleichstarker* Partner. Ich habe Ken gefragt: Steht denn Opaco gut genug da, um zu mergen, also, um nicht einfach aufgekauft zu werden? Worauf Ken sagte: Ohne voreingenommen zu sein: ja. Bzw., fügte er hinzu, und er hatte recht damit: Es kommt doch immer darauf an, wer was will und wer sich wie zu verkaufen weiß, nicht wahr. So, das ist es, was Aris in Erfahrung gebracht hat. Neben anderen Details aus KenLins und Hongkongs Alltag, aber die tun jetzt nichts zur Sache. Beziehungsweise Aris würde auf Nachfrage gerne davon erzählen, aber zum einen benutzte er gerade Bernards Handy und zum anderen stand das aktuell sicher nicht im Fokus von Darius Kopps Interesse.

Sondern was?

Schwer zu sagen.

Mein Kopf ist leer. Natürlich nicht vollständig. Es ist eher so, als würde etwas haken. Als würdest du auf etwas zu- und gleichzeitig davon weggehen. Ist es das, was man einen Blackout nennt?

In der Tat. Für etwa eine Minute war Kopp außerstande, mehr von der Welt zu begreifen, als was er von ihr unmittelbar erfuhr:

Ich stehe vor einem Gebäude, einem Krankenhaus, da ist der Eingang, da stehen Patienten, sie rauchen, ich rieche den Rauch. Außerdem riecht es nach Imbissbude, wo ist die Imbissbude, da rechts, hier links hält jetzt ein Bus, der Geruch, das Geräusch, Menschen steigen aus, gehen Treppen und Rampen hinauf, Gehwegplatten, diese führen zum Gebäude, die Sonne auf den Geländern aus gebürstetem Stahl und auf der Glaswand des Foyers, darüber das Bettenhochhaus, 20 Reihen Fenster, dahinter wieder Patienten, Mutter – ab hier konnte er wieder denken – meine spinnerte Mutter, ich bin herausgekommen, um zu telefonieren, ich telefoniere mit Aris Stavridis, er ist in Paris und hat ein neues Gerücht aufgeschnappt, dem ich nicht nachgehen kann, weil ich *hier* bin …

Übrigens, sagte Aris, war Ken nicht faul, und hat gleich David Chan angerufen.

(*Unseren* Mann in Hongkong.)

Chan hat gesagt, dass er nichts weiß. Aber Chan ist bekanntlich auch keiner, der dazu neigt, etwas zu wissen. Um es mal so auszudrücken.

Ich weiß auch nichts, sagte Darius Kopp. (Im Moment bin ich froh, meine Stimme wiederzuhaben.) Aber danke. Danke, Aris, dass du angerufen hast.

Ja, Aris hatte gedacht, Kopp würde das wissen wollen. Weil es von KenLin kommt. Stavridis hält KenLin für eine verlässliche Quelle.

Ja, sagte Kopp.

(Du hörst dich an, als stündest du unter Drogen. Nicht wie Michaelides – *genau* anders herum.)

Alles in Ordnung? fragte Aris Stavridis in Paris. Du hörst dich … Stören wir gerade bei etwas?

Nein, nein … Ich bin nur … Ich bin hier bei meiner Mutter. Sie ist im Krankenhaus.

Wie sie sofort voller Mitgefühl waren. Bernard auch.

Wie Kopp dafür dankte, alles nicht so schlimm, es wird schon, aber ich muss jetzt los, mich um einpaar Sachen kümmern.

Wie sie ihn voll und ganz verstanden, keinesfalls länger aufhalten wollten, gute Besserung wünschten und alles Gute.

Danke, sagte Darius Kopp.

Er stand noch eine Minute da, sah, hörte, roch – abzüglich des Busses – dasselbe wie zuvor: Der Eingangsbereich eines Krankenhauses, eines Krankenhauses für arme Leute, man sieht es an ihren Jogginganzügen, man sieht es an ihren Gesichtern. Über ihnen das Bettenhochhaus, es trägt eine Werbe-Schärpe für riesige Handys. Ich weiß nicht wieso, schüttete Kopp einmal Juri sein Herz aus, jedes Mal, wenn ich dort bin, habe ich das Gefühl, in einer *anderen* Realität zu sein. Ich weiß, ich weiß, dass das normal ist, denn es *gibt* nun einmal mehrere. Dennoch bin ich irritiert. (Ich fühle mich wie früher in den Zügen. – Das sagte er ihm nicht mehr, es wäre zu kompliziert gewesen.) Eine kleine Luftbewegung trug einen neuen Schwall Bratfettgeruch herbei, das Bratfett roch verführerisch und ekelerregend. Kopps Magen bewegte sich. Wie spät ist es? Kurz vor 5. Den Zug um 17:16 krieg ich nicht mehr, aber den um 18:16. Er nahm nicht die Treppen, er nahm die Rampe.

Aber sei nett! Du kannst nicht sagen, was du denkst, wo kämen wir da hin. Mütterchen, liebes Mütterchen, mach dir keine Sorgen, ich habe mit den Ärzten gesprochen(!), es wird alles gut, aber ich muss jetzt wirklich los, zurück an die Arbeit, es hat sich etwas ergeben, etwas Dringendes, aber du kannst mich jederzeit anrufen, verstehst du, jederzeit. Ich komme, wenn ich kann.

Selbstverständlich bekam er weder den einen Zug noch den anderen.

Die Stimme kam von rechts: Hansi?

Er wusste sofort, dass er gemeint war, er erkannte die Stimme, dennoch, mein erster und offizieller Name ist ...

Darius!

(Wenn du jetzt noch so tust, als würdest du sie nicht hören ...)

Marlene!

Für einen Sekundenbruchteil sah er noch, dass sie ihr fürsorgliches Gesicht trug – Das ist gut, das ist das bessere! – dann befand er sich auch schon in ihrer Umarmung. Er sah sie beide in der Glaswand des Foyers gespiegelt: ein dicker Mann mit schütterem Blondhaar, umarmt von einer kleinen, sehr zierlichen Schwarzhaarigen. Es fehlt nicht viel und sie könnte eines der Mädchen mit der Nasensonde sein. Sie kleidet sich auch wie ein Teenie, kurzer Jeansrock und -jacke mit irgendeinem Glitzer, gelbes Achselshirt, darunter ein schwarzer BH ...

Tut mir leid, sagte Marlene in Gedanken zu ihrem Bruder. Ich konnte einfach nicht mehr. Sie hat mich in den Wahnsinn getrieben. Alles, was sie zu mir sagt, verletzt mich. Und auch, wenn sie nichts sagt. Hoffentlich schmort sie dafür in der Hölle. Auf der anderen Seite, das tut sie ja schon. Und davon unabhängig liebe ich sie. Sie ist meine Mama. Ich will nicht, dass sie stirbt. Wenn sie stirbt, habe ich sie für immer verloren. Ich dachte, wenn sie eine Narkose bekommt, stirbt sie bestimmt. Ich konnte nicht anders, ich habe mich auf sie gestürzt, ihren Körper unter der Decke zu spüren hat mich fast umgebracht, so GUT war das, aber sie hat mit den Händen auf die Matratze neben sich geschlagen, sie hätte auch mich schlagen können, aber das wollte sie nicht, sie schlug auf die Matratze: Du erdrückst mich, du erdrückst mich! Ich bin wieder hoch und

wollte ihre Hand nehmen, aber sie heulte nur: Wo ist Darius?!
Wo ist mein Sohn? Wieso kommt mein Sohn nicht? Mein *einziger* Sohn! Wieso lässt du mich allein? Und ich, als hätte ich
Eiswasser getrunken, mir wurde ganz kalt innerlich, ich bin
aufgesprungen …

Sie ließ ihn los und sagte statt all dem:

Lass uns erst einen Kaffee trinken. Unten ist so ein Laden.

Sie öffnete die Glastür für ihn, er folgte ihr.

Während sie durchs Foyer gingen, Marlene:

Ich hab Vattern angerufen.

…

Er ist bei Dubrovnik.

…

Er macht Urlaub. Er war grad in irgendeinem Hafen, es war
windig, er musste sich ständig aus dem Wind drehen.

…

Ich hab ihm erzählt, dass Mutter im Krankenhaus ist. Er hat
gesagt: Aha. Und dass das Roaming teuer wird.

Er ist ihr *Ex*mann.

(Und deswegen auch mein *Ex*vater?

Du liegst nicht im Krankenhaus.)

Sie bestellten je einen Milchkaffee. An der Theke, damit es
schneller ging, dort blieben sie auch stehen. Marlene spielte mit
der Serviette, die zwischen Tasse und Untertasse lag. So eine
dünne, nichts werte Serviette, die du zwischen zwei Fingern
zerzwirbeln kannst. Künstliche Fingernägel, schon etwas abgenutzt. Die Lider hielt sie gesenkt, Kopp sah einen schwarzen
Lidstrich. Ihre Augenbrauen sind fast so dünn gezupft wie bei
einem Stummfilmstar und schwarz gefärbt, wie die Wimpern
und das Haar. Eigentlich wäre sie blond wie er. Aber sie zieht
es vor, so zu tun, als wäre sie eine kleine Schwarzhaarige mit
blasser Haut und stahlblauen Augen. Auf den Wangenknochen

zwei Kleckse künstliches Rot, auf den dünnen Lippen glitzerndes Lipgloss. Apricot. Ist meine Schwester eine schöne Frau? *Wäre* sie es?

Sie schlug die Augen auf und sah ihm direkt ins Gesicht. Meine Schwester hat einen Blick, der gleichzeitig abwesend und intensiv fordernd ist.

Ich bin zu Hause ausgezogen. Sie haben mich einfach nicht lernen lassen. Mach nur, mach nur, aber dann rennen sie 26mal durch dich durch, mach nur weiter, ich hol nur dies oder das, oder wo ist dies oder das, oder bleiben in der Tür stehen und fragen: Krieg ich was zu essen? Am Ende hab ich nur noch geheult und mich unterm Tisch versteckt. Dann kam Daggi und sagte, das kannst du nicht machen. Jetzt wohn ich so lange bei ihr.

…

Die erste Prüfung ist am Freitag.

…

Kann sein, dass sie sie grad am Freitag rauslassen wollen.

…

Kannst du vielleicht auch mal was sagen?! Wie wär's mal mit: Mach dir keine Sorgen, mach du nur deinen Kram, ich komm dann her und hol sie ab?!

Mach dir keine Sorgen, mach du nur deinen Kram, ich komm dann her und hol sie ab. Obwohl ich kein Auto habe. Aber ich komm her. Zufrieden?

Wieso muss ich darum bitten?

Du hast ja nicht darum gebeten.

Wieso muss ich danach fragen? Wie komm ich mir dabei vor? Wie eine … ich weiß auch nicht was.

Kopp kennt diese Diskussion schon zu gut, seine Aufmerksamkeit schweifte ab. Er fing an, das Telefonat mit Stavridis auszuwerten. Dachte an Paris und an Hongkong, an Aris, an

Bernard, an KenLin, an David Chan, an Daniel King, an Sunnyvale, an Bill … Wie spät ist es? Wie spät ist es in Hongkong, wie spät ist es in Sunnyvale?

Hörst du mir zu?

Ja. Du kümmerst dich, ich kümmere mich nicht, trotzdem werde ich mehr geliebt, ich bin der einzige Sohn, tut mir leid (Er kontrollierte die Uhrzeit auf seinem Handy), dafür kann ich nichts, außerdem stimmt es nicht. Die Frau hat einen Schuss, so sieht es aus, was wir auch immer machen, was du auch immer machst, was ich auch immer mache, es wird falsch sein. Und deswegen werde er jetzt hochgehen und sich von ihr verabschieden und seinen Laptopkoffer holen, der da noch steht, und dann werde er zurückfahren, denn er habe zu tun, denn, weißt du, nur weil ein neues Problem auftaucht, verschwinden nicht all die anderen aus der Welt. Und, apropos – eigentlich wollte ich einen offenen Zusammenstoß vermeiden, nichts will ich mehr als das, aber ich kann jetzt nicht anders –, das nächste Mal wäre ich dir dankbar, wenn du mir den feinen Unterschied nicht vorenthalten würdest, den es da gibt zwischen: jemandem müssen beide Beine abgenommen werden und: jemand *träumt* davon, dass man ihm die Beine abgenommen hat. Denn dass du das nicht mitbekommen hast, das glaube ich dir einfach nicht!

Er brauche ihr das nicht glauben, denn sie behaupte das überhaupt nicht, was sie behaupte, sei, dass es eben *keinen* Unterschied mache!

Das macht keinen Unterschied?

Nein, es macht keinen Unterschied, weil sie so oder so auf Hilfe angewiesen ist, aber ich kann ihr im Moment nicht helfen, und wenn ich es nicht kann, dann musst du es können, kapierst du das?

Kopp hatte es kapiert, mehr noch, er stimmte innerlich zu,

aber nach außen hin, ich weiß nicht, wie, es kam einfach so raus, sagte er, beharrte er darauf, dass auch er nicht könne, dass auch er Dinge zu erledigen habe, dass er ohnehin nichts ausrichten könne, er sei schließlich kein Arzt, und deswegen werde er jetzt gehen und in Dreigottesnamen am Freitag wiederkommen, aber bis dahin: Tut mir den Gefallen und lasst mich in Ruhe.

In Ordnung, sagte die Sphinx. Wir lassen dich in Ruhe. Du kannst deine Ruhe haben.

Danke schön!

Bitte schön.

…

Eins noch.

Was?

Das Geld.

Was für ein Geld?

Du hast noch nichts überwiesen.

Was soll ich überwiesen haben?

(Ich bring dich um!) Was wir neulich besprochen haben.

Neulich? (17:42, ich muss los.)

Gottverdammte Scheiße! Warum machst du das?

Was mach ich denn?!

(Wir brüllen beide in einem Krankenhauscafé herum, dass die Milchkaffeetassen auf der Theke scheppern. Dann verstummen wir und schauen uns mit glühenden Augen an. Du weißt genau, wovon ich rede, du weißt es genau!) –

In der Tat. Sie hatte es ihm bei seinem letzten Besuch, vor zwei Monaten, erklärt. Sie waren mit Tommy und den Kindern am Rande eines Rummels spazieren gewesen – Und sie kauften dem Bengel jeden, aber auch jeden nutzlosen Mist, den er sich nur halbwegs zu wünschen schien! – während Marlene ihrem Bruder vorrechnete, dass die 538 Euro Rente, die Greta erhalte, bei 300 Euro Miete nicht zum Leben reichten.

Woher weißt du, dass es 538 Euro sind?

Die Monkowski und sie haben darüber geredet. Marlene hatte das Gefühl, absichtlich. Ich sollte es dir ausrichten.

Mir?

238 Euro im Monat sind nicht ganz 8 Euro am Tag. Das ist zu wenig. Das Existenzminimum ohne Heizung und Wohnung wären 317.

Das muss sie dem Amt sagen.

Das Amt wird sie zu uns zurückschicken. Zuerst ist die Familie dran.

(Also: ich.)

In Ordnung, hatte Kopp gesagt. Reichen 200 im Monat? Oder 250? –

Ich bin noch nicht dazu gekommen. Ich mach's noch.

Wann machst du es?

Ich sag doch: bald! In der Zwischenzeit würde es vielleicht schon helfen, wenn ihr das Wechselgeld nicht immer behalten würdet.

Wer sagt das? Sagt sie das?

(Natürlich, wer denn sonst.)

Gottverdammte Scheiße, aber wirklich, wir kaufen ihr immer Sachen, die sie gar nicht bezahlt, wir haben ihr einen Luftbefeuchter gekauft, weil sie gesagt hat, die Luft zu Hause ist so trocken, sie hat so getan, als wär's ein Geschenk und wir haben uns nicht getraut, was zu sagen. Du denkst, ich will's für mich, oder? Und was wäre so schlimm daran, fragst du jemals, ob ich Unterstützung brauche? Aber weißt du was, behalt doch dein Scheißgeld, werd' glücklich damit, friss es auf, erstick daran!

In einem zu engen, zu kurzen, zu hässlichen Jeansrock, auf hohen Hacken (schwarze Pumps) rannte sie quer durchs Foyer, der rechte Absatz rutschte über den Stein: trrrrrrr! Als Kopp das sah und hörte, verachtete er sie – Meine Schwester, die rasende Proletin –, als er sah, dass sie ihre ganze (rasende) Kraft brauchte, um die schwere Glastür zu öffnen (sie verbog sich zu einem Halbkreis), tat es ihm um alles wieder leid. Du kannst schon ein Schwein sein, Darius Kopp.

Zahlen, bitte!

Die Nacht

Traurigkeit, Scham, Hunger. Druck und Brennen hinter dem Brustbein. Nein, es sind nicht die Bronchien. Wir haben keine Schwierigkeiten bei der Ausatmung. Nein, es geht. Die Fahrt mit dem Taxi zum Bahnhof dauert 8 Minuten, in der Nachmittagsrushhour 20, egal, wir haben den Zug sowieso schon verpasst, und die uns zwangsweise zugefallene Zeit können wir gut nutzen. Und zwar, um abzuschließen. Diesen ganzen privaten Kram. – Sie werden wieder anrufen. Und bis dahin kann ich sowieso nichts ausrichten. *Sie* fällen die Entscheidungen. – Weg damit. Schublade, Müllsack, Keller, Boden, wie du willst. Das ist nicht typisch männlicher Egoismus und Hartherzigkeit, das ist *notwendig*, Marlene (Mutter, Flora). Wie viel Prozent der Arbeitszeit geht durch die Beschäftigung der Mitarbeiter mit privaten Problemen verloren? Ich will nicht darauf herumreiten. Wir sind alle nur Menschen. Aber wer etwas bewerkstelligen will, muss lernen, anderes beiseite zu lassen. Während er durch das Autofenster auf eine Stadt blickt, die er kennt, wenn er sie auch nicht *so* kennt, in 20 Jahren wird vieles anders, und darin liegt die Lösung. Darius Kopp konzentrierte sich auf die Unterschiede, auf das *andere*, so lange, bis er das Gefühl hatte, nicht mehr hier, sondern bereits woanders zu sein, wo man ganz und gar fremd, also frei wäre.

Er hatte noch genau so viel Bargeld, dass er das Taxi bezahlen konnte. (Ich schulde den Armeniern, nein, der Firma 50 Euro!) Er ging bis zur Mitte des neu und schön gepflasterten, aber etwas zu weitläufigen und deswegen trostlos wirkenden Bahnhofsvorplatzes und blieb stehen. Die Uhr im Giebel des Bahnhofsgebäudes zeigte 18:29. Kopp sah ihr dabei zu. Nicht, weil er keine andere Möglichkeit gehabt hätte, die Uhrzeit festzustellen, sondern weil – Keller, Boden hin oder her – plötzlich doch die Kraft aus ihm gewichen war. Ich stehe nicht deswegen in der Mitte, weil ich mich hier am wohlsten fühle, sondern weil mir die Kraft fehlt, an den Rand zu gelangen. Ist auch nicht sehr einladend dort. Dieses Bahnhofsgebäude, das aktuell gar keins ist, stattdessen ein Irrgarten aus Bautunneln, überall herausziehendem Staub, provisorischen Aufschriften und infernalischem Lärm. Und kein Platz für einen Menschen, um in Würde zu warten. Höchstens im Stehen. Darius Kopp spürte deutlich, dass er die etwas mehr als halbe Stunde, die es noch zu überbrücken galt, bis der nächste Zug fuhr, nicht mehr würde stehen können. Am liebsten würde ich mich auf der Stelle zusammenrollen und schlafen. Mann im Anzug in der Mitte des Bahnhofsvorplatzes schlafend, den Kopf auf sein silbernes Köfferchen gelegt? Sei nicht albern. Für eine Weile war er ratlos. Stand einfach nur da, bis … 18:29. … … Endlich begriff er: Die Uhr im Giebel *stand*. Das brachte ihn wieder zu sich. Der Ärger. Eine Bahnhofsuhr! Wie kann eine Bahnhofsuhr stehen?! Ihr elenden Dilettanten?! Quasi als Antwort wurde Kopp von einem Lufthauch angeblasen, der so eisig kalt war wie im tiefsten Winter. Die Baustelle. Sie graben tief, da ist es kalt, eine Plane wird aus irgendeinem Grund gelupft und es kommt diese unterirdische Kälte heraus. Wer ist auf die verrückte Idee gekommen, in der Hölle wäre es heiß?

Kopp sah auf sein Handy, um zu sehen, wie spät es wirklich

war. Er sah: 18:38. Und er sah ebenfalls, dass er in einem Hotspot stand.

In einem Hotspot zu sein hat Darius Kopp bislang noch aus jedem Tief geholt. So auch diesmal. Er hob den Kopf, steckte ihn *heraus*, als stünde er wahrhaftig in einem Loch, und sah sich um:

Schön gepflasterter, öder Platz, ästhetisch eingelassene, kreuzgefährliche Straßenbahnschienen, Menschen hin und her, vor, hinter zwei Straßenbahnen über Kreuz, die hohe Kunst der Weichenstellung, elektronische Anzeigetafeln, noch 19 Minuten, noch 9, noch 0 … Da sah er das Café. Es hieß Flair. Neben dem Hotspot-Zeichen verschönerten aus grauer Fensterfolie schematisch geschnitten eine dampfende Kaffeetasse und ein Hörnchen seine Auslage. Darius Kopp rannte drauf zu.

Er rannte ins Café hinein, Selbstbedienung, er rannte an den Tischen vorbei, direkt an die Theke, wie ist er auf den Barhocker gekommen, keine Erinnerung, auf einmal saß er drauf. Er keuchte, nicht vor Anstrengung, sondern vor Erleichterung darüber, dass er diesen Hafen gefunden hatte.

Essen, Trinken, Internet. Das mich nährt, informiert, amüsiert und mir dabei nur so weit zu Leibe rückt, wie es Zahlen und Bilder eben können. Wo es möglich ist, sich zu erholen. Da kann rundherum (fast) sein, was will, aber wenn es so ein schönes Café ist, umso besser. Klimaanlage (im Winter: Heizung) ist schön, Zugang zu einer sauberen Wassertoilette ist schön. Die Barhocker, das kaffeebraune Leder(imitat?) der Sitzflächen, die langstieligen Kaffeelöffel sind schön. Die Vitrine, darin die Sandwiches und Kuchen. Die kleinen Rührstäbchen, die Deckel der To-go-Becher sind schön. Die junge Thekenkraft ist schön. Schlank, brünett, Apfelbrüste. Etwas müde schon und offenbar auch chaotisch, am *toten* Ende der

Theke sammeln sich in einem Haufen Rührstäbchen, Servietten, Pappbecher. Dass Sie nicht ganz hinterher kommen, bzw., dass es Ihnen wichtiger ist, die Gäste zügig zu bedienen, als aufzuräumen, macht Sie mir zusätzlich sympathisch.

Sobald sie Zeit für ihn hatte, lächelte Darius Kopp sie an und bestellte ein American Style Tuna Sandwich mit Ei und einen Orangensaft. Schälte Ersteres gierig aus der Verpackung – dreieckig, Vollkorntoastscheiben – und verschlang es, schüttete den Orangensaft hinterher. Das erste Essen seit den Croissants! Der Fleck auf dem Hemd. Er hatte ihn vergessen, jetzt sah er ihn wieder, er saß auf seinem Bauch auf, aber da Kopp unterwegs ins Behagen war, störte er sich nicht weiter an ihm. Sein Hunger war mitnichten gestillt, aber er bestellte kein zweites Sandwich, er wich auf Dessert aus: Einen Kaffee, nein, einen Latte, ein Glas Sprudel und einen Carot Cake mit Frischkäseglasur, bitte. Er setzte sich um, auf einen Hocker ohne linken Nachbarn, nah an der Wand, an die konnte er sich mit einer Schulter anlehnen. Die Theke war gerade breit genug, um einen Laptop darauf abzustellen.

Er verbrachte die nächsten 2 Stunden im Café Flair. In der *falschen* Stadt, aber das machte nichts mehr. Wenn er manchmal hinaussah, sah er zwar den Bahnhofsvorplatz, darauf alles, was wir schon erwähnt haben, höchstens, dass die beweglichen Teile sich woandershin bewegt hatten, dennoch, im Prinzip blieb es dasselbe Bild und daher war es möglich, darin nichts Konkretes zu sehen, also auch nicht zu sehen, *wo* er genau war. In einer wohlhabenden Gesellschaft auf hohem technischem Entwicklungsstand. Nur einmal löste eine Gruppe Wartender in der Tramhaltestelle die Erinnerung an das Bettenhochhaus mit den Leuten davor aus – Unbehagen, Nervosität, Abneigung, Ärger, Beschämung, Rechtfertigung, Trotz – dann sah er eben weg, und eine halbe Minute später war es wieder vergessen.

Ebenso der Gedanke, dass man Flora hätte anrufen können. Es mit ihr besprechen. Aber im Grunde wollte er es nicht besprechen, und es war ohnehin schon zu spät dafür. Und was würdest du dem Anrufbeantworter sagen? Alles halb so schlimm, ich fahre jetzt zurück? Das wäre genau: gar nichts bzw. falsch. Und außerdem fuhr er nicht *jetzt* zurück. Er ging ins Netz.

Welcome, Benvenuto, Välkomen. Kopp war für die konkrete Frage noch nicht bereit, er wechselte zu den Nachrichten. Ich habe heute noch gar keine gehabt.

An der Wall Street kursieren Gerüchte, Kapitalerhöhung von Lehman Brothers geplatzt, Waffen und Gold, ein ungewöhnlicher, aber relativ krisenfreier Anlagemix, Streit um Biolabor in der Hurrican-Zone, weltgrößter Teilchenbeschleuniger hat seinen Betrieb aufgenommen, ein 17jähriger hat die Schach-Weltranglistenspitze erobert. Wie macht man down under Geschäfte? Am besten am Freitagabend beim Bier. Owsidgoin mate orright? How-is-it-going-mate-all-right? Nicht so schlecht, nicht so schlecht. Es wird besser.

Er ließ sich ein wenig treiben, klickte weiterführende Links an, um auch dort nur die Headlines zu überfliegen. Er wollte nicht allzu viel Zeit verlieren, nur gerade so viel, bis er ein wenig regeneriert war. Sobald er spürte, dass es nun so weit war, bestellte er noch ein Wasser (Lust gehabt hätte er auf einen Cognac, aber hier gab es keinen Alkohol) und fing gezielt zu suchen an.

Suche: Opaco.

Opaco besteht aus 100 % Microfaser hat eine Lauflänge von 93m/50g es lässt sich am besten mit einer Nadelstärke von 6–7 verstricken …

Deswegen mag ich es so. Darius Kopp kicherte. Bei *uns* erscheinen Hebammen, Advokaten, ein Heiliger, eine Vermögensberatung.

Hier, das sind die Richtigen: World leader in digital security. Er las sich durch About us, News und Archive, und fand heraus, was ihm bereits gesagt worden war. Angefangen mit physischen Lösungen im Public Access Bereich. Heute: Komplettlösungen mit modernsten Verschlüsselungstechnologien. Großflughäfen, Sportstadien, Skigebiete, Freizeitparks. News. Vorgestern: Hongkong Broadband Communications selects Opaco to secure and integrate all digital mpeg-4 cable tv system. (Frisst uns der Neid? Beinahe.)

Board of Directors. Executive board. Irgendeiner, den wir kennen? Nein. Aber wen kennen wir schon? Der Finanzchef heißt Claude Monet!

Addresses. Eine auf jedem Kontinent, wie bei uns. Für DACH in Zürich, kein Name, ob es einer oder mehrere sind, ist auf die Schnelle nicht zu erkennen.

Jobs. Legal Assistant, System Production Engineer, Executive Assistant, Technical Trainer. (Irgendetwas dabei, das ich könnte oder wollte? Nein.)

Zurück zu uns. Er sah auch bei Fidelis in den Untergruppen nach, fand aber nichts Neues. Er las das Alte quer.

Es waren einmal zwei Freunde, Sam 'n Dan mit Namen.

Der King hat seine Abschlüsse in Harvard gemacht.

Bill seinen Elektroingenieur in Missouri.

Mr. Natta ist, das dürfen wir nicht vergessen, nur unser *interim* Finanzchef, with more than 20 years of experience.

Choose a region.

In der Middle-East-Region werden wir von Mr. Navin Batra vertreten,

in DACH and Eastern Europe von Mr. Darius Kopp,

in São Paulo von Mr. Luiz Cesar Ascon Banda,

in Hongkong von Mr. David Chan,

in South Africa nur von einer Telefonnummer. (Kopp sah noch einmal nach, ob sein Name auch wirklich dastand. Ja.)

Suche nach Bildern von Davin Chan. Sinnlos, es gibt zu viele, die so heißen, und es ist auch nicht so wichtig jetzt.

Suche: Opaco + Fidelis.

119 000 Ergebnisse, Kraut und Rüben.

Gehe gezielter vor. Öffne BizNews.

Todays events. Nichts.

Todays news. Nichts.

Portfolio. Falsch.

Glossary. Falsch.

Help. Falsch.

Contact. Falsch.

Get quote. Nichts.

Suche in summary quotes, company news.

No match found.

Advanced search: 2 Einträge. Wir haben einen Innovation Award erhalten, wir waren so nett zu sponsern. Zu Opaco: nichts.

Öffne: Findprofil.

Nichts. Abonniere trotzdem einen Monat free trial.

Verzeihen Sie, hätten Sie vielleicht eine Steckdose für mich? Die Batterie … Es ist sehr wichtig. (Ich brauche *wirklich* einen neuen Laptop.)

Dazu lächelte er sein gewinnendstes Lächeln. Die junge Frau hinter der Theke war unverändert müde, nahm wortlos den Stecker. Die Steckdose war hinter dem Haufen der Pappbecher, Servietten, Rührstäbchen. Nicht, dass alles runterfällt! Es fiel einiges runter. Tut mir leid. Sie winkte ab, bückte sich, hob hoch, warf zurück auf den Haufen. Er ging zurück ins Netz.

Branchennews.

Silizium-Bipolartransistor erreicht 110 GHz Transitfrequenz.

HAL setzt auf Emotionen statt auf Technik.

Forum. Nein.

7-Tage-News. Nichts.

Archiv. Nichts Neues.

News unterwegs. Nichts.

Die Chance früher begreifen. 3 Ausgaben für 12 Euro plus Kühltasche gratis!

Öffne: Businessmanager.

Indien: TBR investiert massiv auf Subkontinent.

Innovation.

Internationalisierung.

Marketing.

Organisation.

Köpfe, Konzepte, Klassiker. Produkt des Monats.

Ihr Warenkorb ist leer.

Hier war sein gutes Gefühl bereits wieder dabei, rückläufig zu werden, aber Kopp konnte noch nicht aufhören.

Öffne: WIFI-Forum.

Leute, die in Foren diskutieren, sind Klugscheißer. Ist es deswegen ausgeschlossen, dass sie etwas wissen? Nein, ausgeschlossen ist es nicht.

Aber nein, nichts. 2 ältere Diskussionen. Driver is crap! Sowie: After a disappointing quarter, is Fidelis Wireless still a worthwhile investment? Ein gewisser Tarack macht sich Sorgen, dass seine Aktien niemals mehr steigen könnten.

Öffne neuen Tab. Nasdaq. Intraday-Chart. Gerade eröffnet. Nichts.

Gestern: Bis 03:00 PM eastern time nichts, dann leichter Anstieg, wie immer, am Ende des Tages. Um 04:00 PM: market closed.

Bet-at-home! Wetten bringt's! Bei geilen Spielen mit dabei.

After hour quotes: nichts.

Zusammengefasst: Nichts, nichts, nichts, nichts, nichts.

Kopp klickte sich noch durch einpaar Links, aber nun las er

nicht einmal mehr die Überschriften. Die Konzentration war endgültig verloren gegangen und mit ihr die Freude. Stattdessen war jetzt Müdigkeit da und schon wieder leichte Gereiztheit. So gut sich die Reparaturarbeiten im Netz angelassen hatten, am Ende war er doch wieder zu lange geblieben. Was es mir gibt, nimmt es mir auch wieder. Wie jeder Rausch. Hör *jetzt* damit auf.

Der Schmerz in den Augen, wenn man den Blick nach langer Zeit vom Bildschirm löst, die schwere Watte im Kopf. Im Café war die Beleuchtung zu hell. Oder zu dunkel? Jedenfalls sah Kopp schlecht. Er nahm die Brille ab, sah an sich hinunter, wo könnte man sie putzen, sah wieder den Fleck auf dem Hemd. Der Anblick traf ihn mehr, als er erwartet hätte. Das ist, weil ich müde bin. Ich mag es nicht, wenn ich müde werde. Jeder wird mal müde. Trotzdem. Kopp versuchte sich zu behelfen, indem er ärgerlich wurde und Schuld zuwies. Mutter/Schwester und Stavridis/KenLin zu gleichen Teilen. Scheuchen mich von einer Ecke in die andere. Aber ins Internet wolltest du doch selber! Das ist wahr. Und zwar nicht, weil man ob eines solchen Gerüchts gleich hektisch werden müsste. Dafür sind wir zu erfahren. Wir wissen: Es wird jedes Quartal eine neue Sau durchs Dorf gejagt, viel Tamtam um nichts gemacht, oder viel Tamtam um etwas, oder es passieren Dinge auch in aller Stille, und meist findet man nichts heraus, oder man findet etwas heraus, was sich als falsch erweist, oder man findet etwas heraus, das sich als richtig erweist, was hat man schon davon, man selbst ist selten in der Lage zu handeln. Dass ich immer übriggeblieben bin, dazu habe ich selbst kaum etwas bis nichts getan. So ist es. Dennoch. Darius Kopp hätte es besser gefallen, wenn er wenigstens *etwas* gefunden hätte. Er hatte jetzt sogar Schwierigkeiten, das Nichts zu ordnen, das er sich die letzten Stunden einverleibt hatte. Er erinnerte sich mehr an die Informationen, die er am Rande mitgenommen hatte – Wetter und neue Produkte: Reisen, Banken, Versicherungen, Handys – als dass er sich an die Artikel oder an die Einzelheiten z. B. in Opacos Firmenhistorie erinnert hätte. Ich fühle mich von Nebensächlichkeiten angezogen. So sieht es aus. Ich bin ohne irgendein Ergebnis müde geworden. Dunkel ist es auch schon. Der Platz draußen. Die bewegten Anteile nur noch schemenhaft zu erkennen. Das Hellste der Eingangsbereich des Bahnhofshotels an der Ecke gegenüber und davor die elektronischen Anzeigetafeln in den Haltestellen. Zu den übrigen Gefühlen Kopps gesellte sich jetzt auch noch dieses andere, das man hat, wenn man bei Tageslicht ins Kino (Internet) geht und bei Nacht wieder herauskommt. Unvermeidlich. Dieses Vermissen, dieses leichte Bedauern, eine kleine Sorge, obwohl man doch weiß, *sie* wird wieder aufgehen. Dennoch, egal, ob Lerche oder Eule, an diesem Punkt beginnt einen jeden die Verlassenheit hinunterzuziehen, als hätte sie eine Gravitation. Egal, dass du schon erwachsen bist. Es ist dunkel geworden, und du bist nicht zu Hause. Das ist ein Zustand, den man benennen kann.

Zeit, die Bühne wieder umzustellen, bevor wir vielleicht anfangen, auch noch melancholisch zu werden. Er putzte die Brille mit einer sauber gebliebenen Ecke der Serviette, setzte sie wieder auf. Wie spät ist es? 20:47. Das ist gut, das passt perfekt. Der letzte Zug ohne Umsteigen fährt um 21:06. Zahlen, bitte! Wie er es sagte, wirkte er wieder, na, nicht gerade taufrisch, aber zumindest wie jemand, der noch Energien und Entschlossenheit übrig hat.

Natürlich dauerte das Kassieren ewig, natürlich auch, bis die Karte endlich antwortete, Zahlung erfolgt, Kopp musste wieder einmal rennen.

Aber wie!

Durch einen Tunnel – Als wären wir unter der Erde. Sind wir unter der Erde? – aus Bretterwänden, Gerüsten, Planen, Folien, Klebestreifen, Lärm, Staub, der durch die Ritzen gepresst wird, auf die Bodenplatten weht, Vorsicht, Rutschgefahr! Kopp schlitterte, fing sich wieder, knallte nur mit dem Köfferchen irgendwo dagegen, schickte eine stumme Entschuldigung bzw. einen Fluch nach oben, zu den Baulampen, mit hässlichem Gekabel miteinander verbunden, und rannte weiter, da ist ein Fahrstuhl, zu unsicher, also die Treppen, mit letzter Kraft hinauf. In letzter Sekunde fiel er in den Zug hinein, die Türen schlugen zu, er hing an einer Haltestange, sein Koffer baumelte an ihm.

Es war von einem Albtraum die Rede gewesen. Das war vielleicht etwas zu viel gesagt. Insofern, dass an den folgenden Ereignissen nichts Traumhaftes sein wird. Sie werden, im Gegenteil, die alltäglichsten und gewöhnlichsten sein. Trotzdem wird Darius Kopp am Ende zermürbt sein.

Als er wieder (schmerzlich) zu Atem gekommen war, seine Systeme sich nach dem fordernden Sprint in den Normalbetrieb zurückgestellt hatten und er also die Haltestange loslassen und nach nur einem kurzen Einknicken des Knies losgehen konnte, um sich einen Sitzplatz zu suchen, musste er feststellen, dass der Zug wesentlich voller war, als er es erwartet hatte. Da er, für die wenigen Sekunden, die er sich auf ihm aufhielt, der Einzige auf dem Bahnsteig gewesen war, hatte sich Kopp etwas anderes vorgestellt. Aber er war bloß der Letzte von vielen gewesen. Eine ganze Weile mochte er sich nirgends hinsetzen. Wanderte durch den Zug, erst an das kürzere Ende, dann zurück, an das längere, so lange, bis keiner mehr mit ihm wanderte und ihm auch keiner mehr entgegenkam. Schließlich fand er einen Platz, von dem aus er nur eine

Frau sehen musste. Sie hatte rötliche Haare, eine große Nase und las. Kopp beobachtete sie dabei nicht länger als unbedingt nötig (3 Sekunden), dann drehte er sich zum Fenster und sah zu, wie sie aus der Stadt hinauszogen. So lange, bis auch noch die letzten Lichter verschwunden waren und die Dunkelheit so vollständig wurde, dass er außer seinem eigenen verzerrten Spiegelbild nichts mehr sehen konnte. Er sah sich an, gefiel sich nicht, aber das störte nicht, denn er erkannte sich auch nicht.

Er ließ den Kopf zurück in den Sitz sinken, ließ Arme und Beine hängen. In dieser Position bot er der Müdigkeit wieder eine breite Angriffsfläche. Prompt breitete sie sich in seinem Körper aus. Kopf, Rumpf, Extremitäten. Wenn sie in die Arme strömt, ist das nicht angenehm. Ich jedenfalls mag es nicht. Die dadurch entstehende Beklemmung kann man nur neutralisieren, indem man sich ergibt. Sich matt und gedankenlos hängen lässt oder ganz einschläft. Hätte er es mal getan! Im Fahrzeug deines Hasses, nach einem langen, fordernden Tag, wieso schläfst du nicht einfach? Wenn du aufwachst, bist du zu Hause, in der Stadt, die dir genehm ist, und alles ist gut. Oder wenigstens besser. In den meisten Fällen wäre Darius Kopp glücklich genug gewesen, genau diese Lösung wählen zu können. Diesmal nicht. Beziehungsweise, der Versuch, es zu tun, scheiterte. Er saß da, rekapitulierte den Tag. Nichts, was er sich vorgenommen hätte, es passierte von allein. Oder vielleicht war es doch die lesende Frau, die ihn entfernt an Flora erinnerte. – Ebenso, wie schon die Thekenkraft im Café Flair. Kann es sein, dass du einfach *vergleichst*? Ketzerische Frage. – Er dachte also an Flora, mit Flora im Bett in der Früh, das war gut. Dabei hätte er bleiben sollen, höchstens noch darauf achten, dass ihn keine allzu eindeutige sexuelle Erregung in der Öffentlichkeit belästigte, und dann darüber einschlummern. Aber es gelang nicht. Er konnte nicht anders, als fortzufahren und den Tag weiter zu rekonstruieren. Beziehungsweise: da er merkte, dass er im Begriff war, das zu tun, er aber nicht an Marlene und Mutter denken wollte, behalf er sich, in dem er die Richtung änderte. Nicht vorwärts, sondern rückwärts! Was war *davor*? Was war gestern? Prompt verhedderte er sich, die Müdigkeit wuchs rasant an und drängte, wie Quecksilberkügelchen, die einzelnen Erinnerungsstücke auseinander. Kopp schnappte angestrengt nach ihnen. Schweinegerippe, dachte Kopp, Rolf, dachte er, wie geht es ihm, ist er noch im Krankenhaus? Wenn Krankenhaus, dann Mutter, Krankenhausbettwäsche mit einem blauen Streifen – er machte schnell einen Sprung, nahm das Nächstbeste, das ihm einfiel: das Handtuch im Handtuchhalter in der Unitoilette, seine Hände, die er sich abtrocknete, die Hände des Cholerikers, die sich auf der Tischplatte abstützten, die Spitzen der sommersprossigen Finger zurückgebogen. Trotzdem habe ich dich kassiert! Das Einkaufszentrum blitzte auf, Kopp drängte es eilig weg, dachte: Arbeit, wir sind bei der Arbeit, sah sein Bürohaus von außen, sah sein Büro von innen, nicht die Kartons, sondern den Schreibtisch mit der müllfreien Fläche für den Laptop und setzte sich mit einem Ruck gerade hin.

Der Laptopkoffer stand im Fußraum des Sitzes neben ihm. Kopp starrte diesen Koffer an, während der Ärger von innen gegen seine Schläfen prallte. Der Koffer, darin der Laptop und im Laptop: die E-Mail, die er auf der Herfahrt an Bill & Co geschrieben hatte. Geschrieben, bei den Entwürfen abgelegt und beim nächsten Netzkontakt nicht wieder in den Postausgang verschoben. Das heißt: Sie liegt noch da! Im Büro liegt seit Freitag das Geld, heute ist Mittwoch, und es ist immer noch nicht gelungen, die Chefs darüber zu informieren.

Darius Kopp fasste sich an den Kopf, mit dem Kopf zwischen den Händen beugte er sich über seine Knie und fluchte gotteslästerlich zwischen zusammengebissenen Zähnen.

Ich fass' es nicht, ich fass' es nicht, wie kann einer nur so doof sein?!

Sein Gürtel bohrte sich ihm in den Bauch, im Bauch entstand ein Schmerz, aber das war nicht der Gürtel, es war weiter innen. Als gerieten jetzt zu allem Überfluss auch noch die widerstreitenden Lebensmittel, die er im Laufe des Tages zu sich genommen hatte, aneinander. Lachs, Ei, Orangensaft, Milchkaffee, schoss Kopp durch den Kopf, und er musste sich aufrichten, denn es wurde ihm übel.

Kam hoch und sah, dass die lesende Frau ihn ansah. Das war ihm zu viel, er sprang auf, wollte woandershin gehen, der Laptopkoffer stand im Weg, außerdem sah er, jetzt im Stehen, wieder, dass es zu voll war, um leichtfertig den Platz zu wechseln, aber die Frau sah ihn immer noch an, er spürte, dass ihm der Schweiß ausgebrochen war, also schnappte er sich doch den Koffer und marschierte los, irgendwas wird schon werden.

(Fing es hier an? Ja, allmählich.)

Er hätte gerne seine Gedanken geordnet, aber im Gehen gelang das nicht. Zu viele Hindernisse. Ständig blieb er irgendwo hängen, ständig stand jemand im Weg. Leute stehen im Weg, um sich mit anderen Leuten, die ebenfalls dort stehen oder in ihren Sitzen verharren, zu unterhalten. Schwankend hältst du auf ein hängendes Gesäß zu. Ich wünschte, ich müsste es nicht jedes Mal bemerken. Wenn ich in der Bredouille bin, werden meine Gedanken schmutzig. Wenn es wenigstens etwas Sexuelles wäre, aber nein. An Gesäße muss Kopp denken und an Gerüche. Dass es hier nicht gut roch. Nicht nach Knoblauchwurst wie früher, auch nicht nach Diesel oder Wattemänteln, sondern nach *Hosennaht*. Nach verdeckten Fürzen. Ich kann nichts dafür. Ich muss es denken. Und kaum, dass der Kerl bereit ist, sich wenigstens ein bisschen aus dem Weg zu nehmen!

Oder er tut es eben *nur* ein bisschen. Man muss an ihm entlangstreifen. Nicht einmal an einer Frau würde Kopp in seinem Zustand entlangstreifen wollen. Und das hier war ein langhaariger, pferdegesichtiger Mann! Und ausgerechnet, da man am nächsten zusammen stand, musste Kopps Magen hörbar zu grummeln anfangen. Grins' nicht, Hängearsch! Kopp zog das Köfferchen etwas unaufmerksamer hinter sich her, als es notwendig gewesen wäre, er stieß den Fremden damit in die Seite.

He, pass auf!

Du hättest dich wenigstens entschuldigen können. Du hast kein Recht, sie zu hassen und zu verachten.

Darius Kopp bat die Stimme in seinem Kopf höflich, ihm gefälligst nicht auf den Sack zu gehen. Ich habe genug Probleme!

Er flüchtete sich in die Toilette am Ende des Wagens. Hätte sich gerne in die Toilette am Ende des Wagens geflüchtet, aber sie war defekt. Der Teppichboden davor war feucht. Kopp hob angeekelt den Fuß, um weiterzugehen, in den nächsten Wagen. Zwischen Eisenbahnwagen durchzugehen ist schön. Früher lagen dort einfach zwei sich überlappende Eisenplatten, darunter die Schienen. Schön. 5 Sekunden Erholung, nicht mehr. So lange, bis man an die Toilette am Anfang des nächsten Wagens kommt und auch diese verschlossen vorfindet. Wenn alle Toiletten eines Zuges defekt sind, darf die Fahrt nicht fortgesetzt werden. Und was machen wir dann? Darius Kopp spürte Panik in sich aufsteigen. Nicht, dass er diese Toilette so dringend gebraucht hätte, nicht in den nächsten Minuten. Es war sein Trauma, das in ihm zu arbeiten begann. Nächtlicher Zug, massenhaft Fremde, mit ihnen zusammengesperrt sein, und die Toiletten sind kaputt – kann es einen Menschen geben, der dabei nicht denkt: Lauf um dein Leben? (Immer diese Übertreibungen.) Kopp lief dann nicht, er ging nur ein wenig schneller – *Bergauf muss man schneller gehen* – was hätte er auch anderes tun können. So lange, bis er schließlich doch ein Örtchen fand, das noch benutzbar war. Wenn es auch hier schon schwamm. Geb's Gott, dass es nur Wasser ist. Stinkendes, schmutziges Wasser, aber Kopp war mittlerweile so weit, dass er sich kein Überhandnehmen des Ekels mehr leisten konnte. Er verbrauchte alles Papier, das zu finden war. Funktionierten Seifen- und Wasserspender? Ja! Das wiederum war ein kleiner Trost. Kopp nahm ihn dankbar an. Wir leben in einer Welt, in der Seifen- und Wasserspender in nächtlichen Zügen funktionieren. Für dieses Mehr-als-Nichts darfst du ruhig dankbar sein.

Im Spiegel: sein Angesicht. Du hast schon mal besser ausgesehen. Und was ist das? Marmelade im Mundwinkel? Schon den ganzen Tag? Da, wieder der Ärger! Ärger und Scham, auf die und vor den anderen, die ihn so gesehen hatten! Und nichts gesagt! Ihr lasst doch sonst nichts unkommentiert! Aber dann, nein, bei näherem Hinsehen, war es ein Fieberbläschen. Es prickelte. Und obwohl Kopp sehen musste, dass er zerzaust, zerknittert, verschwitzt, blass und angegriffen aussah, *noch schlechter, als ich mich fühle,* und deswegen betrübt war, war seine Erleichterung darüber, dass er wenigstens keine Marmelade im Mundwinkel durch den Tag getragen hatte, am Ende doch größer.

Erleichtert und gleichzeitig am Ende seines Lateins angelangt. Während er sich wieder auf den Weg nach einem Sitzplatz machte, gab er es vor sich zu: ich fühle mich kraft- und ratlos. Ich bedarf des Zuspruchs. Seit wie vielen Tagen gelingt es mir nicht mehr, Kontakt mit jemandem aufzunehmen? Nicht mit jemandem, sondern mit *ihnen.* Mittwoch minus Freitag, minus 4 Wochen. Ich habe die E-Mail vergessen. Aber auch sonst. Wie viele Aktionen allein diese Woche, und was ist das Ergebnis? Immer noch die Punkte 1 bis 6. Waren es 6?

Wie auch immer, nun war es einer mehr. Die Opaco-Sache. Aber gab es die Opaco-Sache wirklich? Oder war es nur ein Stavridis-KenLinsches Hirngespinst? Ich weiß es nicht. Ich weiß nichts.

Dass seine Liste nicht kürzer geworden war, im Gegenteil, ließ Kopp noch ein Stückchen schneller gehen. Aber irgendwann wird der Zug zu Ende sein, was machst du dann? Er ging bis zum letzten Wagen durch, bis zur Tür am hinteren Ende, dahinter war die Dunkelheit, er drehte sich weg von ihr, zurück zum Wagen, dieser war nun im Vergleich sehr hell. Bill, dachte Darius Kopp, und in seinem Kopf fing die Sonne an zu scheinen. In Nordkalifornien ist es nicht so warm, wie Uninformierte glauben mögen, aber die Sonne ist hell. Wenn es hier halb 11 ist, ist es in Kalifornien wie spät? Im Sommer: halb 2. In London halb 10. Auch das wäre noch nicht zu spät. Aber halb 2 ist besser. Die Helligkeit bewahren. Ja, danach verlangt es mich jetzt. Seitwärts gab es, wie zur Bestätigung, einen leeren Zweiersitz. Er schob sich hinein.

Während er wählte – +1-307-272-6500 – und später, während es klingelte, arbeitete Darius Kopp weiter an seiner eigenen Aufrichtung. Er stellte sich vor:

Die Platanen in *unserer* Straße.

Die Pinien, die Lupinen, das Gras außerhalb der Stadt.

Eine Autobahn in der Wüste.

Die hellgrauen Betonelemente mit Teerstreifen aneinandergefügt.

Der Weg zum Großen Hügel, unterwegs zum See. (! Als ihm klar wurde, woher dieses Bild in seinen Traum vom Flughafen in der Wüste geraten war, bekam er Herzklopfen. Ein wenig enttäuscht bin ich. Der Mensch ist so simpel, manchmal.)

Während auf einem anderen Kanal die Imagination schon weitergelaufen war: Der See, die Wasserpumpe aus gebürstetem Stahl, der Sand, kurz: der Sand auf Bills Strand, aber von dort wieder: der Blick auf den Kirchturm hinter dem See, das Beachparty-Banner, der nackte Biobauer. Der Mann, nicht die Frau! Kopp wunderte sich und war unangenehm berührt, hatte das Gefühl, die Kontrolle über seine Vorstellungen zu verlieren, und tatsächlich:

Er sah, was er nicht vermutet oder gewollt hätte, nun sich selbst als jungen Mann. Nicht nackt, sondern in Jeans, einer grauen Jacke, mit einem armeegrünen Rucksack über eine Schulter gehängt. Ich dachte, das wäre todschick. Abgesehen davon gab es kaum etwas anderes. Ich will nicht wieder jung sein, schlank auch nicht, das ist nicht so viel wert, wie man denkt. Was er vor allem nicht wollte, war, wieder *dort* zu sein. In der Ohnmacht, der immer anwesenden stillen Furcht. Er versuchte, die Vision abzuschütteln, indem er ins dunkle Fensterglas blickte, lass mich mich *heute* sehen, egal, wie verzerrt. Aber statt loszukommen, kam er sich noch näher, schlitterte – und er hätte nicht gewusst, wie er das hätte aufhalten können – mitten hinein in einen Moment der Ehrlichkeit:

Ich fahre deswegen so ungern zu ihnen, weil sie mich an mein altes Ich erinnern. Ich schäme mich meiner Herkunft nicht. Aber dieses Leben ist vorbei. Vergangenheit. So sieht es aus. (Was du wieder zusammendenkst! Was nützt dir das jetzt? – Das ist nicht die Frage.)

Während es im Telefon klingelte, erst 5x mal amerikanisch, dann, nach einem Knacken und einer kleinen Pause 5x intern, das ist schon die Leitung zu Kathryn, um schließlich mit einem erneuten Knacken in ein überraschend lautes Besetztzeichen überzugehen. Kopp wurde aufgescheucht, hielt es in seiner Verwirrung allen Ernstes für möglich, dass die Verbindung wegen seiner Unaufmerksamkeit abgebrochen war. Als ob man mit der Kraft der Gedanken eine Satellitenverbindung steuern könnte! Dann kam er immerhin auf die Idee, nachzusehen, ob es nicht vielleicht an einem schwachen Netz lag.

Doch.

Das Handy zeigte o Balken Feldstärke an.

Sitzen wir hier vielleicht in einem abgeschirmten Wagen?

Im Regionalexpress gibt es keine abgeschirmten Wagen, ebenso wenig welche mit einem Repeater, der angeblich den Empfang erleichtert.

Wie man im Zug sitzt in der Nacht und die Balken auf dem Handydisplay beobachtet. 2, 1, 2, 0, 1, 0, 2, längere Zeit 1, ganz kurz 3, sobald du Hoffnung geschöpft hast, wieder 1, dann sofort wieder 0,1,0.

Nach einer Weile hörte Kopp auf zu starren, schloss stattdessen die Augen. Wenn wir angekommen sein werden, um halb 12, wird es in Kalifornien immer noch nicht mehr als halb 3 sein. Auch das ist noch gut. Du kannst aus dem Büro anrufen. Mit Blick auf den nächtlichen Platz. Der Gedanke daran ließ Kopps Herz wieder höher schlagen. In Wahrheit ist *das* meine Sehnsucht. Die künstlichen Helligkeiten: Ampeln, die Lampen, die Reklamen, die Fahrzeuge, das Licht in den anderen Büros, in denen jemand ist. Während du selbst bewusst im Dunkeln bleibst, mit dem Laptopbildschirm als einziger Lichtquelle. Gegen 1 könnte man fertig sein. Flora könnte noch auf dem Strand sein. Zum Strand fahren, etwas essen, etwas trinken, telefonieren. Später gemeinsam nach Hause.

Darius Kopp lächelte, öffnete die Augen, sah recht stabil scheinende 3 Balken Feldstärke, er drückte schnell auf die Wahlwiederholungstaste.

5 x klingeln, 5 x anders klingeln, besetzt.

Für einen Moment noch, dann fuhr man in einen Tunnel.

Die Lichter im Wagen wurden heruntergedimmt, der Laptopbildschirm strahlte auf, rote Tulpenbäume und ein blaues

Haus in einem Tal im karibischen Inland, darüber verstreut die Icons der wichtigsten Programme und Dokumente. Raus aus dem Tunnel, der Druck in den Ohren ließ nach, aber das Licht wurde nicht wieder eingeschaltet, Kopp erschauerte. War die Klimaanlage für die Tageszeit zu hoch eingestellt? Zu niedrig. Egal, zu kalt. Die Körperbehaarung stellt sich auf. Mein Rückenfell, das sich gegen das Hemd sträubt.

Hier ging ein Ruck durch den Zug, Kopp musste sich mit der Hand am Vordersitz abstützen, um nicht auf den Laptop zu fallen, das Licht ging kurz an, dann wieder aus, und der Zug fing an, lange, unerträglich lange und langsam abzubremsen. So ein Bremsen, das einem durch und durch geht, es bremst *in* einem, als wären es meine Muskeln, die gedehnt werden, meine *Zellen*! Steh endlich oder fahre oder steh, irgendwas, das nicht dieses endlose Bremsen ist!

Endlich stand man.

Wie es anfängt, sich in den Reihen zu bewegen.

Die anderen im Dunkeln.

Wie sie sich erheben, aus ihren Sitzen herauskommen.

Manche versuchen, durch die Scheibe etwas von dem zu sehen, was draußen ist.

Wie sie sich austauschen.

Wie einer oder mehrere losgehen.

Wie zurückgekommen wird.

Wie zwei genau neben Kopp stehen bleiben, um zu reden. Als wäre er gar nicht da. Obwohl: er hatte den Laptop zugeklappt, vielleicht hatten sie ihn wirklich nicht gesehen?

Wir haben einen Lokschaden.

Wir haben was?

Einen technischen Defekt an der Lokomotive, die diesen Zug zieht.

Und das heißt was?

Die Meinungen gingen auseinander, ob man im Schritttempo zum nächsten Bahnhof fahren würde, um dort in einen anderen Zug umzusteigen. Ob man es vielleicht doch mit dieser Lokomotive bis nach Hause schaffen konnte. Oder ob gar nichts mehr gehen würde. Ob man hier draußen auf der Strecke würde übernachten müssen.

Wie ein Gruseln durch alle geht. In manchen durchaus freudig. Kannst du was erzählen. Jemand anderes hat die Nase voll, hat genug anderes, worüber er lieber erzählte, es ist doch immer dasselbe mit der Bahn, schon der zweite Lokschaden innerhalb des Zeitraums X.

Darius Kopp gehörte zu jenen, denen der Zwischenfall eine neue Chance eröffnete. Er hätte wieder kichern können. Im Grunde ist es unmöglich, diesen Tag zu erzählen, Juri, Flora, Freunde, nur so viel: und dann hatten wir auch noch einen Lokschaden, aber das Handy, meine Lieben, leuchtete blau im Dunkeln und zeigte 4, in Worten: vier Balken Feldstärke an.

Auch die anderen fingen zu telefonieren an. Sie riefen die an, die auf sie warteten oder ebenjene, denen sie die Situation mitteilen wollten.

Kopp wählte Bill.

40 Minuten. So lange standen sie auf der Strecke, etwa so lange hatten sie 4 Balken Feldstärke. 40 Minuten, die es brauchte, bis Darius Kopp endgültig demontiert war.

Nichts Spektakuläres. Es ging nur in Sunnyvale niemand ran. Irgendwann, etwa nach der Hälfte der Zeit – Frage: Wie viele Mal passen »Wahlwiederholungstaste, 5 x extern klingeln, 5 x intern klingeln, besetzt« in 20 Minuten? – fing Kopp allmählich an, die Nerven zu verlieren. Vorerst versuchte er es noch mit logischem, sinnvollem Handeln. Er verzichtete auf die Wahlwiederholungstaste, suchte die Nummer noch einmal

aus der Datenbank heraus und wählte jede Ziffer sehr sorgfältig.

5 x klingeln, 2 x anders klingeln, 3 x (oh, wie das zarte Gänse-
blümchen der Hoffnung das Köpfchen hebt!), 4 x (hier wähnt
man sich fast schon in Sicherheit), 5 x … Hier, noch bevor das
Tuten losgegangen wäre, war die Hoffnung schon wieder zunichte. Und dann ging das Tuten los.

In Kopp geriet alles durcheinander. Nein. Er dachte auf drei
gut voneinander unterscheidbaren Kanälen Folgendes:

1	2	3
technische Störung Telefon geht nicht alle sind zurecht aufgeregt manche vielleicht nicht manchen ist das egal den niedrigeren Chargen mancher wird toben Bill nicht Bill ist ein sober man der übrigens auch ein Handy hat und ich habe auch die Nummer	es gab eine Katas-trophe Natur- oder andere ein Erdbeben die Spalte genau unter ihnen dort sind sie hineingefallen oder eine Flutwelle wenn eine Wand aus Wasser umfällt oder ein Großbrand trockenes Buschwerk Pinien Platanen wie brennen Kakteen oder ein Terroranschlag sie werden als Geiseln gehalten in die Luft gesprengt Gas wurde eingeleitet 130 sind weniger als 850 wer von denen die wir persönlich kennen ist unter den Überleben-den und wer unter den Toten	sie gehen nicht ran sie gehen absichtlich nicht ran in London auch nicht warum nicht weil sie gar nicht mehr da sind können 46 + 3 Personen ein-fach so verschwinden kann eine Firma verschwinden wann hast du das letzte Mal mit einem von ihnen geredet diese Miss-kommunikation muss aufhören diese Un-professionalität muss aufhören wir sind eine Firma die etwas verkaufen will wir können nicht tagelang nicht ans Telefon gehen wir können uns nicht wochenlang bitten lassen schließ-lich wollen wir etwas verkaufen oder wie ist das?

1 war am wahrscheinlich- und vernünftigsten, aber das vergaß er gleich als Erstes. 2 hätte man zumindest nachprüfen können, würde man nicht mit einem Zug am Rande der Welt parken. Deswegen sind die Lichter aus, wenn sie sie anmachen würden, würden wir die gähnende Leere direkt neben dem Bahndamm sehen, und was wäre dann? Was wäre dann? Wie viele Telefonate diese Woche, und bei wie vielen war keiner zu erreichen oder war nichts herauszubringen? Es hatte auch einpaar Telefonate gegeben, bei denen jemand zu erreichen und auch etwas herauszufinden war, aber Kopp war (siehe 3) zu aufgewühlt, um diese zusammenzubringen. Alles verknäulte sich. Ich habe mein Gedächtnis verloren. Nein, das ist etwas anderes. Die Orientierung. Der Mensch hat eine angeborene Fähigkeit, sich in komplexen Situationen zurechtzufinden, Multitasking und so weiter, aber es reicht schon eine Winzigkeit, zum Beispiel, dass er ums Verrecken nicht dort anrufen kann, wo er anrufen möchte, und schon weiß er nicht mehr, wer, wo, wie, was, wann? Ach, leckt doch alle mal am … ihr elenden … Mist … Fotzen …Dreck… nüscht funktioniert …gottverdammter … Arschlöcher … Dilettanten … elende …

He, Sie! Schimpfen Sie nicht so! Das ist ja nicht auszuhalten! Was führen Sie sich hier so auf? Glauben Sie, anderen geht es besser?

(Wer, ich?)

Ein Mann, der noch dicker war, als Kopp. Wesentlich. Ein doppelt so fetter Kerl, dem die Lippen vor Erregung zitterten.

Ja, Sie! Uns geht es auch nicht besser! Wir sitzen hier auch fest, und dann auch noch Sie! …

Es tut mir leid, hätte Kopp gesagt, ich habe gar nicht bemerkt … Ich hatte einen harten Tag und ich müsste unbedingt ein Telefonat führen, und ich dachte, wenn wir schon mal stehen und die Feldstärke undsoweiter, und dann gelingt es ums Verrecken nicht, da kann man schon mal ärgerlich werden.

Aber er kam gar nicht zu Worte, denn der Fette konnte nicht aufhören zu krakeelen, immer nur: Sie! ... Und dann auch noch Sie! ... Was denken Sie?! ... So lange, bis Kopp ihn anfuhr, er solle aufhören, ihn anzuspucken (Er wischte sich demonstrativ Stirn und Wangen ab), das sei unhygienisch, und überhaupt solle sich der Fette um seinen eigenen Kram kümmern.

Der Fette war vom Spuckvorwurf sichtlich getroffen, aber da fing ein anderer, ein Hagerer, mit Fistelstimme zu winseln an:

Oh, mein Gott, meine Krawatte wird nass!

Andere lachten.

Der Fette lachte auch und ging weg, zufrieden.

Wie sie sich untereinander austauschen. Wie sie sich alle einig sind, dass solche Typen, solche telefonierenden, Anzug tragenden, Laptop tragenden Wichtigtuer und Businesskasper das Letzte überhaupt sind, dabei kann man ihnen keine Stecknadel in den Arsch schieben, so gekniffen sind sie, und immer diese Telefoniererei, Leute, die telefonieren, wen interessiert das schon ... etc. etc.

Obwohl sie sich längst nicht mehr konkret um ihn scherten, war Kopp erschüttert. Jetzt erst war die Ungerechtigkeit bei ihm angekommen. Die anderen haben auch telefoniert und geschimpft! Wieso sind jetzt alle plötzlich gegen mich? Der ganze Wagen. Der ganze Zug womöglich. Die Kunde wird herumgetragen werden und in Nullkommenichts sind alle gegen mich. Die warten doch nur darauf, einen Sündenbock zwischen die Krallen zu bekommen. Und ich sitze hier mit ihnen fest. Gleich jagen sie mich in die Nacht. Sie setzen mich auf offener Strecke einfach aus. Mit dem Köfferchen in der Hand den Bahndamm hinunter, durch die Dunkelheit über

Äcker bis zur nächsten Straße. Aber wer würde einen so deplatzierten Mann mitnehmen?

Als ein Ruck durch den Zug ging und man wieder langsam losfuhr, hatte Kopp das Gefühl, dass ihn allein das gerettet hatte.

Später, während des halbschnellen Rollens – Auch das Licht wurde wieder halb angemacht und die Stimmung hellte sich etwas auf – streifte er diese Absurdität von sich. Aber seine Einsamkeit blieb. Er saß still, extrastill in seinem Sitz und hätte, obwohl zumindest manches davon, was seinem Behagen in der letzten Stunde zugesetzt hatte, auf dem Weg war, wieder gut zu werden, fast geweint. Ich kann nichts dafür oder dagegen, ich muss es fühlen, ich fühle es: seit geraumer Zeit nimmt meine Einsamkeit zu, wieso und seit wann genau, das weiß ich nicht, aber nun muss ich es deutlich sehen/spüren: ich bin allein. Hier und jetzt, aber auch allgemein. Seit geraumer Zeit, so war Darius Kopps Gefühl, hatte er keinen Kontakt mehr zu quasi niemandem herstellen können. – Außer zu Flora, aber das zählt nicht. Du bist ein Teil von mir, deswegen. Wenn ich sage: ich bin allein, dann meine ich nicht dich. – Es hatte schon lange vor dem *Urlaub* angefangen, höchstens, dass in den letzten 4 Wochen die Geschwindigkeit des Sich-Entfernens zugenommen hatte. Obwohl auch das nicht mit Sicherheit gesagt werden konnte. Und ob man das hätte vermeiden können. *Wer* hatte sich in Wirklichkeit absentiert? Ich sagte: *sie* tun das. Ich war beleidigt. Dabei wollte ich das doch niemals sein. Er hatte es sich geschworen, eines Tages, in den frühen 90ern. Es war an einem ähnlichen Tag wie dieser, er zu Besuch bei der Mutter, irgendwelche alten Bekannten waren da (ihre *Freundinnen*?), es gab Kuchen und Lamento, sie unterhielten sich gut, sie *brauchen* dieses Klagen – Alles geht abwärts, alles geht abwärts, alles geht ... – aber Kopp konnte es irgendwann nicht mehr hören, er wurde trübsinnig und als Folge davon aggressiv. – Natürlich war es früher besser, ihr Dummköpfe! Weil ihr *jung* wart! – Da hatte er sich geschworen: Wenn ich auch sonst nichts hinbekomme, *beleidigt* werde ich niemals sein.

Ich bin es auch nicht. Nein. Ich bin mit wenig zufrieden. Ein Wort, sag' nur ein Wort.

Jetzt war er sich auch sicher, dass am Opaco-Gerücht etwas dran war. Es ist etwas im Busch. Diese Geldeinsammelei. Es wird etwas geschehen. Sie haben ein Büro in Zürich. Entweder, das berührt mich oder es berührt mich nicht. Mit der allergrößten Aufrichtigkeit konnte Kopp behaupten, dass er sich *deswegen* keine Sorgen machte. Qué será, será. Hauptsache, es geschieht endlich irgendwas. Alles ist besser als dieses Nichts. Nichts kann es nicht geben.

Als schon die ersten Vororte der Stadt zu sehen waren, tauchte der Schaffner auf und fragte nach der Fahrkarte. Da Kopp nicht wusste, wie die letzte offizielle Haltestelle hieß, erwarb er eine Fahrkarte von dort aus, wo er eingestiegen war. Das wurmte ihn. Schließlich haben Sie mich erst hier *erwischt*. Wäre es nicht gerecht, dass ich erst ab hier zahle? Besonders, da Sie 45 Minuten Verspätung haben und die Klos kaputt sind? Er fing keinen Streit an. Er tat so, als hätte er Wichtigeres zu tun. Als Zeichen dafür drückte er die Wahlwiederholungstaste, und horchte, während der Zug schon wieder endlos bremste, den Klingelzeichen: 5 x amerikanisch, 5 x intern. Im Grunde wollte er nur noch einmal hören, dass es *nicht* ging, damit er sich, wenn er ausstieg, über das Ergebnis der Fahrt *sicher* sein konnte. (Und dann? Strand, Flora, nach Hause, ein *privater* Abend, ich bin auch nur ein Mensch.) Aber als die Bremsen zu quietschen anfingen, anzeigend, dass man die letzten Meter dieser Fahrt erreicht hatte, sagte es plötzlich aus dem Telefon:

Mr. Bower's Office?

Hallo?! rief Kopp. Sprang auf, stieß sich am Vordersitz. Hallo?! Kathryn, is it you?

Taube Stille.

Er nahm das Telefon vom Ohr, sah aufs Display. Dunkel. Das Telefon war aus. Es war: aus.

Habe ich das Letzte nur geträumt? *Seit wann* träume ich das hier?

Draußen war böiger Wind, es war wärmer als im Zug, dennoch bekam Kopp Gänsehaut. Sie blieb auch im Taxi, er rieb seinen Rücken am Sitz.

Am Strand klapperten die Sonnenschirme, die Schals an den Himmelbetten wehten. Er bat das Taxi, 5 Minuten zu warten.

Flora war nicht da.

Sie ist nach Hause, sagte Melania. Ihr ging's nicht gut. (Leise, fast nur als stumme Lippenbewegungen, dabei sind wir nur zu zweit:) Sie hat ihre Tage.

Kopp setzte sich zurück ins Taxi, dachte eine Minute lang nach, dann ließ er sich zum Büro fahren.

Um diese Zeit ist keiner mehr im Foyer, keiner auf der Etage. In einem (mutmaßlich) (so gut wie) leerem Hochhaus zu sein, brachte Darius Kopp, weil es nicht anders möglich ist, wieder ein wenig Freude. Als wäre ich Herr über etwas. Stehe an meinem Fenster, wie ein Feldherr auf dem Hügel. Draußen, unten: das Gewühl des Volks.

Sie gehen ins Kino. Sie gehen in Restaurants. Sie gehen ins Konzert, ins Musicaltheater, in den Club. Sie gehen ins Casino, sie gehen ins Bordell. Und du? Dabei bist du müde. Nach Hause, ausruhen. Nein, sondern deine Frau trösten. Wie kannst du jetzt nicht nach Hause gehen und deine Frau trösten?

Weil ich zu müde dafür bin! Allein schon der Gedanke, sich wieder in ein Fahrzeug welcher Art auch immer zu begeben … Der einzige Ort, dem ich im Moment gewachsen bin … Und außerdem muss ich noch was tun! Ich muss was tun! Nur weil ein neues Problem auftaucht, verschwinden nicht alle anderen aus der Welt, Marlene (Mutter, Flora)! Ich brülle nicht! Im Gegenteil, ich halte den Mund fest geschlossen. … Eine halbe Stunde. Sie wird es nie erfahren.

Als er sich vom Fenster wegdrehte, sah er, dass der gelbe Kreditkartenbeleg auf dem Pfad lag. Kopp seufzte, hob den Zettel auf, warf ihn zurück auf die Sortierablage. Der Beleg rutschte wieder vom Haufen herunter und blieb auf dem silbernen Koffer liegen, der schon in seiner Aussparung lag. Kopp seufzte erneut, öffnete den Koffer, entnahm den Laptop, stellte den Koffer unter den Tisch. Jetzt lag der Beleg dort, wo der Laptop hin musste. Er stellte den Laptop drauf. So.

Er überwand die Bereitschaft, gleich wieder ins Internet zu gehen. Er rief sofort an.

Die Nummer ist: +1-307-272-6500.

Es klingelte 5 x, how is it going, Kathryn, Bill, is it allright, es klingelte 2 x intern, how is the weather in sunny Sunny … ein Knacken, rasches Tuten, die Verbindung war weg.

Kopp sah den Hörer an, als würde er so etwas das erste Mal sehen. Er horchte noch einmal daran, bevor er auflegte. Kontrolliert, damit auch wirklich aufgelegt war. Hob ab, wählte erneut.

Es klingelte, es wechselte ins interne Klingeln. Jeweils 5 x. Und dann, diesmal leise, so leise, dass man es kaum mehr hören konnte: tutututututututututut …

Kopp war fassungslos. Nein, ich habe wirklich nicht damit

gerechnet. Ich habe es deutlich gehört: Mister Bower's office. Nicht geträumt und nicht deliriert. Ich bin vielleicht chaotisch, vielleicht auch übermüdet und überspannt, aber halluziniert habe ich noch nie in meinem Leben und werde es auch nicht!

Weil ihm sonst nichts einfiel, was er jetzt hätte tun können, klappte er doch wieder den Laptop auf. Das kleine Klicken, wenn die Verriegelung aufgeht, das Knacksen, wenn der Bildschirm aufgerichtet wird. Der Anblick des dunklen Bildschirms ist mir fast zu viel. Schnell einschalten, damit Licht wird.

Welcome, Willkommen. Auf der Firmenseite bewegte sich die blaue Flash-Animation im Banner, sonst nichts. Kopp ging auf die Newsseite. Ist in den letzten paar Stunden über irgendetwas Maßgebliches berichtet worden? Was sagen die Breaking News über World, Weather, Entertainment? Bin ich – zum wiederholten Male – der 999 999ste Besucher einer Website? Das freut mich, Idioten. Ist ein Vulkan im Kongo ausgebrochen? Schmilzt das Eis der Polkappen? Wartet man in Kalifornien auf den »Big One«? Aber, wie es scheint, ist es heute noch nicht so weit. Die Wetter-Webcam der South Peninsula Hebrew Day School zeigt im Vordergrund Bäume, im Hintergrund kahl wirkende, rötliche Berge, der wolkenlose Himmel darüber etwas trüb, das ist der Smog, denn über das Wetter heißt es, es sei 69 degrees, fair. Gestern waren es 70 degrees, partly cloudy. Von unserem sandfarbenen Bungalow in der Vorstadt gibt es keine Echtzeitbilder. Nur dieses eingefrorene hier auf Googlemaps. Ich gebe zu, ich war enttäuscht, als ich ihn das erste Mal sah. Ich dachte, das Hauptquartier einer international agierenden Firma wäre etwas aus Glas und Stahl. So groß sind wir also nicht. Die stille Straße ist von Platanen gesäumt, Grauhörnchen spielen. Weniger in den Platanen, als auf den anderen Bäumen, die auf den Grünflächen zwischen den Bungalows stehen. Ich tat so, als fände ich Grauhörnchen putzig, in Wahrheit gruseln sie mich, hoffentlich kommen sie mir nie so nahe, dass ich kreischen muss, wie ein altes Weib. Die Texaner essen sie, sagte KenLin, deswegen wird dort niemals die Todesstrafe abgeschafft werden. Wir alle lachten. Ist irgendetwas davon sichtbar? Spielende Grauhörnchen? Nein. Noch nicht einmal ein für immer – das heißt, so lange, bis jemand das Bild aktualisiert – dort parkender SUV. Und während das Bild so stillstand und während es um ihn herum auch ganz still war, stellte sich Darius Kopp eine Welt vor, auf der nichts geschah. Natürlich nicht Nichtsnichts, nur nichts, worüber es eine Nachricht hätte geben können. Das ein bewegtes Bild wert gewesen wäre. Er stellte sich diese Welt vor und erschrak. Sie kam ihm *falsch* vor. Eine stille, falsche Welt. Darius Kopp gruselte sich in diesem Moment so sehr wie zuletzt als Kind vor grausamen Märchen. (Bei der Eiskönigin habe ich mich unter dem Gelächter meiner Erwachsenen unter dem Tisch versteckt.) Er schüttelte sich unwillkürlich, erkannte darin eine Chance, er schüttelte sich noch einmal, schüttelte *es* aus seinem Kopf.

Denk nach. Vielleicht ist es wirklich etwas Technisches. Wenn es so ist, wird es ja wohl kaum die gesamte Welt umspannen. Wie spät ist es jetzt zum Beispiel in Hongkong? Um halb 8. Das ist noch einen Hauch zu früh. Es ist nichts bekannt davon, dass David Chan ein Frühaufsteher wäre. Es ist nichts bekannt von ihm. Wir kennen ihn nicht. Nie gesehen, nie gesprochen. Überhaupt, was willst du ihm sagen? Wollte nur mal sehen, ob du da bist? KenLin wäre möglicher. Aber, noch einmal, nicht um 7 Uhr 30. Auch wenn die Temperaturen bereits 26 Grad Celsius betragen und die Luftfeuchtigkeit 93%. Schönes Webcam-Bild vom Hafen. Da, schau, ein high flyer. Wie heißt high flyer auf Deutsch? Heißluftballon. Gelb-rot, bestimmt eine Werbung. Hier bei uns gibt es auch einen, der ist weiß-blau, aber man sieht ihn nur, wenn man mit dem

Auto kommt. Aus dem Fenster nicht. Die Kraft, aufzustehen und hinzugehen, kannst du dir sparen. Sinnloses Gestrampel. Ich habe keine Lust mehr. Wie spät ist es? Die Gewohnheit heißt einen, das Handy aus der Brusttasche zu fummeln, um nachzusehen. Aber das Handy ist aus. Die Batterie. Sie hier aufzuladen hat keinen Sinn mehr. Nach Hause. Schließlich und endlich nach Hause. Ein Taxi nehmen. So viel habe ich mir verdient. Vielleicht schläft sie schon. Und wenn nicht, sich zu ihr auf die Terrasse setzen. Oder vor den Fernseher. Sie erzählt ihrs, ich erzähle meins. Es wird vielleicht anstrengend werden. Es wird vielleicht Morgen werden. Aber wann ist ein Mann ein …?

Er schloss – mit kleinen, nachdrücklichen Klicks – alle Browser-Fenster. Zuletzt die amerikanische Nachrichtenseite. Auf dem Highway Nr. 101 baut sich allmählich der Nachmittagsstau auf. Als er das Handy nahm, um es sich wieder in die Brusttasche zu stecken, kam er endlich drauf. Dachte: Highway 101, dachte: Handy, ließ sich zurück in den Stuhl fallen, der Stuhl federte.

Yes?, sagte Bill, sich mit dem Auto dem Stau annähernd, über das Headset mit seinem Handy telefonierend.

Oh, sagte Darius Kopp. Oh, Bill …

Yes, sagte Bill. To whom am I talking?

Bill! schrie Kopp. Ich bin es! Därjäss! From Börlän! How is it going? How's the weather in the bay area?

Das Wetter? Bill hingegen, als wäre er im Halbschlaf. In der Leitung rauschte es. Das Wetter ist gut. Wie ist es in … (als ob eine kurze Pause, Nachdenken) Berlin?

Gut, gut, hervorragend, actually haben wir eine heat wave, seit 8 Wochen by now!

Warum, um Gottes willen, bist du jetzt euphorisch? Denn

er war euphorisch. In dem Moment, als er Bills Stimme hörte, schaltete Darius Kopp von o auf 1, aus einem Zustand der verwirrten Ohnmacht und der müden Wut in einen der Lebendigkeit, Fokussiertheit und Optimismus, er zwitscherte förmlich (so wie ein Mann eben zwitschern kann): Das Wetter, so und so, actually hervorragend, wirklich nicht schlecht, thanks(!) the global warming, hähähä … (Hör auf, so albern zu sein, erinnere dich, weswegen du überhaupt anrufen wolltest, und dann sag das.) Aber, aber weswegen ich dich anrufe, Bill, da gibt es einiges, also, first of all, a funny thing did happen, the Armenians … Erinnerst du dich an die Armenier, das Armenien-Business?

Ja, sagte Bill. Of course.

Auch dass Bill sich selbstverständlich erinnerte, entzündete hinter Kopps Augen kleine Feuerwerke, aber ab nun versuchte er zwar heiter, aber professionell zu sprechen.

Ja, stell dir vor, die haben jetzt gezahlt. Und zwar cash. Ich habe jetzt 40 000 in bar im Büro zu liegen, stell dir vor.

Bill gähnte. Verzeihung. After-Lunch-Müdigkeit.

Ah, du hattest gerade Lunch.

Ja. With … people.

Kopp lachte verständnisvoll.

Das kenn' ich!

…

(Kleine Pause.)

Fine, sagte Bill. Das ist fein. Cash. Nicht ganz üblich, aber fein.

Ja, sagte Kopp. Aber da ist was anderes. Es ist so …

Er klärte Bill über die wichtigsten Eckpunkte des Geldwäschegesetzes auf.

Verstehe, sagte Bill. Verstehe. Warte mal …

Eine längere Pause am Ufer des Pazifiks. Rauschen. Das ist nicht der Pazifik, sondern das Auto. Oder die Entfernung als solche. Darius horchte hinein. Früher konnte man im Telefon alles Mögliche hören. *Identifizierbare* Geräusche. Heute nur: Ssssssssssssch …

Ja, pass auf, sagte Bill, also, ich denke, ich denke, du besprichst das am besten direkt mit der Buchhaltung hier. Sollen die sich was ausdenken.

OK, Bill. Danke, Bill.

…

Kann ich noch etwas für dich tun, Darius?

Ja, also, weswegen ich *eigentlich* anrufe. Es ist so: Ich konnte Anthony in den letzten Tagen nicht erreichen. Habe es mehrfach versucht, vergebens, ich habe zur Zeit unglücklicherweise keine connectivity mit dem Büro London. Ich habe da zwei, drei Sachen an der Hand. Eine, möglicherweise zwei große Unis hier vor Ort und ein OEM-Business in Budapest, und die Leute sind ein wenig nachdenklich, um nicht zu sagen, besorgt, sie wollen wissen, wie es aktuell mit unseren Lieferzeiten aussieht, our period of delivery. Ich habe gesagt: 8 Wochen, spätestens. Darüber konnte ich nicht gehen. Jetzt frage ich dich: können wir das halten?

Ja, sagte Bill. 8 bis 10 Wochen. Das können wir halten.

Gut, das ist gut.

…

Und dann wollte ich noch was fragen, Bill. Mich hat heute eine Journalistin (!?!?) angerufen und hat etwas über die »neuesten Entwicklungen bei Fidelis« wissen wollen. Mir ist es – (Nach etwas Hin und Her, nicht wahr, Anthony?) – erlaubt worden, mit der Presse in DACH zu sprechen und nun frage ich mich, ich frage mich, ob das etwas mit, you know, den Gerüchten um einen Merger mit Opaco zu tun hat.

… (Rauschen.)

Aha? Wo hat sie das her?

Das weiß ich nicht, ich habe noch nicht mit ihr gesprochen.

Du hast noch nicht mit ihr gesprochen?

Sie hat eine Nachricht hinterlassen.

(Wie ein Wasserfall … Das habe ich noch gar nicht von mir gewusst. Egal, jetzt.)

Und woher weißt du dann, dass sie darüber reden will?

Ich weiß es nicht. Ich dachte bloß. Mir ist es zu Ohren gekommen.

Dir ist es zu Ohren gekommen?

Ich habe es gelesen. Im Internet.

Im Internet?

Im WIFI-Forum.

Ach so.

…

Was soll ich sagen, Dänjäl, ich kann nichts dazu sagen, ich war längere Zeit nicht mehr im WIFI-Forum. Aber im Ernst. Solche Gerüchte gibt es doch zu Millionen. Wenn wir uns zu jedem einzelnen äußern würden … Mit Terroristen verhandeln wir nicht, zu Gerüchten äußern wir uns nicht.

Kopp lachte, um sein Gefallen zu zeigen.

Wenn wir etwas zu sagen haben, werden wir es schon sagen.

Verstehe, sagte Kopp. OK.

Bill gähnte erneut, entschuldigte sich erneut. Ich brauche definitiv einen Kaffee.

Kopp hatte auch dafür Verständnis, aber eine Sache noch, Bill, da wir schon mal reden, und du bist doch im Auto, ist eigentlich Stau oder läuft's einigermaßen, also, ich wollte was in eigener Sache, ein alter case: Wegen meines Büros.

Ja?

Es ist immer noch nicht gegründet.

War das ein leiser Fluch? Ja. Dann ein Schaben. Mit der Hand über Bartstoppeln und ein wenig auch über das Headset.

Ja, sagte Bill. Verdammt. Ist das vielleicht peinlich. I *am* sorry, Darius, I really am. Weiss-Lighthouse haben das versaubeutelt. Wir haben die Zusammenarbeit mit ihnen auch aufgekündigt. Und dann ist es liegen geblieben. Worum ging es noch mal konkret? Um unseren Teil der Sozialbeiträge? Du hast sie selber eingezahlt. Für die letzten 2 Jahre. Ich weiß. Pass auf – Jetzt war Bill wach, er sprach schnell – pass auf, wir machen das jetzt so, dass ich, und zwar jetzt sofort, heute noch, anordne, dass dir das, was du ausgelegt hast, überwiesen wird, OK? Damit du wenigstens das Geld hast. Das ist das Minimum. Ich werde das *sofort* veranlassen. Ich sage Iris Bescheid. Es tut mir, noch einmal leid. Es wird noch heute angewiesen, OK? Das kann doch nicht sein, wirklich.

Ja, Bill, Danke Bill, … nein, … das macht doch nichts, … Hauptsache, … ja, … Danke, …Danke, dir auch … einen schönen Tag, Feierabend … ach, du fährst noch zurück ins Büro, ja dann … see you, Bill.

Legte auf, wetzte den Korridor entlang, riss die Tür auf, rannte in die Etagenküche, riss die Kühlschranktür auf, die Flaschen schepperten. Er schnappte sich die erstbeste und hielt sie sich über. Vor lauter Unkontrolliertheit schlug er sich mit der Flaschenöffnung gegen die Zähne, selbstverständlich ging auch eine Menge daneben, selbstverständlich verschluckte er sich auch, das tat in der Brust weh, aber Kopp lachte nur. Sein ganzer Bauch war nass geworden, der Marmeladefleck sprudelwassergetränkt, bis auf das Unterhemd durchgesuppt, Kopp lachte keuchend. Am liebsten hätte er sich die Flasche über den Kopf gehalten, aber er hielt sich zurück. Nicht in der Etagenküche. Auch so war der Boden nass geworden, Wasserperlen standen auf seinen zum Glück gut imprägnierten Walkingschuhen. Er sah sich mit einem um Entschuldigung bittenden Grinsen nach eventuellen Kameras um. Hat uns jemand gesehen? Sieht uns gerade jemand, ein Sicherheitsmann (eine -frau)? Haben wir überhaupt einen Sicherheitsmann (eine -frau)? Und wenn ja, wo sitzt er/sie? Da nicht im Foyer, dann irgendwo in den Katakomben? Warst du jemals im Keller dieses Hauses? Nein. Unwahrscheinlich. Es werden vielleicht irgendwelche Bänder laufen.

Mineralwasser, bis zum Morgen wäre es getrocknet, dennoch, Kopp entschied sich, anständig zu sein. Das ist mir ein Bedürfnis. Er wischte das, was herausgespritzt war, mit mehreren Papiertüchern auf. Die Flasche stellte er in den Kühlschrank zurück. (Du hast daraus getrunken! – Das übersah er.)

Das Hemd war aber nun so besudelt, dass er beschloss, es zu wechseln, bevor er sich auf den Weg machte. Das zweite neue Hemd war noch da. Es wird auch nicht ganz sauber sein, es wird nach Fabrik riechen, es wird trotzdem angenehmer sein. Außerdem wollte er sich waschen. Den Schmutz der Reise und der Aufregung von sich. Danach wird es dann endgültig gut sein.

Durch die dunkle Etage zu den Toiletten zu gehen war schön.

Er zog Hemd und Unterhemd aus und wusch sich Hände, Gesicht, Achselhöhlen und Nacken mit nach Maiglöckchen riechender Flüssigseife. Er wusch sich auch Brust und Bauch. Etwas Wasser floss unter den Hosenbund, benetzte die Unterhose, das machte ihm nichts aus, im Gegenteil. Am liebsten würde ich mich nackt ausziehen. Das nicht, aber er wusch sich die Füße. Kichernd zog er Schuhe und Socken aus, kichernd wuchtete er einen Fuß hoch zum Waschbecken. Der Bauch war im Weg, Kopp ächzte, dann kicherte er wieder. Wenn du mich sehen könntest.

Hier, da er mit einem Bein auf dem Boden stand, ein wenig auf der Stelle hüpfte, um das Gleichgewicht besser halten zu können, fiel ihm ein: Bill wird heute noch die Anweisung erteilen, und ich habe seit Dezember keine Abrechnung mehr gemacht. Er musste noch ein paar Mal nachhüpfen, um das Gleichgewicht zu halten, dann hatte er es. Er wusch sich konzentriert den Fuß, gründlich, mit lauwarmem Wasser. Trocknete ihn mit dem alten Hemd sorgfältig ab. Ebenso verfuhr er mit dem zweiten Fuß. Die alten Socken wieder anzuziehen widerte ihn an, er schlüpfte barfüßig in die Schuhe, aber das nasse Hemd zog er sich über, halbnackt über den Flur, das traute er sich doch nicht. Oben in feuchte Tücher gehüllt, barfuß in Schuhen, so ging Darius Kopp auf sein Büro zu.

Wie spät war es zu diesem Zeitpunkt? 01:48 MESZ. Also war es eigentlich schon der Donnerstag. In den Staaten noch Mittwoch. Endlich einmal nicht hinterher sein, das wäre was. Jetzt war die Gelegenheit. Beiseite mit all jenen, die du in der Vergangenheit verpasst hast. Schnee von gestern. Was zählt, sind allein Gegenwart und Zukunft. Kurz vor 2 Uhr morgens beschloss Darius Kopp, seine Chance wahrzunehmen und die Sache jetzt zu Ende zu bringen. Die erfrischende Wäsche, der Gang durch das kühle, dunkle Gebäude, und auch, ja, der von der Erinnerung an das Versäumnis verursachte Schreck führten dazu, dass er nun so ruhig und konzentriert war, wie wann zuletzt? Er brachte sich in Ordnung, zog das durchnässte alte Hemd aus und das neue an, ebenso das zweite paar Aloe-Vera-Socken, und fing seinen Arbeitstag von vorne an. Bis – kurzes Kopfrechnen: kurz vor 10 – kann man noch einen ganzen unterbringen. Aber so lange werden wir nicht brauchen. Eine Tabelle mit 9 Zeilen und 4 Spalten. Oder besser, wir machen alles von vorne, damit es ab jetzt keine Verwirrung mehr gibt. 24 Zeilen, 4 Spalten.

Und siehe da, das Wunder geschah: er verlor nicht gleich wieder die Konzentration und gleich darauf die Lust, wurde müde, gelangweilt, hungrig oder wütend, unterbrach nicht, sprang nicht auf, lief nicht herum, sondern blieb, wie man sagt, auf seinem Hintern sitzen, und recherchierte – gesegnetes Internet! – Monat für Monat die Beitragssätze und die Umrechnungskurse, legte eine neue Tabelle an, fügte ein, schlüsselte auf, ordnete zu, hob hervor, bildete Gruppen, strukturierte mit Überschriften, rechnete um (dividierte und multiplizierte), rechnete zusammen (addierte) und wies aus (subtrahierte). Nichts kam dazwischen, alles funktionierte beim ersten Mal und war korrekt. Um halb 4 war er mit allem fertig – Überprüfte es noch einmal: Summe: 37 644 USD, korrekt. Ich bin stolz und froh. Als bekäme ich etwas geschenkt – schrieb einen Begleitbrief, Dear Iris, please find enclosed, las auch diesen noch einmal durch, und schickte ihn ab.

Wenn es hier kurz vor 4 Uhr in der Früh ist, dann ist es in Sunnyvale kurz vor 7 am Abend, Iris wird schon nach Hause gefahren sein, aber das fiel Darius Kopp zum Glück nicht ein. So konnte er froh und stolz bleiben, Cappuccino mit Extrazucker, die Füße aufs schmale Fensterbrett (eigentlich nur eine Aluleiste) gelegt, einen Augenblick verweilen. Sieh an, es gibt hier doch eine Zeit, da das Leben auf dem Platz nur flüsternd tost. Oh, morgendliche Kehrmaschinen! Wir erleben gerade unseren ersten Sonnenaufgang im Büro. Das heißt, nein, dafür war es noch zu früh, aber Kopp sah, wie hinter den Häusern der Himmel heller wurde.

DONNERSTAG

Der Tag

Mit der aufgehenden Sonne in einer der ersten Bahnen in Gesellschaft dösender Arbeiter? Nein. Nicht die erste, und in die falsche Richtung fahrend: vom Zentrum Richtung Rand, keine Arbeiter. Sie waren zu dritt in seinem Wagen, sie saßen so, dass sie einander nicht sehen mussten. Sie sahen nach draußen. Morgens ist die Stadt dunstig. Aus einer Gruppe Bäume ragt ein Kirchturm heraus. Jetzt: die aufgehende Sonne.

Der Grünstreifen war noch betaut, die Hosenbeine werden feucht, obwohl man kaum einen Grashalm berührt. Kopp fröstelte ein wenig, nicht an den Beinen, sondern am Rücken, ich habe geschwitzt, das Hemd ist zwar wieder trocken, dennoch: als würde man *so* mehr frösteln. Auch darüber war Kopp froh und stolz. Manchmal, Flora, fühle ich mich durchaus wie ein Held.

Einen beträchtlichen Teil seiner Beseeltheit verlor Darius Kopp, als er sich im Fahrstuhlspiegel erblickte. Ohne Goldtönung wirkte er *viel* blasser, zerknitterter, unrasierter als er sich fühlte. Dass er immerhin nicht mehr befleckt war – neues Hemd! – half nicht wesentlich. Im geschlossenen Kasten roch er sich auch. Er roch nach Reise, nach Zug, nach Bahnhof, nach Krankenhaus, nach Taxi, nach Café Flair, wieder nach Zug, nach Büro, Schweiß, Staub, Teppichboden, Computer – all das untermalt von synthetischem Maiglöckchenduft. Da deine Frau es weniger mag, wenn du sie mit den Gerüchen des Tages an dir küsst, als du im ungekehrten Fall, dusche dich lieber vorher und putz dir auch die Zähne.

Womit sich auch die Frage erledigt hätte, wie man sich am besten verhielte: Flora wecken, ihr alles erzählen, sich gemeinsam mit ihr freuen, d. h. sie würde sich mit einem gemeinsam freuen, Sex, Frühstück, etc., oder: sie schlafen lassen, bis sie ausgeschlafen hätte etc.

Er versuchte, leise zu sein. Leider hatte der Nachbar, wie es seine verabscheuungswürdige Gewohnheit ist, seinen nach Schimmel und Zigarettenkippen stinkenden Hausmüll vor die Tür gestellt, leider stolperte Kopp darüber, weil er plötzlich dringend aufs Klo musste, und sich nicht mehr richtig koordinieren konnte, leider musste er darüber laut fluchen, leider fiel ihm in der Hektik der Schlüsselbund aus der Hand und kam mit einem Höllenlärm auf der Holzschwelle auf ... an dieser Stelle ging die Tür von innen auf.

Hallo, Schatz, entschuldige, ich muss dringend!

Er rannte an ihr vorbei, den Flur entlang, die Sohlen seiner Walkingschuhe quietschten auf dem Parkett, im Laufen seilte er geschickt den Koffer ab, ließ das Sakko hinterher fallen, öffnete seinen Gürtel, im Zieleinlauf schlug er mit der Handfläche gegen den Lichtschalter, Licht an, Lüftung an, warf sich auf die Schüssel, die Tür ließ er offen, damit sie hören konnte, wie er gleich anfing, über seinen Tag und seine Nacht zu erzählen, seitdem wir uns das letzte Mal gesehen haben, fast 24 Stunden, ein Wahnsinn, Familie, Freunde, Arbeit, entschuldige, ich musste so viel telefonieren, dass der Akku leer gegangen ist ... An dieser Stelle hörte er, wie die Eingangstür ins Schloss fiel.

Flora?

...

Bist du noch da?

Nein. Oder sie war so leise wie eine leere Wohnung.

Mach dir keine Illusionen. Du kennst sie. Wenigstens ein bisschen. Ergänze stattdessen das Bild, das du dir vorhin im Vorbeirennen von ihr gemacht hast. Stand sie etwa in ihrem weißen Nachtkleidchen oder irgendeinem anderen, für den Hausgebrauch bestimmten Kleidungsstück da? Oder war sie vollständig angezogen und hatte sie einen kleinen Rucksack über die Schulter geworfen? War ihr Gesichtsausdruck verschlafen lächelnd, wissend, etwas enttäuscht, aber bereits verzeihend, in Wahrheit einfach resigniert? Oder war sie blass, leidverhärtet und bereits von einer Ferne, dass du dich ihr höchstens nur noch zu Füßen hättest werfen können, nicht, um deine Zerknirschung zu zeigen, sondern, um sie mit deinem Körper aufzuhalten, wenigstens noch für ein Weilchen, noch auf ein Wort …

Sonst kein Mann schneller Entscheidungen, besonders nicht, wenn körperlicher Einsatz damit verbunden ist, sprang Kopp auf, zog sich im Laufen wieder an – Warten auf den Fahrstuhl: sinnlose Zeitvergeudung – rannte vier Doppeltreppen hinunter, stieß die Tür auf, links herum.

Er hatte Glück, alle drei Abschnitte des Fußgängerübergangs hatten Grün, er rannte hinüber, auf die andere Seite der großen Straße, in die Seitenstraße, da ist der Taxistand, da stand ein Taxi, schon halb herausgefahren aus dem Stand, aber es hatte noch nicht auf die große Straße einbiegen können, weil man dort ja Rot hatte. Und jetzt Grün, aber das Taxi konnte immer noch nicht fahren, weil es erst die Kolonne vorbeilassen musste, Glück muss der Mensch haben und Entschlossenheit: Kopp riss die hintere Beifahrertür auf und warf sich auf den Rücksitz.

Wenn jetzt dort nicht deine Frau sitzt …

Aber sie saß da, ganz in die Ecke gerückt, schaute beim gegenüberliegenden Fenster hinaus.

Der Fahrer erschrak und empörte sich, natürlich.

Alles in Ordnung, sagte Kopp, ich bin der Ehemann. Und, weil er auf diese Weise mit den wenigsten Rückfragen rechnete: Fahren Sie los!

Das Taxi fuhr los.

Es tut mir leid, dass ich
    mich den ganzen Tag nicht gemeldet habe
    schon seit Tagen nicht
    aber es stimmt nicht, dass mir meine Familie wichtiger wäre
    natürlich bist du auch meine Familie, in erster Linie du
    es stimmt nicht, dass du mir, sobald du mir aus den Augen
       bist, aus dem Sinn wärst, nie, und ich denke auch nicht
       ausschließlich Sexuelles
    es tut mir leid, dass ich solange telefoniert habe, bis der Akku
       leer war
    und dass ich ihn auch später nicht auflud, so dass ich deine
       Nachrichten gehört hätte
    aber warum hast du nicht im Büro angerufen, als ob du's
       nicht hättest ahnen können
    aber es stimmt nicht, dass mir meine Arbeit wichtiger wäre
    tut mir leid, dass du dir Sorgen gemacht hast
    dass es dir nicht gut ging
    dass ich nicht gleich, als ich davon gehört habe, gekommen
       bin, um dich zu trösten, dir beizustehen, dir das Kreuz zu
       massieren. Obwohl du vielleicht gar nicht weißt, dass ich
       davon weiß. Aber es könnte auch sein, dass du's weißt.
       Und wenn du mich dann beim Heucheln erwischst, habe
       ich noch schlechtere Karten als sowieso schon. Also gebe
       ich es lieber gleich zu. Ja, ich habe davon gehört, aber ich

dachte, du schläfst wahrscheinlich schon. Ich wollte dich schlafen lassen. Das ist die Wahrheit.

Es tut mir leid.

Während sie schweigend Taxi fuhren. Sie weiß, was ich denke, was ich sagen würde, sie weiß auch, dass es mir wirklich leidtut, so leid es einem eben tun kann, wenn man der Meinung ist, dass man sowieso nicht hätte anders handeln können. So leid es einem eben tun kann, der dich zwar aufrichtig liebt, sich aber über deine Untiefen keine Vorstellung machen kann, sich einfach keine Vorstellung machen kann, und deswegen ist es auch egal, es braucht mir nicht leidzutun, es wäre sowieso nicht viel gewesen, das ich hätte tun können.

Oder, andere Variante: Du hättest *durchaus* was tun können! *Da* sein! Das *macht* einen Unterschied! Aber du bist *nie* erreichbar! Sie weiß das, versucht es dennoch immer wieder. Obwohl sie doch weiß, dass es sinnlos ist. Dass ihr Gefühl, verlassen und verraten zu sein, ja, verraten, dadurch nur noch größer wird. Und natürlich ist es auch demütigend. Aber ein Mann kann das sowieso nicht verstehen.

Könnte man es riskieren, wenigstens ihre Hand zu berühren? Entweder, sie lässt es apathisch zu, oder, in der anderen Variante, wäre das der berühmte letzte Tropfen: Sie bekommt einen hysterischen Anfall, der Taxifahrer wird alarmiert, eilt ihr zur Hilfe und schmeißt Kopp aus dem Wagen, oder, wenn er einer von den rüpelhaften ist, schmeißt beide aus dem Wagen, das wäre dann wieder gut, Hauptsache, wir wären zusammen. In demselben Raumsegment. Dann kann man immer noch was tun.

Draußen tauchte der Hauptbahnhof auf, er ist nicht weit von dort, wo wir wohnen, und Kopp entschied sich gegen jede Berührung. Wir steigen sowieso gleich aus. Für den Moment muss es reichen, dass ich körperlich da bin. Geduldet.

Das Taxameter zeigte 8,90, Flora gab einen 10er hin und sagte: Danke.

Dass deine Stimme noch einen Klang hat, erfüllt mich mit Hoffnung.

Sie gingen in den Bahnhof hinein, blieben vor der großen Anzeigetafel stehen. Kopp sah nichts, das er verstanden hätte, Flora fand schnell, wonach sie gesucht hatte, ging wieder los.

Wollte wieder losgehen, da stand er mit seinem großen Körper, um den muss man herumgehen, jetzt breitete er auch noch die Arme aus und umschloss sie, drückte sie an sich, sie und ihren Rucksack, das irritierte ihn für einen kurzen Moment, dann: egal, umarme ich deinen Rucksack eben mit.

Was ist passiert?

Sie schüttelte nur den Kopf.

Lass mich los, ich krieg keine Luft!

Er wollte – wir sind in der Öffentlichkeit – nichts tun, das nach einer Rangelei ausgesehen hätte, er ließ sie nach geringen Widerständen los. Er griff nach dem Rucksack, lass mich wenigstens den Rucksack tragen, aber sie ließ nicht los, sie riss Kopp, der den frei hängenden Schultergurt angefasst hatte, mit, er stolperte und ließ los, schloss aber gleich wieder auf und ging dicht neben ihr. Er berührte sie nicht aktiv, aber es war eine Berührung da. Wir gehen so, wie Fremde niemals miteinander gehen würden. Wir sind nicht gerade die ägyptische Blockstatue eines Ehepaars, aber wir sind uns *nah.*

Sie fuhren Rolltreppe, sie gingen Treppen hoch, auf einen Bahnsteig, zu einer Bank, das heißt, zu dem, was heute auf einem Bahnsteig eine Bank ersetzt: vier miteinander verbundene Sitze aus Drahtgeflecht. Man kann dadurch nicht mehr ganz so nah sitzen. Auf dem Bahnsteig wartete man auf die Ankunft eines Regionalzugs. Vom Bahnhof muss man noch den Bus nehmen, der kommt selten, und auch dann muss man noch 1 km laufen, bis man im Waldstück ist. Ohne Bus: 5 km. Bis zur Einfahrt des Zuges waren es noch 12 Minuten. Ich weiß, du wirst sowieso fahren, aber solange (Bitte, rede mit mir):

Stell dir vor, ich habe mich aus der Wohnung ausgeschlossen.

…

Ich habe den Schlüssel drin liegen lassen. Ich bin ohne alles los.

…

Gräm dich nicht. Wir schaffen es das nächste Mal.

…

Und wenn nicht: Eigentlich sind wir doch auch so glücklich. (Wovon, verdammte Scheiße, redest du?) Sie schüttelte den Kopf. Schüttelte und schüttelte nur den Kopf. Er war schon darüber froh. Eine Reaktion. Sie schüttelte den Kopf.

Ich schaffe es nie. Ich schaffe es einfach nie.

Das stimmt nicht, sagte Kopp, noch um eine Stufe mehr erleichtert, weil sie sprach. Andere Leute … Und selbst wenn: noch einmal: Wir sind doch auch so glücklich.

Wovon, verdammte Scheiße, redest du?

Sie, für ihren Teil, redete nicht von der Schwangerschaft. Sie redete vom Job!

Von welchem Job?

DU FRAGST MICH: VON WELCHEM JOB? Von meiner Verpflichtung auf Lebenszeit als Königin der Welt, was denn sonst?!

Was wird schon passiert sein?

Sie hatte ihn zum Bahnhof gebracht, sie blieb auf dem Bahnhof, wartete auf Gaby. Jemand bettelte sie an, explizit nach 2 Euro fragend. *Damit ich mir was leisten kann.* Sie hatte keine 2 Euro. Wären Sie auch mit nur 1 zufrieden? Der abgerissene alte

Mann – Hatte er chinesische Turnschuhe an? Vielleicht – sah sie verstört an, nahm den Euro und schlurfte davon. Sie hörte noch, wie er irgendetwas von »großzügig« murmelte. Das tat ihr weh. (So etwas muss dir nicht wehtun! Der Typ ist doch ein Penner!)

Was kräuselst du so deine schöne Stirn? fragte Gaby und strich mit dem Daumen über die Zornesfalten. (Vorstellung.)

Verbrachten sie einen Teil des Nachmittags miteinander? Mittwoch ist Wochenmarkttag, fuhren sie zu den Wurzelzwergen? Am Rande gab es vielleicht eine Art Kinderfest, vielleicht sogar einen Streichelzoo mit Ziegen, Schafen und gepunkteten Pferden. Aßen sie etwas, sahen sie den Kindern beim Spielen zu? Erzählte Gaby über den Aufenthalt in ihrer Heimatstadt/ ihrem Heimatdorf, die Familie, vor allem die Mutter? Gehört diese noch zu den Frauen, die nie einen Beruf ausgeübt haben? Hat sie dafür vier Kinder geboren, eine Waschmaschine leisteten sie sich nach dem zweiten, einen Kühlschrank nach dem dritten? Bedauert Gaby sie dafür, obwohl die Mutter selbst sich nie bedauert hat? – Mädel, es gibt nicht mehr als das. Leben ist *genau* so viel. – Fuhren sie zum Schluss das übrig gebliebene Gemüse zur Tafel? Half ihnen der junge Franziskanermönch mit dem weißen Bart und dem zerschnittenen Gesicht beim Ausladen, und war gestern wieder so ein Tag, an dem Flora sein Anblick so nahe ging, dass sie ihn gar nicht anschauen konnte? Was ist los, Liebste, dachte Gaby, tritt dir das Leben wieder zu nah und du weißt nicht, wie du selbst einen Schritt zurück tun könntest?

Bevor sie die Arbeit aufnahm, zählte sie das Wechselgeld nach, das muss man so machen. Es fehlten 2 Euro. Der andere schwule Kerl, der nicht Ulysses ist, dessen Namen sich Kopp einfach nicht merken kann (Florian), gab den Beleidigten, sie zählten noch einmal nach, schauten, ob etwas auf den Boden gefallen war. Nichts. Nahm am Ende der schwule Kerl 2 Euro aus seiner Hosentasche und warf sie Flora hin, da hast du's, an mir soll's nicht liegen? Verletzte sie das wieder? (Das muss dich nicht etc., der Typ ist doch etc.) Von Melania erfuhr sie, dass Karo nicht mehr bei ihnen war, dafür hatte Ben eine Frau mit großem Busen eingestellt, eine ukrainische *Kurva* namens Tamara. Das war nicht etwa nur eine Redensart, Tamara gab es offen zu, respektive prahlte damit: Ich kann auch Französisch, ich war drei Jahre lang Prostituée à Paris. Sie machte es sich nach Ende ihrer ersten Schicht in einem Liegestuhl bequem, ihr großer Busen in der Sonne. Lief Ben der Geifer – auch das nicht im Sinne einer Redensart?

Den Streit zwischen Melania und Ben bekam Flora nur mehr am Rande mit, denn ihre Schmerzen setzten ein. Als würde dir einer ein Messer in die Leiste stoßen und es um- und umdrehen. Anfangs half die Bewegung, half später gar nichts mehr, sie konnte nicht einmal mehr aufrecht stehen. Sie stützte sich auf die Theke. Ulysses fuhr sie an, sie möge hier nicht herumhängen, es gäbe bereits einen Rückstau. Sie versuchte, sich wieder in Bewegung zu setzen, das Tablett zu heben, es fiel zurück auf die Theke. Ulysses fuhr sie an. Als sie gekrümmt zur Toilette ging, sah sie noch, dass er die Augen verdrehte.

In der nächsten halben Stunde gab es Momente, in denen sie dachte: Jetzt ist es aus mit mir, ich verliere das Bewusstsein, und wenn das geschieht, dann sterbe ich auch. Alles kam auf einmal: der Durchfall, das Blut, das Erbrechen. Saß auf der Toilette, erbrach sich in den Abfalleimer, lass mich nicht die Einzelheiten schildern, die Farben und Gerüche, während in Schwällen hellroten Blutes fladenweise Gebärmutterschleimhaut und dünnflüssige, bröckelige, stinkende Scheiße aus ihr herausschossen und ihr die Schmerzen den Verstand und das

Erbrechen die Luft raubte, ihr die Galle in die Nase stieg, so dass sie nicht einmal um Hilfe rufen konnte, und wenn, dann hätte sie sowieso keiner gehört. Am Ende fand sie sich auf dem schmutzigen Boden zwischen Toilettenpapierfetzen wieder, mit blutverschmierten Beinen, ihr Schlüpfer kringelte sich um einen Knöchel. Die wutentbrannte Melania traf sie bereits im Vorraum an, wo sie sich mit angefeuchteten Papierhandtüchern wusch. Ach so, sagte Melania.

Hatte man Verständnis für sie und gab ihr für den Rest der Woche frei oder war Ben von der Auseinandersetzung mit Melania so übler Laune, dass er nichts mehr von Frauensachen hören wollte, sondern sagte: Wenn du jetzt gehst, bist du gefeuert? Sprang ihr Melania bei, aber wollte Ben auch von ihr kein Wort mehr hören: Du kannst gerne mitgehen!? Kniff Melania daraufhin den Schwanz ein und ging Flora alleine? Versuchte sie, ihren Mann mehr als ein halbes Dutzend Mal zu erreichen, bevor sie aufgab? War sie ihm deswegen gar nicht mehr gram, war sie einfach nur …?

Die Lautsprecher auf dem Bahnsteig kündigten die Verspätung ihres Zuges an. Circa 10 Minuten Verspätung. Die Lautsprecher waren zu laut eingestellt, man konnte nicht einmal mehr die eigenen Gedanken hören. Als das wieder möglich war, als man auch wieder reden konnte, sagte Kopp:

Gräm dich doch nicht wegen dem Scheißjob. Das war doch sowieso nicht … Das war doch … Scheiße.

(Danke, dass du mir sagst, dass ich mich für etwas vollkommen Wertloses verausgabt habe.)

Ich hab dir gesagt, es wird zu schwer. Die Lauferei, die Schlepperei.

(Ich habe die Übersetzung abgesagt. Und warum? Warum in Wahrheit? Weil ich es mir nicht mehr zutraue … Irgendwo unterwegs sind meine Talente verloren gegangen. Ich schäme mich …)

Du solltest dich mehr schonen.

(Jetzt bin ich also doch schuld? Überall auf der Welt werden Kellnerinnen schwanger! Jeden Tag!)

Nicht nur sie kennt seine Gedanken, auch er kennt ihre, er beeilt sich:

Weißt du was? Lass uns in Urlaub fahren! Die ganze Welt hatte den ganzen Sommer über Urlaub, nur du nicht. Ich bekomme bald meinen Führerschein zurück, eigentlich Ende dieser Woche, aber spätestens Anfang der nächsten. Wollen wir, was wir einmal so gerne gemacht haben, den ganzen Kontinent mit dem Auto abfahren? Wollen wir den Bogen nach Osten beginnen, dann in den Süden, den Westen und schließlich in den Norden fahren, bevor wir wieder nach Hause zurückkehren? Oder wollen wir es, angesichts der Tatsache, dass es jetzt wohl doch allmählich kühler wird, in der umgekehrten Reihenfolge machen? Wollen wir an Orte, an denen wir schon mal waren, oder an Orte, an denen wir noch nie waren? Der Gedanke an die Fahrt (dass ich den Führerschein bald zurückbekomme) elektrisiert mich. Alles wird gut. Ich fühle mich mindestens 3 Monate jünger. Als würde der Sommer gerade anfangen.

Sie, mit Stentorstimme: Wovon redest du? Wir können uns überhaupt keinen Urlaub leisten.

Er, glockenhell: Wovon redest du? Natürlich können wir uns einen Urlaub leisten!

(Warum, um Gottes willen, strahlst du so? Du hast es doch schon längst – nicht *längst*, sondern gerade *jetzt* – bereut, dass du damit hervorgekommen bist. Urlaub. Das ist genau das Gegenteil davon, was du willst. Was du dir erlauben kannst. – Aber für dich, Flora, wäre ich bereit …)

Du treibst mich zur Verzweiflung. Wirklich!

(Lass mich das jetzt nicht wieder vorrechnen. Wie vor längerer Zeit eines Abends geduldig und sanft, als würde sie ihm bei den Hausaufgaben helfen. Schau mal: das sind unsere Kosten für den Kredit, das Wohnen, das Auto, Krankheit, Hausrat, Haftpflicht, Berufsunfähigkeit, Tod, Kommunikation, Essen, Trinken, Hygiene, Kleidung, Bildung, Transport, Sonstiges, und schau, das sind unsere Einnahmen: deine Einnahmen und meine Einnahmen, Zwischensumme, Endsumme, schau, da ist jeden Monat eine Lücke von 1500, die für die Firma ausgelegten unbekannten Reisespesen nicht mitgerechnet. Das Problem ist nicht, was wir einnehmen, sondern, dass du dich so verhältst, als wäre es das Doppelte. Verstehst du? Nicht die absoluten Zahlen, sondern das Festhalten an einer Lebensweise, die … Braucht man wirklich von allem nur das Teuerste? – 5000 EUR ist beileibe nicht das meiste, was man für einen Flachbildfernseher ausgeben kann, meine Liebe … – Du willst es einfach nicht verstehen, oder? Was ist das überhaupt für ein Saftladen, der es 2 Jahre lang nicht schafft, offiziell zu werden? Und du verteidigst sie auch noch, redest irgendwas von *internationaler Realität*. Wirklich. Solche Worte gebrauchst du. Das erste Mal ist das rührend, später ist das nicht mehr als dämlich. – *So* sagte sie das natürlich nie. Sie schont mich. Das ist lieb von ihr. – Nein, es ist ebenso dämlich. Nur fehlt mir für alles andere die Kraft. Wie soll ich mich da nicht schämen?)

Liebste! Kopp strahlte noch ein wenig mehr und fasste nach ihrer Hand. Liebste! Aber grad das wollte ich dir doch erzählen! Es ist alles in Ordnung gekommen! Ich habe Bill erreicht. Eine ganze Weile, stunden-, ja, tagelang habe ich keinen erreicht, ich dachte schon, sie wären ausgewandert, mit der Kaffeekasse getürmt, mit einem Privatflugzeug im Canyon abgestürzt, ich hab auch so blöd geträumt, das habe ich auch noch nicht erzählt, egal jetzt, ich habe ihn erreicht, ich habe noch mal erklärt, und sie ... etc. Er erzählte, wie es war.

Nickte sie oder nicht einmal das? Es ging in der Ankündigung ihres Zuges unter. In der Bewegung, mit der sie aufstand. Ihre Hand glitt aus den seinen. Auch er stand auf.

Der Zug bremste, das war wieder sehr laut. Es dauerte lange, bis er zu vollem Stillstand kam. Solange sie warteten, legte Kopp seiner Frau einen Arm um die Schulter. Als die Aussteigenden herausdrängelten, zog er sie etwas näher an sich heran, und als die, die gewartet hatten, anfingen, einzusteigen, noch etwas näher. Dass sie fahren wird, steht außer Zweifel. Auch sie ist nicht eine der Frauen, die hinter der Ecke stehen bleiben. Alles, was man tun kann, ist, sie nur noch einmal drücken, wie einen Kumpel, wie ein Kind, bevor man sie gehen ließe für eine begrenzte Zeit.

(Wann kommst du wieder? Ab wann darf ich dich besuchen?)

Es ist nicht Darius Kopps Schuld, dass man in diesem Land Haltezeiten für verspätete Züge mit 1 Minute kalkuliert! Als sich die Türen mit einem Tuten zu schließen begannen, als sie sich losriss, hinsprang, versuchte, sich durch den sich verengenden Spalt zu quetschen ... eben nicht, die meisten drücken erst gegen den Öffner, so auch sie, als sie gegen den Öffner drückte, um das Schließen der Türen aufzuhalten, war es schon zu spät, er reagierte nicht mehr, und der Spalt war weg.

Da verlor sie die Nerven. Sie brach in Tränen aus, schubste ihn, der hinter ihr stand, fast fiel er zurück auf die Bank.

Du bist so ein dämlicher Idiot! Warum machst du das immer mit mir?! Bleib mir vom Leib, hörst du! Komm nicht näher, fass mich nicht an! Ich kann das alles nicht mehr sehen, ich kann das alles nicht mehr hören! Hier!

Sie drückte ihm ihren Wohnungsschlüssel, und hier!, 10 Euro in die Hand.

Und jetzt geh, ja? Geh nach Hause und lass mich! Lass mich in Ruhe! Lass mich einfach in Ruhe!

Das schon durch das rohe Gewusel der Leute hindurch, die aus einem anderen Zug auf dem gegenüberliegenden Bahnsteig stiegen. Sie nahmen sofort den ganzen Bahnsteig ein, schubsten ihn, jemand stieß mit der Schulter gegen seine, er bekam jemandes Tasche in die Rippen, er verlor Flora aus den Augen, die Türen tuteten und schlossen sich, er konnte sich noch nicht einmal sicher sein, dass es ihr dunkler Rücken war, den er durch die Scheibe sah.

Hast du schon mal einem Zug hinterher gebrüllt, ohne daran zu denken, dass du nicht allein bist, ganz im Gegenteil, Hunderte von Leuten sehen und hören dich, wie du ein Fahrzeug anbrüllst: Geh doch! Geh doch! Meinetwegen brauchst du nie wiederzukommen! Nein, und auch Kopp tat das nicht, im Gegenteil, in ihm war es ganz still, er war tief erschrocken, selbst das Stottern kam mit Verspätung: Aber das ist, das ist die falsche Richtung …

Er blieb da stehen, bis sich alle oder die meisten an ihm vorbeigedrängelt hatten und er quasi alleine mit dem Zehner und dem Schüsselbund in der Faust war. Die Enden des Scheins schauen heraus.

Haben Sie vielleicht etwas Kleingeld?

Ein abgerissener Jemand, nicht alt diesmal, sondern jung, stand vor ihm, hielt die Hand auf und grinste. Hat alles gesehen, weiß genau, ich habe nur diesen Zehner, weiß genau, von einem Zehner kann man nichts abgeben, er will mich nur ärgern, die miese Laus! Verpiss dich, zischte Darius Kopp und tat es selber. Er flüchtete die Treppe hinunter.

Ihr Schlüssel drehte sich anders im Schloss als seiner. Schwerer, eckiger. Warum hast du deiner Frau den schlechteren Schlüssel überlassen? Aber ich wusste doch nicht, dass es der schlechtere Schlüssel ist!

Im Flur, auf dem Weg zum Bad lag seine Unordnung, die verstreuten Sachen, Silberkoffer, Sakko, Schlüsselbund, die Badtür stand offen, das Licht war noch an, das Gebläse blies und die Spülung rauschte, denn manchmal, wenn man nicht aufpasst, verhakt sich etwas darin und dann spült sie nur und spült.

Entschuldige,
  dass ich die personifizierte Unordnung bin,
  nie aufhebe, was ich fallen gelassen habe,
  das Licht nicht ausschalte, das Wasser nicht abstelle,
  die Käserinden meiner nächtlichen Fressattacken in der
    Küche liegen lasse,
  die Wäsche nicht sortiere,
  den Müll nicht hinuntertrage,
  falsch parke, mich blitzen lasse, schwarzfahre,
  wichtige Post nicht öffne, und wenn ich sie öffne, sie nicht
    beantworte,
  mein Zimmer eine Hehlergarage/ein Schrein/ein Friedhof
    für sämtliches Computerzeug seit 1990 bis heute ist,
  es tut mir leid, dass dich das an manchen Tagen sogar durch
    die geschlossene Tür, die Wände hindurch bedroht, eines
    Tages werden die Nähte einfach aufplatzen und alles wird
    sich über dich ergießen,
  über dich, denn ich werde nicht da sein, ich werde irgendwo
    sein,
  irgendwo die Sau rauslassen, bei ausgeschaltetem oder nicht
    umgeleitetem oder einfach nicht gehörtem Handy …

Man kann sich nicht ständig entschuldigen. Ständig ein schlechtes Gewissen haben. Wer etwas erreichen will, muss anderes beiseite lassen können, einer muss es ja machen, wir können schließlich nicht alle in den Wald ziehen!

Dachte es und wurde endlich wütend.

Gottverdammtes Lesbenpack, gottverdammte Ökoromantiker, wenn meine Frau früher zusammenbrach, dann blieb sie hier, bei mir und verließ die Wohnung nicht. Und das war besser? Natürlich war das besser! Man kann nicht hinter einen Punkt zurück, an dem man schon war, zurück in die Agrargesellschaft, ich will leben wie meine Großeltern, das ist so ein Klischee, als ob das möglich wäre, damit sie dann kommen und uns platt machen, wer, wer, jeder, der will, Chinesen, Russen, Außerirdische ... Herrje, was stummbrülle ich hier zusammen? Ich verliere offenbar grad den Verstand.

...

Die Weiber und der Suff, det reibt den Menschen uff.

...

Wenn es wenigstens ein Herumvögeln in Zeit und Raum wäre, aber nein. Es sind die Frauen in deiner Familie. So sieht es aus, Vatta, so sieht es aus. Ist es schön in/bei Dubrovnik?

...

Ich werde euch hiermit ignorieren. Man kann nicht ständig ... Einer muss ja ...

Halten wir uns daran, was positiv ist. Denn es *gibt* Positives. Wenn jeder sein Geld bekommt, wenn die Konten ausgeglichen, im Plus, oder wenigstens auf o sind, das, zum Beispiel, ist positiv, damit hat man einen Ausgangspunkt, von da aus kann man losgehen. Den Tag von vorne anfangen.

Dacht's, trat sich in die Hacken, zog sich so die Schuhe aus – kleiner Schmerz, bald nicht mehr sichtbare Abschürfung. Die leichten Socken fühlten sich feucht an, auf dem Parkett blieben Abdrücke, während er den Flur entlang auf das Licht und das Rauschen (das Badezimmer) zuging, dabei noch mehr Kleidungsstücke verstreuend. Stieg in die Dusche, stieg wieder heraus, stellte die Spülung ab, benutzte die Toilette, betätigte die Spülung, stieg wieder in die Dusche, und so weiter:

Die Bushaltestelle (heute sind wir geduldig genug)

die Sonne (sie ist noch da, zwar schon schwächer, aber danke, dass sie noch da ist)

der Bus

die S-Bahn (Wenn ihr wüsstet, dass ich diese Strecke heute schon das zweite Mal fahre …)

Ich bin der Held.

die unterirdischen Bahnsteige, die Echos, die Zugluft, die Rolltreppe

das oben Ankommen, das kleine Stück Platz, die goldenen Buchstaben

das Foyer, der Portier, der Fahrstuhl

die Küche, der Etagenempfang

die Bürotür, das Büro, die Kartons, der Pfad, der Stuhl – guter, herrlicher Stuhl.

Er setzte sich, stand wieder auf, ging zurück in die Küche, holte sich keinen Cappuccino, sondern ein Wasser. Danach gab es eine Weile keine Unterbrechungen mehr.

Korrektur. Am Etagenempfang, soeben noch leer, jetzt, auf dem Rückweg mit dem Wasser: eine Frau mit großem, dunkel geschminktem Mund, die Chefin von Herrn Lasocka und Frau Bach, mit Namen Eigenwillig.

Guten Morgen, Frau Eigenwillig! (Wie gerne spreche ich Ihren Namen aus! Denn Sie sind eine Hexe auf spitzen Absätzen. Deswegen bin ich, wenn mir danach ist, ganz besonders freundlich zu Ihnen. Ich behandle Sie, als respektierte ich Sie, mehr noch, als fände ich Sie attraktiv.) Guten Morgen, Frau Eigenwillig! Wie geht es Ihnen? Sie hier? Herr Lasocka ist doch nicht etwa krank?

Frau Eigenwillig, mit Grabesstimme: Nein. Er hat im Lotto gewonnen. Kein Scherz. Mitten in der Nacht angerufen, privat, zu Hause bei Frau Eigenwillig, und hat eine Nachricht hinterlassen, er habe im Lotto gewonnen und würde morgen, also heute, nicht mehr zur Arbeit erscheinen. »Warten Sie nicht auf mich.« Er war offensichtlich betrunken, trotzdem denkt Frau Eigenwillig nicht, dass er es nur deliriert hatte. Er hatte wahrscheinlich tatsächlich im Lotto gewonnen, wahrscheinlich hatte er den Jackpot geknackt, denn mit den 52 000, die es für 5 Richtige gibt, Frau Eigenwillig hatte sogleich nachgeschaut, kann man doch kein neues Leben anfangen, aber neues Leben hin oder her, ist das ein Grund, gleich gar nicht mehr zur Arbeit zu erscheinen und seine Chefin den Dreck (das sagt sie nicht) alleine machen lassen? Frau Eigenwillig ist empört und bitter enttäuscht. Die Leute haben keinen Anstand mehr.

Darius Kopp stimmte zu, auch er würde das nicht so machen, er ist nicht der Typ dafür, von einem Tag auf den anderen abzuhauen, alles zurückzulassen, Unerledigtes, Kollegen, Freunde, Familie, aber wir müssen akzeptieren, Frau Eigenwillig, dass es solche Menschen gibt, ich gebe zu, sie manchmal zu beneiden, um diese Entschlossenheit, diese Ausschließlichkeit, andererseits, wo kämen wir hin, wenn alle so wären?

Darauf sagte Frau Eigenwilig nichts mehr, sie murrte mit gesenktem Kinn etwas vor sich hin und raschelte vorwurfsvoll mit Papieren.

Lasocka hat den Jackpot geknackt, dachte Kopp, während er auf seine Tür zuging, und ist nach Kuba ausgewandert, dachte

Kopp, während er die Tür öffnete. Er lächelte noch, als er sie hinter sich schloss.

Danach gab es eine Weile keine Unterbrechung mehr.

Fortkommen (Reisen) und sich erhalten (Essen). Flugtickets, Taxiquittungen, Mietwagenverträge, Tankquittungen, Hotel- und Restaurantquittungen, eingeladene Personen, company name, Dauer. London, Chicken Korma, Lamb Hara Bara, Kadai Ghost, Anthony, Carl, *who told us about pubs-near-the-tube*, Mr. Clive, Mr. Anthony (tatsächlich; er hieß mit *Nachnamen* so), 0–24 Uhr, – Zürich, Kalbsfilet, Salat mit Spargel, Rotwein, Espresso, Mr. Abt, 07–23, – Klagenfurt, Backhendelsalat, Saibling in Kräuterbutter, Mr. Hafner, Ms. Monschein, 0–24 – Budapest, panierte Markröschen, zuzás kakas töke pörkölt mit Galuschka, Scheiterhaufen, *What is a pagan?*, Mr. Szilágyi, Mr. Fekete, 0–24 – Istanbul, Pathlican Kizartma, Kuzu Bonfile, Baklava, Mr. Bülent, Mr. Stavridis, 0–24 – Basel, Maispoulardenbrust, Kaninchenfilet, Mr. Bruderholz, 7–24 – Erfurt – Potsdam – Bremerhaven – Linz, Menü Vor- und Hauptspeise, Ms. Pinter, Slivovitz, 7–24 …

Und siehe da, er verlor nicht gleich wieder die Konzentration und gleich darauf die Lust, wurde müde, gelangweilt, hungrig oder wütend, unterbrach nicht, sprang nicht auf, lief nicht herum, sondern blieb sitzen und sortierte, fasste zusammen, klammerte, lochte, heftete, klebte, verstärkte, füllte aus – Wie viele Handlungen führt ein Mensch am Tage aus? Wie viele Teilhandlungen? – führte zum Mund, feuchtete an, führte zum Blatt, blätterte um, strich über die Rückseite, jetzt lag es glatt. Und überall meine Zellen darauf verteilt, ich habe Spuren hinterlassen, man wird beweisen können, dass ich hier war. Trug in Tabellen ein, fügte im Falle chronologischer Notwendigkeiten neue Zellen und Zeilen ein, bildete neue Gruppen mit neuen

Überschriften, rechnete um (dividierte und multiplizierte), rechnete zusammen (addierte) und wies aus (subtrahierte). Er erkannte das Gefühl von vergangener Nacht wieder und freute sich auch darüber. Wie wenn es dir gelingt, einen guten Traum fortzusetzen. In diesem zogen Erinnerungsbilder vorbei, schön per se, oder durch die Erinnerung schön geworden: das Straßenpflaster und die Klinkerfassaden in der Hanbury Street, das braune Leder der Sitze in einer Bar, der Blick über einen See, eine karierte Tischdecke, eine gelbe Tüte unter dem Schreibtisch, in der der Slivovitz steckte. Kopp genoss es und war froh, dass die Belege so zahlreich waren, dass sie zu sortieren den ganzen Tag in Anspruch nehmen würde. Das war gut. Solange weiß ich, wo ich bin. An einem Ort, wo ich sowieso ohne Flora wäre. Und bis zum Ende des Tages fällt uns vielleicht noch was dazu ein.

Ganz allein ließ man ihn aber natürlich nicht. Die Unterbrechungen kamen auch diesmal zuverlässig.

Hallo? fragte Darius Kopp etwas verschlafen in den Äther.

Darius, sagte Stephanie. Hier ist Stephanie aus London.

Oh … Oh, Stephanie! How is it going?

Stephanie war sorry, dass sie sich erst jetzt zurückmeldete. Er habe in den letzten Tagen mehrfach angerufen, das könne sie im Telefonspeicher sehen. Es ist so: Anthony war die letzten Tage nicht da, er war in den Staaten, er kommt heute wieder, d. h. morgen ist er wieder im Büro, und wenn er hereinkommt, wird er alles so vorfinden, wie er es vorzufinden wünscht, und noch mehr, nämlich: Stephanies Kündigung auf seinem Tisch, ganz zuoberst in der Unterschriftenmappe. Anthony wird innerlich eine Wutattacke bekommen, aber nach außen hin wird er Ruhe bewahren und sie noch nicht einmal zu einem Gespräch hereinbitten, er wird sich höchstens einpaar Minuten länger mit diesem Schreiben aufhalten als mit jedem anderen, dann wird er ein OK draufkritzeln und es unterschreiben. Er wird auch die anderen Briefe und Etceteras unterschreiben und dann wird er die Mappe in die Ablage legen, wo sie hingehört und Stephanie wird sie wieder an sich nehmen. Er wird kein Wort mit ihr darüber sprechen, die ganzen 2 Wochen lang nicht, die ihre Kündigungsfrist beträgt. Er wird ihr höchstens mitteilen, wie er ihr alles mitteilt, sie möge eine Annonce aufgeben, man suche eine Assistentin der Geschäftsleitung, und für die Übergangszeit möge sie bei der Zeitarbeitsfirma unseres Vertrauens anrufen und einen kurzfristigen Ersatz organisieren. Stephanie ihrerseits wird ebenfalls nichts zu ihm sagen, nicht, was für ein furchtbares Arschloch er sei, und dass sie kündige, ohne eine feste Zusage für einen anderen, einen nächsten Job zu haben, aber lieber stünde sie auf der Straße, als ihn weiter zu ertragen. Was sie tun müsse, sei ihr klar geworden, als all ihre gesundheitlichen Probleme, wie: verstopfte Nase, Kopf-, Kiefer-, Nacken-, Rücken-, ja sogar Arm- und Beinschmerzen, außerdem Appetitlosigkeit im Wechsel mit plötzlich abstürzendem Blutzucker, Schwindel, Verstopfung und Durchfall (das sagt sie Darius Kopp, bei aller Liebe, nicht in dieser Ausführlichkeit), Menstruationsbeschwerden (auch das nicht), wie all das, nicht plötzlich, aber nach dem ersten Tag ohne ihn im Büro wie weggeblasen war. Und noch mehr, nachdem sie die Zeitverschiebung, also die Zeit, in der er sie nicht stündlich durch Kontrollanrufe belästigen konnte, dazu benutzt hatte, am helllichten Arbeitstag in der nahen Einkaufspassage zu flanieren. Sie musste nur darauf achten, etwa eine Stunde, bevor er sie frühestens anrufen konnte, wieder zurück zu sein, die aufgelaufenen Anrufe und Etceteras notieren, um ihm Bericht erstatten zu können. Da hast du's, Pisser. Das Wochenende sei nicht so schön gewesen, dazu habe sie selber beigetragen, indem sie ihrem Freund beim Spaziergang durch den Park, in der Gesellschaft unzähliger Enten und Gänse, die Pistole auf die Brust gesetzt habe: entweder heiraten und Kind oder wir trennen uns, ich bin 32, erzähl mir nicht, das werde ich noch in 10 Jahren sein, 42 ist nicht 32 und 32 ist nicht 22. Der Freund habe ihr einen Vogel gezeigt – *You have bats in the belfry* –, sie seien auseinandergegangen, und er habe sich nicht gemeldet bis gestern Abend, als sie nämlich ihr Vierjähriges hatten. Da habe er angerufen und gesagt: Du hast recht. Er machte ihr einen Heiratsantrag am Telefon, und sie hatte sich genug im Griff, ihm nicht zu sagen, sag mal, hättest du dich nicht in die fucking Underground setzen können und wenigstens herkommen, einpaar Rosen, eine Flasche Champagner, ein Ring, stattdessen fragte sie nur schelmisch, wollen wir Telefonsex haben? Woraufhin er sich in die (fucking) Underground setzte und zu ihr kam, er sagte, einen Ring habe er auf die Schnelle nicht auftreiben können, ebenso wenig Blumen, Pralinen und Sprühsahne, aber er hatte eine Flasche Whiskey und eine kaum angefangene Tüte buntes Lakritz dabei und sie lachten sich tot. Was Stephanie aber ihm, Darius Kopp, sagen wollte, war, dass er der Einzige sei, den sie vermissen werde. Du bist a nice person, a very nice workmate, it was a pleasure, to collaborate with you, sie danke ihm dafür und wünsche ihm *all* the best, Glück und Erfolg im Leben, im Beruflichen wie im Privaten.

Well … (Was ist das heute? Der Welttag des von einem Tag auf den anderen Abhauens?) Ich weiß gar nicht, was ich sagen soll. Is it true?

Indeed.

Ja, was soll ich sagen? Congratulations! Zu deiner Verlobung. (Er sagte: for your fiancé.) Und danke, danke für das Lob, ganz meinerseits, ich bin ganz gerührt. Selbstverständlich wünsche auch ich dir nur das Beste, du verdienst es, du findest bestimmt einen guten Job, ich habe deine Qualitäten immer zu schätzen gewusst, ich gratuliere dir noch einmal und noch mehr gratuliere ich deinem Verlobten, von dem ich, ohne ihn zu kennen, weiß, dass er ein kluger Kerl sein muss.

Thank you, and have nice days.

Wie spät ist es? Schon nach 12. Ich habe weder Hunger noch Durst. Selbst das Wasser vom Morgen steht noch da. Die Bläschen haben sich verflüchtigt, bis auf einpaar an der Glaswand. In diesem Stadium merkt man, dass Kohlensäure säuerlich schmeckt. Kopp nahm einen Schluck und sah beim Fenster hinaus. Einigen Gehwegplatten an der Ecke gegenüber sah man an, dass sie bewegt worden waren. Was hat Anthony in den Staaten gemacht? Etwas loser Sand lag noch da, noch nicht restlos weggetragen von Füßen und Wind. Wieso hat Bill nichts davon gesagt, dass Anthony in den Staaten ist? Weil er im Urlaub war. Nicht in Kalifornien, sondern irgendwo. Das Loch, das rot-weiße Absperrband und die Männer mit den Schaufeln waren nicht mehr da. Er segelt. Wieso segeln die eigentlich alle? Wo kann man in den Staaten segeln? Immer an der Küste entlang oder auf den Seen. Während ich weg war, haben sie das Loch zugemacht. Das erfüllte Darius Kopp mit Zufriedenheit. Er wandte sich zurück an die Abrechnung.

Darmstadt – *eine Allee* – Leipzig – *eine alte Leuchtreklame* – Hannover – *eine Apotheke, ein Parkhaus, eine Pizzeria* – Hildesheim – *ein holzgetäfeltes Mansardenzimmer bei Hitzewelle* – Stuttgart – *Wurstsalat* – Dresden – Wiesbaden – Bielefeld – Paderborn – *Graupel* – München – *eine Angina* – Ludwigsburg – Hamburg – Rantum, *Jakobsmuschel auf Orangenrisotto*, Mr. Grunow, Mrs. Grunow, *Die Leute sind strunzdumm und wollen immer nur haben, was sie schon kennen, aber gerade deswegen muss man ....* – Sulzbach – Garmisch-Partenkirchen …

Unterbrechung: Juri am Telefon.
    Mahlzeit! Wo isst du gerade?
    Hahaha! Im Büro.
    Juri war sehr viel besserer Laune als bei ihrer letzten Begegnung Dienstagnacht, dabei war die Kacke gerade mächtig am Dampfen bei ihnen! In letzter Minute noch eine Krisensitzung. Jemand hat einen Memorystick auf dem Gehsteig vor unserem Haus gefunden, hat ihn in seinen Arbeitsplatz eingestöpselt und jetzt ist das ganze Netzwerk mit irgendeiner Krätze verseucht, und in Kundengesprächen sind Präsentationen fies und heftig abgestürzt. Kam nicht gut an. Jetzt ist die Paranoia ausgebrochen, es wird niemand gefeuert, aber in Zukunft heißt es: keiner fasst einen Memorystick auch nur an! Außerdem keine CD-Brenner mehr, keiner nimmt Arbeit mit nach Hause, keine Überstunden. Fine with me, hab ich als Betriebsrat gesagt, also stellen wir 5 Leute mehr ein? Et cetera blablabla. Mindestens. Wird sicher ein Späßchen. Juri jedenfalls lacht ziemlich viel. Und jedenfalls wird er übermorgen in den Urlaub abdüsen, Kuba all inclusive und wollte fragen, ob man sich nicht vorher noch sehen wolle, Teller Schnitzel, Flasche Bier.
    Ach, na ja, Kopp wusste nicht so genau.
    Du weißt nicht so genau?!?!
    Es gibt grad viel zu tun.
    …
    Ja, in der Tat. Bei *uns*.
    …
    Ich gebe zu, es gab einen Moment diese Woche … Aber es ist Flora. Sie ist ausgezogen.
    …

Ja, aufs Land.

…

Ja, aber sie ist keine Lesbe.

…

Ja, ich fahr' eventuell heute noch hin.

…

Ja, ich weiß, du würdest das nicht tun. Du hast ja auch keine Ahnung.

…

Nein, noch nicht.

…

Mit dem Zug, womit sonst?

…

Ich werd's überleben.

…

Was stört dich daran so? Was geht's dich, mit Verlaub, überhaupt an?

…

Wie ich bereits sagte: Du hast keine Ahnung.

…

Gern geschehen. (Du gehst mir auch schon seit einer Weile auf die Nerven.) Ja, man sieht sich. Irgendwann.

Konstanz – Erlangen – Hof – Passau – Mainz – Göttingen – Loccum – Köln – Freiburg – Köln – München – Schwerin – Prag, panierter Käse, Mr. Dimter, *Das war das Lieblingslokal von Bohumil Hrabal,* 0–24 – Oldenburg – Lübeck – Lüneburg – Hannover – Münster – Pula …

Unterbrechung: Herr Leidl am Telefon.

Herr Leidl! Wie geht es Ihnen, wie geht es Ihrer Hand?

Die Hand wird schon wieder, was nicht wird, ist das Projekt

mit der Uni. Das hat nichts mit Ihrem Auftritt da zu tun, Herr Kopp, d. h. man hat ausgehend davon um eine Kalkulation gebeten, und das Ingenieurbüro Leidl hat, mit den Preisen, die Sie uns genannt haben, 900 000 angesagt für 450 000 qm mit 802.11.n. Und deren Budget liegt wo? Bei 600 000. Für *alles*. Da sind Gebäude dabei, für die gibt es noch nicht einmal Pläne, die müssten wir ausmessen, die spinnen doch. Selbst wenn Sie doch noch weiter runtergehen würden, ich weiß, ich weiß, das war sowieso schon schwierig, würde uns das nichts nützen. Sie müssten ja quasi zum Einkaufspreis anbieten, und wir auch. Das sieht Herr Leidl nicht ein. Da könnte er sich aufregen. Die Leute haben keinen Anstand mehr, Herr Kopp, wollen immer alles umsonst und aus Gold. Qualität interessiert die einen Dreck, sie erkennen sie nicht einmal, alles, worauf sie anspringen, ist der Preis, umsonst sagt man ihnen, dass das Teure das Billige ist, weil es eventuell a) tatsächlich funktioniert und b) eine Weile hält. Sie kaufen lieber irgendeinen Schrott, und dann noch den nächsten Schrott dazu, damit es läuft, und fühlen sich auch noch gut dabei, weil sie denken: schon wieder das Neueste ergattert. Und dass sie für Dienstleistung überhaupt gar nichts zahlen wollen, ist ja allgemein bekannt. Am liebsten wäre ihnen, wenn die Sklaverei wieder eingeführt würde!

Seien Sie nicht verbittert, Herr Leidl, passen Sie auf, ich habe einen guten Draht zu meinem Saleschef, ich frage noch einmal nach, ob wir nicht am Preis was machen können. (Was erzählst du da? Worauf hoffst du? Auf Wunder? Warum nicht auf Wunder?)

Aber Herr Leidl hatte keine Lust mehr. Er hatte einfach keinen Bock mehr auf diese Scheiße, ein Mensch muss seinen Wert kennen!, das war seine Meinung, die Universität könne ihn hiermit mal kreuzweise.

Er knallte den Hörer auf. Als wäre ich die Universität.

Kopp seufzte und nahm den nächsten Beleg zur Hand.

Unterbrechung, Herr Leidl rief wieder an.

Was ich noch sagen wollte. Ich erwarte von Ihnen, dass Sie sich solidarisch verhalten, und das Geschäft nicht mit jemand anderem machen.

Wovon sprechen Sie, Herr Leidl?

Übrigens hatte Kopp gar nicht daran gedacht. Aber der Leidl hat recht. Natürlich. Wenn er es nicht machen will, sucht man sich einen anderen Elektriker und macht es mit dem. (Wie geht es Ihnen, Herr Aschenbrenner?)

Das können Sie nicht machen, sagte Leidl. Es geht hier auch ums Prinzip!

(Er ist am Durchdrehen, ganz eindeutig. Er hat einen Fehler gemacht und versucht *so* den Schaden zu begrenzen.)

Sie müssen schon verzeihen, Herr Leidl, aber wenn der Kunde auf mich zukommt, weil er, sagen wir, so begeistert ist vom Produkt (das *ich* ihm so schmackhaft gemacht habe), dann können Sie nicht von mir erwarten, dass ich sage, nein, aus Prinzip nicht. Ich fürchte, mein Arbeitgeber bezahlt mich nicht *dafür*.

Sie könnten ihm aber sagen: nur mit dem Ingenieurbüro Leidl.

Das könnte ich tun …

Ach, was soll's, schnaufte Leidl ins Telefon, machen Sie, was Sie wollen, Sie kommen sowieso nicht auf 600 000 und wenn, dann können Sie am Ende doch nicht liefern!

Und knallte ein zweites Mal innerhalb von 5 Minuten den Hörer auf.

Er ist wahnsinnig geworden. Der arme Herr Leidl. Die Konsistenz verloren, wie Juri sagen würde. Kopp würde kichern. (Lass uns nicht streiten, Schatz.)

Zu viel der Unterbrechung. In die Küche, noch einen Sprudel holen. Keine Ahnung, wieso ich plötzlich keine Lust mehr auf Cappuccino mit Extrazucker habe. Auch der Hunger kam einfach nicht. Er trank über der Spüle stehend. In der Spüle stand eine halb volle Kaffeetasse. Das brachte Kopp vorübergehend wieder aus dem Gleichgewicht. Wer von euch Schweinen ist nicht in der Lage, den Kaffee wegzukippen und die Tasse in die Spülmaschine zu stellen? Was für eine Frechheit, für so ein großes Projekt läppische 600 000 zu kalkulieren, das ist Beutelschneiderei!, nein, das andere: Ausbeutung! Das ist Missachtung: unseres Knowhows, unserer Hightechmaterialien, unseres Einsatzes! I feel underappreciated! Dieses Wort habe ich von Stephanie gelernt! Stephanie verlässt uns! Es kann sich nicht jeder aus dem Staub machen! Und ich ständig wie ein Depp hinterher! Es stimmt nicht, dass ich Juri recht gebe! Ich gebe ihm nicht recht! Juri ist doch ein Idiot. »Frühestens Sonntag«! Ich bin vielleicht sonst immer zu spät, aber *so viel* weiß ich. Lass uns nicht streiten, Schatz. Einer muss die Ruhe bewahren. Das war immer meine Rolle und wird es immer sein. Ihr Fels in der Brandung. *Alle* Leute sind merkwürdig. Im Grunde ist es bewundernswert, dass es uns gelingt, so eine komplexe Gesellschaft am Laufen zu halten. Manchmal fühle ich mich wirklich wie ein … Er stellte sein Glas vorsichtig ab. Die Edelstahlspüle klang hohl nach.

War es durch die Unterbrechungen oder unabhängig davon, einfach, weil die Zeit vorangeschritten war, die Leichtigkeit war aus der Arbeit entwichen, es wurde beschwerlicher. Die Lesbarkeit war in den unteren Schichten deutlich schlechter und auch die Chronologie mehr durcheinander als oben. (Wie kommt das? Die Bewegung innerhalb eines Zettelhaufens. Manche können das bestimmt berechnen. Ich nicht.) Er schaltete ein Webradio ein. Musik begünstigt die Schaffung von Ordnung. *Cotton needs a picking*, performed by a male choir. Ich tue das für dich, Flora. Nein, lüg nicht, ich tue das für die Firma. Für mich. Nein, doch für dich. Mir wär's egal. Der Firma am Ende auch. Gib deine Reisekostenbelege ab oder lass es bleiben. Ich tue es für dich. Wien – Graz– Warschau – Bukarest – Lausanne im Mai. Schon wieder eine Universität. Mr. Picot, Mr. Personnetaz. Letzterer konnte nur Französisch, Ersterer dolmetschte aus dem Englischen. Manchmal sprachen sie untereinander etwas auf Französisch, Kopp wartete heiter und geduldig. Wenn sie fertig waren, lächelten sie und nickten mir zu, und ich fuhr fort. Anschließend aß man in einem Lokal mit Blick zum Genfer See Tartare Bœuf. Unsere Preise waren wieder zu hoch, aber Kopp versprach zu schauen, was man machen könnte. Man dankte ihm sehr und Mr. Picot brachte ihn sogar zum Flughafen.

Und dann?

Und dann?

Und dann habe ich es vergessen!

Ich habe es: *vergessen!*

Nicht, dass er vergessen hätte, wie vereinbart, angekündigt, sich vorgenommen, sich nach seiner Rückkehr sofort um einen Mengenrabatt zu bemühen und danach gleich wieder bei Mr. Picot anzurufen, um die (hoffentlich) frohe Botschaft zu verkünden und das Eisen zu schmieden, solange es noch heiß war. Nicht, dass er nicht eine Woche später und dann weitere zwei Wochen später und dann noch je einmal vor und nach dem *Urlaub* anrief, nicht, weil er keinen Rabatt bekommen hatte, weil ihn Anthony ausgebremst hatte, was die Amis einen Scheißdreck interessiert bzw. weil es sich tatsächlich nicht lohnt, sondern, weil er einfach *alles* vergessen hatte. Er hatte vergessen, dass es das Projekt Lausanne jemals gab, dass er jemals in

Lausanne *war*, gottverdammter, ausgedehnter, ohnmächtiger, obszöner Fluch!

Fluchend sprang Darius Kopp aus seinem Stuhl, ballte die Faust, biss wie ein Löwe grollend hinein, mit der Faust zwischen den Zähnen, er seine eigene Beute, hüpfte er auf der Stelle, dass es unter dem blauen Teppich nur so wummerte (bebt das ganze Gebäude?), während der leichtläufige, gut gefederte Drehstuhl, von all seiner Last befreit, auf die Wand aus Kartons zuhielt.

In einem letzten Sekundenbruchteil versuchte Kopp noch, sich dazwischenzuwerfen, sich mit seinem Körper gegen die staubigen Kartons zu drücken, werde ich eben schmutzig von oben bis unten, Hauptsache, die Wand stürzt nicht ein.

Aber sie stürzte ein.

Kopp wurde schmutzig von oben bis unten. Manche Stellen seines Körpers schmerzten auch, dort, wo ihn *volle* Kartons trafen. Gottverdammter … elender … mist … verfluchter … elender … dreck … verdammter … Während er in den Kartons herumplanschte.

Der Radau trieb Frau Eigenwillig vom Empfang her.

Die Tür ließ sich nur mehr einen Spalt öffnen, von Frau Eigenwillig drang nur die Stimme herein.

Herr Kopp? Was ist passiert?

Er hörte auf, zu fluchen, versuchte, sich freizustrampeln, die Kartons rumpelten.

Frau Eigenwillig drückte die Tür gewaltsam auf, die Kartons wurden zusammengeschoben, Kopp bekam jede ihrer Bewegungen mit seinem Körper mit.

Fluch!

Frau Eigenwillig schob den Kopf herein.

Fluch!

Also das geht nicht, Herr Kopp! Ich muss Sie schon sehr bitten. So kann man sich bei uns nicht benehmen!

(So kann man sich bei uns nicht benehmen?! So kann man sich bei uns nicht benehmen?!?! Wo kommst du her, du Fotze, aus dem Trainingslager für Ostportiers? Du kannst mit deinem Beschäler so reden, den geilt das vielleicht auf, aber nicht mit mir! Gleich schmeiß ich dir einen Karton an den Kopf!)

Aber er riss sich selbstverständlich zusammen und sagte nur:

Erlauben Sie mal, Frau Eigenwillig, wie reden Sie mit mir, ich bin nicht Ihr Untergebener! (Genauer gesagt: Man redet auch mit seinen Untergebenen nicht so! Mit niemandem! Ein wenig Respekt verdient jeder Mensch!)

Sprach's und erhob sich aus den Kartons, klopfte seine Hosen und seine Hände ab, sah, dass hinter Frau Eigenwillig der Büronachbar mit dem lachsfarbenen Hemd neugierig stehen geblieben war, und sagte:

Im Mietvertrag, den wir miteinander haben, bzw. *wir* haben den gar nicht miteinander, nicht wahr, sondern unsere jeweiligen Arbeitgeber – (Dir gehört das hier nicht, Püppi!) –, steht nichts davon, dass es mir verboten wäre, Kartons in meinem Büro aufzustapeln. Wenn ich will, kann ich bei Ihnen ein Büro mieten, und darin *ausschließlich* Kartons aufbewahren!

Frau Eigenwillig sagte, es ginge nicht um die Kartons, obwohl: Schauen Sie sich mal die Wand an (Staubige Abdrücke)!, sondern darum, dass er hier herumbrülle, und zwar mit was für Ausdrücken! Sie beeinträchtigen damit die Ruhe und das Wohlbefinden Ihrer Mitmieter.

Die *Ruhe* und das *Wohlbefinden* meiner *Mitmieter*? Das tut mir leid, sagte Kopp zum Lachs. Habe ich Ihre Ruhe und Ihr Wohlbefinden beeinträchtigt? Dafür entschuldige ich mich natürlich in aller Form.

Und er verbeugte sich, was leider nichts anderes mehr sein kann, als ironisch.

Der Lachs lächelte und ging weg.

(Und was bedeutet das jetzt? Egal.)

Wenn Sie mich jetzt entschuldigen würden, Frau *Eigenwillig*!

Kopp watete durch die Kartons wie durch gefallenes Laub und schloss die Tür. Die anderen waren draußen, er war drinnen.

Stand in den Kartons und horchte: ist sie weg? Damit ich mich endlich wieder bewegen kann?

Vorsichtig sammelte er einen Karton nach dem anderen auf, legte sie vorsichtig übereinander, erst in einem Haufen an der Nordwand und vor der Tür – Wenn ein Feuer ausbricht, bist du geliefert. Es bricht kein Feuer aus. Warum sollte ein Feuer ausbrechen? –, um sie dann nacheinander wieder an der Südwand aufzustapeln. Was anderes kannst du nicht machen, der Platz ist genauso begrenzt, wie er es vorher war. Wieder wurde Staub aufgewirbelt, Kopp musste husten. Sein Stolz verbot es ihm, die Tür zum Flur zu öffnen. Weil er sonst unnötig die Luft anhielt, erhöhte er die Lautstärke des Webradios. Bei Musik Ordnung schaffen, das kann … sein. Er war gerade wieder so weit, dass seine Laune wiederhergestellt war, er war kurz davor, zu kichern, was für eine Story schon wieder, Alter, Flora, heute sind mir die ganzen Kartons in den Rücken gefallen, ich hab vielleicht geflucht, sag ich dir, ich sah aus wie ein Schwein oder wie einer aus der Kohlegrube. Ein echter Kumpel, nachdem er seiner Hände Arbeit getan. Die Universität Lausanne hatte er inzwischen verarbeitet. Mein Gott, so was passiert schon mal. Noch ist nichts verloren. Wir rufen da schön an, tun so, als hätten wir ihnen absichtlich so viel Zeit zum Überlegen gelassen und den eigenen Leuten gegenüber erzählen wir auch schön was vom Pferd. Er legte den letzten Karton zurück an die Wand, und während er noch mit erhobenem Arm dastand, seinen eigenen Schweiß roch, fiel ihm auf: an dieser Stelle war während der letzten Tage immer der Karton der Armenier. Das, was er da in der Hand hatte, war nicht der Karton der Armenier, es war einer von den leeren Kartons.

Er hätte gern einen Lachanfall bekommen, einen hysterischen Lachanfall, dass er hätte taumeln und sich krümmen müssen und aufpassen, dass er nicht wieder in die Kartonwand geriet, aber es gelang ihm nicht. Er taumelte, er krümmte sich auch, setzte sich auf den Stuhl, der Stuhl gab nach, federte und rollte leichtläufig nach hinten, da stand der Tisch, die Lehne kam mit einem Klopfen auf, aber Kopp hatte immer noch das Gefühl, der Stuhl würde sich bewegen. Er ließ sich lieber auf den Boden gleiten, den nachtblauen Teppich. Er sah sich die Wand an.

So stapelst du richtig: unten die vollen, oben die leeren. Also war er irgendwo unten. Dazwischen. Aber Kopp konnte nicht erkennen, wo. Er sah verschwommen. Ich werde die ganze Wand noch einmal aufbauen müssen. So etwas passiert schon mal. Wie spät ist es? Noch hell. Es ist noch Zeit. Aber für den Moment musste er sich erst einmal hinlegen.

Wie schmutzig der Teppich immer noch war, und auch der Papierkorb war nicht geleert. Dass die Putzkolonne den Karton mitgehen ließ, war demnach eher unwahrscheinlich. Obwohl: kommt rein, nimmt den Karton, putzt nicht, geht. Oder die Bach. Die Bach ist in Südamerika. Mit *meinem* Geld. Die Eigenwillig kann es auch gewesen sein, steckt überall ihre Nase rein. Woher weiß sie sonst, wie es bei mir ist? Der Lasocka. Von wegen im Lotto. Juri. Auch nicht unmöglich. Die anderen von der Party. Wer weiß es noch? Stavridis. Ist er wirklich in Paris? Flora. Für einen Moment hielt er sogar das für möglich: dass Flora ihm sein Geld geklaut hat. Kauft sich damit ein Haus auf dem Land. Dann hätte er in Tränen darüber ausbrechen können, dass er das gedacht hatte. Ich verliere offenbar gerade ...

Unterbrechung: Das Handy in seiner Brusttasche klingelte. Wie gut, dass es das Handy war. So brauchte er sich nicht einmal aufzusetzen.

Es war Aris Stavridis.

Aris! sagte Darius Kopp auf dem Boden liegend, halb im Delirium. Er dachte: man müsste aufwachen, ich führe schließlich ein Telefonat, aber das Maximale, was ihm gelang, war, nicht tiefer hinabzusinken, als er schon war. Derweil Stavridis:

Wie geht es dir? Um dann nahtlos vom Treffen mit dem Wißie in Paris loszuerzählen ... ein Typ, hörte sich unheimlich gerne reden ... er glaube da ein bisschen an die Gene eines Unternehmens ... ein Unternehmen habe Gene ... wir nickten, aber dann ... alter Wein in neuen Schläuchen, sagte er ... da hätte es auch noch ein Kompliment sein können ... Bernard lachte bereitwillig ...

Kopp drehte den Kopf Richtung Kartonwand und sah sich die Kartons, die direkt in seinem Blickfeld waren, einzeln an. Keiner ist wie der andere. Dabei sind sie doch alle industriell hergestellt. Aber welcher ist nun der lose Ziegelstein?

Stavridis: ... inwiefern sich das von einer thematischen Untergruppe auf Ebay unterscheide ... er wollte nur die Beteiligung drücken ... als er gemerkt hat, dass das mit uns nicht geht, besonders nicht mit Bernard, wollte er zurückrudern, aber wir haben unseren Stolz, besonders Bernard ...

Hallo, Dariüs, wie geht es dir?

Gut, sagte Kopp, mir geht es gut, Bernard, wie geht es dir?

Bernard wollte nicht lange um den heißen Brei herumreden, im Grunde hat Aris schon alles gesagt ... Im Grunde hatte er recht, auch wenn er arrogant war (??? Ach so, der VC ...), und

auch du hattest recht, jeder kann uns kopieren und zuvorkommen, kurz und gut, wir müssen schnell handeln ... wir
dachten an dich, du wärst sowieso der gewesen, den wir am
liebsten mit im Boot hätten, du wärst sowieso der gewesen ...
a nice workmate, it's a pleasure to collaborate with you ... in
the DACH-Region ... as a Vice President ... es müssen nicht
gleich die ganzen 50 000 sein, für den Anfang reicht es, wenn
es 25 000 sind, allerdings bräuchten wir die so schnell wie
möglich, was sagst du dazu ...?

Da bekam Darius Kopp schließlich doch noch seinen Lach-
krampf.

Die Nacht

Rolling on the floor laughing. Im Wortsinne. So lange, bis du
dich verschluckst, zu husten anfängst, bis du eine Atembeklem-
mung bekommst, verursacht durch enorme Schwierigkeiten
beim Ausatmen, begleitet von hörbarem Giemen, oder, mit anderen Worten: eine Asthmakrise. Als geübter Asthmatiker be-
wahrst du Ruhe. Auf die etwas pikierte Frage deines Gesprächs-
partners, ob alles in Ordnung sei, presst du ein Ja hervor, aber
dass du jetzt leider auflegen müsstest, es sei jetzt grad ungünstig, bin gerade beschäftigt with something important, tut mir
leid, ich muss jetzt auflegen. Du tust es, rollst dich anschließend
sofort auf die Seite, bleibst eine Weile so liegen. Die Wand aus
Kartons dicht vor deinem Gesicht. Der Teppich nachtblau und
schmutzig. Du fängst zu singen (nein, zu winseln) an, einen vor
Kurzem aktuell gewesenen Song auf die Melodie der Habanera:
Fuck you all, you little asses, fuck you all, you make me sick. Das
gefiel Kopp, er hätte wieder lachen können, aber der Versuch
endete erneut in Husten, so dass er ihn unterließ.

Er blieb auf der Seite liegen, bis sich seine Atmung bei 13 Atemzügen in der Minute eingependelt hatte, keiner mehr oder weniger. Verantwortungslos mit seiner Gesundheit umzugehen, mindestens seit Montag sein zur täglichen Einnahme bestimmtes Medikament nicht zu nehmen, ist, wenn heute Donnerstag ist, schon längst eine sträfliche Angelegenheit, besonders bei dem Wetter, besonders bei dem Stress, aber sich jetzt noch oder auch generell aufzuregen, hat keinen Sinn. Stattdessen nutze und genieße man sogar die sonst oft so schmerzlich vermisste Effizienz, Geradlinigkeit und ja, Eleganz, die sich aus einer Luftnot zwangsweise ergibt. Er richtete sich auf, hangelte nach dem Stuhl, setzte sich drauf. Da war noch ein Rest Abrechnung, nicht mehr viel. Drei oder vier Städte. Aber wie schmutzig diese Hände sind. Sehr schmutzig. Doch lieber erst Hände waschen.

Als er aufstand, um hinaus in den Waschraum zu gehen, merkte er, dass er nicht in der Lage war, sich vollständig aufzurichten. Etwas in der Brust hatte sich verhakt, es schmerzte. Als wäre eine Rippe gebrochen, als würde sie sich in die Lunge bohren. Nein, nicht ganz so schlimm, nicht so spitz und scharf, aber auf jeden Fall schmerzhafter als ein normaler Asthmaanfall. Strahlt der Schmerz etwa in meinen linken Arm aus? Nein, er sitzt mitten in der Brust fest. (Ein aufgespießtes Insekt.)

Als Frau Eigenwillig ihn gekrümmt durch den Empfang auf den Waschraum zugehen sah, war sie für einen Moment besorgt, dann aber dachte sie: Vielleicht Durchfall, und schritt nicht ein.

Als Peter Michael Klein, einziger Mann in Vertretung von Medconsult Inc., a.k.a. der Lachs, in den Waschraum kam, fand er Darius Kopp ohne Hemd, mit nassen Haaren über dem

Waschbecken zusammengekrümmt vor. Neben seinem linken Ohr stand in einer kleinen Vase eine weiße Orchidee.

Alles in Ordnung, geht's Ihnen nicht gut etc.

Kopp lachte. Eigentlich ging es ihm nicht so schlecht, aber er war, nachdem er das Hemd ausgezogen hatte, um sich nicht nur Hände, Gesicht und Nacken, sondern auch unter den Achseln zu waschen, außerstande, sich wieder aufzurichten.

Ach, du Schande, sagte Klein, ein Hexenschuss!

Kopp lachte wegen des Missverständnisses, musste er wieder husten und beim Ausatmen rasselte es in seiner Brust in einer Lautstärke, dass Klein sofort erschrocken das Weite suchte, bzw. Frau Eigenwillig. Frau Eigenwillig rief die Rettung, Klein kam zurück, um behilflich zu sein.

Nicht nötig, wirklich nicht nötig. Dabei wusste Kopp bereits, dass es nötig war. Warum sagt man es dann trotzdem immer? Um zu sehen, dass man noch in der Lage ist, selber etwas zu tun?

Flora, dachte er, während er, mit dem Rücken an die gekachelte Wand gelehnt, auf dem Boden saß. Neben ihm stand ein Glas Wasser auf dem Fliesenboden, er hatte eine Hand darum gelegt, aber er trank nicht. Wer hat verbreitet, dass Trinken gegen alles hilft? Aber er hielt seine Hand um das Glas gelegt, damit er niemandem zu nahe trat. Flora, dachte er.

Darius Kopp war ein sehr pflegeleichter und höflicher Patient. Er beruhigte die Sanitäter, es sei alles nicht so schlimm. Man riet ihm, durch die Sauerstoffmaske zu atmen. Aber halten Sie, wenn Sie können, die Augen offen, damit ich Ihren Zustand beurteilen kann. Kopp hielt die Augen offen. Der Sanitäter hatte einen dünnen Welsbart, so einen, den man *abgekaut* nennt.

Im Krankenhaus – welches ist das hier? – legte man ihm eine Infusion – Flora, dachte er im Augenblick des Schmerzes – und er konnte wieder aufatmen. Es gibt Bronchospasmolytika, von denen du high wirst und andere, von denen du einschläfst. Er hatte eins von der zweiten Sorte bekommen. Das Letzte, woran er sich noch erinnerte, war, dass er sich fragte, wie spät es wohl war. (Und wieder: Flora. Als müsste man zu Flora nach Hause. Als wartete sie.) Dann war er weg.

FREITAG

Der Tag

Als er wieder erwachte, war es hell. Er hatte keine Nadel mehr im Handrücken, den Einstich verdeckte ein Pflaster. Er war in einem Dreibettzimmer. Ein Bett war leer, im anderen lag jemand, von dem nur das schüttere Blondhaar zu sehen war. Ein eher dicker als dünner Mann. Er schnarchte leise.

Im Bad hing ein Krankenhaushandtuch. Er zog das Krankenhausnachthemd aus. (Kann Ihnen jemand Sachen bringen? Nicht im Moment. – Ein Bruchstück.) Morgentoilette eines Herrn am Anfang des dritten christlichen Jahrtausends, ohne Rasur und ohne Zähneputzen, dafür hatte er nichts da. Der blonde, stupsnäsige Junge im Spiegel bin immer noch ich. Im Mundwinkel trage ich ein Fieberbläschen.

Flora.

Ab jetzt, da du mir heute das erste Mal wieder eingefallen bist, wirst du nicht mehr abwesend sein.

Der Zimmergenosse schnarchte leise, als Kopp das Bad das erste Mal verließ, um seine Kleidung zu holen, und auch beim zweiten Mal, als er, nun bekleidet, herauskam. Kopp schloss die Zimmertür leise hinter sich. Er verließ das Krankenhaus noch vor dem Frühstück und vor der Visite, auf eigene Verantwortung. Wo muss ich unterschreiben? Er nahm ein Taxi nach Hause.

Im Briefkasten lag sein Führerschein. Danke, liebes Amt.

Ich bin nahezu gerührt, wie gut (pünktlich, korrekt) das funktioniert. Mein Vertrauen in die Stabilität unserer Weltordnung wird dadurch maßgeblich gestärkt.

Die Wohnung war, wie er sie verlassen hatte. Er warf kurze Blicke auf das, was auf seinem Weg zur Terrasse lag: die geschlossene Tür des Blaubart-Zimmers, die geschlossene Tür zu Floras Zimmer. Bis zum Schlafzimmer kam er nicht mehr, vorher ging er die Treppe hoch.

Die Aussicht von der Terrasse war schön, wie eh und je. Wo du auch immer hinschaust, kündet sie von unserem Reichtum. Häuser, Straßen, Pflanzen, nichts leidet einen Mangel. Das heißt, vielleicht die Pflanzen, ein wenig. Sie wirken trocken und verstaubt. Gefallene Blätter wandern auf den Parkwegen und Gehsteigen herum, wie kleine Fußgänger. Wo sie sich bewegen, sind sie noch wie Lebewesen, wo sie in Gruppen liegen bleiben, hinter Kanten, in Ecken, sieht man ihnen das Gefallensein schon an. Kurz und gut, es wird Herbst werden, es ist schon Herbst. Aber hier oben blühen noch Ziersalbei, Zierwinde und duften die Kräuter. Flora. Während er telefonierte, ließ er die linke Hand in einen Busch Rosmarin hängen.

Guten Tag, mein Name ist Darius Kopp. Könnten Sie, freundliche Stationsschwester, mir die Durchwahl meiner Mutter, Frau Greta Kopp, in Zimmer 71, verraten?

Er bekam die Nummer, er rief sie an. Es ging niemand ran. (Warum musst du, und zwar jedes Mal, denken, ob sie vielleicht schon tot ist? Und was empfindest du dabei? Schrecken, Erleichterung, dann wieder Schrecken und dann erst Trauer? (Ist es Trauer?))

Verzeihen Sie, ich bin's wieder. Könnten Sie für mich nachsehen, wieso meine Mutter nicht ans Telefon geht? Ich mache mir Sorgen.

Vielleicht schläft sie.

Ach so, ja, das kann auch sein. Könnten Sie trotzdem nachsehen?

Sie schlief nicht, sie hatte nur nicht begriffen, dass das Klingeln des Telefons, das sie sonst als Fernbedienung für den Fernseher benutzte, ein *tatsächliches* Klingeln war. Aber jetzt war sie dran.

Wie geht es dir?

Gar nicht mal so schlecht. Wasser, Salz, Zucker, Vitamine, Beruhigungsmittel und durchblutungsfördernde Medikamente über die Nadel zu bekommen, kann einen erstaunlich schnell und gut aufbauen. Morgen soll ich entlassen werden. Oder am Montag.

Und, was ist herausgekommen?

Nichts. Neues Medikament, 21 Tage Infusionstherapie, aber die kann ich ambulant machen, bei meinem Hausarzt. Sie haben einen Bringdienst organisiert. Sehr nette junge Frau.

Kopp war erleichtert, das zu hören. Es entstand eine kleine Pause (Und dir? Wie geht es dir? Ich war auch im Krankenhaus. Asthmakrise. Aber ich würde es sowieso verschweigen, also insofern …), dann sagte Greta wieder, dass sie morgen (Samstag) oder spätestens am Montag entlassen werden soll.

Ich komme spätestens am Sonntag. (Flora.)

Ist gut.

Er duschte erneut, in der eigenen Dusche wird man doch sauberer. Frühstück? Schon wieder kaum mehr was da. Flora. Verlässt du mich, weil ich immer alles aufesse und nie etwas nachkaufe? Wer sagt denn, dass ich dich verlasse? Ja, wer?

Kleidung, Köfferchen. Vergiss nicht, deinen Führerschein und die Fahrzeugpapiere einzustecken.

Das Auto – der nachtblaue Lack, die Scheiben – war von

Staub bedeckt, die Räder steckten bis zur Hälfte in gefallenen Blättern. Er reinigte lange die Scheibe (mit der Anlage, einen Schwamm fasse ich nicht an). Während der ganzen Fahrt flogen immer wieder trockene Blätter davon, die sich zwischen Motorhaube und Frontscheibe gesammelt hatten.

Er genoss das Autofahren, obwohl es ein übliches Chaos war, Zusammenrottungen an Ampeln und in Seitenstraßen, aber Darius Kopp war geduldig. Das Radio brachte die Nachrichten aus unserer kleinen Agglomeration und der Welt.

Er hatte die größten Verknotungen gerade hinter sich gelassen und fuhr recht zügig auf einer sechsspurigen Straße auf einen großen Kreisverkehr zu, als Anthony anrief.

Wie aus dem Schlaf gerissen. Kopp bekam (unerwartet) so heftiges Herzklopfen, dass das Auto einen Schlenker machte. Er wurde von der Nebenspur aus angehupt. (Arschloch.)

Anthony! Wie geht es dir?!

Gut, Anthony ging es gut.

Seit wann bist du wieder zurück?

(Du sollst ruhig wissen, dass ich alles weiß.)

Seit eben.

Did you enjoy … it?

Indeed. Ob Därjäss seine Abrechnungen schon gemacht habe.

(Auch ich soll ruhig wissen, dass *er* alles weiß. Erneutes Herzklopfen. Andererseits: Leck mich doch.)

Ja, ja, schon Mittwoch den Großteil, den Rest dann gestern. Nur noch nicht abgeschickt.

Er solle sie abschicken, damit er sein Geld bekomme.

Ja, das werde ich.

Was machst du gerade? Fährst du Auto? Ist es dir möglich, anzuhalten? Please?

Ich bin bald da.

Als Anthony nicht antwortete, wechselte Kopp drei Spuren nach rechts und hielt an.

Um es kurz zu machen, sagte Anthony, gestern hatten wir noch nicht die Erlaubnis, darüber zu sprechen, aber es ist folgender Weise: Wir werden eine Fusion mit Opaco eingehen. Am Montag wird es bekannt gegeben. Es wird ein Merger of equals werden, man wird den Namen Opaco-Fidelis führen. Der gemeinsame CEO wird Mister Lionel Zimmer werden, Mister Daniel King wird der COO. Die Offices in Sunnyvale, California, werden zusammengelegt mit den Offices in Milpitas, California. Unser Office in London, UK, bleibt unter meiner Leitung bestehen. Es wird in Zukunft alle Projekte und Partner in West- und Nordeuropa betreuen. Ost- und Südeuropa wird von Opacos Office in Bucharest, Romania betreut, die DACH-Region von Opacos Office in Zurich, Switzerland. That's it. I am sorry.

Ou, sagte Kopp, wie ein echter Engländer. Is it true?

Anthony bestätigte. Es ist wahr, es ist so, wie er es gesagt hat.

Wann wurde das entschieden?

Letztes Wochenende.

(Als wir im Garten, als wir im See, auf dem Hügel, als wir im Stau, als wir im Kino ... Und Bill, gestern. Bill, vor 12 Stunden.)

Dein Geld wirst du natürlich bekommen. Sorry, dass es so lange gedauert hat.

Ja, sagte Kopp, der sich fangen musste – Über Bill enttäuscht sein, hast du später noch alle Zeit der Welt – und das auch tat. Ich bin schließlich ein Profi. Ja, ich gehe selbstredend davon aus, dass ich mein Geld bekommen werde. War ja auch teilweise meine Schuld. Dass es so lange gedauert hat, meine ich.

Darauf sagte Anthony nichts.

Was wird mit den Produkten?

Welchen Produkten?

Unseren.

Fidelis und Opaco freuen sich beide sehr auf die Synergie-Effekte, die durch diesen Zusammenschluss entstehen. Keine andere Company hat nun diese Breite an Produkten, die so viele verschiedene Marktsegmente bedienen kann.

Verstehe.

(Übrigens. Das mit dem Geld der Armenier ... Mir scheint, ich hab das nur geträumt ...

Are you kidding with me?!?!?

Also sagte er nichts. Nichts davon.)

(Und was ist mit einer Abfindung? Bekomme ich eine Abfindung? Hierzulande ist es üblich, eine Abfindung zu bekommen. Auch das fragte er nicht.)

Wie lange, wie lange dauert die Kündigungszeit? Wem übergebe ich das Büro?

Das Büro wird aufgelöst.

Das habe ich verstanden. Aber wohin mit den Sachen?

Anthony war schon wieder ungeduldig geworden, er seufzte. Er wisse es nicht, also, zweifellos müssten sie jemandem überstellt werden, die Details könne man später noch besprechen, er müsse jetzt leider etwas anderes machen.

Verstehe, sagte Kopp. Er wünschte Anthony frohes Schaffen.

Danke, sagte Anthony und legte auf.

Der Verkehr, der an Darius Kopp vorüberrollte, war sehr dicht. Als wäre es ein Autozug. Später, als es etwas lichter wurde, fuhr er los. Er fädelte sich in die rechte Spur ein, wechselte in die mittlere, denn er wollte nicht abbiegen. Er wollte um den Kreisverkehr herumfahren, bis er wieder in die Richtung fuhr, aus der er gekommen war.

Mit dem Auto dauert es nur 1 Stunde 40 Minuten nach Maidkastell, ein Großteil der Strecke ist sechsspurige Autobahn und es gibt keine Geschwindigkeitsbegrenzung. 200 zu fahren ist schön. Unser Auto ist mit einem Allradantrieb, einem erhöhten Fahrgestell und einer kräftigen Offroad-Ausstattung bestückt und liegt selbst bei hohen Geschwindigkeiten ruhig in der Hand und auf der Straße. Der Motor läuft leise und rund, keine Nebengeräusche sind zu hören.

An der Autobahn standen Windräder. Die Schönheit von Windrädern. Manche haben einen grün beschatteten Fuß, andere einen rot-weiß gestreiften.

In der Stadt war großer Verkehr, am Freitag drehen alle noch einmal auf, obwohl die Radios schon morgens um 5 das Ende der Arbeitswoche verkündet haben. Es wurde viel gehupt. An einer grünen Ampel dauerte es 11 Sekunden, bis Kopp losfahren konnte. Er wartete geduldig. Ich glaube, ich habe noch nie in meinem Leben gehupt.

Am Krankenhausparkplatz gab es noch genau einen freien Platz. Ein wenig stehen wir auf den Weg hinaus, aber man passt noch vorbei.

Vor dem Haupteingang wurde auch diesmal geraucht. Eine Wolke ließ gerade die Sonne frei, ein Strahl fiel ins Gesicht eines Rauchers, er schloss die Augen, hielt sein blasses Gesicht hin und atmete tief ein. Kopp sah sich allen Ernstes nach den beiden dünnen Mädchen um. Es war nur eine da. Sie nickte ihm freundlich zu.

Hallo, Onkelchen.

In Kopps Gesicht gefror das freundliche Lächeln. Scheiß Teenies. Superspiel, dem alten Sack erst Freundlichkeit vorzutäuschen, um ihm dann in sein verletztes Gesicht zu johlen. Freu dich nur, du magersüchtiges Flittchen, das wird zweifellos der größte Erfolg sein, der dir jemals in deinem Leben beschert sein wird.

Aber dann stellte sich heraus, dass er tatsächlich der Onkel des Mädchens war.

Lore! Herrje, ich hätte dich fast nicht erkannt!

Sehr dünn, wirklich sehr dünn. Die Augen umso dicker schwarz umrandet. Stand schüchtern mit dem Rücken an der Wand.

Was machst du hier? Rauchst du?

Ja, musste mal sein.

Und außerdem besuchte sie die Oma. Mama ist auch da.

Sie sagt es so, als wüsste sie alles über uns.

Danke für die Warnung, sagte Kopp lächelnd. Dann dachte er, dass das blöd war.

Als Lore den Fahrstuhlknopf für die 2. Etage drückte, sah er, dass ihre abgeknabberten Fingernägel abwechselnd mit schwarzem und mit rosa glitzerndem Nagellack bepinselt und dass Zeige- und Mittelfinger schon etwas gelb waren. Überall waren Spiegel, an drei Wänden und auch an der Decke. Sie sahen beide zur Decke, lächelten sich über diesen Spiegel zu.

Wie geht es dir?

Gut.

Hier kamen sie im 2. Stock an.

Frau Monkowski, Marlene und Greta saßen auf Stühlen. Nicht im Zimmer 71, sondern im Besucherraum daneben. In einer Kiste bunte Holzbausteine für Kinder. Tommy und Merlin waren nicht da. Aber sie kommen bald wieder.

Wo sind sie hin?

Aufs Klo.

Ach so.

Hol dir doch eine Tasse vom Wagen auf dem Flur.

Wo?

Du musst daran vorbeigekommen sein.

Ich mach das schon!

Lore holte ihm eine Tasse, er bedankte sich. Kaffee hatte Frau Monkowski in einer Thermoskanne mitgebracht, denn der, der auf dem Wagen steht, ist nur für die Patienten. Als Kuchen gab es Pflaumenstreusel. Sind das schon neue Pflaumen? Woher denn? Tiefgekühlt. Macht nichts, schmeckt sehr gut.

Greta war frisch frisiert (Wer hat es gemacht? Kopp stellt sich der Reihe nach alle drei anderen Frauen vor. Oder jemand Unbekanntes, dessen Beruf das ist), die Locke über ihrer Stirn wurde von einer kleinen Schmetterlingsklammer zurückgehalten. Wenn sie wach und lebendig ist, fallen die Augenbrauen nicht so auf. Sie trug keine Bettkleidung, sondern eine hellblaue Bluse und einen beigefarbenen Rock. An den Beinen trug sie blickdichte Strümpfe. Frau Monkowski trug Lippenstift. Die erste 70jährige, die Kopp je gesehen hat, die damit nicht wie eine wahnsinnig gewordene Kokotte aussieht. Marlene traute er sich lange nicht anzusehen.

Tommy und Merlin kamen zurück. Merlin sah Kopp an, als wüsste er nicht, wer er ist. Oh, und außerdem saß er wohl auf seinem Stuhl.

Ach was, nein, bleib sitzen. Marlene nahm Merlin auf den Schoß. Er ist fast so groß wie sie, und hat mindestens ihr Gewicht. Er sitzt auch nicht auf ihr, er lehnt sich nur an ihr Knie. Tommy blieb stehen.

Tommy, wie geht es dir?

Gut. Und dir?

Ich bin heute entlassen worden.

Er nahm sich ein weiteres Stück Kuchen.

Wie es zuerst alle gar nicht kapieren, wie man es wiederholen muss, wie sie es kaum glauben mögen, wie sie es schließlich doch glauben.

Ist das wahr?

Ja.

Greta, Marlene, Tommy, Lore, Merlin sagten nichts (aber Merlin sah jetzt das erste Mal interessiert drein), Frau Monkowski fragte:

Wieso?

Meine Firma fusioniert mit einer anderen und sie behalten nur ein Büro in der Region Deutschland-Österreich-Schweiz. Nicht meins.

Frau Monkowski nickte. Das passiert heutzutage leider immer wieder.

Ja, sagte Kopp, lächelte, zuckte mit einer Schulter, you win, you loose.

Er senkte lächelnd den Kopf und nahm einen kleinen Löffel voll vom Kuchen. (Haben sie die Löffel auch mitgebracht? Aber warum dann nicht lieber Gabeln? Nein, sind wohl vom Patientenwagen.) Marlene, die seitwärts von ihm saß, legte ihm eine Hand auf den Unterarm. Die sturmgebeutelten künstlichen Fingernägel.

Du wirst einen anderen finden, sagte Marlene.

Ja, sagte er, das werde ich. Ich hab bis jetzt immer etwas gefunden. Wenn du kompetent bist, engagiert, loyal und so weiter, dann findest du auch was.

Ja. Du hast schließlich eine gute Ausbildung.

Apropos, was macht deine?

Endlich war es ihm gelungen, sie anzusehen. Blaugrüne Kaleidoskop-Augen, es schwindelt einem, wenn man hineinsieht.

Heute früh.

Heute früh?

Die Prüfung.

Du hast heute früh die Prüfung abgelegt?

Die erste.

Von wie vielen?

Drei.

Und?

Sie kannte das Ergebnis noch nicht, war aber zuversichtlich.

Kopp freute sich. Das ist gut. Das ist richtig gut, Marlene. Er strahlte seine Schwester an, sie lächelte zurück.

Sie verbrachten den ganzen Nachmittag miteinander. Als es dunkel zu werden begann, verabschiedeten sie sich.

Was machst du jetzt?

Ich fahre zurück. Ich muss zu Flora.

Über die Gesichter von Greta und Marlene huschte etwas. Nicht in Klammern: durch Eifersucht bedingtes demonstratives Desinteresse.

Es geht ihr grad nicht so gut. Sie ist erschöpft. Sie ist aufs Land gefahren.

In den Gesichtern von Greta und Marlene: noch einmal dasselbe. (Es kann sich nicht *alles* ändern.) In den anderen Anwesenden löste die Erwähnung Floras gar nichts aus.

Er fuhr zurück. Es ist nicht notwendig, durch die Stadt zu fahren, man kann über den Autobahnring außen herum fahren. Er fuhr außen herum. Das Navigationssystem kennt Gabys Straße nicht, er fand sie trotzdem gleich beim ersten Versuch. Als er einbog, fing es zu nieseln an. Die einzige Straßenlaterne der Straße blendete, er fuhr eine Grundstückslänge, ohne etwas zu sehen, außer der weißen Fläche, zu der die Windschutzscheibe geworden war. Dahinter war Gabys Haus.

Es war niemand zu Hause. Kopp sah, dass das Haus dunkel war, dennoch öffnete er das Gartentor. Als er durch den Garten ging, hatte er plötzlich ein Gefühl nicht nur von »das hier kenne ich«, nein, es war stärker, es war ein »ich komme hierher quasi nach Hause«. Das irritierte ihn so sehr, dass er stehen bleiben musste, noch bevor er die Terrasse erreicht hätte. Er stand im dunklen Garten und starrte auf die Entfernung zwischen sich und der Terrasse. Wenn das ein Wassergraben wäre, könnte ich ihn aus dem Stand überspringen? Plötzlich schien es ihm, als gäbe es keine andere Möglichkeit, diese Lücke, die sich aufgetan hatte, zu schließen.

Der Nachbar riss ihn heraus. Ein alter Mann, Flora weiß sogar den Namen. Seine Ängstlichkeit versucht er mit einer lauten Stimme zu bemänteln. Wer sind Sie, was wollen Sie?

Ich bin Darius Kopp, sagte Darius Kopp. (Das wird dem doch nichts sagen!) Ich bin der Mann ... ich bin ein Freund von Gaby. Ich dachte, sie wäre hier.

Sind Sie der Mann vom Fräulein Meier?

(Der Mann von Fräulein Meier ...?) Aber Kopp nickte. Und weil es dunkel war, sagte er es auch laut: Ja, der bin ich.

Sie sind auf dem Bauernhof. Eva hat Geburtstag.

Eva, das Geburtstagskind, war eine ältere Frau, sie trug einen Blumenkranz im grauen Haar. Sie saßen in großer Runde auf dem Hof, aber nah am Haus. Kopp glaubte den Mann, die Frau und das Kind vom Dorfstrand zu erkennen. Die anderen kannte er nicht. Sie waren schon beim Dessert und dem Wein. In Gläsern flackerten Teelichter. Flora saß mit dem Rücken zu ihm.

Gaby sah ihn zuerst. Sie berührte Flora am Unterarm und zeigte auf ihn.

Sie kam. Sie gingen ein wenig beiseite, um nicht ganz nah am Tisch zu stehen, aber auch nicht völlig im Dunkeln.

Kopp begann es so: Du bist die Liebe meines Lebens.

Die Nacht